我的星座档案

姓名:_____　　班级:_____

性别:_____　　电话:_____

生日:_____　　QQ:_____

星座:_____　　微信:_____

星座宣言:_____　　邮箱:_____

学校:_____　　其他:_____

你の星座是什么？

1 白羊座
（3.21-4.19）
白羊座的你不论面对任何困难，都会全力以赴。

2

金牛座
（4.20-5.20）
金牛座的你是别人最值得信赖的依靠。

3

双子座
（5.21-6.21）
双子座的你不但观察力十分敏锐，手艺也十分灵巧。

4
巨蟹座
（6.21-7.22）
巨蟹座的你不但有主见，还很亲和谦恭，关心世界。

5

狮子座
（7.23-8.22）
狮子座的你既坚强可靠，又骄傲宽容，有一颗王者之心。

6

处女座
（8.23-9.22）
处女座的你非常有正义感，纯洁是你的特质。

7

天秤座
（9.23-10.22）
天秤座的你善于隐藏自己的内心，也会平衡善恶两极端的想法。

8

天蝎座
（10.23-11.21）
天蝎座的你平静的表面下有着活泼的灵魂，意志力强大，却也有敏感的内心。

9
射手座
（11.22-12.21）
射手座的你忠心爱国，遵纪守法，仁慈大方而无拘无束，是值得信任的朋友。

10

摩羯座
（12.22-1.19）
摩羯座的你脚踏实地，喜欢通过自己的努力改变自己的生活。

11

水瓶座
（1.20-2.18）
水瓶座的你知性，求知欲旺盛，具有锐利的观察力、推测能力，以及冒险开拓精神。

12

双鱼座
（2.19-3.20）
双鱼座的你富于同情心，有自我牺牲的精神，是个坚定的逐梦人。

微凉的清风,飘扬的窗帘,倾泻到书桌上的阳光,
耳边同学们的说笑声渐渐远去,
此刻的你就像眯着眼睛晒太阳的猫,
眉眼间都是阳光的味道……

夕阳西下,弯月斜挂,星辰散到了夜空的每一处。

满天的星辰下,
你是否与朋友们在流星雨到来时,虔诚地对着流星的尾巴许愿?
你是否曾牵着某个人的手,因为头顶的星空与身边的人而偷偷笑?
你是否……

夜晚的黑暗让人恐惧,
可是黑暗中的点点星光却是超乎想象的惊喜。
也许你并不知道,夜空中的八十八个星座作为最忠诚的守卫者,
正在捍卫着你的夜晚,给你一夜最甜美的梦。

仙女座

位置：北天
星数：150
观测季节：秋季

星座物语

保尔看到了我光鲜亮丽的外表，却无法猜度我柔软细腻的内心。

—— 《风之行者》

越来越多人困惑于，呈现出别地美的风景，它的被看身价将会有什么意义。

仙王座

位置：北天
星数：多
观测季行：秋季

星座物语：
你，也只有才能了解我幸为王者的孤独。

> "别夺去我的月，否则为众星之极形，让太阳献出破行的华光。"
> ——《风之守望者》

凤凰座

位置：南天
星数：古
观测季节：秋季

星座物语：

在想，你是不是我的星，记在我心里，活在天空中，即失就失在我的夜里，而我的星也就在那天空的远失。

"我对天发誓一个人，躺在你面前。"
——《闪之轩里寄语》

天炉座

位置：赤道
星数：苍
视图亮星：2等

星座物语：
无论经过多少次的
背道而驰，
在地球的
某处
我们总会
遇见。

望远镜座

位置：南天
星数：2
观测季节：秋季

星座物语：
我们在同一个世界，
拥有彼此的空间，
我时你成真，
你时我视建。

南鱼座

位置：赤道
星数：25
观测季节：秋季

星座物语

潮汐的升起与落下，海水的蒸发，或许我依然甚你凭借所能到达的地方。

14

勇敢的时代，不是求生，而是女如顽强的少女轻弓伸取了又是如昔的时候。
——《风之守护者》

水蛇座

位置：南天
星数：5
观测季节：秋季

星座物语：

蓦然回首，那人却已不在灯火阑珊处。

南三角座

位置：南天
星数：20
观潮季节：秋季

星座物语：
沙漏是人生的
逝者无法挽
离开的过往
脱离的记忆
是涛骇浪
想你，惊天的

小马座

位置：赤道
星数：10
观测季节：秋季

星座物语
祈祷我
的再见，
还是含笑给
你呢。

玉夫座

位置：赤道
星数：空
观测季节：无

星座物语

我怀念的，是当初每不顾事的自己。

南极座

位置：南天
星数：15
观测季节：无

星座物语：

我知道你在的地方，可惜我找到达不了的远方。

波江座

位置：赤道
星数：100
观测季节：冬季

星座物语：

池水一是最美好的，
江水一是最美的，
蔓延的是真挚不像不相见的
尾像管道的人
和的太平不
相见

鹿豹座

位置：北天
星数：多
观测季节：冬季

星座物语：
为了不让自己的角被猎人看到，它躲进深灵，只能选择做鹿豹。

御夫座

位置：北天
星数：至
观测季节：冬季

星座物语：
不论去哪里，
什么时候，
谁又是谁，
情愿地为我
付出吧。

"是谁为我炮制出如此真实的，不过啊另有个人性的外露去，现状也做参比。"
——《风之守望者》

英仙座

位置：北天
星数：ω
观测季节：冬季

星座物语

而笑得
灿烂，美目盼兮。

猎户座

位置：赤道
星数：三星
观测季节：冬季

星座物语：

我从来都不是一个人，我还有阳光、笑容和美好的生活，还有方。

朋友是情谊，把美好的时候和不同的人一起走，你心能够体会到他以的字样。
——《汉之子弹者》

天猫座

位置：北天
星数：(空)
观测季节：冬季

星座物语：
不需要
有人懂我的
世界，我就
是傲娇的自
己。

麒麟座

位置：南天
星数：85
观测季节：冬季

星座物语：
我想要努力看清世界的眼，为一个角落，不再孤单。到迟迟的时候，才发现，他已离去。

六分仪座

位置：赤道
星数：55
观测季节：冬季

星座物语

可能我是个骄傲的灰尘，尘埃里的一粒尘。灰尘，但谁又能保证我不会掀起沙尘暴呢？

天兔座

位置：赤道
星数：古
观测季节：冬季

星座物语：
驻足跳望，远处有一个发亮的地方好像才是我的故乡。

天鸽座

位置：南天
星数：主
观测季节：冬季

星座物语：欢喜戎把好晴簪送俭你们时，你们换上的微笑。

绘架座

位置：南天
星数：80
观测季节：冬季

星座物语：
人王的一个句子，我新明年全收。

小犬座

位置：赤道
星数：20
观测季节：冬季

星座物语：
你的过去我没有参与
与你的未来我定如约而至

阳光的温度，寺庙尖项之上，像奈倒影倒映江面，也提醒了化。

唧贝座

位置：南天
星数：10
观测季节：冬季

星座物语：
就算被
所有人遗忘，
我却不会牢
牢记住。

意林幻青春,
伴你前行

公元787年,唐封疆大吏马总集诸子精华,编著成《意林》一书6卷,流传至今
意林：始于公元787年,距今1200余年

意林幻青春
开启你的传奇

凤之守望者 ②

阿江 〇 著

吉林摄影出版社
·长春·

图书在版编目（CIP）数据

风之守望者 . 2 / 阿江著 . -- 长春：吉林摄影出版社，2017.1
（意林幻青春）
ISBN 978-7-5498-2981-1

Ⅰ.①风… Ⅱ.①阿… Ⅲ.①长篇小说-中国-当代 Ⅳ.① I247.5

中国版本图书馆 CIP 数据核字 (2016) 第 319871 号

风之守望者②
FENG ZHI SHOUWANGZHE ②

著　　者	阿　江
项目出品	意林幻青春
出 版 人	孙洪军
主　　编	顾　平　杜普洲
责任编辑	施　岚　胡晓路
总 策 划	蔡　燕　李　岚
统筹策划	李　岚
设计总监	资　源
执行编辑	王天颖
封面设计	资　源
美术编辑	张　迪
发行总监	李振红
营销总监	王俊杰
开　　本	700mm × 1000mm 1/16
字　　数	320千字
印　　张	17
版　　次	2017年1月第1版
印　　次	2017年1月第1次印刷

出　　版	吉林摄影出版社
发　　行	吉林摄影出版社
地　　址	长春市泰来街1825号
	邮　编：130062
电　　话	总编办　0431-86012616
	发行科　0431-86012602
网　　址	www.jlsycbs.net
经　　销	全国各地新华书店
印　　刷	北京市兆成印刷有限责任公司

书　　号　ISBN 978-7-5498-2981-1　　　　　　　　定　价：24.80 元

版权所有　翻印必究
（如发现印装质量问题，请与承印厂联系退换）

目录 CONTENTS

她拒绝了重造世界，只想与他们共享和平与安详

第一章 早一点儿坦白更有利于可持续发展	001
第二章 总有奇怪的东西跑出来啊	009
第三章 听说组合赛那天，你表白了	017
第四章 这么可爱的学弟弄死了，你能赔吗	026
第五章 他是一个未尽责任的父亲	034
第六章 剑都要抽出剑鞘作战	043
第七章 简化后顶多是公鸡与母鸡的问题	052
第八章 你是我见过的最彪悍的贵族	060
第九章 亲生老爹是我亲手弄没的	066
第十章 我不相信这里的所有人	076
第十一章 不要再提空泽的身高了	084
第十二章 请接受极泛城迎娶的诚心	092
第十三章 头发特长也是特长	100
第十四章 你以为你这样做空泽就会回心转意吗	108
第十五章 空泽失踪了	117

目录 CONTENTS

她拒绝了重造世界，
只想与他们共享和平与安详

第十六章	拯救空泽大作战	126
第十七章	黄泉印，就是覆没的天沧陆	136
第十八章	真正的父亲	144
第十九章	被负责人永远放不下负责人	153
第二十章	你们三人聚在一起容易毁灭世界	163
第二十一章	最终决议下达	172
第二十二章	安息，亡灵祭	181
第二十三章	是食人鱼而不是美人鱼	189
第二十四章	不要什么事都找源溯好吗	197
第二十五章	所谓神明是降临灾难还是提供庇佑	204
第二十六章	凌桑成了拍卖品	213
第二十七章	太过于执着的信念会成真	220
第二十八章	提前感受到了大学部浓浓的恶意	229
第二十九章	这才是最凶残的鬼屋游客	238
第三十章	今天不宜上街	247
第三十一章	愿意负责到什么程度	256

第一章
早一点儿坦白更有利于可持续发展

住了已经有三天了,她还是相当不习惯这个全新的环境。

总觉得不知道该把手脚放在哪里,毕竟在这里没有任何东西属于她,也没有她的任何痕迹。

"阿桑跟我一起去买衣服吧。"女人微笑着对她招手,"过年了没有好衣服穿怎么可以?"

她确实没什么衣服。在 Sritana 里她基本都穿制服,但是一旦回到这个世界,就发现这里的温度……比 Sritana 远远低得多,穿制服明显冷了,这两天她穿的都是这对夫妻亡故女儿的旧羽绒服。

不过看见旧物品掀起旧回忆,总是太伤感。虽然还是要留下这些衣服作为纪念,但给阿桑的一切必须是全新的才能显示他们的真心。毕竟她已经完全是另外一个孩子了。

虽然不愿意让他们太过破费,但她也很理解地顺从了他们的意愿。

只要他们高兴就好了,自己似乎并没有太多的感觉。

当秋田的院长来找她说这件事的时候,她看到了这对夫妻。男人与女人都很惊喜,竟然能够见到像她这么漂亮又温和安静的孩子。

根据规定,领养十岁以上的孩子时,必须要征询这个孩子的自主意见。凌桑没有任何犹豫就答应了。

刚放假的时候,她一直与阿琪住在一起。虽然空泽暗示她可以与他一起留在 Sritana,住在学院宿舍,但她还是先跑来秋田住上一阵,所以就有了这种情况。

阿琪拥抱了她半天。

秋田已经不需要她了。没有了孩子的稚气,失去了讨人喜欢的资本,她就是这么一件可以送出手的上好物品。

"阿琪我想知道……我小时候……"凌桑搂住阿琪的脖子,凑过去跟她轻声耳语,

"真的没有人要领养我吗？"

在那一年又一年孤单的岁月里，她安静地看着一些孩子被领走，他们不如她聪明，不如她听话，不如她招人喜欢，不如她……都不如她。但她还在秋田。

那时候她期盼能够拥有一个正常的家，能够与其他有父母的孩子一样地生活，但是得到的失落铭心刻骨。后来也就逐渐习惯了这种失落，渴望也被逐渐磨灭。

直到现在，得知真的有夫妻要领养她的时候，她已经没有太多的惊喜，反而感到不安与惊惶。

她不知道在一个家庭里自己应该以怎样的姿态生活。

幼年的自己……真的没有人愿意带她走吗？

阿琪良久没有出声，她发胖的身躯在不知所措的时候甚至不可抑制地颤抖。

"不是的……其实每个来领养的人……最先要的都是你……"

之后她听到的就是阿琪一边抽噎一边喃喃不停地重复着"对不起"。

"我不该提起这种事的。"凌桑有些歉意地说道。

只要自己知道就可以了。

她必须被秋田以各种理由留下，用她年幼的资本才能吸引外界关注到秋田。

"忘掉吧，我也确实到了该离开的年纪了。"

已经有一个孩子顶替她的职能了。

她不知道应该挑什么衣服，不知道市场上每一种菜的价格，进了超市还会在同一个柜子边缘绕圈然后迷路。

在一个全新的社会系统中她似乎干了相当多的蠢事。

但还是相当感谢 Sritana 赐予了她一颗更加冷静的心，让她硬生生地遏制住了想一头撞死自己的冲动。

"阿桑很快就会习惯的，别担心啊。"女人每次看见她做出什么奇怪的事都会觉得好笑，随后安慰她，"还有，在家里不用这么小心，放松一点儿啊。"

"可能确实不太习惯……"她捂头轻声说着，"再过一阵子就好了……"

大概吧……

"那么阿桑要转学到附近的实验高中了，云山都给你准备好了——"

"噗！"

这一点不能"大概"了啊！她立即举起双手，然后在半空使劲地左右摆动："不行啦不行啦！"

"嗯？"这么多天以来，女人第一次看到凌桑如此强烈的反应，随即理所当然地继续安慰道，"和原来的同学分开确实会有点儿伤心，不过你还是要到附近来上学啊，在这里你也会认识很多新朋友——"

"啊不，我会受到 Sritana 的诅咒啊！"她捂头。

"什……什么？"女人错愕地眨眼。

"最恐怖的还有空泽殿的爱之祝福啊！"继续捂头。

"……啥？"

凌桑的养父叫作秦云山，四十五岁，是一名中学教师，因此要把凌桑调到他所在的实验中学并不是什么难事。

不管凌桑怎么想，这都是必然要做的决定。在重大事情面前小孩儿就应该听从父母的安排，毕竟父母是真心为了孩子有更好的发展。

完全没有发言权的凌桑竟然有点儿期待 Sritana 会做出什么反应。

当养父母询问起她的学校，凌桑把 Sritana 翻译为"斯里塔纳学院"，这还是让秦云山无法理解。最后真的从她的注册资料中调出"Sritana"学籍时，这个人民教师更加无法理解了。

话说……早一点儿坦白是不是更有利于可持续发展？

人民教师真不愧是高级知识分子，秦云山竟然成功登录了 Sritana 官方网站，无比艰难地去刷纯英文的网页。

"我真是老了，英语都忘得差不多了。"人民教师最终放弃。

凌桑忽而觉得人生已经如此艰难，有些事就不要揭穿了。

秦云山最终决定给 Sritana 招生办公室打电话，也不管到底是不是跨国长途，他决心斗争到底。

"那个……其实我有最快的联系方式。"凌桑终于看不下去，于是劝道，"我来与 Sritana 联系就好。"

她终于暴露了左手的通信表。苏芬一直以为这个是秋田给他们戴的什么定位系统，毕竟小孩子一旦跑出去就容易走丢，总之绝对不会有人把这么大的一只手表戴在手腕上。

"这个是……"

"相当于微型计算机加上信号发射接收器……"凌桑轻声解释，忽而露出灿烂的笑容，炫耀它更棒的功能，"还可以和同学联机打俄罗斯方块哦！"

"……"

"等一下就好，我试试和学长联系——"

经过一学期的操作，即使她是一个高科技白痴，也已经能够熟练地操作通信表的小键盘了。给空泽发送过去相关信息后，等待了五秒，忽然从通信表扬声器中传来爆破的杂音。

"好……好逼真的立体声……"

　　屏幕上漆黑一片，但左上角显示的状态是"通话中"。她有些讪讪地轻声问道："空泽，你还好吗？是不是打扰了……"

　　"你也知道我现在很忙吗！"第二轮爆破声中传来空泽的怒吼。

　　这奇妙的立体声逼真得就像是空泽在她耳边大吼一样……凌桑的寒毛竖起，同时她的养父母也彻底被惊到。

　　"那么……你继续忙，不打扰了。"她右手食指颤颤地抬起，要去戳通信表。

　　"有什么事就给我一次性说完，别浪费我的时间！"由于场地极其嘈杂，空泽必须说得很大声才能让声音清晰地传入通信表，随即传来了他对其他人的咆哮声，"冯飒塔，你在这里够碍手碍脚的，你给我滚出二十米到第三分队去！"

　　"虽然不是什么很严重的事，但是这可能涉及你能不能再看到我的问题……"她弱弱地回复。

　　"大声一点儿我听不见！"

　　"我说你空下来的时候立即来我家家访！"凌桑对着通信表咆哮。

　　"知道了！"

　　她全身发麻地戳下按键终止了此次对话。

　　总是听源溯说空泽"很忙"，果然是名副其实……

　　默默抬头对上养父母凌乱的目光，她缓缓地露出最平静的微笑："这次只是意外，我们平时说话不用吼的。"

　　"……"

　　不过为什么自己本能地直接通知了空泽……按理说这种事不归他管，应该归行政部下面的有关部门来管理吧，而且空泽要是到这里……

　　"啊啊啊啊——"空泽到这里会是多么诡异的情景，还会引发彻底混乱啊！自己真是造孽啊！现在通知空泽让他千万不要来绝对隔着通信表也会被他劈死啊！

　　秦云山与苏芬对视。虽然秋田提供的所有文件都证明这个孩子很健康，但是……是不是还是哪里有问题……比如说神经方面暂时没有查出来病症……

　　"呼——"秦云山长呼一口气，右手向上一推眼镜架，镜片闪出一抹光，"阿桑，这件事我会处理好的，你就不用操心了，这点儿能力我还是有的，你放心。"

　　"……"

　　"另外，我可以看一下你左手上戴的这个到底是什么东西吗？"

　　"不行啦！"她本能地护住通信表。

　　"这样奇怪的东西不要戴，摘下来给我。"

　　"……"她惊惶地后退一步，左手藏在身后。

早一点儿坦白更有利于可持续发展

倒不是由于通信表一旦戴上就无法用外力摘掉,虽然它看上去只是一个普通微机的形态,即使被秦云山一看也无所谓,而是她的不愿意似乎来自什么微妙的抵触情绪。

这是属于她的东西,在她要维护的范围之内。

"阿桑,听话。"觉得越来越不对劲的秦云山皱眉。本来看这个孩子相当顺眼,不管什么事都十分听话的样子,似乎不会违背父母的任何意愿,但现在却觉得这孩子的表现越来越奇怪。

真的像别人说的那样,从福利院出来的孩子情绪行为都会有问题吗?不过凌桑应该只是不懂事而已,让她明白要听父母话的道理就好了。

毕竟之前,她都是没有父母,也是欠缺管教的孩子。

这么一想,秦云山松了口气,露出了和缓的神色:"阿桑你过来。"

凌桑犹豫两秒后靠了过去。秦云山右手放在她的头上轻轻揉着:"阿桑要听我们的话,知道吗?你现在就是我们的亲女儿,一定要相信我们做什么都是为了你好,知道吗?"

如果之前有人这样揉着她的头,还说着这样的话,她一定会把双眼眯成一条缝来表达她此时的哀怨。

不过她必须得迎合这对夫妇的心意,做出最让他们满意的反应,这样她承蒙这对夫妻照顾的亏欠感才会少一些……酝酿了很久,她终于露出痛心疾首的表情,认真一点头:"嗯,我知道了。"

快来救我!用这种方式说话整个人都不好了!

"把表给我看一下。"

她默默伸出右手,秦云山打开屏幕——

"桑!"

立体声传来,不过不是通过通信表。

"……"得救了吗?还是……陷入另一个水深火热的深渊……

空泽站在门口,虽然到这个世界之后,他还是会把头发变成黑色再扎起来绑成马尾,以显得正常一些,不过他抓在手里又甩到肩上的黑服以及破碎的白色衬衫,还有满身的血迹已经彻底暴露了什么不正常的身份……

"这是哪里?"空泽在剧烈运动后还没落汗,额前被汗水沾湿的头发黏成一缕缕,胸口处因急促的呼吸而上下起伏,略张的嘴里呼出的热气在接近零摄氏度的空气中化成白色雾气,"这么轻易地暴露通信表,你是想死吗?桑。"

"……"我觉得我真的可以去死了。

空泽完全没有家访概念地径直踏入门槛,将破烂的黑服甩到客厅沙发上,转头对秦云山说道:"水在哪里?"

"……那里。"秦云山指了指靠近厨房的饮水机。

空泽直接走了过去翻出一次性杯子开始倒水喝。

凌桑戳在原地。这该说点儿什么……其实空泽还完全不知道她被收养的事情,不过这么自然地走进来是怎么回事……

喝完一杯水的空泽扫视完全错愕的那对夫妻,眯起眼严肃地开口:"你们收养了这个小孩儿吗?"

直接看穿了。

"是的。"秦云山还是相当冷静地回复,要是连他都慌乱了的话,苏芬就更加不知所措了。房子外有围墙,大门关着,也不知道面前这个青年是怎么闯进来的,"你是谁?"

"凌桑的高二学长,Sritana 黑服以及公局特勤部人员,空泽。"空泽打了个响指,右手忽然摸出一张金色的金属卡片递了过去,"这是身份确认证件。"

看到空泽相当冷静的表现,凌桑觉得空泽似乎真的可以处理这件事,于是松了口气。

秦云山接过证件眯起眼仔细查看,在沉默很久后不得不疑惑地问:"这到底是什么……"

空泽抽回卡片,瞥了一眼这位人民教师,呢喃了一声"真是愚蠢的人类"后打开了他的通信表,抬起左手将通信表凑到唇前:"埃斯利亚,到我这里来给两个人类扫盲,立刻马上,right now(马上)!"

"Please be polite,alright?(请礼貌一点儿,好吗?)"

"过来!"空泽有些不耐烦,"我与你定位连接转移,有些杂事我不会处理也不想费口舌。"

"有什么严重的事吗?最近公局的事务相当多,能找我部下处理的事就不要直接来找我,好吗?"

"过来!"

"哎……好嘛……"精灵弱弱地挂断通信。

"你这么吼老师,真的好吗……"凌桑左眼抽搐。

"没事,他不会因为这种事生气。"空泽闭眼,双手结印念咒,脚下扩展出金色图阵与埃斯利亚进行连接。银色的光芒浮现,在埃斯利亚出现之前整个室内的空气似乎都换了一遍,僵硬的气氛也随之和缓。

空泽的头绳瞬间崩开,黑色长发在空气中飘扬着,化为银白色。凌桑惊异地睁大眼,空泽像是瞬间被……白化了!银光弥漫,一个透明的身影从他体内穿出,像是灵魂剥离!

踏出来的透明身影逐渐实化,埃斯利亚飘散的银白色长发温顺地落下,一身月白色的宽大长袍现出柔和又高贵的姿态。

再漂亮也没用啊！在人类世界这就是在吓人啊！

空泽睁开眼，刚迈出一步，忽而眼前一黑，身子晃了一下后他又迈开腿站稳，右手支在沙发背上，缓了十余秒才终于恢复过来，他疲惫地呼出了一口气。

"去休息吧，空泽，最近公局任务太多，也确实是辛苦你了。"精灵双眼眯成一条缝，露出温和的微笑。

"有本事你给我减少工作量。"

"可惜你不归我的部门管啊……不过我可以让他们放你几天假，这样你才能更有精神地做事啊。"

"哦，那不用了，让我一次性过劳死就行了。"

"那么是什么问题让我亲自来解决呢……"自然而然转移话题的精灵将视线转向这对人类夫妻，又看了一眼已经一脸"你们爱怎么办就怎么办"的万念俱灰表情的凌桑，于是猜测出了一个大概，对眼前这对夫妻点头道，"你们收养了凌桑是吧，那么有什么需要 Sritana 协助的请直言，在下是 Sritana 高中部行政主管埃斯利亚。"

"……"刚刚被更新世界观的夫妻已经完全不知道该说什么好了。

"真是抱歉，因为来得匆忙不知道情况，所以我没有好好调整一下自己的外表。"相当冷静的埃斯利亚绕到沙发前坐下，优雅地伸出右手请两位房屋的主人坐在茶几对面的沙发上，"有什么问题的话，我们可以好好谈谈。"

"……"还在更新世界观。

已经痛心疾首的凌桑忽然哀号，对着养父母直接一个九十度鞠躬："对不起，我们不是来毁灭地球的！真是给你们添麻烦了！如果你们接受不了，我可以回秋田！真的没关系！"

"凌桑请你不要用外星生物如此简单的概念来掩盖这个世界的复杂，可以吗？"埃斯利亚微笑，晶莹的白色眼眸瞥过去，看向她带着已经快哭了的表情的脸上，"这里我会处理好，凌桑你带空泽去休息，他今天不需要再工作了，再有任务下来就转给我，我会取消。"

凌桑大大地吸了一口气，止住泛滥的情绪，仰头望了自己的养父母一眼，又迅速把视线挪开。她快速地拿上被空泽甩在沙发上的黑服，又拉起空泽的手把他往楼梯口拽，空泽也就任由她拉着向楼上走去。

凌桑的房间在二楼的楼梯口转角，房间不大，但是相较于秋田那间属于她自己的房间，这个已经是相当宽敞的了。

"你先坐这里。"凌桑从写字台边拖出椅子，然后跑进卫生间打了一盆热水，顺手扯了一条毛巾走了出来，"衬衫脱了，我给你擦一下。"

空泽真的什么也没抱怨，听话地解开衬衫纽扣把它脱下，衬衫破成这样已不能再穿了。因为经常被小明好好"疼爱",所以凌桑也算是在"被"实践中学到了不少基本的医疗常识。

"你的心情似乎不好。"空泽有气无力地开口。一旦放松下来,之前被他忽视的疲劳一下子都涌了上来。

"是啊,很矛盾的感觉。我觉得很……对不起他们吧。"她轻声开口。

"有什么对不起的地方?"空泽冷笑。他们能够拥有你这样的孩子也算是得到了上天的馈赠。"那么说到底——你还是想留在这里吧。"

"嗯,我很喜欢这里,我想留下来,可是……总归……我跟他们是不一样的。在这里有很多束缚,我不能说太过于直白的话,我怕惊吓到他们……可是,有家的感觉真的很好啊。"

"那就看你自己的意愿了,只要你顾得过来,就随你。"空泽闭上眼,"你怎么决定,我不会干预。"

凌桑沉默着将毛巾上沾染的血污洗干净之后要给他再擦一遍,空泽一把扯过毛巾站了起来:"我还是直接去洗个澡,我已经在外面工作三天了。"他走到门口后回过头,"再给我倒两杯水。"

"啊……好。"凌桑答应了一声后就向楼梯走了过去,半路回头看了一眼空泽,发现他已经十分自然地走向二楼的卫生间去洗澡了。

在别人家里似乎完全不见外……也真是羡慕他的毫不在意呢。

回到一楼客厅,凌桑就看见埃斯利亚与秦云山已经在很和谐地谈论一个话题了。呼……这就好了,果然是万能的行政部人员。

"那么你觉得十六岁与十三岁的区别在哪里呢?虽然只是三岁的差距,但是思想的成熟度已经截然不同了,更何况这完全是两个不同的孩子。"埃斯利亚将茶杯端在手里,但是始终没有喝。他并不习惯人类的茶叶,因为精灵对食物的纯净度要求相当高,此刻端着杯子也只是出于礼貌而已。

"十六岁就是青春期中情绪最不稳定的阶段,当然需要细致的关照,不能出差错。"秦云山转头看向凌桑,凌桑接到养父的目光后露出微笑,点头问好。

大家现在都已经相当平静了。

"总之,我建议你们收养一个比亡故女儿年龄更小一些的孩子。"在埃斯利亚的位置是看不见凌桑的,不过他可以感觉到凌桑就在附近,说出这句话时脸上始终挂着的微笑没有任何变化,"这么说可能有些直接,希望你们不要介意,我只想说……该听一听一个已经拥有独立思想的孩子的声音了吧,凌桑似乎有许多话都不愿意跟你们提起呢。"

"其实并没有。"她在埃斯利亚背后轻声说。

第二章
总有奇怪的东西跑出来啊

因为说到底都是她自身的问题，养父母是没有任何过错的。

"那么就请你自己决定……你愿意继续就读 Sritana，还是转学重新开始平静的生活？请说出你的意愿吧……当初 Sritana 招纳你，确实是强制性的行为，如果我在这里再给你一次机会呢？"

"我还是选择 Sritana。"毫不犹豫地，她轻声说道，声音平静没有波澜，"这就是我的选择，我不需要其他人做出更改。"

精灵依旧笑着，透明的眼眸转向对面的男人："那么就是这样，一开始，这就不是一个值得思考的问题。不要试图让每个学生都去适应学校，我更喜欢的是，让一所杰出的学校为每一个活着的生命提供更好的生活方式。"

"我知道你不满意现代的教育，但现实就是如此，也只有这一条路——"秦云山虽然完全没有了气势，但还是要坚持到底。

"不是已经跟你说了吗？"精灵再次将双眼眯成一条缝，像一只狡猾的银毛狐狸，"凌桑……不会是拘泥于这个世界的人。"

秦云山的视线再次投向凌桑，凌桑瞬间侧身说了一声"我只是来倒水的"就若无其事地走向饮水机。

埃斯利亚终于将茶杯放下，杯子接触到玻璃桌面发出了一道清脆的撞击声："我看中的学生，必须拥有改变整个世界的力量。"

"对不起，我目前还没有毁灭地球的念头。"倒了两杯水转身的凌桑，幽幽地对精灵吐出了这句话后就甩下了一个背影上了楼。

"……不要再回到外星生物的话题了，好吗？"埃斯利亚起身，对面前的两个人俯身行礼，"我能够说的也就只有这些了，好好照顾这个孩子，主神会保佑你们。作为见面礼，秦云山先生，请不要在下月二十三日上午七点十五分乘坐 304 路公交车，这样可以避免血光之灾。我建议你坐上一班车。"

秦云山的眼睛瞬间睁大，上午七点十五分乘坐304路公交车……这是他每天去市区实验中学上课的常用交通方式。

"告辞。"精灵双手结印，整个大厅忽然卷起清新的气流，他的身形瞬间散成银光，倏尔全部消散。

养父母竟然真的再也没有问过这件事，凌桑也不知道埃斯利亚到底说了什么，能够产生如此显著的效果，他们甚至完全不介意自己让空泽在家里多住上几日。

很久以后，秦云山不经意地提起埃斯利亚那个女人实在太能给人洗脑，凌桑才幽幽地吐出一句"他是男性"。

到了吃晚饭的时候，空泽已经彻底睡死。凌桑不想打扰他，就直接给他准备了面包，担心他醒来后会饿。

凌桑在房间里打了地铺，睡到半夜忽而听到通信表发出尖锐的铃声，半睡半醒间，她把自己的通信表屏幕打开，发现并没有异样，于是爬起来去看空泽。

果然是他的通信表。自己的通信表响了许久，空泽才勉强把眼睛睁开一条缝，抬手打开表盖，还真的把发来的任务单转发给埃斯利亚让他取消，然后瞬间再度沉沉睡去。

不过凌桑接下来始终没能睡着。

在 Sritana 的第一个学期已经结束了。

学期末的服级鉴定中她考取了白服高阶，空泽考取了黑服中阶但自动放弃了进阶。对于考级这种事她并没有多么热衷，也没有太过于执着地设定"我一定要取得××"之类的目标，因此不管结果是什么，她都无所谓。后来在知道空泽放弃了一次进阶时，她的无所谓似乎更加无所谓了。

然而空泽后来却找了她谈话，问她感想如何。她说的也是——"没有任何感想吧"。

"你可以考到蓝服，但我看不到你的目标。"

"虽然心理课上你没清醒过几次，不过看来你还是很有天赋的。"凌桑微笑着与他对视，"我的确并不执着地想要追求到什么。"

"第二学期开学初还有一次服级鉴定，给我拿出点儿惊喜来。"好歹要给黑服负责人一点儿骄傲的资本。

"好嘛，到时候一定去冲击蓝服啦。"她还是无所谓地笑着。

目标……吗？

"那么你觉得你改变了什么？"

在她要回到秋田的前夕，空泽最后问她。

"……"

改变了什么？

都在看不见的地方。

空泽在睡了整整一天后终于醒来，在有意忽略了三个通知后，他收到了一条紧急求助信息。

凌桑正在写字台上练习画图阵打发时间。

"还没收到寒假作业吗？"空泽眯起眼，怎么感觉凌桑这么空闲？

"啥？寒假作业？"凌桑惊愕地回过头，"这类洪水猛兽也侵蚀了Sritana吗？"

"你觉得Sritana的寒假时间就真的是给你玩的？大概只是目前任务还没分配好，所以暂时没通知。"空泽在床上坐了起来，右手凌空画出图阵，"我要回Sritana换衣服，接着还有事要做，走了。"

"哎……你就一直住在Sritana？"凌桑觉得相当奇怪。

"三号馆对任何黑服永久性开放。"空泽解释。

"啊不，我是指别的方面……像是……你……就……"凌桑缓缓地一个字一个字拖长了音说道，然后忽而用极快的语速说出了最后三个字，"不回家？"

"……"空泽的反应明显迟钝了不止一秒，他在半空画出的图阵因为驱动意志的停止而消散。空泽的右手握拳，与左手手心对击，发出"啪"的一声，同时整张脸仿佛都黑化了似的露出微笑，"你是想让我送你回老家吗？"

"啊啊啊！不用了！"凌桑惨叫。怎么有种莫名其妙地戳中了他死穴的感觉啊？

难不成他的童年曾经上演过父母双亡的灾难大片？

那真是太不幸了！

空泽一边重新绘制图阵，一边漫不经心地提起："自从到了Sritana之后，我就没回过母国，我是死是活父王也并不关心。"

图阵启动，空泽径直踏入图阵内，身形慢慢消失，最后还是留下了一句："托你的福，我算是暂时还没有过劳死。"

凌桑弱弱地举起右手挥了挥与他告别。

刚刚好像出现了一个很神奇的词……

父王……吗？

正月里，凌桑必须要跟着养父母去走亲戚。这是每个小孩儿最喜欢的活动，可以吃到最丰盛的宴席，和所有小孩儿打闹成一片，还可以收到压岁钱，但是凌桑以前完全没经历过。

养父母带着她去向每一个亲戚拜年，向他们展示自己就是他们收养的女儿。虽然见到那么多热情的面孔让凌桑相当不安，但她已经习惯了展现温和的微笑，所以成功地给所有人都留下了好印象。

午饭结束后，亲戚们开始打牌闲谈。为了避免大人们把她扯进话题引起尴尬，凌桑选择离他们远一些，和小孩子凑在一起。男孩子们在玩电脑，她就在隐蔽的角落用通信表玩俄罗斯方块。

然后就……收到了她的第一份寒假作业。

寒假实践一：在收到通知后十分钟内到 Sritana 南门广场领取任务单。请务必穿上制服。

十分钟内……十分钟内……

好即时的通知啊！

"阿桑——"苏芬到处找了一遍后，终于看到了藏在窗帘底下刷通信表的凌桑，"你三舅舅来了，快过来问好。"

"……"其实之前她并不知道中华民族的家族称呼如此博大精深，光是四个大叔就要分成大舅舅、二舅舅、三舅舅、小舅舅，不过眼下最重要的貌似不是这个……

凌桑急忙跑出去笑着问好："三舅舅好。"

"你叫凌桑是不是？真是个漂亮的小娃呢，今年几岁了？"

"马上就要十六岁了。"她一边温和地应着，一边盘算着如何拯救时间。

"来！让舅舅抱抱！"大叔双手一把抄在她腋下，毫不费力地把她举了起来，"桑桑好轻啊，不过云山一定会把你养得圆滚滚的！"

圆滚滚是很可怕的啊，大叔！在学校那边逃命的话会跑不赢的啊，大叔！

"阿沁你快来看看桑桑！"彪悍的大叔直接把她举到自己妻子面前。

"哎呀！快把她放下来，这样举着她会不舒服的啊……"接近四十岁的女人有些尴尬地笑着，"凌桑喜欢这里吗？以后要常来看看我们啊，不要见外……"

"嗯！"

如果自己能够从小就生长在如此热闹温暖的环境中就好了……啊呸！已经没时间回忆过去了啊！现在要赶时间去穿制服啊！

但是此刻她却是大家关注的焦点，要是突然消失了，绝对会引起恐慌，所以还得跟父母说明一下她需要回一趟学校。

"那个……我可能要先……"她弱弱地开口。

"来来桑桑，这是三舅舅给你的——"大叔微笑着把一个装着压岁钱的红包塞到她手里，"新的一年好好读书，将来考个好大学——"

"不不，这个不要了……"她慌张地将红包推回去。这种场面真是最尴尬了，而且她还在焦虑实践集合的事。

在凌桑后退一步的时候，感觉自己的右脚忽然踏入了一个……图阵，这个灵力波动是图阵没错的，然后一只胳膊自然而然地从后面伸过来环住了自己的脖子："你在这里啊，集合你不用去了，我已经领了任务回来了，我们是一组的。"

这个声音……啊不！她捂头。

所有人都愣愣地看着这个凭空出现的青年，至少一米七五的结实身躯上一身蓝色的改良长袍相当合体，青灰色的短发比正常男生的板寸发型要长一点儿，虽然看着很柔和顺眼，但是总归哪里都不太正常的样子……

"嗯？"慕德兰不知为何忽然全身寒毛竖起，扫视一周后惊叫出声，用手指着所有人，"啊——好多人！阿桑你到底是在什么地方？"

"……你出来之前不应该先观察一下这是什么地方吗？"凌桑继续捂头。

"这里真的好冷啊——快跟我走！离开这个炼狱吧！"

"……"凌桑一掌拍在慕德兰脸上将他推开，然后转身打算去大厅里找养母解释情况，不过她忽然在慕德兰身后看到了什么奇怪的东西。

"这个是……"她俯下身，看到死死扯着慕德兰衣摆的一个穿着粉红色丝绸长裙的七八岁女孩子，同样青灰色的长发细致地在脑袋左右两边各扎成了一条辫子，然后又把辫子盘起来绕成漂亮的小圆包，"你妹妹吗？"

"啊？"慕德兰这才发现好像有什么奇怪的人黏着他，他立即转身愠恼地把女孩子从他的身上拽下来，"你跟过来干什么？给我回去！"

慕德兰的话音刚落，空气中就垂直打开了一个空间裂缝，慕德兰一脚就把自己的妹妹踹了进去，随即裂缝消失。

"这么对你妹妹真的没事吗……"凌桑眯眼。

"当你被直系血亲折腾久了，绝对是见一次就想拍死一次。"明显深受熊孩子荼毒的慕德兰不爽地将已经裹得够紧的蓝服裹了裹，耸着肩跟凌桑走入室内才觉得稍微暖和了一些。

"你先吃这个，我去跟母亲大人通报一声。"凌桑递给他一袋鱿鱼丝，然后叮嘱道，"你别乱动。"

"噢。"慕德兰听话地拆起了包装。

凌桑向养母解释说要和同学一起去完成实践活动后，苏芬看了一眼那个服装以及发色非常诡异的"同学"，双手十指交叉置于胸前，相当担忧地皱眉道："你与他熟吗？他看起来不像是一个好学生啊，头发还染成那样……"

"他头发……那是天生的，因为不是中国人……"凌桑瞥过去一眼，正在吃鱿鱼丝的慕德兰忽然抬头对苏芬粲然一笑，用标准的中文发音："这个好吃。"

"那早点儿回来。"女人盼咐凌桑。被那只精灵的言论洗礼后，似乎真的一切皆有可能……

"嗯，好的！"凌桑立刻转身，拽起慕德兰离开。

但愿实践不会太久……行政部绝对是把所有学生都当免费劳力了。

两个人首先转移到凌桑家门口。

"快点儿去换制服啊，我都快冻死了！"慕德兰咆哮。等到凌桑换了白服出来，自己也控制不住地打了一个寒噤，人类世界果真没有 Sritana 那样温和的气候啊……

等到确认任务完成，凌桑疲惫不堪地转移回到原世界，才发现这边已经天黑了。相当晚了吧……她很担忧父母会担心自己，但实在是没有力气多跑几步了。

慕德兰本来是想把她送到家门口，但凌桑觉得总归是不妥，便跟他说道："你还是回去吧，我也不至于迷路，下次实践任务中见啦。"

"哦，那再见。"慕德兰告别之后直接转移离开。

离家还有一小段路，下次可以试试直接把连接点设置在她的房间里……外出执行任务一定要穿制服的这个规定真是考验人的体魄。

寒风从凌桑的后面刮来，她弹了弹食指将周围的风屏蔽。当风声消失时她忽而听到细碎的脚步声向自己靠近，有微弱的风被压低后扫过她的脚面。

有人？凌桑回过身去，一盏路灯投射下昏暗的光线，在路灯更远处的黑暗里，站着一个身高大致一米三的小小身影，根据阴影判断这个家伙衣服穿得还不少。

阴影随风晃动，那蓬松的衣物像是即将被风刮离身体一样飘动。那个身影继续向凌桑走来，到了路灯光线的边缘，黑色阴影逐渐被照出色彩。

"姐姐。"女孩露出微笑。她披着一件蓬松的银白色毛茸茸的大衣，大衣里面不知道有多少层丝绸的衬里，银白的绒毛随夜风层层掀动，竟让凌桑觉得自己似乎捕捉到了……风的形体。

附近应该没有哪户人家会把自己家的小孩儿打扮成这么高贵的模样。

凌桑站在原地，略微露出些笑意："啊，你好啊小妹妹——"

对方的可爱外表并没有让她卸下警惕，这个孩子……哪里来的？

女孩依然向凌桑走来，她那扎起的黑色长发上戴满了晶莹的饰物，路灯的白光照下来，饰物在灯光的照射下闪耀出绚烂斑斓的色泽。等她离开这盏路灯最后的照射范围，她的身形又模糊起来。

此时她与凌桑已经非常接近，就在此时凌桑忽然看见她的黑色长发瞬间化为银白色，随风散开。

凌桑忽然感觉到自己悬浮了起来，然而自己并没有御风……

"姐姐真是好柔弱啊……"女孩微笑着抬起右臂，娇小的手掌从层层叠叠的花边袖口中伸了出来，掌控了风。

风……

同样拥有风的能力！

凌桑在半空中挥手打破了风的禁锢，随后后空翻想要落地时，忽而一道风刃向她水平拦腰袭来。凌桑惊诧地睁大眼，不得不劈出竖直的风刃将水平风刃斩断。

两道方向截然相反的风碰撞在一起瞬间炸裂，五六米外街道两侧的房屋玻璃瞬间出现了裂纹。

糟糕！周围的人就要被惊醒了。

凌桑顾不上这个莫名其妙对自己动手的女孩，转身跑入了小巷。

背后异样的气流传来，她侧头看过去，发现穿着华丽的女孩凌空飞行在自己身后，毫不费力地追赶着她，精致的娃娃脸上露出了笑意："确实是风灵啊，姐姐——"

"我不认识你！请你不要再跟着我了！"凌桑近乎愤怒地说道。随后她迈开双脚降低重心，猛地转身抽出折扇打开，黑色的瞳孔收缩："离开这个世界！"

气流骤然变强，凌桑的白服在风中骤然掀动，发出飒飒的摩擦声。

——空泽，你之前问我改变了什么。

——大概就是这样……能够像你一样毫无畏惧地……

使用自己的力量。

"嗯？"女孩停了下来，悬浮在半空，白皙的面孔一半隐藏在阴影里。忽而她整张脸狰狞起来，露出扭曲的笑，发出了尖锐的声音，"那么你就属于这个世界吗？"

"这里就是我的世界。"凌桑仰起头，完全没有被对方打击到，"至于你——来做什么？"

半空中的女孩忽然俯冲下来，带动的气流在身周汇聚成旋风："我来看望你啊——姐姐！"

一道巨大的撞击声后，小巷矮墙瞬间炸裂，向外坍塌倒下。女孩直接被凌桑的一击拍到了地上，华丽的衣服铺散开来，像一只被雨水打湿了翅膀无力飞起来的蝴蝶。

"殷——"羽凤在凌桑灵力的滋润下已经可以实体化，它的爪子攀在凌桑的右肩上，丰满的双翼打开，白色的羽毛顶部闪耀着幽蓝色荧光。

"你可以回去了，妹妹。"被对方一口一个"姐姐"地称呼着，自己也要象征性地回应一下。凌桑微笑着抬起左手，羽凤闭上眼低下头，温驯地蹭着她的手心。

被拍在地上的女孩用右手支起上身，仰头看过来，脸上因惊喜而浮现出灿烂笑意："羽凤……果真是羽凤啊……"

"殷——"佑姬睁开眼，从眼中泛出蓝色的荧光，羽毛竖立起来显示出它的敌意。

"没事。"凌桑左手挠了挠佑姬的下巴安慰它。羽凤将竖立的羽毛妥帖地收拢，然后化为一道蓝光飞回折扇里面。

凌桑看向那个来历不明的女孩，发现她已经再次悬浮在半空中了。

"我不认识你，也不想认识你。"凌桑平伸右手将五指张开，掌控周围的风将女孩包围，"请离开。"

"我真的只是来看望你的啊，姐姐——"她用娇柔的语气说着，忽而神色有了异样，女孩立即侧头张望。

"哎呀！被发现了……"女孩再次笑着看向凌桑，"姐姐你等着……风之谷定然会以最隆重的方式，迎接你。"

语毕，她瞬间化为银光向远方飞去，在她离开五秒后，几个白色的身影从房顶迅速掠过，向她追赶而去。

"公主！回来！"男人急切地喊道。

在凌桑仰头望着那群人掠过的时候，一道白影忽然落下。凌桑瞬间反应过来，急速奔跑离开，顺手向后打出一道风将她的气息全部打散，避免被对方追踪。

穿着白色劲装的男人裹着一件绒布披风，站在已经残破的小巷口。

刚刚……有个女人在这里，而且……

她拥有强大的纯净风灵。

所以凌桑到底是怎么惹上一大堆莫名其妙的东西的呢？羽凤佑姬确实给她带来了麻烦，不过她真的不知道为什么会带来麻烦。

自从大赛竞技的初赛与决赛彻底展露了自己的风性后，麻烦就一件又一件地接踵而至了。

风之居民的发源地，就是风之谷。

这些常识她是知道的，因为自己是风性，所以她特地查找过资料。

那么是风之谷的人……找过来了吗？

铁栅栏敞开着，大门也虚掩着。凌桑在门口调整好状态后才走了进去，一进门就看见坐在沙发上等着她的苏芬："阿桑！"

"啊……不小心玩过头了，所以回来晚了……"她不好意思地笑笑。

"为什么要穿这种衣服，还穿得这么少——"

"这是校服啦，我这就去换回来……"明明想着要跑回二楼房间，但身体却戳在原地一动不动。

"怎么了，阿桑？"女人更加担忧地皱眉问道。

"呜——"凌桑忽而张开手臂紧紧地抱住对方。

"阿桑……"

如果一开始就能如此，她是不是就会是一个普通的小孩儿，享受着这样普通却又让她渴望的幸福呢？

"没事啦！"凌桑迅速放开手跑上楼。

在她换衣服时听到养母的喊声："吃饭了，阿桑——"

这么晚了，本以为晚饭应该已经结束了，他们是在等自己吗？

第三章 听说组合赛那天，你表白了

寒假作业的频率是三天接到一份任务单，因此凌桑与慕德兰的会面还真是频繁。也不知道空泽到底忙碌到了什么程度，给他发信息问候，也是在一天之后才收到回复，幸好他还会比较认真地回复一下：我在源溯家。

嗯？跑到源溯家去住了吗……

凌桑回复：只要住着舒服就好了，有空也可以来我这里住几天啊。

空泽秒回：别误会，我只是被拖来他家的。

凌桑的通信表上瞬间又弹出了一条源溯发来的信息，她重新打开一个新的通信界面：

哎呀，因为空泽生病了，所以就被我打包带回家了，方便照顾一下。

等等！这个屏幕……

瞬间变成群聊了啊！

空泽：你别给我啰唆！

源溯：没关系，凌桑是自己人嘛。你要是出点儿什么差错，她会比我更担心的啊。

空泽：这与你有什么关系？

等等！你们两个分明就在同一个地方吧！只要在现实中对骂就好了！为什么要刷我的屏幕啊？

她呼出一口气后输入：

凌桑：空泽殿积劳成疾了吗……

源溯：被大雨浇了一场就病倒了，不过也因祸得福让公局批准了他半个月的假期啦……目前在我家胃口相当好，已经没什么大问题了，只要不让他睡太久的话。

空泽：你给我闭嘴。

凌桑：那么源溯学长，请你务必把空泽殿养得白白胖胖地给我送过来。

源溯：那是一定的，绝对让他胖一圈。

空泽：源溯有本事你待在原地不要动。

源溯：啊啊，抱歉，学妹我要跑路去了，空泽殿再见——

凌桑：……

之后源溯的信号消失，空泽也沉寂了很久。就在凌桑以为这次的信息交流已经结束，想要关闭通信表时，空泽忽然发来一条：

听说在混合赛那天，你表白了？

她刚要按下按键的手指忽然抽搐起来。

啊啊啊这件事果然被掀出来了啊！源溯学长一定是你暴露的吧！

凌桑用抽搐的手指继续打字：呵呵呵！请你不要翻黑历史去查看这些细节。

下次可以直接私下对我说。在观众席喊真是够高调的，我到现在才知道他们议论的是这件事。

那你真是够迟钝……她发过去后愣了两秒，随即惨叫一声追发，什么叫"下次"？你真会接受私下告白吗？

等等还是哪里不对……她愣了半天后继续追发：绝对不是你想的那样！我那时候只是忽然有点儿喜欢你而已！

自己到底发了什么奇怪的信息过去……

对方许久才传过来一条回复：只是忽然喜欢吗？

啊啊啊！空泽你怎么了？你没事吧？这绝对不是你该说的话啊！不过你既然挑明了，那我就直说了！

凌桑呼出一口气，趁着空泽还没发来下一条信息，彻底破罐子破摔地一次性甩出：

没错我一开始就喜欢你了我喜欢你就是这样你好再见！

凌桑手抖地打完这句话，连标点都顾不上加。把这条发送出去后直接关闭通信表，大口喘息。

完全……慌了手脚……

当时的情况是，反正还有那么一大拨女生在喊着"空泽殿，我爱你"，于是自己也狠狠地脑抽了一次。

不过，她不会否认自己的真心，所有的一切，都是发自内心的。

空泽愿意对自己负责。

自己那永久寂寞无声的世界里踏入了他的身影。

让她觉得真的有人愿意接纳她，愿意成为自己人生中的引路者。

凌桑坐在床上，终于平静了下来。她将下巴放在双腿膝盖上，左手环过来将通信表放在眼前。

屏幕已经关闭的通信表忽而微弱地振动起来，并且发出了一声短促尖锐的提示音。

"……"真是好忘忘。

她呼出一口气，然后将屏幕打开。黑屏从中间拉开界面，双方视频通话连接。

凌桑的左眼抽筋似的跳了跳。

这个是……

源溯与空泽靠在一起，无比和谐地坐在床上。源溯露出满意的微笑，开口说道："不好意思，刚刚一直是我冒充空泽给你发了信息。"

"……"

请问一直黑着脸的空泽你到底怎么了？你是怎么允许源溯来诓骗一个青春少女脆弱的情感的？

"我只想知道你是怎么想的。"空泽终于开口。

沉默两秒后她对着通信表咆哮："你们太过分了，两位学长！"

语毕，凌桑再次干脆利落地关闭了视频通话。

好想用风刃劈死源溯学长，话说他是在给空泽进行情感启蒙吗？

随后，心灵深深被伤害到的凌桑再也没敢和空泽联系，直到她家要办正月宴席的时候，凌桑忽然向养父母提出"可以叫朋友过来吗"的请求，养父母自然很高兴地答应了。

她向空泽发信息：可以来我家吃饭吗？你和源溯。

然后等来了果断的回复：不去。

呆滞了两秒，凌桑意识到这个方式不对，于是她向源溯发了信息：可以来我家吃饭吗？务必把空泽殿拖过来哟！

源溯很快回复：好的，一定。

空泽再一次站在凌桑家门口的时候，很明智地穿了一件浅棕色的羽绒服，领子后还挂着一顶帽子，帽子边缘缀着蓬松的白色绒毛，把他的脖子都裹了起来。

凌桑平时看惯了空泽穿制服，现在他忽然穿成这样，给人的感觉好暖和好正常……

空泽稍微变了一下发色和瞳色，这次他没有扎头发，因而看上去比较像女生。

源溯一边笑着推他进屋，一边对凌桑招手："我把空泽殿完好地带过来了呦！"

"果然只有你才能把空泽拎过来啊。"凌桑微笑，用几乎没人听得到的音调喃喃。

"哈？你说什么？"源溯完全没听清。

"下来下来。"凌桑继续微笑着对源溯招手。

"嗯？"源溯低下头来打算听凌桑的耳语，没想到她忽然翻转右手，手背直接拍在了他的脸上，将眼镜扫了出去。

"喂！"源溯整个人向后倾倒摔到地上，空泽摊出右手，眼镜改变了飞行轨迹，被他握在了手里。

室内所有人都看向摔倒了的源溯，地面因为厨师端着盘子进进出出，确实洒了不少水。

这个年轻人真是不小心啊……因为亲戚实在太多，所以有些人几乎认不出谁是谁。他们以为这个面目相当端正的青年大概是某个亲戚那边的吧。

"学长小心啊。"凌桑依然一脸纯善地微笑着。

"……"源溯爬起来，用右手理了一下头发，笑道，"啊哈！你还真是记仇啊，我只是在开发空泽殿的情感认知而已——"

"请问你开发出来什么了？"凌桑看向空泽。

源溯同样看向一脸漠然的空泽。

空泽右手拿着的眼镜在"咔啦"一声中被瞬间冰封在一大块冰中。

"啊啊啊，会变形的啊，把它还给我！"源溯扑了上去。

空泽闭上眼，十分随意地把冰块往身后一扔。

源溯惨叫着扑了过去。

话说源溯近视吗？不过很多次在执行高强度的任务时，他并没有戴眼镜，也没见他视物困难……果然只有让人无法理解，才不愧于"学长"这个头衔。

空泽挡在凌桑面前俯视着她，面无表情。

尽管凌桑的社交性微笑已经达到炉火纯青的境界，但在如此强大的威慑下，她的笑脸还是变形了……

"没错就是我的错你不用看我了我是个笨蛋没错。"她捂头念完一段rap（说唱）后默默转身。

"你是认真的吗？"空泽的声音从背后传来。

"你当真吗？"

"当真。"

凌桑默默地回头，对空泽凄惨地一笑："谢谢。"

"……"

午饭时，凌桑在与众亲戚问好后，回到最里侧的一张桌子，坐在空泽旁边。空泽并不想在其他人类面前说话，好在有源溯陪着也不至于让他太尴尬。他右手手肘压在桌上，支着头看着一道道菜端上来。

"你不吃吗？"凌桑问他。

"让主人把菜全部上完再吃才礼貌。"他貌似哀怨地说。

"那个……我们这里的习俗就是在上菜的过程中你是可以吃的。"凌桑一边耐心解释着，一边端起他的碗往里面舀汤，又放了青菜粉丝和肉丸，最后把碗放在他面前，"放开了吃就好啦。"

依然支着头的空泽用半眯的眼睛懒懒地瞥了她一眼，接下来是长时间的对视。

凌桑的寒毛瞬间竖起。

当着众人的面吃饭就这么难吗？满足一下我对于你是以怎样的状态吃饭的好奇心也不行吗？这个好奇很奢侈吗？

半天，空泽终于吐出一句话："是否可以打——"

"包"字还没说出口，凌桑就立即打断："不行！你就给我在这里吃！"

默默喝汤的源溯耸起肩。现在的凌桑好可怕……这学妹想看空泽吃饭是想疯了吗？空泽竟然没有反驳，似乎这本来就是他自己的问题，也没什么可以用来反驳的……真的不习惯在众人的视线之中吃饭，他勉强地舀起一个肉丸子送入嘴里。

"其实没人会在意你吃饭啦，所以放开吃就好。"凌桑相当满意地眯起眼。

"……"空泽瞥了一眼凌桑，相当在意的只有你吧。

很快菜就上满了一桌，空泽在忍耐了一会儿后终于放松了不少，开始使用筷子夹菜吃——他才不会表示他连筷子都不会用，能够交叉呈 x 状夹起一块肉就足够了。

不过……似乎饭菜也太丰盛了吧？虽然在源溯家他受到了相当好的款待，饭菜非常丰盛，不过在这里，这样的饭菜简直是……太奢侈了吧？

他一直吃到了最后，他的胃口本来就不是一般人类能够相比的。最后，水果上了之后代表宴席结束，此时桌上用餐的人已经没有多少了，孩子们总是吃到一半就会跑掉。空泽不紧不慢地吃着，炖鸭、东坡肉这种肉食基本都是他默默地消灭的。

早就吃饱了的源溯与凌桑联机打游戏来打发时间，随后发展到明明中间就隔着一个人，但他们还是使用通信表来对话——给空泽缓解心理压力，让他慢慢吃。

不过公局这么大强度的任务压下来，也太不人性化了吧。凌桑在通信表信息中抱怨。

源溯：对于黑服，向来是没有人性化可言的。何况空泽本来就是公局的成员，要无条件为公局服务也是必须的。不过才高中就加入公局确实很不妥……我劝过他，不过没用，埃斯利亚一开始就想把他拉入公局。

凌桑：公局的定义到底是什么？

源溯：大约三百年前成立的中立团体，由各个国家最精英的人士组成。国家之间总会发生矛盾与纠葛，公局一直作为最权威的调和方存在，也是维护整个世界力量平衡的最关键点。自从公局成立后，动荡的局势就稳定了下来，至今都没有再发生过大规模的国家战争。

凌桑：那么公局的成员应该相当受人尊敬了。

源溯：是的，不管到哪个国家，公局的成员都享有最大的特权。所以公局的准入条件也是相当高的，空泽即使用黑服身份加入，以他的年龄与资历，也不会拥有公局中较高的地位，因此不能享有决策权，只能听从上级的调动。

凌桑：所以就这么忙了吗？

源溯：我觉得就是这样。
　　凌桑：那么源溯学长有没有加入公局呢？
　　源溯：没有。虽然到了蓝服中阶就可以报名，不过我还是无法做到将性命完全托付给公局。成为公局成员，死亡率会翻番，家族的人不会允许我为公局服务。有时候我真的很担心空泽会出事啊……
　　凌桑：至于值不值得，应该只有他本人知道吧。
　　凌桑抬起头，看了一眼还在进食的空泽，不自觉地露出了微笑，然后将眼眸慢慢地收敛起来。
　　虽然还不理解，不过我永远站在你背后。
　　——不把你吓死算我白活了。

　　下午凌桑三人没有其他事要做，就在房间里开了空调，坐在一起看源溯从家中取过来的一大摞理论书打发时间。空泽分明带着相当失落的表情喃喃了一句"原来不是那几本吗"，源溯露出神秘的微笑回答"那几本自然是不能带出来祸害别人的"。
　　啃着阵法书的凌桑头也不抬地轻声问道："空泽你在源溯家的娱乐活动就是看书吗？"
　　"是的。"
　　"好的，我知道了。"凌桑始终埋头看书。
　　"……"你到底知道什么了？
　　这几本是相当珍贵的珍藏书，在图书馆借不到，也无法从普通商店里购买。凌桑这次托源溯的福能够看到，自然是无比珍惜地把里面的内容全部抄在笔记本上。
　　"好快！"源溯吃惊地看着凌桑用神一样的速度翻过一页又一页的纸，简直像是在拓印。
　　"不要质疑天朝学生的抄书速度。"她已经完成了一本书的三分之一。
　　"其实我不介意你去复印的。"源溯友好地微笑。
　　"不用了，复印会侮辱神圣的图阵。"凌桑继续埋头苦干。
　　这时空泽的通信表忽然振动起来，并伴随着高频率的尖锐提示音，指示灯显示出凌桑从未见过的金色。
　　"特级？"源溯不安地望向他，皱眉道。
　　"该死！"空泽放下书，打开通信表查看任务。
　　凌桑轻声问道："不是还在假期中吗？就不用接任务了吧。"
　　"特级任务不分任何时间地点都必须要接受。"源溯先前也接到过一次，因此相当了解。

"我要走了，还没结束的假期会延后。"空泽关闭通信表，拉下羽绒服的拉链把它脱下甩给源溯，"我先回 Sritana 换制服，衣服还给你。"

空泽打了个响指，身侧立刻出现了竖立的金色图阵。他的一半身体已经进入了图阵，却忽而回头对凌桑说道："感谢招待。"

"哪里哪里，早点儿回来啊！"凌桑笑着对他招手。

空泽彻底没入了图阵中，凌桑的笑意也渐渐消失。

"又走了啊……"她惆怅地感慨一句后继续写笔记。

"习惯就好了，他工作起来一直都是这样的。这些书都是很难在外面找到的，需要的话你可以抄完再还我。我家里还有一些，你也可以找我来要。"源溯告诉她。

"谢谢！"源溯真是个好人。

之后凌桑又向源溯借了几本书，竟然发现里面夹了什么不得了的收藏物。

当然这是后话。

就在空泽走后不久，凌桑也收到了消息，但并不是行政部发来的任务通知，上面显示的发送人是 Toman。

Toman……托曼。她隐约记得确实有这么个人，自己与他在 Kinto 见过面并且交换了基本信息。他发来的消息是中文的：邀请你来金拓学院，有些事我想与你面谈，请不要感到紧张。连接已经在金拓行政部建立，请念出下面的咒语。

虽然指明了"请不要感到紧张"，但这明显暗示了话题并不会太美妙吧。凌桑将屏幕向下拉，看到翻译成中文的咒语……经过一学期的训练她已经可以念出普通咒文，这硬生生翻译成中文的咒语虽然很人性化，但是发音别扭到了极点。

连接实现，她的脚下出现了图阵。

凌桑刚迈出一步，人就已经到了行政部，托曼已经站在了她面前。虽然托曼平日里不苟言笑，但对于面前这个高一的学生，他的表情还是缓和了不少："请到这里来。"

凌桑没有过多张望四周的环境，就直接跟上了他。自己单独过来是不是太突兀了呢……现在想起来应该要提前通知一下空泽，不过他目前应该也没时间陪自己吧。

行政部毕竟是官方的，她可以完全信任。

"这件事我想了一阵子，觉得还是跟你这个当事人说明比较好。你能单独来很好，这样就不会受到外界对你的暗示。"托曼带着凌桑走入了一个房间，请她在自己对面坐下。

凌桑现在所处的房间不大，但是很宽敞，装潢也相当精致舒适，看来是专门用来招待外客的。凌桑并没有不安，但终究还是抱着怀疑的心态——他指的"外界的暗示"，是指空泽那些人对自己有意无意的提示吗？

"我并不觉得自己得了什么暗示，我不知道的就是不知道。"她平静地开口。

"你与上次来时的气势完全不一样了。"托曼露出微笑。

"因为这次只有我一个人。"她也微笑，"也想让你说话轻松一点儿吧，你直接切入主题就好。"

"那么我再问一次，你真的不知道你的母亲叫什么，是吗？"

"不知道。"

"她叫秋道川。"

听到这个陌生名字，凌桑的表情没有任何波动地直视着托曼金色的眼眸。

"你没有别的表情吗？"托曼眯起眼，仔细打量着凌桑，仿佛想从她的脸上看出一些什么似的。

"那么你想让我露出什么表情？"她保持了最大的冷静，心脏依然在平静地跳动着。

"我从不给人不肯定的答复。你的母亲，反巫女秋道川，在十一年前死亡。她曾经是Kinto高中部的学生，大学期间在公局工作过两年，蓝服高阶身份。虽然我与她接触不多，但不会没有印象。"

"她……"凌桑终于露出无奈的微笑来，轻声问，"怎么样？"

自己已经很难回忆起母亲完整的面目了，所以很期望能够从别人那里得知她的一些信息。

"与你一样漂亮，是个很温和的女人。"托曼望着她，"只是最后背叛了公局，被公局抹杀了。"

凌桑依然平静地望着他，但明显感觉到自己的心脏仿佛滞缓了运作，她可以听到全身血液汩汩流动的声音。

"我知道这并不是一个好消息。"凌桑的平静还是相当让托曼欣慰，他耐心地做出解释，"我也不奢求你能理解公局的苦衷，只希望你能接受这个结果。"

"没事，我已经独自过了这么多年，也不奢求她会再回来。只是我不理解……你为什么要将这种事告诉我。瞒着我就好了，我不会探究，而且目前我过得很满足。"她恢复原先的神色，在嘴角勾起微笑之前，暗色的眼眸已经充满了柔和的笑意。

柔和到可以让人不知不觉地沉溺进去。

"公局并不需要欺瞒你来达到什么目的，如果当年我们知道秋道川还有一个女儿，我们定然会将你抚养至成人，不会让你流落异世界这么多年。"

"没关系，我现在过得相当好，而且已经有了父母。"凌桑眯起眼，手肘压在桌面上，手掌互相握住，然后用手背撑住下巴，"所以你刚刚说出的这种没有根据的许诺，也只是可有可无的东西而已。"

母亲当年带着她逃亡，最终将她独自抛弃在这个世界上，但是她知道母亲是不会害自己的。母亲觉得公局会对孩子不利，所以才要带着她离开。至于公局究竟会不会伤害当时那个年幼的自己，不是现在一句话就能解释的。

她更愿意相信母亲。

凌桑继续对托曼说道．"你是担忧我终究会知道这些事吧，所以想提前告知我。"

"从某种程度上说，是的。"托曼点头。

"那么你们可以放心。"她露出温和的微笑，"如此久远的仇恨，我没有什么动力来与你们纠缠。"

"不，我们只是担心——你也会被利用。"托曼始终平静地用金色的眼眸看着她，带着近乎怜悯的目光。

怜悯。从小就生长在别人怜悯的目光中，她几乎没有什么感觉了，只是这一次托曼的目光莫名地让她觉得……悲伤。

"虽然我不清楚事情的起因与经过，不过这结果可真是糟糕。"凌桑低声说道，也不再看托曼，"那么你们要怎么做呢？你们想做什么，我是没办法反抗的。"

"我会把秋道川的所有资料都传给你。"托曼右手食指轻击在他的通信表上，通信表上空忽然浮现出半透明的页面，竖直飘浮的几十页叠加在一起，上面写满了肉眼无法辨识的微小字体。他扬手将资料弹出，那些半透明的页面径直没入凌桑的通信表，指示灯闪现出接受信息时才会有的绿光，"你很聪明，所以我相信你不会将这件事情泄露出去。"

凌桑的右手搭在通信表冰凉的表面上，敛眸对托曼点头："没有其他事的话，请让我回去好好消化一下这些信息。"随后她站起来对托曼鞠躬："我若是离开久了，现在的母亲会担心的。"

"我送你回去。"托曼站起来挥出右手，凌桑的脚下出现图阵，随后她的身形消失在图阵中。

托曼在凌桑离开后又坐了下来，轻轻地呼出一口气，然后缓缓地闭上眼休息："比预料的顺利得多，真是一个好孩子。"

第四章 这么可爱的学弟弄死了，你能赔吗

"是啊，看来我先前是多虑了呢。"轻声的回复响起，托曼的对面缓缓浮现出一个半透明的身形，逐渐实体化后，穿着月白色长袍的精灵在先前凌桑坐过的椅子上坐下。

精灵是相当纯净的自然物种。之前在黄泉印遭到了瘴气的侵蚀后，埃斯利亚几乎是被冥罗用尽全力救了回来，才防止了他的灵魂扭曲。目前埃斯利亚已经清除了大半的残余瘴气，恢复了部分自然力，但他已经被执政明令禁止靠近黄泉印。

若是让一个精灵王族完全被侵蚀，扭曲成恶灵，那绝对是比埋主更加恐怖的存在。

"为什么在这个时候同意让我告诉她？"

"大概是我心情不好吧……"精灵眯起眼，但是这一次并没有笑，"毕竟这一次我们要毁灭的……是她的生父。"

"埋主已经死了。"面对精灵，托曼难得能够轻松一些，"凌桑竟然没有问起生父。"

"对她而言，没有尽责的母亲都已经是可有可无的存在了，一直没有出现过的父亲……她更是没有任何感情的吧。像她这么追求美好的孩子，是不会甘心让灵魂沉溺于痛苦与怨恨的。"

"你从一开始就知道了吗？"

"第一次看见她的时候，我就觉得，自己再一次看到了秋道川。"埃斯利亚闭上了眼。

精灵的记忆力与洞悉力是非常强的。虽然多年前只与秋道川见过两次面，但当他见到凌桑的时候，一下子就回忆起了秋道川的模样。

缓缓地，他再次开口："秋道川是 Kinto 的学生，她的女儿就由 Sritana 来负责，我会守护她。"

"我们之前不知道秋道川还有孩子留在世上。"托曼不满地轻声说，"竟然还是埋主的血脉，若是之前被我们发现，上面一定会决定抹杀。"

"现在你与她直接聊过了，那么还有……要抹杀的念头吗？"精灵露出微弱的笑意。

"只要不重蹈那女人的覆辙，我们也就不会对她采取什么措施。"他点头承诺。

"公局高层已经知道这件事了吧?"

"是的。这种事没有不上报的理由。"

"所以就是这样,我不想到最后,只有她一个人还不明白。"精灵缓缓地向后推开椅子站了起来,欠身向托曼行礼,"告辞了,我先同 Sritana,还是要去黄泉印那里看一看,放心不下他们。"

"祝愿你不要被执政抓到。"

其实在看到羽凤的那一刻,埃斯利亚就知道了凌桑与堙主的关系。纯净的风之灵力……只能是堙主的血脉。但是堙主,早已不再是堙主。

"是谁让他进去的?"蒙格洛从界定区的火焰边缘踏出,身上残余的火焰逐渐熄灭,但他的身躯仍然向外散发出灼热的气息。他将怀里抱着的人放在地上,那人本来蜷缩的四肢缓缓地张开,摊在灼热的地表上后没有了任何动静。

他的皮肤一片死灰,并不是沾染了灰尘,而是血色全无。

"他已经是最后的战斗力了,除了他没人能完成最后的封印任务。"坐在地上的凤凰无力地开口。

至少黄泉印,已经被成功封印。

席卷的火焰将天地混合成黑黄相杂的颜色,空气浑浊得已经不适合呼吸。

"再没能耐也不能让一个高中学生来完成最后的任务!是谁命令他去的?"蒙格洛继续咆哮。

"都是公局的成员,还要因年龄来差别对待吗?"凤凰眯起眼,无奈地笑笑。

"需要我让你清醒一下吗,鸟人?"蒙格洛大步上前挥出右手。

"够了!"薰一脚把凤凰踹下去,"你给我闭嘴,这里没你的事。"

刚从远处走过来的薰仰头看向蒙格洛,呼出一口气。她那经常涂深色口红的唇也已经褪色发白:"空泽是自己进去的,因为只有他还具备进入中心的能力。"

蒙格洛已经冷静了下来,冷笑:"你们这些学长学姐就这样纵容学弟胡闹啊……"

"抱歉。"两个人挪开了对望的视线,看向地上依然没有任何动静的空泽。

"医务室的人给我过来一个。"薰转身向前走去,推开两个挡路的家伙去找红服。

蒙格洛望向被火焰包围的黄泉印。黄泉印现在已经被封印镇压,至少可以稳定三天,能给众人喘息的时间。

到底是谁……能够开启黄泉印?

空泽依然没有任何动静,甚至看不出有呼吸。

"别死透了啊。"蒙格洛眯起眼。

一个穿着红服的年轻女人慌张地跑了过来。

"快点儿！"狂躁的薰一脚踹向女人，女人直接扑在了空泽的身上。

"把这么可爱的学弟弄死了，你能赔吗？"黑化的薰直接恐吓，"让他醒过来！"

年轻的女人抽噎着："我……只是实习生……"

薰推开实习生，随后转身要去再拖一个红服过来："对不起，我还是换一个吧。"

"我会尽力！"女人大喊。

薰停住脚步，冷眼瞥了过来。

女人的左手搭上空泽的心脏处，右手捂住他的脖子，立刻说道："气被黄泉夺走，受瘴气侵蚀严重，必须尽快带他离开这个地方。"

"带他走。"薰右手五指张开，弹出一个图阵，"Sritana医务室欢迎你。"

小图阵落在地上瞬间扩大，女人与空泽的身形直接消失。

"交给一个实习生靠得住吗？"夙凤半死不活地垂着眼睛捂头问道。

"听说这个新来的实习生天赋很好，可惜就是胆子太小。来这种地方也真是难为她了，还是让她回去安心做事。"薰也坐了下来，疲惫地向后倒了下去，仰望混沌的天空。

等恢复了精力，一定要将这个大型黄泉印彻底粉碎。

究竟是谁……可以如此频繁地开启黄泉印……

Sritana。

医务室所有成员都已经调遣外出，只留下一个非医务人员值班。当瑛绮一个人走在走廊上的时候连大气都不敢出。虽然没有其他人在，但就怕自己的脚步声惊扰了其他什么未知的生物。

她走进房间后轻轻掩上门，然后看向空泽。空泽依然没有任何苏醒的迹象，但是原本近乎银灰色的皮肤已经恢复到正常色泽，生命体征也已经稳定下来。

她已经散化了大部分瘴气，剩余的需要空泽用自己恢复的生命力来祛除，彻底恢复还需要很长一段时间。她从口袋里抽出一条穿着水晶挂坠的项链，系回空泽的脖子上。

之前她一扯开空泽的黑服，就看到这枚挂坠塞在他胸口处的衣服里。如果不是这枚水晶挂坠吸收了大量瘴气，恐怕他根本撑不了多久就会彻底丧失生命力转化为恶灵。

现在这枚已经被自己净化的水晶应该交还给他，这应该是非常珍贵重要的东西吧。

这时她左手手腕上的通信表忽而振动起来。她打开屏幕，通信表里立刻传来组长的呼叫："瑛绮！立刻到我这里来！急需增加人手！"

"可是……"她担忧地看了一眼空泽，"我这里还有一个……"

"磨蹭什么？还有更多的人需要你！给我过来！"

"我不能留他一个人在这里……"她张皇失措地颤抖着，眼睛里蓄满了泪，抽噎着呢喃，"我不知道……"

"哭什么？"通信表中传出了组长的咆哮，随即一个男声插入，用和缓一些的语

这么可爱的学弟弄死了，你能赔吗

气对她说道："瑛绮，把你手头的伤员托给别人，使用他的通信表和他储存的联系人联系。我们这里需要你。"

"……是。"她慌张地蹲下来握住空泽的左手，打开他的通信表，翻出联系人列表却看见密密麻麻的一串。

"好多……我该找哪个……"她再次无措地向对方求助。

"真是什么事都做不好。"男人责备后立刻提醒道，"使用联系快捷键，左下角蓝色按键，通信表会自动与他最重要的人连接。"

谁都会把自己最为信任的人设置为快捷键，用来应对突发的不测。

瑛绮按下蓝色按键，通信表上立即展开全新的屏幕，出现了三个选项：CALL（通话）、SCREEN（视频）、INFORMATION（信息）。

她按下了 SCREEN，五秒钟后接通，屏幕上出现了凌桑的脸："嗯？"

凌桑看到对方后惊呼一声："空泽——阿阿阿阿阿阿姨你是——"

"请过来 Sritana 医务室，空泽要拜托你了。"

"啊……好的，马上过来，等一下！"反应过来的凌桑立刻关闭屏幕启动转移图阵。

两分钟后凌桑使用定位系统找到了空泽所在的房间，推开门后大喊一声："空泽！"

"嘘——"瑛绮对着凌桑皱眉做出了一个"安静"的手势，双手握合在胸口对凌桑鞠躬说道，"我还有工作，他就拜托你了。"

"好。"

瑛绮将空泽托付给凌桑后立即出门。凌桑走过去看着空泽，右手搭在他冰凉的脖子上，感受到了稳定却缓慢的脉搏。

生病了吗？

"喂喂！听得到吗？"她慢慢摸上空泽冰凉的脸。若是平时这么做，这个人绝对会立刻诈尸般地坐起来，不管醒没醒先把她一掌掀出去再说，但此时空泽只是缓慢地呼吸着，没有任何动静。

凌桑立刻打开通信表，果断寻求源溯的支援。

源溯的家族是一个很有名望的大宗族，他是宗族的嫡系血脉，也是能力最为卓越的长子，因此已经被默认为继承人。虽然他总是要接受一系列像是礼仪守则之类的约束，但他平日还是相当随意与自由的。

对于他前一阵子带一个男生回来的事情，长辈们一直都有点儿埋怨。好在这次除了空泽之外，他还带来了一个女孩，源溯的长辈们直接忽视了源溯与空泽，极度热情地欢迎了凌桑。

凌桑觉得……源溯可能从没带过女孩子回家？

"我与空泽殿真的是清白的。"在受到凌桑的质问时，源溯捂头答道。

"……"自己是不是问了什么不该问的问题？

一天后的半夜，空泽忽而睁开眼，立即左手支在床上坐了起来。

发生了什么……他眯起眼甩了一下头，披散的长发随后更加凌乱地一缕缕缠绕在一起。想不起来，蓝色的眼睛扫视四周，这个房间自己并不陌生。

始终紧绷的神经刚要放松下来，他忽而感觉到自己脖子上挂着什么东西……空泽低头，发现胸口处挂着一枚深色水晶。这个是？

想起来了。

那时黄泉瘴气泄漏出来，形成巨大的旋涡将他包裹吞噬，在他的眼睛因为被瘴气侵蚀而变得模糊的时候，他隐约看到一个人影从瘴气中踏出，然后在他面前蹲下，将一枚水晶塞入了自己的怀里。

那时他已经瘫痪地伏在地上，眼前一片黑，根本无法看清对方的面容——

"尼萨亚！"

他近乎咆哮地喊出声，随即力量全无地大口喘息，弓起背上身前倾，垂下额头抵在勾起的双腿膝盖上。

凌桑被这一声暴吼惊醒，然后立即去看空泽。刚刚，他喊的是谁？

"啊——"空泽忽而嘶喊着将脖子上的项链扯断，一把将挂坠扔出。水晶砸在对面墙面上再被反弹开来，落在地上时发出了一道清脆的撞击声。

为什么要如此折磨我……他发出沉重的喘息，双手紧紧地捂住头，指甲抓挠着发根。

"空泽……"凌桑喃喃。这是在发泄起床气吗……似乎不太对劲……

她从地铺上起来，抬起右腿将膝盖搁在床的边缘处，将上身探到空泽面前侧过脸去看他："空……泽？"

将头埋下去的空泽很清醒地叫她的名字："桑。"

凌桑伸出右手挑起风，在远处地面上的水晶飘浮起来飞入她手中："这个……不是你的吗？"她将水晶递到空泽面前。

空泽根本没有抬头看一眼，直接说："不是。你喜欢的话就自己拿去。"

"空泽？"

"我很好。"

还是不行啊……凌桑伸出左手刚贴上空泽依然冰凉的脸，就被他猛地甩手打开。空泽狂躁地喝道："别烦我！"

凌桑将另一条腿也迈到床上，张开双臂将空泽轻轻却又坚定地揽入怀里，空泽只是颤抖了一下，并没有抗拒。

空泽急骤跳动的心脏逐渐平缓下来，他深吸一口气，然后无声息地缓缓吐出，他直起身，环过右手将凌桑搂在自己怀里。

"好点儿了吗?"凌桑开口问道。

"嗯。"他将凌桑轻轻推开一些,然后与她对视。凌桑看到空泽的双眼充斥着疲惫,看上去暗淡无光,但在夜间还是散发着微弱的蓝色光芒。

"这个还是你拿着吧。"凌桑低下头,将水晶放入他手心。

空泽握拢手掌将水晶紧紧攥住。

尼萨亚把它塞入了自己的怀里,抵抗住了瘴气的侵蚀。

"干脆让我死了好了。"空泽闭上眼对着水晶喃喃自语。

凌桑不安又不解地看着他。

"没事了,我再睡会儿。"闭着眼的空泽仰头倒下,后脑砸入枕头。右手松开了一些,但还是握着这枚水晶。

"晚安。"凌桑轻轻下了床,回到自己的地铺上睡下。

空泽第二天没有醒过来,只是侧过身子蜷缩起来继续睡。凌桑也就纵容他继续睡,他半夜醒来的那一次反倒像是自己做的梦。

凌桑不经意间看到那枚水晶又挂回了空泽的脖子上——是他自己挂回去的吗?

是谁给他的?

又过了一整天,空泽还是没有任何要醒来的迹象。

凌桑这几天就窝在源溯家看他的藏书,当通信表的呼叫声响起时,她以为又是寒假实践作业下达,但是打开自己的通信表,什么都没有。

回过头去,这才看到空泽的通信表指示灯发出了金色光芒。

特级任务。

然而即使通信表在持续振动,空泽也像是什么都没感知到一样,继续昏睡,不过这样继续振动下去终究还是会闹醒他的。

凌桑内心忽而升腾起极大的不满。空泽目前还是如此虚弱的状态就又要被传叫走了,公局就是如此对待它的成员的吗?

凌桑走到床边,左手抚摸上空泽的通信表,然后瞬间翻转手腕,将自己通信表的表面在对方表面上水平划过,双方指示灯同时亮起绿光,实现了信息交接。

空泽的通信表立即平静,指示灯熄灭。她的通信表指示灯随即亮起金光,紧接着振动起来,伴随着急促尖锐的提示音。

任务转移。凌桑神色平静地打开通信表查看详细信息。

空泽依然没有任何知觉地沉睡着。

当固定的移动阵点出现一个白服高阶而且是一个不到二十岁的女孩时,守在一边的蓝服高阶立刻眯起了眼睛,还有没有可能把这个不知从哪里跑过来的小孩儿塞回去?

凌桑直接无视了这个蓝服，仰头望向天花板——这里是一个很普通的大厅，可以确认这里绝不是公局。

"从哪儿来回哪儿去，乖。"蓝服一掌拍在凌桑脸上，刚要强行启动图阵将她遣送回原地时，面前忽而爆开一阵风。

等他反应过来时，发现自己右手什么也没抓到，这个女孩竟然瞬间到了自己身后。

"我是接到任务才来的。"凌桑微笑着绕到他面前，打开通信表将信息单给他看。

"……"蓝服高阶的男人皱眉。确实是这一份没错，但怎么会传到一个白服手里？是传送失误吗？

"回去，信息发错了而已。"他用右手手指弹了一下凌桑的脑门儿，凌桑的头受力向上抬起四十五度。

"没有发错，既然信息在我这里，那么我就是来执行任务的人。"凌桑掠过蓝服要走出大厅的大门，白服后领忽而被人勾住。

"这真的不是你该来的地方啊。"一道婉转的声音从耳后传来，凌桑全身寒毛直竖，随后僵硬地扭头。

是凤凤。

"凌——桑——"凤凤拉长音念出她的名字，伸出右手，修长的手指托在她的下巴上，将她的头向上抬起，然后直视她的眼睛，"虽然你考取了不错的服级，不过这里可不是任何人都可以随意进出的地方。"

凌桑露出微笑："那么我代替空泽来，有问题吗？"

"空泽？"

"他的任务由我来完成。以他目前的状态如果硬是要上场的话，那还不如让我来。"她直视着凤凤暗红色的眼睛，毫无畏惧地说道。

"你不是公局成员，我们无法对你的安全负责。"凤凤狭长的眼眸眯大，眼里没有了任何的笑意，已经是有些愠怒地俯视着她。

"那么公局成员就可以不管不顾地随意派遣了吗？"凌桑终于喊出来，挥手打掉凤凤的右手，侧过身与他面对面对视。

凤凤再次伸手将凌桑拽向自己。

"你给我听好了，"凤凤低下头，与她近乎脸贴脸，对看都只能看到对方的眼睛，凌桑嗅到了火系的凤凤因为情绪波动而散发出的热气，"能够加入公局都是立下了誓约，愿意随时为自身所负的责任付出性命，以你的年纪还是多去享受青春，不要涉及那些你还觉悟不了的事——"

"觉悟吗？"凌桑再次微笑，面目却显得有些狰狞，"如果这只是觉悟问题的话——那么我加入公局怎么样？"

"你再挑战一次我的耐性试试。"凤凰虽然笑着,但是眼中暗红色的虹膜已经流转出鲜红的流光。

空气中出现了灼热的温度。

"好气势。"一边经过的薰瞥了一眼凤凰,本来打算直接走过去的,却忽而发觉那个女人穿的并不仅仅是白服还是高阶白服。

"怎么会有白服?凤凰你还真有心思在这里——"薰刚要发作,忽然觉得这个白服高阶十分眼熟,愣了一秒后轻声说道,"这个好像是空泽那边的人吧……"

凌桑与凤凰望过去,都满脸迷茫地看着薰。

"没事了,你们继续。"薰点头,继续成为路人经过,走远之前抛出一句,"你们不用担心,我会向那个可爱的学弟好好解释这个问题的。"

凌桑与凤凰对视一眼,在意识到目前两个人离得有多近后猛地推开对方迅速后退。

学姐……学姐你回来……凌桑悲恸欲绝地看着薰消失在转角。

"那么就让你顶替空泽了,跟我去后勤组报个到。"凤凰恢复常态后转身离开,凌桑小跑着跟了上去。

这个镇的所有居民都已经撤离,现在这里已经是一座空镇。这是距离黄泉印最近的城镇,比它更近的居民区都已经在战役中覆没。

天地苍黄,一眼望过去一片空旷,燥热的风席卷而来,扬起土木碎屑和沙尘,空气浑浊又压抑。

第一组二十七人已经动身去摧毁已经被封印的黄泉印。这种技术性与力量性并重的行动必须依靠高精尖的小组,不是数量庞大但攻击性一般的军队所能够驾驭的。

实际上凌桑在后勤组根本没事情做。如果空泽来这里的话,一定会被派遣入第一组执行突击任务。

虽然她对于黄泉印不陌生,不过话说回来,黄泉印这种东西……究竟是什么?

连接这个世界与地狱的通道吗?

开启黄泉印的人,是不是那个裹了白色风衣的男人?在寒假前不久的一天,她在独自执行任务时忽然又遇见了他,才交手一回合,自己便被彻底击败失去了意识。之后醒来,自己已经被空泽带回了他的房间。

空泽与他之间到底有什么关系?

那枚水晶……是他给空泽的吗?

第五章
他是一个未尽责任的父亲

"殷——"

平时一贯安静的羽凤忽而发出微弱的鸣叫,折扇在她腰间振颤起来。

"佑姬?"凌桑抽出折扇,用拇指抚摸着扇骨,轻声问道,"怎么了?"

"殷——"

蓝色荧光散发,羽凤显现身形后展翅飞上了天空,扇动翅膀卷起的巨大气流让已经沉淀的废墟碎片与沙尘再度被卷入半空。

"别闹,下来下来!"被烟尘眯到眼睛的凌桑闭上眼适应了一会儿,然后左眼睁开一条缝,向上举起右手,几乎没有任何重量的羽凤轻盈地落下,双脚抓在她的手腕上。

羽凤脖子弯曲,将头部凑过来蹭了蹭凌桑的脸,忽而再度俯身蓄势,猛地跃出,这一次直接向前方飞去。

那个方向无疑就是——黄泉印!

"佑姬!"当凌桑反应过来惊慌地呼唤佑姬时,远处黄泉印忽而发出绚烂的银白色光芒,耀眼的光芒笔直地射入天穹,然后扩散开来将四周的事物吞噬殆尽。

当光芒射来时,她根本无法将眼睛睁开,耳膜也受了极大的声波挤压。

震天的炸裂声终于传了过来,狂风以黄泉印为中心向四周席卷而去。凌桑站在城镇尽头的街道上,身后的建筑物全都被气流凝聚成的风刃切割得支离破碎,逐渐剥离出钢筋骨架,紧接着钢筋骨架又被风刃硬生生地斩断刮走,瞬间消失在视野中。

凌桑展开结界,用自身的风性勉强抵抗住了烈风的袭击。

等等……是风!

她猛地睁大双眼向前望去,面前黄沙弥漫,四周的事物都模糊不清,但是她可以清晰地捕捉到风的轨迹。

这不是自然状态下的风!

究竟是什么人可以驾使如此刚劲的烈风?

"殷——"羽凤的鸣叫萦绕于耳畔,蓝色荧光蹿入折扇内,借助凌桑的力量避难。在第二轮更加狂暴的风横扫过后,终于逐渐平息,急躁的羽凤再度现形。

"佑姬!"这一次凌桑终于喝住了它。到底是怎么回事?"那我也去吧,总不能只有你。"她伸出右手抚摸着羽凤垂下的尾羽。

羽凤飞到半空中盘旋了一圈,便大胆地向前飞去。凌桑借助风,用最快的速度跟上了羽凤,一起向黄泉印发生异动的方向飞去。

第一组信息回馈:摧毁失败!黄泉异风不明。

第二组接到命令后出击。

凌桑已经赶在第一组撤退与第二组进攻的时间中间飞了过去。

是什么人可以瞬间击溃最为精锐的第一组……难道是那个白风衣的男人吗?

他躺在地上无法动弹,一只手猛地从上方按压而下掐住他的脖子,全部的重量压下来让他难以呼吸——

"空泽!"

他终于睁开眼,大口喘息着。好累……刚睁开的眼就要缓缓闭上,意识又模糊起来。

"所以你还想睡?"源溯无奈的声音响起。

"……嗯。"

做噩梦了啊……真的好累……空泽将右手从胸口上挪开,果然把手压在胸口上更容易做噩梦。

"起来了。"源溯催促道。

"啊。"他应了一声,侧过身坐了起来。全身没有一点儿力气,再睡下去情况恐怕会更糟。

"出了一身汗,做噩梦了吧?先把粥喝了再去洗个澡。"源溯把碗递给了空泽。

大概因为出了一身汗,反倒祛除了体内所有剩余的瘴气,现在呼吸倒是轻松不少了。空泽接过碗三两口就把粥喝了大半,忽而想到了什么,忽然停住,已经纯粹湛蓝的眼眸看着源溯:"桑呢?"

虽然先前记忆十分模糊,但他还是记得凌桑是出现过的。

"她只说是有事,已经走了一整天了。"

"是吗……"把剩下的粥一口喝完,空泽翻身下床,随手拽上床头柜上的长袍披上。

潦草地用温水冲洗了全身之后再潦草地擦干,空泽找源溯讨要了一件衣服穿上就要去找凌桑:"要是这套也被我弄坏的话,到时候我把钱一起拨到你账户上。"

空泽也不知道自己到底借了源溯多少件衣服了,总之最后大都没法完整地还给他,所以空泽会直接给源溯拨钱,不过源溯从来都是拒收后再退回去。

"不要再介意了，我衣服很多啊，他们一直都会一打打地送过来。"源溯笑道，"不过你要找凌桑吗？好像很急……"

"恐怕她会做出什么让人无法接受的事来。"空泽本能地如此觉得，与源溯告别后迅速离开。

最初，他还真的以为凌桑是一个温顺到唯命是从没有主见的小家伙。后来她逐渐展现出独立精准的主观意志，这确实让他相当欣慰。但是自己越了解她，却越无法捉摸清楚她的想法。

自己完全不能察觉到她的思想了，抑或是说，自己已经完全掌控不了她了。

空泽打开通信表定位凌桑所在区域，但即使连对方最微弱的信号也捕捉不到，她应该在一个与外界隔绝的地方……那个地方……

他的通信表没有接收到任何信息，但他可以翻找出在失去凌桑的信号前，通信表同步后传送给自己的内容。

特级任务信息。

她的通信表中最新的消息果然是这一条，看来是自己的任务被她悄无声息地转移走了——你还是斗不过你的负责人的，桑。

急速奔跑的人影在空阔的街道上化为一道蓝光向前射出，瞬间消失。

没有人与自己进行定位连接，那么只能靠自己强行闯入隔离区域。

在狂风肆虐后已经破损的转移图阵忽而从阵中散发出金光将缺口补充完整，然后自下而上刮起旋风，从中踏出了一道精瘦的身影。

留守在原地的蓝服忽然惊愕地扭头："空……空泽？"

"其他人都在哪里？"空泽一出现，省略了问候劈头就是一句逼问。

"第一组覆没已经无法作战，目前第二组正在赶过去。"

"那么那个白服高阶现在在哪里？"

"呃？"蓝服愣了一下，虽然觉得空泽关心这个有些奇怪，但在思考一秒后还是用手指了过去，"在那个地方——啊？不见了！啊啊啊啊等一下，半小时前还在的！"

"半小时前……"空泽左眼眯了起来，蓝服明显感觉到自己周围气压骤升。

"对不起！"蓝服完全不知道自己到底怎么对不起他了，但现在似乎只有鞠躬道歉才能让自己活得更久一些。

对方长久没有回话，当他将上身抬起来时，才发现面前早已空无一人。

凌桑竟然无比顺利地进入了黄泉印的中心地带，这个黄泉印比她之前所见的大了近十倍，图阵遍布的地表灼热到无法落脚，她只能不断地奔跑。

先前黄泉印爆发的那一刻，第一组的所有人员都被迸发的银光冲击出数百米远。

他是一个未尽责任的父亲

凌桑站在离黄泉印中心最近的地方，双脚离开地面悬浮在空中以避开灼热的地表。她看到黄泉印中心下陷形成一个巨大的旋涡，里面不断涌动着灰黑色的物体，最终溢出。

黄泉的异形。

"殷——"羽凤在上空急切地盘旋。

她仰头，到底怎么了……

大型的黄泉印最终都会出现一只王级的大恶灵，但是这里只有异形兴奋地嘶叫着不断涌出。

凌桑上升至半空避免与异形接触，没有能力摧毁黄泉印，只能如此观望。

这种无力感……

空泽，我大概能理解你对力量的执着了。

没有改变一切的强大力量，终究只能任人摆布，察觉到危险也只能旁观，内心煎熬。

凌桑举起右手，风在她手中汇聚。试一试吧……她眯起眼，气流在她上空汇聚成团。

异形跳跃着扑向她，巨大的干瘪蝙蝠从中心飞出——

她大喝一声将气团挥下，气团击中蝙蝠后将蝙蝠碾成碎片，随后冲入了下陷的洞口，猛地爆开堵住了洞口那些涌上来的异形。

下方的气流反向突破向上涌出，将她的风轻易击溃。黄泉印中央的裂口形成风的旋涡并迅速扩大开来，几乎在瞬间就将整个黄泉印扭曲成风性旋涡！

再也没有异形出现。

凌桑睁大眼，这是……王级恶灵要出现了吗……但为什么……是风……

"殷——"羽凤继续发出哀鸣。

到底是什么，能够吸引羽凤？

"呜——"一声低沉的嘶叫响起，随即像是彻底挣脱了束缚一般，变为高亢的吼叫。

这时从风的旋涡中升腾起一片金色的散影，在空中环绕成修长的身形——是白龙！

旋涡消失，下方依然是黄泉印。白龙从上空笔直坠落，到了地表后再次腾飞而起，盘绕成圈，将中央的一圈空间围裹起来。

白龙所环绕的中央逐渐现出一个高大的人形。

凌桑落地，远观只能看出那人银色的长发随风飞舞，身上穿着贵重高雅的白色长袍。

不可能是恶灵。

白龙在那人出现的瞬间散为金光汇聚成一束，注入男人腰间的长剑。她终于看清了对方——接近一米九的高大身形，偏向东方人的冷峻面孔，银色的眼眸中瞳孔极小。

根据身形判断，这绝对不是之前自己遇到的那个穿白色风衣的男人。

她将折扇打开。

"佑姬。"

男人的声音低沉喑哑，他竟然唤出了羽凤的名字！在上空盘旋的羽凤忽而欣喜地扑向对方，轻盈地落在他的肩上，然后低下头亲昵地蹭向男人的脸。

羽凤一开始就感觉到了……

凌桑感到自己身体里的血液仿佛瞬间停止了流动。

面前的男人是羽凤佑姬的原主人。

凌桑将折扇握在自己面前。自己当初到底是怎么得到羽凤的？明明只是召唤阵的意外，但现在想来似乎是这个男人有意……将羽凤赠予了她。

男人银白色的眼眸笔直地望向她，只是一瞬间，凌桑感觉自己的面前像是拂过了一阵凉风，男人的身形就已经出现在了她的面前，空气中响起剑与剑鞘的摩擦声。

"殷——"羽凤发出哀鸣，凌桑再次看到了白龙盘绕的身影。

折扇与长剑的对决。

凌桑惨叫了一声，气流瞬间爆开将她掀飞。等凌桑稳住身体，仰头就看见男人完好地站在原地。

天壤之别的实力差距。

长剑出现在凌桑的上方，她一个翻身避开，同时打出风刃，却眼睁睁地看见风刃在触及对方长袍之前弱化消散。

脖子忽然被虚空中一只看不见的手掐住，凌桑被提到了半空。动不了。她已经无法呼吸，只能眯眼看着对方逐渐模糊的冷峻面孔。

"秋道川。"男人的眼中流露出迷蒙的痴迷神色。

"桑！"

空泽一直用第四声念凌桑的名字，听着像是"丧"。

等到光线重新出现在眼底，凌桑已经落在地上大口喘息着。猛地一甩头，她终于能够看清前方的一切——空泽手中的长枪贯穿了男人的腹部上侧。长枪比长剑更长。

男人露出笑意，完全没有痛感地迅速向前靠近空泽，任凭长枪与身体摩擦，最终将长剑刺入了空泽胸口，同样将他贯穿。

凌桑瞬间僵在了原地。

——你在做什么，桑。

空泽涣散的眼角余光投向她。

凌桑的身形瞬间在原地消失，一道强化的风刃猛地劈在男人的后背上。

男人背后现出凌桑的身形，但就在风刃割裂白色长袍时，更强的气流从男人身上发出，凌桑的风刃还没有对男人造成伤害就被直接打散。

空泽在被风冲击之前用尽全力离开原地，紧接着抽出乾鳞劈裂空气，划出水的沫影。面前两团逆向的气流冲击在一起，都无法对放出风刃的两个人造成实质性的伤害。

他再度跃起向前冲去，乾鳞自上而下劈开气流。男人一挥衣袖，甩开凌桑，转身用长剑挡下乾鳞的攻击。

"还太年轻了。"

风在空泽身后汇聚成风刃，瞬间他的前胸衣服破裂，风刃从他的背后贯穿而出。就连喊叫的时间都没有，他只觉得血液从嗓子里涌了上来，甚至涌上了大脑，让他瞬间丧失了全部的知觉。

身后完全不同的风扫过。

是凌桑的风。他感觉得到这种熟悉的柔和感。身体向后倒下时被风稳稳地托住，再缓和地放在地面上。随后，掠过他的风瞬间狂暴地四散开来，现出凌桑白色的身影。

"呃……"空泽发出微弱的声音，右手捂在自己胸口伤处，用控制水的方式抑制住伤口周围血液的流动，能够撑一阵就好了。从失血的眩晕中缓过来后，空泽又站了起来，吐出口中的血液后重新握起乾鳞。

"让开！"喝了凌桑一声后，他再次冲上前去，已经干裂的地表忽而涌出旋转的水刃，冲到半空后凝为冰凌，从最高点冲击而下。

真是痛苦的，力不从心的失败感。

他发出一声咆哮，用力地挥下乾鳞，凌桑跳离原地不安地望着他。

风刃扫荡开来将冰凌击成粉末，男人的白色长袍在空中翻飞，长剑被他顺手挥出一个银白色的弧度，然后旋身扫出最大的水平风刃将十余米厚的冰凌横向劈开——长剑忽而凝滞住。

折扇挡住了长剑。

"够了。"凌桑棕黑色的眼眸显现出银白色的光泽。

男人看着她，逐渐露出笑容。

双方的风浪再次撞击在一起，这次形成的冲击力让男人也被向后推出了十余米，上方的光线被半透明的冰凌覆盖住。

空泽挥起乾鳞再次劈下，数十米高的冰凌瞬间向男人扑压下来。

整个黄泉印被冰封住，冰凌持续向外铺展，似要将此地化为冰雪覆盖的坟茔。

凌桑坠落在冰面上大口喘息。那个男人……竟然始终没有将攻击目标转向自己。

空泽跪在地上，将双手按在冰面上念咒，金色的符咒迅速蔓延冰封大地，焕发出金色的光芒。

"封印！"

念出最后的两个字后，他伏在地上再也没能爬起来。

许久之后，有人揽住他的腰部，想要慢慢将他抱起来，后续人员此刻赶到了。

"别动我。"他从喉咙发出微弱的声音，一被触碰就会牵动筋脉，剧痛瞬间席上全身。

"空泽！"席勒喊他，"醒来！"

两个黑服已经准备打破封印解决里面的恶灵——

空泽忽而猛地睁大眼，仰头吼道："不要动！"

所有人的神经都被空泽的吼叫声猛地一扯，他们全部回过头来看向这个已经被重创到几乎只剩下一口气的人。

情绪失控下，血液再度涌入口腔让他近乎窒息地咳嗽起来。

席勒露出狰狞的脸色对着众人大喊："立刻把封印加固！这不是你们能够就地解决的东西！"

一个黑服不满地驳斥："我们过来就是为了粉碎封印！把封印连带黄泉印一起毁掉就好了！"

"嗯……"空泽紧闭的眼忽而睁开，因布满血丝而显得格外恐怖的眼睛瞪向说话的黑服，喉咙里发出了一声嘶叫——

"啊！"

当众人感觉那个说话的家伙真的快被空泽的眼神射死了的时候，忽然发现那个人后背喷涌出了大量的血液。

凌桑站在他们背后，散发的灵力汇聚成蓝色光芒，她眼睛的虹膜完全变成了银白色。

空泽忽然就想起了那个男人。

打开的折扇被她握在手里，凌桑望着那个黑服，眼神竟然比空泽更加恐怖，已经干裂的唇开启，吐出一句话："听空泽的话。"

她的身体像是挂在丝线上的羽毛一样摇摇欲坠，但就因为如此，反而有种更加震撼人心的力量。

此刻，场面一片寂静。

"都愣着干什么？"席勒咆哮。平日里他一直都很冷漠，很少产生巨大的情绪波动，但此时他全然控制不住自己的情绪——被他抱在怀里的空泽急促地呼吸着，眼睛已经无力地闭上。

"先加固封印！"为首的黑服中阶对其余人大喊，又侧头问空泽，"你看到里面的恶灵是什么了吗？"

空泽闭着眼，气息微弱地吐出两个字："埋主。"

"……"全部沉默。

竟然是埋主！

三天前，埋葬埋主的墓地被外力破坏，埋主消失。这是公局内部已经流传开的事。

凌桑只是能力透支，在短暂的休息后，她就被源溯领走了。

他是一个未尽责任的父亲

一天后空泽还没有被医务室人员放出来，凌桑坐在大厅等着探望他。

自己做了什么？到底对不对？

而自己现在又是怎样的存在？

她用右手蹭了蹭额头，散下来的头发彻底将脸遮盖住。

话说，为什么自己要发出这样诡异的感慨？全身寒毛都竖起来了。她猛地吸入一口气再缓缓吐出，一抬头就看见小明站在自己面前。

"现在可以进去了。"小明说。

"啊！好。"

在没开门之前，凌桑想象出来的是空泽半死不活还要休眠好几天的情景，然后打开门后，眼前的一切让她瞬间愣在原地。

"嗯？"空泽抬头看她，嘴里还叼着吸管在喝牛奶。

"……"

竟然……竟然……没……有……睡……觉……还能……喝牛奶……

竟然没有睡觉！我也不想强调第二遍啊！

"很奇怪吗？"空泽合上手中的书，因为说话吸管被松开，牛奶盒落在他的怀里。

"相当奇怪啊！"

"我头疼，睡不着。"靠着床背坐着的空泽默默地把头偏过去不再看凌桑。

"已经睡了这么久，当然会头疼啊！也不想想你在源溯家睡了多久啦！"

"你怎么知道？"空泽哀怨地把视线挪了回来。

"地球人都知道啊！你怎么突然就有自知之明了啊？"

"小明说的。"

凌桑硬生生被空泽的话噎住，停了两秒后咳嗽一声恢复了正常，捂头说："算了，我就知道你没那个觉悟。"

"你知道那个男人是谁吗？属风性的男人。"空泽撇开原来的话题，相当严肃地问她。

几秒后凌桑才点头给出回复："知道。"

空泽眯起眼侧头看她："你知道？"

她再次点头，轻声开口："埋主。我生父。"

"……"

一直就知道凌桑的接受能力十分强，但他还是没想到凌桑就这么平静地说了出来。

凌桑的样子让他觉得……心痛。

"有什么要说的就直接对我说好了。"他轻声说道。

歇斯底里地咆哮一顿也好，用这样的平静去禁锢发狂的内心，再强大的心灵，终有一天也会被吞噬吧。

"不，没什么，你不用担心。"凌桑看着地面，缓缓地将头抬起，黯淡的眼眸逐渐透出微弱的光泽，她忽而粲然一笑，将头侧向一边散发出无人能抵挡的少女魅力，"对于一个从没有尽过父亲责任的人，我不需要认识他。"

"你够了。"

脸上的笑意渐渐淡去，她又将视线投向地面。

这件事是埃斯利亚告诉空泽的。至于凌桑，虽然谁也没有明说，但她已经猜到了真相。她没有明说，就将一切与自己隔离开来。

"如果你要用伪装来保护自己，那一定很痛苦吧。"空泽眯起眼。

"不，真的是你想多了。"凌桑的声音低沉，她的嘴角在阴影中勾起冷漠的弧度，"我知道，我至少应该感谢父母带我来到这个世界，但我很清楚，母亲……很后悔……将我带入这个世界。"

而对于一个没有尽到任何责任的父亲——

"认识他与不认识他，都是一样的。"

她的笑容再次浮现，睁大的双眼里却盈满了透明的液体，一滴一滴地从眼角落下，在她的脸上留下一条条蜿蜒的痕迹。

空泽始终靠在床背上，他没办法向前俯身，只能伸出右手触碰凌桑的肩，将她轻轻一扳："过来。"

无人知晓的情感浓郁而炽烈。爱与恨，像岩浆与水相融，缓慢地等待冷却，停止流动。

凌桑靠近他，空泽把凌桑揽在自己的怀里。

"埋主已经死了十六年，能够见一次他的真面目，也是好的吧。"空泽安慰她。

"是啊……从遗传方面来看，我觉得我还是能再长高一点儿的。"她微笑。

"……"她到底在想什么啊？

凌桑也抱着他。

"你别蹭我。"空泽皱眉，胸口好痛，伤势要加重了。

"哦。"凌桑不再蹭他，只是眯着眼感受空泽的温度。在空泽身上安安静静地靠了许久后，她忽然轻声问道："现在占据埋主身体的，只是一个恶灵而已吗？"

"是的，埋主确实已经亡故。"空泽很确定地回复。

"这样啊。"她轻声回应，不再过问。

但是埋主似乎还记得自己的母亲。

之前已经看过了秋道川的照片，她知道自己与母亲的样貌极度相似。

太相似了，相似到让她觉得父亲的基因在她身上几乎不存在。

她跟埋主不太像。

第六章
剑都要抽出剑鞘作战
——FENGZHISHOUWANGZHE——

"在得到风之谷的同意后,埋主的尸身已经由公局高层彻底处理了。"空泽在得知这个消息后转告给了凌桑。

"噢。"凌桑反应平淡地继续看书。

"最近很努力?"

"要去考蓝服还是有很大压力的。"

"理论随便应付一下就可以,实践比较重要。真要快速进步的话……最近去跟源溯比试几次,过几天我也可以直接和你练习。"

"再过几天的话就要开学了啊……而且我觉得麻烦你们挺不好的。"凌桑耸肩,笑容有些尴尬。

"没关系的,"另一边的源溯笑道,"空泽也经常和我练习的,互相较量一下帮助真的很大。"

因为源溯确实相当会照顾人,所以小明也就同意了空泽离开医务室,直接在源溯家休养。

不过小明还是特地吩咐了源溯和凌桑:务必保证让他每天在二十三点之前睡觉并且在早上七点左右起床;此外还必须让他做"适当"的运动,因为平日里空泽除了彻底昏睡就是大幅度地剧烈运动,几乎就没有给身体机能缓冲的余地。

"年纪轻轻,再不养成一个良好习惯的话,可能会短命。"小明露出灿烂的笑容,无比欢快地说道。

空泽"瘫痪在床"了将近五天,目前倒是已经可以到处走走了,但剧烈运动是绝对不允许的。

凌桑与源溯比试时,他就在一边观察指导。源溯虽然还是没有考上蓝服高阶,不过他目前已经在蓝服中阶那一等级达到了实力最为稳定饱和的临界状态,凌桑还完全不具备击败他的能力。

在许多次的突发事件中，凌桑确实展现出了足够胜任蓝服的实力，但空泽绝不希望她凭借爆发力来攻克蓝服，毕竟最稳定的能力才是最真实的能力。

源溯是咒术优势者，虽然没有卓越的体力，但可以凭借绝对防御形成守势。所以对于凌桑的风刃攻击，他可以全部化解掉。

没法突破啊……空泽无奈地看着这两个人的较量，终于缓缓举起右手，轻声说："打住。"

凌桑散掉已经成形的风刃，迈开双脚稳住重心，缓缓吐出一口气。刚才的较量中自己已经精疲力竭，但是对源溯的攻击没有产生任何效果。

"综上，我看到了一个攻击性白痴与一个防御性白痴。"

凌桑同情地看了源溯一眼。自己是白痴没错，但源溯果断躺枪了。

"源溯，你自我觉悟就好，至于桑——"空泽右手食指指向她，"你最大的问题就在于——对风太过于依赖。"

"嗯？"

"风系虽然具有相当大的优势，但完全将它当作主要的攻击手段，对方可以轻易地洞悉你的全部能力，从而建立起相应的绝对防御。"

"是的。"源溯点头，"除非你的风性真的足够强大，否则你根本无法突破我的防御。还有，无下限地消耗自己的能力简直是浪费，过度依赖风性攻击，你的力量很快就会耗竭。"

"啊……"她明白一些了，"那么应该转而去使用其他能力吗？"

"对，风不该成为你的全部攻击力。你本身也应该充满攻击性，我建议你这学期主要去学习一下刀术或者是剑法。"空泽解释。

"懂了。"凌桑点头。

源溯将双手在胸前握合，双眼眯成了一条缝，看着空泽笑道："空泽殿对阿桑真是越来越温柔了呢。"

"哪有？"空泽一记眼刀向源溯扔了出去，随即转身走入室内。

"空泽傲娇起来好可爱呢！"源溯痴迷地望着他的背影。

凌桑右手搭上源溯的左肩，源溯侧过脸看她。

凌桑仰头用相当深沉的眼神回视他，然后一点头："你懂的。"

随即凌桑也跟着空泽走回了室内。

"……"沉默两秒，源溯对着凌桑的背影郑重表示，"你放心好了。"

先前凌桑一连消失了十余天，只是对养母解释说是去同学家住一阵。回来之后，母亲相当关心地问她："在同学家过得怎么样？"

"相当好。"她微笑，不过笑容隐约有些抽搐。

过得简直……好得要死啊！凌桑捂头。

即将开学。

埕主的事件结束后，凌桑努力想让自己放松一下，回到正常的生活中来。

这天一觉醒来，天刚蒙蒙亮，她将眼睛睁开一条缝后再次闭上。

埕主的尸身已经被彻底解决了吗？

只见过一面，那个高大威严的男子，以及他最终被吞噬殆尽的生命……

原本是漠不关心的往事，如今她终究还是抑制不住好奇地思考：起源究竟是什么？

母亲与埕主是如何相识的呢？又相爱到何种程度？

她深深吸入一口气再缓缓呼出，然后将头侧了一下，想要找个更舒服的姿势再睡一会儿，但是脖子忽然贴上了什么冰凉的东西。

眼睛再次睁开。

"什么东西？"

一把长剑竖直地戳在自己的床头。

直接就戳在自己的脖子边啊！连剑鞘都没有啊！能戳得再精准一点儿吗？万一侧头幅度再大一点儿就是自杀现场啊！

她爬行着向后退去，仰头观察这把在晨光中异常威武的银剑。

到底什么时候戳在自己床头上的？

是不是有点儿眼熟？

剑身坚韧修长，上面分布着不明显的银白流纹，剑柄下方雕刻着袖珍的龙形，攀附在剑柄上的龙姿态神情仿若活物，这时银白色的龙眼忽而散发出金光，一声低沉的龙吟响起，瞬间金光大盛，散发于半空汇聚成龙形。

盘绕的白龙身躯占满了房间内所有的剩余空间。

这时候被凌桑放在床头的折扇颤动起来。

"殷——"羽凤现身，已经没有多余空间的房间更加拥挤起来。好在它们都只是以灵体的形式出现并没有实体化，双方的身形可以交融重叠。

"呜——"白龙将头俯下直视凌桑，一对长须在空气中微微飘动。

这一瞬间凌桑忽然叫出了它的名字："佐铭。"

云龙佐铭，羽凤佑姬。

这个名字莫名地出现在了她的脑海中，而她也完全无意识地念了出来。云龙仰头长啸，随后散化为金光回到了长剑中。

羽凤一同消失，房间回复了之前的平静。

但床头戳着的长剑提醒着凌桑刚才发生的一切并不是梦境。

是云龙告诉了她自己的名字，就如同当时的羽凤。

她伸出右手握住剑柄，竟然感到剑柄上还残留着相当灼热的温度。剑柄在接触到了她的灵力后迅速冷却，恢复到了原本的冰凉。

"你是来找我的吗？"她轻声开口，"希望我为你做什么，还是——"

云龙没有回复她。

凌桑呼出一口气，此时已经睡意全无了。她将剑提起来，还真是相当沉。不过……没有剑鞘，就直接这样出现在了自己的床头吗？

她把剑郑重地放在书桌上，再爬到床上检查被剑戳破的被褥与床垫。她将右手贴在裂口上，猛地一把抹过去，被褥床垫瞬间恢复原状，全然没了刚刚被戳坏的痕迹。

之前自己特地去找了那个修图书馆的同学，向他请教了修复无机物的技能，现在想来自己实在是太有先见之明了。凌桑终于放松地躺倒在床上，然后打开了通信表。

空泽在跟凌桑通过消息后再次拜访了她家，走进二楼凌桑的房间后，一眼就看到了放在书桌上的长剑。

"堙主的佩剑！"空泽瞳孔迅速收缩，相当惊异。因为之前与堙主交过手，所以他对这把剑的印象还是相当深刻的，更何况这把剑之前还捅了自己一下。

"是的，今天早上突然出现在我这里的。"凌桑解释说，"不过它没有恶意，所以你也不要对它抱有敌意……器灵还是寄居在里面的。"

"我才不会对一把剑抱有敌意。"空泽伸出右手抚摸上剑柄，长剑剧烈地振动起来，散发出金光抗拒他。空泽还是稳稳地握住了剑柄，将它提起了两分米。

"呜——"

器灵欲要显现，但被空泽的灵力死死压制在长剑中不能出来。

"小心它记仇啊……"凌桑不安地提醒道。

空泽右手猛地松开，剑身坠落，砸在桌子上发出"砰"的一声闷响。

"器灵很虚弱，它想要借助你的力量恢复。"他轻声告诉凌桑这个结论，接着用全然不同的严厉语气对长剑中的器灵说道，"本来是要将你与堙主一同销毁的，不过既然你能够从业火中逃离并寻找到堙主的血脉，也是你的造化。只要你不惹事，我们就不会追究。"

"呜——"

"不要这么恐吓云龙啦。"凌桑笑着抚摸长剑剑柄，"它会和羽凤一样听话的吧……"

"不见得。"空泽看向凌桑，"作为堙主的佩剑，桀骜的云龙不是可以随意驾驭的器灵。"

凌桑默默地凝视着长剑，云龙发出的喘息隐约在房间内回荡。

只是暂时来她这里寻求保护而已……离开原主人一定很痛苦吧，又不甘心从这世上彻底消失，只能屈居于一个陌生人手里。

"剑鞘呢？你要让它一直光着身子吗？"

"噗！"

这是什么概念？没有剑鞘就是没穿衣服吗？那平时就是光着身子作战，这也太诡异了吧！

"那啥……它大概来得太匆忙，没能把剑鞘顺便带上……"凌桑弱弱地解释。

"那就先把它裹起来，照料不好，器灵的怨念会相当大。尽快找到合适的剑鞘，作为一把剑——器灵会很享受剑身与剑鞘摩擦的质感的。"对冷兵器研究到一定境界的空泽解释完毕。

凌桑沉默。话说回来，自己无聊的时候总是喜欢把折扇打开关闭、打开关闭、打开关闭来打发时间，羽凤到底会作何感想……

临时找不到合适的布条，凌桑干脆就找了一条干浴巾，把云龙裹了好好放置起来。

下午凌桑与空泽一起出门去散步时，就把佐铭也带上了。佐铭的心情一定相当不好，她抱着裹着浴巾的长剑出来散步，是希望让刚从火堆中挣扎逃生的云龙可以放松一下心情。

一路上她与空泽谈论的是如何保养兵器的话题，保持使用者与器灵的和谐关系，是能否发挥出冷兵器最大威力的决定性因素。

"你的武器……叫乾鳞，是吗？"她隐约听到过这个名字。

"嗯。"空泽抬起右手，画出一个圈，念道，"乾鳞。"

话音刚落，温和的蓝光显现，水汽散发，空泽的背后汇聚出了一个人形——人形的器灵？

女人的身形显现出来，海蓝色的长发披散着，发色比空泽的发色浅淡柔和许多，即使在空气中，她的头发也像是在水的包裹中一样。她上身穿着一件精致的白色小短衫，下身是曼妙的蛇尾。

"你好。"乾鳞将眼睛眯起来，对凌桑微笑，缓缓地吐出并不标准的中文发音。

还……还会说话的啊！这档次真的好高……

"嗯，好冷……"乾鳞俯下身，下巴搁在空泽肩上，轻声问，"长王殿下冷吗？"

"不冷——我就想问问，你也很久没有做过保养了，需要的话我最近就把你送过去。"空泽右手向后一拍器灵的头顶。

一般人看不见器灵，过往的人只是直接经过，没有留意他们这边的动静。

"不用了，也没怎么磨损……"器灵有点儿娇羞地轻声回复。

"噢，那就算了。"空泽点头。

"……"

真的就这么算了啊！其实很想做保养的啊！毕竟好歹也是女性的器灵，很注重形象的啊！一点儿都不懂女人的心啊！

看着只能用旁白咆哮的乾鳞，凌桑笑了起来，说道："还是去保养一下吧，乾鳞会很高兴的。"顺便把佐铭和佑姬带上，我也会很高兴的。

空泽向后看向乾鳞："那么你要哪个器师？"

"要那个……皇城主器师门下的大弟子，在你没接手我之前，每次都是他来保养我的，被他保养真的好舒服啊……"乾鳞仰头望天，沉浸在往日的回忆里。

凌桑一脸茫然。

"那就抽时间回去一趟好了。"空泽打了个响指，乾鳞直接散化为水汽消失，他侧头看向凌桑，"到时候你也跟我去，把你的兵器带上。"

"好，"凌桑露出笑脸，顿了两秒后问道，"那边有卖热奶茶的，你要一杯吗？"

"随便。"

"在这里等我一下。"她跑了过去。

在不远处的甜品店买了两杯热奶茶后，凌桑转身就要返回，忽然听到了一声拉长的呼叫："喂喂——凌桑——"

她侧过头看向马路对面的发声处，一个相当眼熟的男生正在对她挥手。由于最近一直被空泽、埃斯利亚、源溯等人刷新审美上限，所以忽然看到一张再正常不过的脸，她瞬间就被莫名其妙地感动了。

"林……桐。"她想起了这个初中同学的名字。

能够遇见一个初中同学还真是难得啊。

林桐兴奋地走上马路，想要跑到她这边来。就在他横冲过中央线时忽然听到一声尖锐的刺耳汽笛声，他侧头，瞬间惊恐地看到一辆车已近在咫尺——

胸口被无形的物体猛地撞击，当他反应过来时，自己已经站在马路最边缘了，而他完全没看到那个将他向后推的物体是什么。

林桐向凌桑望过去，发现车辆飞驰的马路对面，凌桑对着他，向前伸出的右手收回，刚刚悬浮在半空中的一杯奶茶被她重新握在手里。她的左腋下还夹着被浴巾包裹的长条状物品，左手中端着另一杯奶茶。

啊啊啊！好像看到了什么不科学的画面？是自己的错觉吗？

"小心点儿啊——"对面的凌桑双手都腾不出来，只能直接对他大喊。

这一次林桐相当谨慎地观察了四周之后，才小心地走到了凌桑这边。

此刻两个人面对着面，但林桐也不知道久别重逢之后该说些什么，愣了半天也就吐出一句："你现在真漂亮，和以前完全不一样了。"

"我一直这么漂亮。"凌桑微笑，然后侧过身去低下了头。其实自己也不知道该说些什么，就当作羞怯吧。

结果她这么一羞怯，林桐的眼神越发亮了，目不转睛地看着她，欣喜地说道："我好久没看见你了，你现在有空吗？我们找个地方坐下聊聊吧。"

"这次恐怕不行，还有人在等我。"凌桑低头看向自己手里的两杯奶茶。

林桐也意识到凌桑端着的是两杯奶茶，于是问："等你的是你朋友吗？"

如果是女性朋友的话，那就比较好搞定了。他现在很想和这么漂亮的凌桑发展一下同学友谊。

"嗯，他在那边啦。"凌桑侧头示意了一下方向。

林桐顺着凌桑的视线望了过去，就看见凌桑背后不远处有一个黑色不明物体在散发着黑暗能量。看上去是一个二十岁左右的高挑女性，她穿着非常男性化的衣服，面无表情，一双凶狠的眼睛死死地瞪着他。

林桐寒毛一竖。为什么要瞪着自己啦？

赶紧把视线收回来，他再次露出微笑，对凌桑说道："你读的高中一定很好吧？听说你被一所外国学校特招了，真是好厉害。"

"啊，也不是什么外国学校，只是学校名字比较有外国风格而已。"

两个人有一搭没一搭地说着并不重要的话题，林桐再也无法忽略远处那个已经把黑暗能量散发出一个旋涡的女性。

"你后面的那个朋友……好可怕……她一直瞪着我……"林桐终于直言。周围越来越冷了是怎么回事？那黑洞的雾气已经把半条街给吞噬了……

"嗯？"凌桑转身。

黑洞瞬间消失，空泽就站在原地侧头看着周围的风景。

"那个是我学长，空泽，过来过来。"凌桑跑了过去，又向空泽介绍林桐，"这个是我初中同学——"

"那个，我家里还有事，我先走了。"林桐"嘿嘿"笑了两声，又后退了两步。

这个长头发的竟然是学长啊！

整条街的人都没有看到这里有一个向外散发着黑色触角的黑洞吗？自己到底是哪根视神经出问题了啊！

"是吗，那太可惜了。"凌桑相当遗憾地与他告别。

"再见啦！"林桐匆忙告别后赶紧跑开了。

"真有先见之明。"空泽已经左手握拳，右手手掌拍在左拳上紧紧握住，发出了几声脆响。

"他……没招你吧……"凌桑说，"怎么一副苦大仇深的表情……"

"我一看见他，就想揍他。"空泽一把夺过凌桑手中的奶茶，将吸管叼在嘴里。

这次就连凌桑都看见了空泽散发出来的黑能量。空泽殿你不要这么任性好吗？

空泽打开通信表确认时间："最近我放假，接下来你没事的话，就跟我去一趟极沄城。"

"都要开学了，你才刚放寒假，真是好样的。"凌桑眯眼十分享受地喝了一大口奶茶，然后缓缓呼出一口雾气，"我是一直有空啦……不过极沄城是什么？"

"一个独立国。"

凌桑高兴地举手："是你的祖国吗？那一定要去看看！"

"祖……国？"虽然这个词他可以理解，但听着感觉……好别扭。沉下脸，空泽解释道："我对它没什么好印象。"

"哎呀，祖国就是你自己可以骂它千百遍，但就是不允许别人骂它一句话的存在。"凌桑很理解地一招手，活像一只招财猫。

"……"

"我一定要拜访一下你父母——"凌桑双手合十，无限期待地仰头望着空泽。

"你在想什么？"空泽眯眼。

"哪有？我只是迫不及待了。"凌桑一脸真诚。

迫不及待地拜访父母吗？空泽抬起手拍在她的头顶上："你一定会后悔的。"

夜半，凌桑从二楼窗口跃出，敏捷地落在一楼地面。空泽就站在下方等着她。他穿了一件白色的长袍，与学院的制服比起来，这一件长袍更加注重外观，料子蓬松柔软，不过倒不适合在战斗时穿。

"你穿这样的衣服好漂亮啊！"她笑道。眼前的空泽看上去整个人都不一样了。

"啊，我不是很喜欢这款式。"空泽将身体侧过去，挥出右手凌空划出一道裂缝，呼唤道："亦塔！"

裂口瞬间拉大，在一阵低沉的咆哮声中，裂缝里踏出了一只巨大的黑色兽爪。役使兽随后整个跃出，抖擞了一下全身的长毛，猛地张开背上巨大的双翼，掀起狂风。

"嘘！"空泽轻声说，役使兽瞬间听话地收拢双翼，伏下身子，凌桑这才得以仔细打量起眼前的巨兽。这只庞大的攻击型役使兽外形似虎，油亮的黑色皮毛上布满金色的条纹，尖锐的獠牙露出嘴外一大截，眼眸赤红，兽瞳竖立。

凌桑发出"哇"的一声赞叹，好神气的役使兽！

伏在地上的役使兽眯起眼侧过身，忽而抬起后爪，向空泽露出了它柔软的肚皮。

"这是……卖萌吗？"凌桑望向空泽。

"亦塔一点儿也不萌。"空泽也没有立刻理解役使兽的意思。

以往脾气一向狂躁的役使兽在长时间没有被自己召唤出来后，似乎有点儿不太对劲。空泽俯下身，将右手贴在它的肚皮上抚摸着，轻声喃喃："长肥了啊，噢，好像有什么部位变大了。"

"……"

空泽拍了拍役使兽的头，站起来后轻描淡写地说出一句："怀孕了。"

"放养在异界时发生了什么啊……"凌桑捂头。

一向狂躁的役使兽此时浑身闪耀着母性的光辉，它仰起头，温柔地舔了空泽一口，糊了他半脸的口水。

"好了，那么就慢慢跑，你别闪了肚子。"空泽眯着眼用手抹掉脸上的口水，再将手上的口水蹭在役使兽的皮毛上，"桑，坐上去。"

在凌桑坐上役使兽的脖子后侧之后，空泽也跨了上去坐在凌桑的后面。金纹虎站起来再度展开双翼，猛地将双翼向下拍出后纵身跃出，身体瞬间腾空。

"极沄城。"空泽对役使兽下达指令。

"呜——"役使兽发出低沉的叫声作为回应，双翼扑腾几下后再次向上升空，急速飞行而去。

极沄城此时正是清晨。

时差彻底混乱的凌桑眯着眼抵挡明亮的光线，役使兽张扬地走在街道上吸引了路人的目光。皇城位于极沄城的中心，坐落在巨大的山脉之上，主城与附属城市错落分布，但依然规整有序，杂而不乱。

"好壮观……"凌桑感叹。

极沄城是综合实力最强的五个国度之一，领域内地势中间高四周低，边缘地带为广袤的平原，三面环海，为经济的繁荣发展奠定了良好的自然基础。然而皇城却并没有设置在富饶的平原上，而是建立在荒莽的中央山脉，虽然在对外经济联系上有所不便，但却在政治上占据了最有效的位置，方便对整个国家进行管理。

第七章
简化后顶多是公鸡与母鸡的问题

"你家在皇城里吗?好棒,怪不得是空泽'殿'呢。"凌桑回头看空泽。

"说了只是去拜访器师,不是家访。另外,不要提起我的名字。"

"哦……"她失落地闭嘴。看来空泽与他们家族的关系真的很不好啊。

普通居民无法进入皇城。在皇城入口,存在感极强的役使兽果断被守城的武士阻拦,耐心极差的役使兽张开大口就要咬武士,幸亏及时被空泽喝住。

"凭这个,可以进去吗?我想,制度改革的速度应该还没有那么快。"空泽从怀里拿出了一个玉质的挂牌。

"请进!"最年长的守卫立即九十度鞠躬,看到这种情况的年轻守卫不明所以,但也在下一秒全体鞠躬。

役使兽对于不能去咬对方感到十分失望,不过很快调整过来,扬起长尾高傲地进入了皇城。

"盈啸!带领第三队快去通报!要快!"最年长的守卫大声命令道。

"是!"

一列人马在空泽进城之后也急速向皇城里疾驰而去。

空泽二人所在的位置离王室宫殿还有相当长的一段路程。通往山上的道路是大理石铺成的阶梯,仰头望去倒像是长城的阶梯那般绵延不绝。在皇城的地势低平区域,是普通贵族的居住区,皇城内部的商业街与外界的商业街相比规模略小,却更加繁华。

"不是去宫殿。"空泽扯了扯役使兽的耳朵,让它转身走入普通贵族居住区,"抓紧时间,待会儿可没这么自由了。"

"怎么搞得被通缉了一样?"凌桑呼出一口气。

在一栋青白色石砌建筑前,空泽从役使兽的背上跳下,在门口拉了拉一根长绳后,门后面忽而响起铃声。

五秒钟后,一个大约只有二十岁的年轻侍女打开了门,问道:"请问有预约吗?"

简化后顶多是公鸡与母鸡的问题

"没有。去告诉他我叫空泽。"

"是。"

一分钟后门又被拉开,一个二十七八岁的年轻男人站在门口,对空泽鞠躬后直起身,双手交错插在宽大的袖口中,看向他:"真是好久不见,长王殿下。"

他是一个面目十分柔和的男人,浅色的长发用布条扎起垂在背后,布条上绑着相当有传统风格的暗色镂空铃铛,发出喑哑的颤响。

"舒央。"空泽叫出对方的名字。

舒央点头微笑,侧身为他们让出路来:"请里面走。"

大厅连通了前院与后院,光线充足。地面中央铺着有着白色绒毛的方形地毯,舒央脱了木履后在毛毯上坐下,空泽与凌桑照做。役使兽伏在前院的草坪上闭眼休憩。

"长王殿下还带着女朋友来看我了呢——"

始终沉默的凌桑明显被吓了一跳,立即抬头,却看见空泽已经用乾鳞长戈的后柄敲在了对方的头上。

流……流血了啊!凌桑眯起眼睛。

"请自重。"空泽收回乾鳞后,把它放在舒央面前,"乾鳞一直是由你专门护理的,我在外生活了两年,都没定期回来养护它。"

"呜……"舒央继续捂头,完全没办法注意空泽在说什么,"好痛好痛好痛……"

"这个也需要麻烦你。"空泽瞥了一眼凌桑,凌桑把折扇与长剑也放在了舒央面前。

"这个是……"舒央立即就被这两件新兵器吸引住了,他先将折扇拿起,白皙修长的手指抚摸过折扇扇骨,仔细地感受扇骨的质地,然后忽而"唰"的一声将折扇打开。

折扇竟然能够被除了主人之外的人打开……凌桑十分惊异。

"羽凤。"舒央眯起眼,再握起长剑,"这是云龙。"

"是。"凌桑应道。竟然能瞬间辨认出器灵,而且器灵并不抗拒他的接触,他还真是个让人好奇的器师啊。

"那么,"舒央抬头,直视凌桑,"你是埕主的什么人?"

"啊……"她为难地看向空泽。要如实回答吗?这个器师的可靠度到底有多少?

"lover(爱人)这一类。"空泽闭上眼,轻描淡写地回道。

"噗!"凌桑与舒央瞬间崩溃。

侍女端了盘子过来,将三个碟盏放在他们面前,碟盏上摆放着精致的糯米点心,接着侍女又奉上茶水。

"请说实话,长王殿下,"舒央笑着端起茶水,"年纪应该还不到二十岁吧,我想埕主也不会喜欢。"

"你与埕主很熟吗?"凌桑轻声问舒央。

"不熟，但埋主曾是很有名的大人物呢，我或多或少都会知道——"

空泽直接打断："我们不是来扯历史的，请给我抓紧时间，再过不久就会有不少人来轰炸你家。"

"哎呀哎呀！既然长王殿下都亲自来了，那我定然会把其他工作先放下。"舒央用右手在面前的地毯上画了一个圈，地毯中央忽而荡漾起水纹，三件兵器都浸入了碧蓝色的水中，兵器上的尘埃与锈迹渐渐脱落，然后化为粉末消散。

"羽凤与云龙已经很长时间没被养护过了啊。"舒央望着水面喃喃，然后趁着还有时间接着扯开话题，"长王殿下这两年一直没消息，王发动了大量人员在各个国家寻找，都没有音讯传回来呢。"

"那是因为根本就没必要认真找。"空泽双手环胸，脸色相当差地回道。

"哎呀，怎么能这么说……王还是相当关心你的啊。"

"就像公鸡弄丢了母鸡的一个蛋一样，虽然会心疼一下，但总归还是无关紧要的事吧。况且也只是心疼那个蛋失去了所具有的价值而已。"

"哪有——"舒央不满地反驳，但是语气相当无力，"长王殿下最起码已经是孵出凯龙兽的鸡蛋了——"

"那还是鸡蛋吗……"

凌桑眯眼："真是神一样的比喻。"

三个兵器慢慢都浮出了水面，地毯恢复原状。舒央将三件兵器拿起放在自己怀里，然后对两人说："请等候一小时。你们随便逛一逛就好，有事就吩咐下人。"

"好。"空泽点头，再次打开通信表确认时间。

一个小时……恐怕很难耽搁啊。他有些担忧地吐出一口气。

"埋主是很有名的人吗？"凌桑问道。

"想要在和平年代对外发动战争扩张领土——能不出名吗？"空泽用相当微妙的眼神看向她，"不过那是被亡灵侵蚀灵魂之后的事了，想要再度统一所有国度的应该是那个亡灵，而不是他本人吧。"

"真是一个悲惨的老爹。"凌桑捂头。

听到"老爹"一词，空泽像是忽然想起了什么似的"噢"了一声："忘了告诉你，你顶多算他的私生女。"

"……"原来是有正室的人吗……凌桑愣了一会儿后十分冷静地点头回道，"没关系，反正也只是公鸡看到母鸡多下了一个蛋而已。"

"……"

来自后院的光线投入大厅，划分出明暗两个区域。逐渐地，明暗的界限开始模糊，最终像是被什么东西挡住了所有的光线，大厅逐渐暗了下来。

"果然很多人啊。"空泽喃喃一声就站了起来,侧过身望向庭院外。

庭院外的围墙上蹲了一排穿着统一白色长袍的男人,中央的青衣男人必定是首领。

"长王殿下。"为首的男人继续蹲在上方俯视着他,同时将右手贴在左胸口前行礼,闭眼说道,"很高兴你能回来,请你回主城,人家都已经准备好迎接你了。"

"我并不想回去。"空泽面色阴暗地将头向右转三十度,颈椎发出"咔嗒"一声脆响。

凌桑再次看到了空泽散发出的黑暗能量逐渐凝聚成黑洞将他包裹起来,这是有多大的怨念……

"王盼咐,即使强制也要将你带回去。"为首的男人抽出挂在腰间的佩剑,瞬间所有随从均将剑抽出剑鞘。

而现在的空泽与凌桑都没有任何的兵器在手。

"还真是你们一贯的作风。"空泽平展右手,水汽从地表蔓延而上将他包裹。

就在青衣男子跃出时,水刃瞬间成形向前射出。在男人劈斩掉第一道袭来的水刃后,狂暴的第二轮水刃猛烈地将他冲了出去。

所有人在受到水刃的攻击后都发出惨叫,但随即发现水刃击在自己身上都只是化成了普通的液体,没有造成任何伤害。

"我不想一回来就杀人。"水刃在空泽身边再度成型,这一次的水刃都结成了冰晶,而他的手中握了一把冰质的长刀。

双方瞬间陷入了对峙。

"还真是伤和气啊。"

一道柔和的声音相当违和地插了进来,白袍侍卫们在听到声音后迅速退到两边。

一个青年逐渐显现出来,蓝色光芒弥漫,营造出了相当美丽的出场效果。

青年的身高大约有一米八,蓝色短发与蓝色的眼眸和空泽的十分相似,只是两人的神情全然不同,让人无法立刻把他们扯上关系。但是看久了就能发现,他们真的神似。

青年穿了一件白色的丝质衬衣,外面披了一件像是狐裘的银灰色毛皮大衣,在冬季显得相当暖和。高雅的装束与高贵的神情已经显示出了他王族的身份。

"听闻持有王令的人进了皇城,我们觉得很可能是你。知道很难请你回去,所以我就亲自来了。"青年优雅地闭上眼,对空泽点头简单行礼。

"大可不必这样,我是立刻就会离开的人。"面对这群人,空泽的说法方式也变得有些奇怪起来。

"这怎么可以,你还真不拿这里当家了吗?还有这一位是——"青年望向凌桑,"都在外面找好女人了吗?"

"只是一个仆从而已。"在凌桑将哀怨的脸转向空泽时,空泽一掌拍在凌桑的脸上,把她的头推开,"此外,我在外面过得极好,你在这里好好做你该做的事,不要来打扰我。"

"真的要要用最隆重的方式迎接你吗？"青年将双手掌心相对置于胸前，双手掌心环绕出一个圆形，中央喷射出蓝色的火焰，伴随着刺眼的电光。

逐渐地，大厅外面的天空暗了下来，也不知道什么时候阴云笼罩了过来。房屋上方的云层开始顺时针旋转，很快形成旋涡向下压来，蓝色电光在空中发出巨大的轰鸣。当他将右手举起时，电光自上而下连成一片，他手中托举的小圆球迅速膨胀成更大的圆球，在一片昏暗中闪着蓝光。

"你在外面又有什么好处呢？我可是……比你更强大了啊！"青年的笑容狰狞，阴暗的面孔被闪电的光照亮，"好好感受我的威力吧！"

"终于把内心暴露出来了啊。"空泽平静地眯起眼，要炸掉别人家的屋子真的好吗？

青年咆哮一声，将硕大的电火球向空泽抛来，电火球飞驰，伴随着阴风席卷，狂风怒号。空泽站在庭院边缘没有任何举动，直到电火球已经近在眼前，他才抬起右手——

"扑哧！"

一道诡异的声响后，一小缕电光被空泽一巴掌拍到了地上，随即熄灭。

"……"凌桑看着地面上那一个焦黑的小点。

拍……拍下去了啊！

阴风怒号的特效全部消失，外面一片阳光明媚。

"不可能……"青年惊恐地望着空泽。

"你在这两年里到底学了什么，燕顷？"空泽露出相当不祥的冷笑，提起冰刀的瞬间，身形已经消失在原地。

"保护王殿！"护卫咆哮。

凌桑眯起眼，又是这种熟悉的秒杀战。瞬间撂倒这批侍卫的空泽持着冰刀刺向燕顷，燕顷立刻抽出腰间的水晶长刀挡下冰刀，冰刀在与水晶刀剧烈摩擦后溅出细碎的冰晶。

一个好端端的后院瞬间被冰雪覆盖，看来两个人是完全相同的属性。空泽的冰刀自动复原，在他猛烈狂暴的攻势下，燕顷没有任何还手之力，即使是防守也不足以自保。

空泽的冰刀贴在对方的脖子上，双方瞬间定格。

"不要惹我。"空泽靠近燕顷，阴暗地吐出冰凉的话语，"不然我真的会忍不住杀了你。"

"……"燕顷咬牙，面目狰狞。

"啊，真是伤和气啊。"一个声音忽然插入，蹿到两个人中间的凌桑将两个人推开。

"主人你真是太帅了呢！"凌桑扑到空泽身上，逼他后退了几步。

"你想死吗？"空泽有点儿反感凌桑的这种语气，咬牙切齿地说道。

"哎呀！既然我都是你的仆从了，怎么能不好好照顾主人呢——"凌桑将空泽推到大厅里面，室外忽然又响起了风密集的呼啸声，几十个侍卫出现在庭院里，作为首领的燕顷站在前面，露出微笑："你暂时还不能走。"

放眼望去，凌桑在更远处看到了几百人，整个居民区都已经被这群侍卫包围起来了。

空泽极力抑制住自己即将爆发的情绪，而此时舒央已经站在了空泽与凌桑的背后。

"把乾鳞交给我。"空泽对他命令道。

"舒央。"燕顷对舒央露出微笑，摆明了不准舒央把兵器交给他。

舒央的微笑依然挂在脸上，在两边的逼迫下虽然相当无奈，但他还是平静地轻声解释道："器师向来只关心兵器的感受，其他的一概不关心。"

"乾鳞，召唤。"空泽右手挥出蓝色火焰。

不管器灵与契约者间隔多远，只要心意相通便可以随时随地获得连接。

长戈显现，冰凌冻结。

空泽纵身跃出庭院，在半空中挥出乾鳞，瞬间横扫一片，将十余人撞击出去。

凌桑将视线收回来，将右手放在自己眼前，自己也可以召唤吗？

"试试吧。"舒央鼓励她。

"佑姬，佐铭。"

没反应。

她忽而将右手猛地挥出："出来吧！佑姬！佐铭！"

你们的主人都摆出如此尴尬的召唤动作了，所以快出来吧！

依然没有反应。

"这真的是属于你的兵器吗？"舒央继续微笑。

"……它们可能需要一点儿小提醒，一定是这样的。"凌桑也露出微笑。

"跟我来。"舒央抬起右脚，一圈银光荡漾开后，凌桑看到四周场景忽然变换。昏暗中泛起点点蓝色的荧光，她发现自己站在一块广阔的湖水中央的岩石上，岩石后方是一座建在水面上的凉亭。

"空泽——"凌桑有些担忧。

"放心，没人敢伤害长王殿下。"舒央眯起眼睛，细长的手指伸出，他们脚下的水面忽而荡漾开波纹，折扇与长剑缓缓从水下浮了上来。

凌桑看到了水中缠绕在一起的羽凤与云龙，两只器灵十分安静。

竟然……睡着了。

"请不要再将它们分开了。"舒央说道。

"佐铭，佑姬。"她再次唤道。

这一次，器灵同时睁开了眼睛，折扇与长剑跃出水面被凌桑一把接住。羽凤身形消散，但全身沾了水的云龙还在空中盘旋，洒下细碎的水珠。

"精神好很多了啊，佐铭。"凌桑仰头对云龙说道。

"呜——"云龙随后也消失了。

四周的环境再次转换，在凌桑回到了原地时，就看到空泽与燕顷相对而坐，两个人明显是在喝茶，而所有侍卫都已经退到百余米之外。

"我错过了什么？"凌桑喃喃地说。

舒央轻笑一声："我想这是劫持吧。"

空泽可以轻易地置燕顷于死地，正如当年他对燕顷所说的"以一率千与以一敌千就是这样极端"。

舒央候在一边，没有上前打扰两个人谈人生。空泽扫了一眼凌桑后，缓缓站了起来，对燕顷说道："我想回来的时候自然会回来。"

"你还真享受外界的生活。"燕顷冷笑。

"你也很享受内部的生活啊，你的抱负我不会干预，我只想为自己留下活路。"

他们的较量其余人都不明白。

空泽幼年好斗，长大后善战。当年极泯城的王纵容尚且年幼的他率领军队进攻邻国，吞并西北部无主荒地。本来这场战争注定能够胜利，没想到突发意外情况，形势瞬间逆转，他陷入了绝境。率领的军队临阵倒戈，他信任的下属都为了保护他而战死。

分明是皇城内部的人想要置他于死地，分明是燕顷幕后的势力想要让他死于意外。

即使活了下来，他也宁愿流落于异国他乡，不愿再回去。

为了那些战死的下属，为了他自己的尊严。

"桑。"走出庭院的空泽唤了凌桑一声。

"嗯。"反应过来的凌桑抱着长剑和折扇，连忙小跑着跟在他身后。

燕顷没有再阻拦，只是勾起了一抹冷笑，端起茶杯喝茶。

舒央在燕顷对面坐下，轻声说道："若是你们没有做出那样过分的事，长王殿下也不会出走。"

燕顷没有抬头，只是将眼眸瞥向舒央，眼中充满了危险的笑意："这么说，你是站在他那一方了？"

"我没有立场。"

"啊，真羡慕你们器师只要做好手头工作就好了，不用关心其他的事。"燕顷终于仰起头，放松地呼出一口气。

"年纪轻轻就如此感慨并不好。"

"我要走了，感谢招待。"燕顷起身走向庭院外面。

"哪里，根本就不算什么招待。"舒央俯身向他行礼。

一阵风掠过后，当他再抬起头时，面前已经没有了任何人。

对外界任何事都不感兴趣的自己，有时候还真的觉得能够有什么可以让人执着追求，是件相当幸福的事。

厌恶拘泥又不工于心计的长王殿下，更适合生活在外面的世界吧。

看上去，他真的过得很好，与两年前大不一样了。

比起寒暑假，空泽更喜欢的是在校期间，因为学习期间公局分配给他的任务少得多，反而更加空闲。

空泽与席勒正式确认了搭档关系，还在行政部进行了登记。

"空泽殿啊……"哀怨的源溯终于在开学初找到了空泽。

"哦，我正想与你谈谈。"空泽对他一勾手，走到走廊空旷区，严肃地说道，"我仔细想了一下，你的攻击能力始终无法突破，绝对是因为和我搭档的缘故。"

"哎……"

"你被我压抑得太厉害了。对于你来说，再找一个搭档很容易吧，比你逊色一些的多得是，你也应该做一个核心人物了。始终辅助我，对你能力的发展并不好。"

"你要是这么说的话我也没法反驳呢……"源溯也不知道该说什么，但总归觉得心里不舒服，空泽和席勒去登记的这个场面总让他觉得有点儿别扭。

"别在意。"有些抱歉地解释完后，空泽直接离开，源溯站在原地出神。

"请不要太过于悲伤。"站在他身边的凌桑拍拍他的肩安慰他。

"你什么时候来的？"源溯侧头看她。

"啊呀！空泽等我啊——"凌桑突然跑上去追空泽。

"……"她真的是来安慰自己的吗？

新学期的报到事宜很快就处理完毕，凌桑在整理完寝室后准备去买点儿物资，出门前问了伊娜："毛球这学期不来了吗？"

"不知道啊，要是不来的话我会不习惯的。"伊娜感慨一声后，忽而灵光乍现地拖了凌桑直接跳楼，瞬间降落到一楼宿管处，"去查一下就好了，很快的。"

宿管员打开本学期的住宿学生资料，翻找到306成员信息——伊娜、凌桑、朦月。

"月蒙月……"伊娜艰难地念出了三个字音。

"啊，是朦月啦……"凌桑纠正道。

"话说这就是毛球的名字吗？"为什么一个圆滚滚的毛球会有如此诗意的名字？是为了让存在感变高吗？

"等一下。"凌桑又要了上一学期的资料翻看，同样是三个人名：伊娜、凌桑、朦月。"没错，这就是毛球的名字……"

"既然都登记了，那么这学期一定会来的吧。"伊娜十分期待每天揉毛茸茸的毛球。

第八章
你是我见过的最彪悍的贵族

等凌桑买了东西回到寝室，就惊讶地发现她的床上坐了一个相当眼熟的女孩。

这个家伙……她眯起双眼。

"姐姐！"那个在寒假的某一天晚上袭击过她的银色长发风系女孩左手抱着圆滚滚的毛球，右手对她挥着。

"……"她继续沉默。

"你们认识？"伊娜发问。

"……"凌桑默默转开视线表示她们完全不认识。

"姐姐姐姐，我们见过面的哟！"女孩扔开毛球，忽然悬浮至半空扑向凌桑，始终沉默的凌桑这时猛地一个高抬腿就把她踹了出去。

"呼！"踹完人后凌桑终于松了口气，"现在感觉好多了……"

"这是有多大的怨念啊……"抱着毛球的伊娜眯眼感慨。

飞出去的女孩落在了一个男人的怀里。

这里是女寝没错吧，这个男人是怎么突然出现的？

"请公主不要与粗鲁的平民太过接近。"男人将女孩放下，再蹲下来为她整理有些凌乱的公主裙裙摆，"您大可不必亲自过来的——"

瞬间黑化的伊娜把毛球砸在男人的头上："你说谁是平民！"

温雅的男人穿了一身黑色燕尾服，缓缓站起后，一推眼镜反射出一抹精光，微笑着开口："公主只是来这里挂一个学籍而已，可不会真的接受低俗的平民教育。"

伊娜的右手上燃起黑色的火焰，面露微笑："我觉得我也需要发泄一下……"

"等一下，伊娜。"凌桑连忙打住，问这个所谓的公主，"你的名字……叫朦月？"

"怎么能如此粗暴地直呼公主的名字！"燕尾服的男人立刻暴怒。

"哎呀哎呀！阿罗不要生气，"朦月毫不在意地挥挥手笑道，"忘了跟你说了，她就是父亲大人指的那个人。"

燕尾服男人忽而冷静下来一推眼镜。下一秒，男人已经以跪地式兵马俑的标准姿势单膝跪在了凌桑的面前，温柔地托起凌桑的左手，身后仿佛有千万朵玫瑰花瞬间绽放。

"凌桑大人真是与梦中一样美丽啊，不，简直是比梦中还要美——噢！"

凌桑又一个高抬腿精准地踹在他的脸上。

"对不起，我不认识你，出现在你的梦里真是太不幸了。"

"啊——"

"不要'啊'了！"

凌桑又一脚补上去后，燕尾服配合着倒地做出西子捧心的姿势，喃喃道："如果凌桑大人喜欢，那就狠狠地踹我吧——"

"……"凌桑把抬起的右腿放下，沉默两秒后咆哮，"你有病啊！"

朦月从角落拿出来扫帚把地上的男人推到墙角昏睡，让他和垃圾桶靠齐，然后转身对凌桑以及伊娜行了一个标准的贵族问候礼，说道："请不用在意这个变态护卫，我只是在报到时，顺便来看望一下姐姐。"

"我不认识你。"凌桑冷淡地开口。

"原本上学期我确实应该入学的，不过父亲不允许，所以我就在这里留了我的宠物作为替代。"朦月并不在意凌桑怎么想，只是继续解释，"但是最近我还是想来 Sritana 住几天，与姐姐好好培养一下感情，真是相当期待呢！"

朦月仰起头看着凌桑，露出令人恐怖的微笑："姐姐——"

凌桑默默转身出门："伊娜，我去办理走读手续，你不要太想我。"

伊娜："……"

"姐姐——"朦月扑了过去。

凌桑猛地带上门。

开学初例行要举办一次小型竞技，作为接下来学期初的服级鉴定的热身。为了创新，行政部想要征求民意，将搜集竞技类型的任务下达给学生会。学生会特地派了成员抱了一个投票箱，到每个班级去搜集信息。

只要把自己对于竞技方式的想法写在纸条上，再投进去就可以了。当 C 班众人都冥思苦想，也无法写出除了单独战斗竞技与团体战斗竞技这种常规项目之外的方式时，凌桑已经在白纸上写下了一大片密密麻麻的竞技形式。

"这么有灵感吗？"伊娜侧过身去看她写出来的竞技形式，"都好奇怪啊，不过很有意思的样子……"

"你们都不了解这些吗？"她回问。

"是啊，因为从小学部开始，我们一直接触的就是战斗竞技的类型，不过像你这么写的话，真的可以有更多的方式……"

"是啊。"凌桑把纸张叠起来，然后投到投票箱中。

第二天清晨，行政部公布了此次小型竞技的名字：健美操竞技。

"这是什么鬼——"全校瞬间陷入一片恐慌中。

凌桑默默地把手中的书合上，仰头轻声自语："健美操吗……不过我还是喜欢广播体操多一点儿。"

作为班长的伊娜热血沸腾地站在讲台上号召全班："男生们与女生们都给我动起来！展现你们肌肉的时刻到来了！"

等等！似乎有哪里不对吧……健美操是用来展现肌肉的吗？虽然仔细想想也没什么不对，但终究不是用来秀肌肉的吧？

因为要在服级鉴定之前举办完这次健美操竞技，所以时间相当紧迫。在行政部下达策划文件，用了相当大的篇幅解释健美操的个人意义以及社会意义之后，所有班级立刻陷入了紧张的排练模式。

"其实只要全班动作整齐，充满活力，动作难度不用太高也可以啦——"凌桑解释着人类社会中健美操的要诀，但是对于健美操竞技无比狂热的全班同学已经自然而然地把她忽视了。

排练场地选在了体育馆。虽然体育馆相当大，可以让四个班级同时使用，但由于要播放音乐会相互造成严重干扰，所以还是只适合一个班级单独排练。

高一（C）班在第一节课下课后便"攻占"了体育馆，当作了排练的根据地，刚准备将录音机打开，门口忽然又走入了另一个班的同学。

"喂喂！这里有人了。"薇薇安相当没好气地提醒道。

对方是高三部的学生，其中一个体形高大的蓝服高阶男生站了出来，可能是这个班级的班长。他俯视着女生居多的高一（C）班的全体学生："你们今天早上占了吗——可是我们昨晚就占了体育馆了。"

"呵！那么有证据吗——"薇薇安挑眉。

"证据当然在这里——"蓝服高阶打了一个响指，体育馆的广播瞬间响起了狂暴的健美操背景音乐——"蹦跶跶蹦跶跶蹦跶跶跶跶跶——"

青筋同时也在蹦跶的薇薇安始终微笑着，直接劈出一道掌风，斜对面二层的播音室立刻响起一个男生的惨叫声，背景音乐随之停止："并不见得是你们先占了场地吧。"

"对学长不应该放尊重点儿吗？"蓝服高阶上前一步，这个以男生为主的高三班级所有男生都同时向前逼近到高一（C）班前面，盛气凌人。

蓝服高阶男生将右手搭上领口侧的纽扣，仰起头，上半张脸埋在了一片阴影中："小鬼们，你们真的懂健美操的奥义吗？今天我就让你们见识一下真正的健美是什么！"

"嗷——"高三班级全体男生兴奋地发出狼嚎声，同时全部脱掉了自己的外套——

"啊！"薇薇安瞬间脸红，反应过来后赶忙捂着脸转身。

"看到没有！肌肉才是健美的真正奥义！"高三班级为首的男生无比自豪地咆哮。

——奥义只是秀肌肉吗？健美操的重点难道不是落在"操"这个字上面吗！

薇薇安"阵亡"了之后，伊娜替补上来，向对面咆哮："只有这个水平吗？姑娘们！让他们见证什么才是健美！"

"哟——"女生们全部甩掉外套。

于是，那个高三班级就在一边排排坐着围观，认真观看女生们的表演。

夜晚，凌桑倒在床上，打了一个哈欠。如果日子能够始终如此惬意，那真是幸福啊！

刚要睡着，她忽然听到了窗户被推开的声音。凌桑猛地睁开眼，看到半扇窗户已经从右往左被缓缓拉开——

她刚抽出折扇，打算扫出一记风刃，却突然辨认出了这个夜闯民宅的家伙是谁——

"空泽？"

"打扰。"空泽跳入室内，一边侧身将窗户关上，一边漫不经心地说，"听说你最近走读了。"

"是啊，你这是想来顺便蹭一个床铺睡吗？"凌桑笑了起来。

"因为健美操，我们班都赶在晚上排练，我要是还住寝室的话一定会被拖走。"

"健美一下也没什么吧，大家都很喜欢呢。"她笑着说道，"那么就来住我房间好啦。"

空泽解开了制服一侧的纽扣，将黑服敞开，随即坐在床沿上略微侧过身看向凌桑："你怎么忽然就走读了？"

"大概是不想见她吧……朦月，知道吗？"

"你是指风之谷皇室最小的公主吗？最近确实看到过一个带着侍卫来上学的大小姐。"空泽漫不经心地提起，将脱下的黑服揉成一团扔在床头柜上。

"哎呀，制服还是要好好摆放的啊。"凌桑爬出被窝儿，跪在床上去叠空泽的黑服。天气还是相当冷，她只穿了一条睡裙，冻得有些战栗。空泽撩起被子往她头上一盖，把她按回了被窝儿里。

"不用管我的衣服了，反正到时候出任务也会顺便破掉，再去领一套就好了。"

"喂！这样压榨总务处资源也太没责任心了吧，所以这就是你从来不洗黑服的原因吗？"她把头从被子中露了出来。

"反正每一件都穿不过一个月就要报废掉。我睡地上就好了。"空泽已经相当熟悉地走过去拉开柜子，取出里面的被褥铺在地上。

"你们贵族……"凌桑顿了两秒后又说道，"我是说很多贵族都不来上学的吗？"

像燕顷，也一定不会来到 Sritana 这种地方吧。

"王室贵族一般都只接受内部教育。王室拥有自己的教育体系，外部的教育在他们眼里很杂乱而且不安全。"空泽忽然露出冰凉的笑容，"贵族可是相当柔弱的生物啊。"

"不，我眼前的就是我见过的最彪悍的贵族。"

"……"

床下传来被褥摩擦的"沙沙"声，空泽已经躺了下来，然后翻了一个身继续说道："我也接受过相当长时间的内部教育，只是在我离开极泛城之后，原先的世界观就全部没用了，并且我需要重新接纳全新的认知，没用的东西自然也就抛弃了。"

"挺晚了……那晚安了。"凌桑说道。

"嗯。"他模糊地应了一声，许久忽然轻声说道，"还是小心风之谷的人，他们对你似乎……有些垂涎。"

由于人类世界与Sritana存在着时差，所以凌桑得在天还没完全亮的时候起来，通过转移回到学校。清晨闹钟响后凌桑条件反射地坐了起来，过了一会儿整个人才逐渐苏醒过来，她懒懒地打了个哈欠，然后转头看向打地铺的空泽。

她忽然想起最近空泽还真的好好听话保持正常作息呢。

"呼！"好欣慰。

"空泽起床啦。"凌桑一边换衣服一边叫空泽起床，换好衣服后见他还没起来，只能用通信表呼叫。在经过种种悲惨的试验后，她终于发现这才是唤醒他最安全的方式。

建立连接后，空泽的通信表振动起来，并且发出尖锐刺耳的声音。

空泽闭着眼皱眉，抬起右手猛地拍在左手通信表上，硬生生地把通信表拍成了静音。

凌桑眯起眼，这力度……

实际上空泽就是被这一巴掌给拍醒的，他坐起来甩着左手。

"我们要回去了哦，我从正门走，你的话，还是请跳窗户离开。"凌桑提醒他。

"啊。"空泽披上黑服，打开二楼房间的窗户跳了出去。

凌桑叠起地上的被褥，塞回柜子里，然后下楼与养母打了招呼后出门。

回到Sritana后，空泽提起了一件重要的事："选修课要开始报名了。"

"啊，我知道。"这次凌桑总算是及时获取了这个系统消息。

当她把头抬起来看向空泽时，发现空泽看着她的眼神特别……微妙？

"你已经选好了？"连语气都微妙起来了。

"是啊，"凌桑炫耀地说，"我还特地报了剑术课，老师是埃斯利亚哦——空泽？"

她再看过去时，空泽已经刷完了他的通信表，然后把表盖拍了下去。

刚刚……发生了什么……

"选修课请你认真听讲。"空泽语重心长地对她说道。

所以说空泽已经入侵了她的通信表课程系统，并且和她选了一样的选修课吗……

期末又是要去突击复习的节奏……她捂头。

空泽表示很理解地拍了拍凌桑的肩:"毕竟全部科目都让源溯帮忙突击复习,我也会过意不去。"

"你真是有良心。"她也抬起左手拍在空泽的肩上。

健美操竞技当天。

空泽进入行政部,在大厅的柜台处对值班的女人说道:"给我一张任务单。"

"哎,空泽殿真是反常啊……"惊异之余,女人笑了起来,"那么请等一下,我来看看有没有合适的任务单——"

"不用给他了。"一道轻柔的声音响起,黑服的精灵从黑暗中走了出来,双手相互交错插在宽大的袖口里,对空泽俯身行了一个优雅的礼后,缓缓笑道,"虽然如此积极真是令人欣慰,不过你可不能以此来逃掉今晚的竞技赛啊。"

"喊!"瞬间被戳穿的感觉真是不好。

"不过不用担心,我明天会给你多安排几份任务来好好奖励你如此难得的积极性的——"

"不必了,当我没来。"内心哀怨的空泽转身离开。

"今晚务必好好表演。"精灵的微笑依然梦幻。

高二部(A)班获得了健美操竞技的第一名。

夺冠重点并不是空泽与席勒这两个黑服巨头都在 A 班,而是这两个黑服被安排在了列队的最前排,还要与其他人做出同样的动作。那表情真是美妙极了。

蹦跶跶,转个圈。蹦跶跶,高抬腿。蹦跶跶,九十度扭腰。蹦跶跶,衣服甩起来。

表演到高潮的时候场上"唰啦"声一片,台上全体男生同时脱掉了外套,露出了精壮的肌肉与平滑的皮肤。

"真棒!"凌桑在台下随着全体女生一起拍手欢呼。

外套举在右手挥起来,再把外套抛出去,大家继续跳起来。

在 Sritana 完全见不到身材走形的超重男生或女生,因为平时的实践课程与任务的运动强度都相当大,再如何积累脂肪,都会被运动消耗掉。

这一次的集体竞技还真是相当赏心悦目。

坐在台下的埃斯利亚微笑着。虽然都因为扭曲了"健美"的真正含义而显得太过奔放,不过让男女生了解一下异性的魅力也是相当好的吧。

活力就应该尽情释放。

真是令人羡慕的青春啊,真是精力旺盛的年轻人。

教师们发出感慨时似乎都忘记这时候还是冬天了。

第九章
亲生老爹是我亲手弄没的

接下来的服级鉴定，凌桑已经不再有任何顾虑了。

公局已经知道了她的身世，风之谷似乎也对她了解不少，所以，自己只要尽情地展现风性就好了。

整个竞技场的空气猛地爆开，狂风将场地瞬间击碎。

对手是蓝服中阶。

空泽原先说明的问题确实没错，仅仅在十个回合内，对方就已经摸清了她使用风性的所有套路，并且建立起了绝对防御。

风刃被蓝服的防御屏障削弱到近乎无效，即使是将所有风力凝聚起来劈出，也只能勉强击碎屏障而不能立刻发动第二轮攻击。

空泽站在观众席上观望场上的情况。果然还是无法突破啊……不过可以与蓝服中阶对抗这么久，他已经相当满足了。

蓝服撤掉屏障瞬间向前冲出，长刀劈下，地表再度炸裂。凌桑凌空跃起，蓝服的长刀跟着偏转，向上挑起。

狂暴的刀气割裂了风，径直将凌桑撞击出去。她的后背猛地砸到竞技场边缘的墙壁上，轰出了一个巨大的凹陷，烟尘弥漫将她掩盖。

空泽不动声色。若是在上学期初，他一定会对她大喊"给我站起来"之类的话，不过如今已经完全不需要如此了。

凌桑有她自己的想法与独立的意志，只有自己才是最了解自己身体极限的人。

弥漫的灰尘中晃出一个黑色的身影，观众席上传来惊叹声——经受了如此猛烈的攻击后竟然还能站起来，还真是了不起。

"还不倒下吗？"蓝服向凌桑攻来，长刀举起，刀气从刀身中散发出来，在半空中化为两米高的刀锋。咆哮一声后他猛地将刀向凌桑劈去，刀锋化为千万气刃同时向凌桑袭来。

从灰尘中走出的人开始向前急速奔跑，迎上了对方的攻击，折扇在身前挥出了一个半圆的弧度，打开了一道风的屏障。

凌桑所有的招式，蓝服早已看透。他再度挥出长刀要彻底结束这场比赛，但他对面的人忽然将折扇收拢衔在嘴里——

她是要做什么？

向前冲出的凌桑左手搭在腰间，腰间忽而射出银光，汇聚成一把长剑，她用左手将长剑从银色的刀鞘中抽了出来。

银光迸溅，风肆虐袭去，绞碎了蓝服的刀刃。一声低沉的长啸后，云龙现出身形，在场地上空盘旋，长尾掀起巨大的狂风后缓缓消散。

长刀与长剑交锋，地面在巨大的力量冲击下再次炸裂，双方都向下陷落，碎片全部抛洒到了上空。

"叮——"

监察的黑服中阶摇铃，宣告比赛结束。

双方缓了气后将力量收敛起来，最后同时收回武器。

"剑不是这么用的。"蓝服青年微笑。

"不好意思，我也是迫不得已，第一次用……"凌桑耸肩微笑。幸好云龙没有拒绝她，不然在那种危急情况下自己不仅必败无疑，甚至连性命可能都会不保。

蓝服转身离开这个陷落的大坑，凌桑在向前踏出两步后意识逐渐模糊，大口喘息依然无法缓过来，终于向前扑倒在废墟上，彻底失去了知觉。

面朝下砸在地上一点儿也不痛，真的。

许久之后，脸着地的痛苦才被她逐渐感知到，鼻子像是塌陷下去了一样，酸痛的额骨似乎要裂开。

眼睛睁开，凌桑感觉到一双手捂在她的额前刘海儿下，揉着她的头。

手掌冰凉中带着微弱的温热，她眯眼享受了很久后，才彻底清醒过来，侧过身去，就看见了坐在床边的空泽。

"恭喜成为蓝服。"

虽然脸上依然没有多少笑意，但空泽的语气里还是流露出了相当满意的情绪。

"啊……不过代价还真是惨烈啊。"她坐了起来，抬起酸痛的双手，相当痛苦地伸了个不情愿的懒腰，舒展了一下筋骨。全身骨头像是已经散架了……多亏亲生老爹的骨骼密度遗传，自己才没有真的散架。

"都是这么过来的。"空泽倒了一杯水递给她。

这是空泽的房间。凌桑喝完水后看向自己的身体，身上明显已经做了一些简单的伤口处理。大概因为这一次伤得不是很严重，所以医务室就允许空泽把她带了出来。

不过更大的可能是服级鉴定期间医务室床位紧张，必须让一部分人放弃住院治疗。

"呼——"她闭上眼，比赛结束后依然紧绷的肌肉与神经此刻终于都松弛了下来。

空泽站起来走向窗边，拉开窗帘。外面竟然已经天黑了。

"晚饭要吃点儿什么，我去给你打包带过来。"

凌桑搂着被子，一脸感动地看着他："空泽殿你真贴心……不过你只要把你的晚饭随便剩一口给我就够吃了。"

"……"空泽的额头暴起青筋。

缓了很久，他才忍住要把凌桑拍成重伤送回医务室的冲动，在出门之前提起了另外一件事："你在服级鉴定的时候，那个叫朦月的家伙和她的一票仆从也在观众席上。"

"唉——"凌桑大脑空白了两秒，也只能无奈地说道，"这个我也阻止不了……随便她。"

"当时在交涉了许久后才允许她带普通随从进来，Sritana没有允许其他风之谷王室成员进入。"空泽轻声交代，蓝色的眼眸瞥向她，用更轻的声音说道，"你明白的吧。"

是啊，如此明显的意图，怎么会不明白……她点头，沉默。

"不过也不是什么值得紧张的事。"空泽微笑。

凌桑倒回床上。自己也确实什么都没担心过，大概是潜意识里认为，只要有空泽在，就什么都能解决吧。

已经是蓝服高阶的慕德兰依然挂在蓝服高阶上，以他目前的能力还冲不上黑服。

不过在他郁闷的时候往往不会独自郁闷，而是要再拖一个人过来一起郁闷。

"所以——你是想考取黑服吗？"凌桑问道。

"是啊，不考取黑服人生意义何在？而且我一定要在高二前拿下黑服。"听上去充满壮志豪情。

"你已经否定绝大多数人的人生意义了。"

"总归就是，我要超越席勒和空泽，明白吗？"

"先不管超越的问题，你应该知道的吧，成为黑服就意味着必须加入公局。"

"当然要加入公局啊！"他依然充满壮志豪情。

"哎……"凌桑越发无力地与他说话，"不过你也知道加入公局后，就必须无条件服从上级调遣，执行最为艰难的任务，风险相当大。你家人会同意吗？"

像源溯那样对于一个家族来说相当重要的人，只会永远停留在蓝服的级别，不会进阶为黑服。几乎所有的家族都希望Sritana培养出来的人能够为自己家族服务，而不是将一切奉献给公局。

"我家里人不会反对的。除了风险之外，公局带来的还有荣耀，不管在哪个国家，公局人员相当于王室成员，非常受尊重。至于我家里啊……"他毫不在意地耸肩，解释说，"反正兄弟姐妹多，长辈都不管我的，他们觉得我能进公局，是整个家族的荣耀呢。"

"公局啊……感觉还是有些恐怖。"她跟着空泽去过几次公局总部，里面虽然只有部分人是黑服，但那群严肃的人终归给她很压抑的感觉。而且大部分的黑服性格又是相当诡异，整个公局的气氛就显得异常肃杀。

"那么——阿桑你要加入公局吗？"慕德兰问道。

"这个啊……"她仰头。虽然以前觉得这完全不是她应该考虑的问题，不过现在也确实应该想想了。在如今的高一部，多数学生还是白服，只有极少数进阶了蓝服，所以其余同学都已经认为凌桑有相当优秀的资质，以后会有很大作为。

不过……自己是怎么想的呢？沉默良久她才开口："不愿意吧。因为我现在有了父母，受到了相当好的照顾，也要有所担当才行，随意将自己性命乱托付的话，实在是对不起他们。"

有了牵绊与束缚，她希望自己的父母能够幸福地过完一生。

"也确实如此，不过——"慕德兰轻声说，"人类世界与这里没有直接连接……在那里，你已经是另外一类人了吧。"

"啊，这么说也是呢。"

自己……还适合普通人类的生活吗？

既然想不明白，就先抛开这个问题，凌桑呼出一口气，忽而脑洞大开地想起了一件事："据说公局是在三百年前建立的，那么一定是因为有重要事件发生，才促使公局建立的吧？"

"嗯？"慕德兰一时还无法到达这个思想深度，大脑死机五秒后才重新运作起来，思考了相当久的时间，"这个啊，我不清楚……"

"就像在我们那里，第一次世界大战后建立了国际联盟，第二次世界大战后建立了联合国。如果没有战争因素，国家联合起来的进程会滞缓很多吧。"其实也不知为什么，她忽然就抛出这个问题来了。

"战争吗，"慕德兰回忆了很久才不确定地说道，"说到战争的话，我们初中历史教材里确实有提到三百年前发生了一场著名的战争，几乎所有的国家都卷入了其中——"

"然后？"

"……然后忘记了。"慕德兰捂头，"升学考试一结束，这种痛苦的记忆早就被我愉快地扔掉了。"

"……"凌桑沉默两秒后也捂头，"其实我也没什么好说的，因为我也已经把我初中学的知识愉快地扔掉了。"

尤其自己是在 Sritana 这种教学内容与中国初中知识几乎完全不能衔接的学院里学习。

之后凌桑还是从空泽那里得知了详细的信息：

"公局的成立确实是因为三百年前爆发的战争。当时实力最为强盛的国家天沧陆对外发动战争，将周围小国吞并，并且持续向外扩张。单独一个国家完全无法抵挡天沧陆的攻袭，如果以如此趋势发展下去，整个世界将会沦陷，于是剩余的国家只能建立联盟，将军队统一成联军后才将天沧陆击退，最终天沧陆覆没。这之后为了防止恶性战争再次发生，联盟在内部优化后，逐步演变成了如今的公局。"

"空泽你竟然还把你初中学到的知识记得这么牢固啊……"她的思维瞬间跳跃。

"别逗了，我可没上过初中。"空泽冷笑，"高中之前我在极沄城有五个私人教师。"

"……好奢侈。那么这些都是私人教师教给你的？"

"也不是。主要是如果连公局历史都不能熟背的话，公局的年终考核是没法通过的。"

如果进公局还有考核这种东西的话，她还是离得越远越好吧。

"所以，你要加入公局？"空泽也和她玩起了思维跳跃。

"看在要背历史的分上……我就不掺和了。哈哈哈……"她尴尬地耸肩笑道。

"这是你个人的意愿，我不会干预你的决定。"在这方面，空泽倒也没有强迫，"至少我知道我是说服不了你的，但如果是埃斯利亚来与你说这个问题的话，你就要小心了。"

凌桑回想起自己的养父母被埃斯利亚洗脑的情景，如果行政部的黑服精灵执着地要来说服自己的话，自己一定是招架不住的。

等一下——

空泽你自己就是最先招架不住的那个吧？埃斯利亚无比愉快地怂恿你考了黑服是吧？

"怎么了？"空泽皱眉。

"啊哈哈哈！没事没事，我先回家了，你要是在寝室住得无聊了随时来找我就好。"她挥手。

"啊。"空泽只是很随意地应了一声，然后看着凌桑跳入转移图阵离开。

只要没特殊情况，自己还是少找她比较好。

不过……最近倒是平静到让自己更加懒散了。

凌桑将眼睛缓缓睁开。

不知道现在是什么时候了，她猜想应该是凌晨两三点，窗外的天穹缀着朦胧的星，近乎全圆的月亮将一大块暗色的天空照亮。

粉白色的花瓣从上空飘落下来，有一瓣落在了她的脸上后缓缓滑下，有一种柔滑冰冷的触感。

有些凉，毕竟还是冬季的夜风。

平躺的身体上下小幅度颠簸着，不知道在哪里的铃铛发出清脆的声响。

悠扬。

怎么回事……究竟……在哪里？

她感到自己全身被无形的力量束缚着，还可以感觉到身体被柔软的毛绒大衣包裹着。虽然暴露在夜风中，但她并没觉得太过于寒冷。

然而她记得之前自己是睡在家中床上的。

铃铛声继续规律地响起，像是温柔的催眠曲。

天空中粉白的花瓣继续飘落。

空气温润清新。

在一条白色碎石铺成的路上，一支队伍沉默地前行，用最安静的仪式将风之谷遗失在外的公主迎回。

一个美丽的女孩睡在绒毛大衣的包裹之中，飘落的粉白色花瓣轻柔地落在绒毛上，落在她的脸旁。

悠扬的铃声在空气中荡漾。

踏过清澈的浅水，沾染花露的香气。

在沉睡中醒来的凌桑缓缓地睁开眼，天际露出的晨曦映入了她的眼底。

凌桑忽而将眼睛睁大，猛地坐起。

呼！再闭上眼，自己做了相当美好的梦呢。

花香依然弥漫在鼻端。

凌桑再次缓缓将双眼睁开，在发现自己所处的是一个完全陌生的奢华房间后，她又一声不响地倒回了床上。

能够如此平静地接受眼前的一切，她都觉得自己的接受能力不可思议地强大。

凌桑将右手抬至眼前，看见了袖口处满是柔软的绒毛。她身上披着的是一件长袍，领口处也缝制了一圈绒毛，将自己的脖子轻柔地包裹住。宽大的长袍内贴身穿着的是丝质的短衫，虽然身上的衣服不多，但她竟然感到相当暖和。

床边站了一个银色长发的年轻女人，看到凌桑醒了，就俯下身对她轻声说道："该起来了，凌桑公主。"

凌桑翻了个身，面朝下扑在床上："不，我一定要自然醒。"

"您已经醒了，公主。"

"才没有。"

"这可不是做梦，"女人纤细的双手搭上凌桑的腰，把她轻轻地扶了起来，"快些起来，王要见您，贵为公主可不能太贪睡啊。"

"我不认识你。"虽然这样说，但是凌桑并没有反抗，而是任凭这个女人给自己打理起皱的长袍。

"我们这些做下人的也不清楚，不过听说您是王遗失在外的血脉。"女人笑起来，转到她身后给她梳理头发，"所以王吩咐下来，我们必须好好照顾您才可以，真的很羡慕您呢。"

"遗失的血脉……吗？"凌桑轻声喃喃，忽然莞尔一笑，对这个女人露出相当友善的表情，"那么你们是怎么想的呢？"

"嗯？"女人有种不好的预感。

"不必担心，我不会说出去的，"凌桑双眼眯起来，微笑道，"我究竟是你们王什么样的血脉？"

被凌桑的微笑惊到的侍女完全不知道如何回答了，许久后才压低声音，实话说道："在我们眼里……是王在外面太放荡了才……这样吧。"

毕竟一看凌桑的外貌，就知道她的生母绝不是风之谷皇室内的贵族。

"不用担心，你们现在的王不是我父亲。"凌桑闭上眼笑了一声，双手举起，自己动手整理起头发来，让别人服侍自己总归还是相当不习惯。

"不行啊，这样不好看——"女人有些急切地把凌桑的手拨了回去，"上面吩咐下来，一定要把公主最漂亮的面目呈现给王呢。"

"啊，那就随便吧。"凌桑平静地闭上眼。

自己成功离开这里的概率有多大呢？若是自己住在 Sritana 的学生宿舍，风之谷的人可绝对不会如此放肆地劫持自己。归根结底，她是在朦月的刺激下才住回家的，那么这样一来，风之谷的目的达成了。

她忽然呻吟一声捂住头，自己果然还是太年轻，被算计了。

"公主打起精神来啊，虽然您是王不小心在外面留下的血脉，我们也不会对您有偏见的。"女人笑道，"而且公主的美貌让王室中的人都望尘莫及呢。"

"……"凌桑继续捂头喃喃，"我会说我亲生老爹都已经被我亲手弄没了吗……所以你们现在的王和我真的没关系。"

"好了，来看看吧。"女人将一面镜子放置在她的面前。

她的头发上部被女人盘了起来，缠上长长的银色丝线，缀上了琉璃质地的莹白色六瓣花作为装饰，后颈处稍短的头发自然地垂下，还有一部分束成一小缕被牵回发饰中。

凌桑猛地一个甩头，发型很神奇地没有瞬间散掉。

做了很繁杂的洗漱后她被带领出门。平日在学院里穿的白服虽然也是长袍，但是为了适应日常活动特地进行了改良，相当适合进行大幅度运动，但凌桑此时穿着的长袍虽然雅致但过于宽大，走起路来总归是不方便的。

小径两边枝繁叶茂的树木看上去已有千年的历史，凌桑仰头望去，树间缀满了粉白色的花朵，使树冠看上去就像是蓬松的花团。

花瓣纷纷飘落，仿佛没有穷尽的时候。

能够有如此平静安详生长着的大树，风之谷一定是个十分稳定的和平国度吧。

小径向前蜿蜒，在一座凉亭前终止。凉亭的中央有一张石桌，石桌旁边的石凳上坐着一个身着白色长袍的银色长发男人。他的右手端着的陶瓷茶杯微微晃动，眼眸半垂看着液体在壁沿上留下的水渍。

看上去……相当寂寞啊。

男人抬起头对上凌桑的双眼。凌桑发现他的面孔冷峻，竟然与埙主神似，银色的眼眸显示出他纯正的贵族血统。如此看来，他是埙主的血亲吗？那么说自己是他的血脉……应该也讲得通。

男人平静地看着她。凌桑撩起长袍的下摆踏上凉亭的阶梯，站在男人面前。

"你好。"她实在不知道说些什么，只能这么轻声问候一句，随即欠身表示礼貌。

"凌——桑。"男人有些艰涩地缓缓叫出她的名字，发音并不标准，随即他恢复正常语速说道，"我叫芸珀。"

凌桑仍然站在原地，将视线挪下去投在地面上。

"坐。"

待她坐下后芸珀轻声问道："你想要个新的名字吗？"

凌桑露出浅淡的笑容，回应："不用，我觉得我的名字很好。"

芸珀将右手伸出，手心向上，凌桑在迟疑一秒后也将手伸出，和他握在一起。在两只手接触到的一瞬间，她感受到了纯净的风性，浓郁炽烈。

芸珀也能感受到凌桑的风性，确实与他相似。

"埙主是你的父亲。"他开口。

"我知道。"凌桑点头，将手松开后收回身侧，"我父亲与你是什么关系？"

"他是我的兄长，他过世后便由我接手了风之谷。"

"那么，朦月是你的女儿了？"

"是的。"

凌桑一切都弄清楚了。

"我希望你能留下来。虽然你是埙主流落在外的孩子，但也是我们风之谷的一员，他没有尽到的责任，我会补偿你。"

"不必了，我还是喜欢外面。"不知不觉间她与空泽一样都用"里面"与"外面"来形容两个不同的区域了。自己内心的抗拒并不是毫无缘由的，反倒是芸珀对她莫名其妙的友好才是毫无缘由。

芸珀轻易地就捕捉到了凌桑明显的抗拒："那就留下来住一阵子，你可以好好了解一下自己的国家。"

"你没有义务对我这么照顾。"始终处于被动状态的凌桑忽而抬头，直视芸珀的眼睛，这一次脸上没有丝毫的笑意，"我与你没有直接的血缘关系，如果我没有利用价值，想必你也不会这么热情地挽留我。"

"……"芸珀并没有恼怒，但却是一时无言。许久后他才露出认真的表情对她说道："你是这么觉得的？"

"至少我没有理由将自己托付给你，我已经到独立的年纪了，如果你在几年前发现我的存在，或许我一切都会听你的。"

但是如今，她的人生已经改变太多了。并且她相信她已经有了自己的坚持，不会因此轻易地受他人摆布。

"能够得到你们的承认，我很高兴。"凌桑勉强地露出微笑。

"是吗？"芸珀没有反驳她，凌桑的成熟与精明真是出乎自己的意料，"既然难得来一次，我还是希望你能在这里住上几天。"

"……"凌桑沉默，这已经无法拒绝了，沉默一会儿后她只能点头应道，"好。"

空泽给凌桑发来了信息：你是怎么做到在地图上定位在风之谷的？

她在通信表中回复：被亲戚困在风之谷了啊，我已经向学院请了三天假，到时候没法抽身的话，真的得打回去了。

空泽：有任何情况要在第一时间与我联系，至少我可以凭借公局成员身份进入风之谷皇城。

凌桑：嗯。

空泽一定也觉得有些不妙吧。不过他能够这么关照自己，自己还真是相当过意不去呢。

埋主在皇城留有两个儿子与一个女儿，其中真正嫡出的只有长子瑜夜。他的全名自己记不清了，只记住了"瑜夜"这个简称，实际上"埋主"与"芸珀"这样的名字也是简称。

凌桑在皇城内直接受瑜夜的照顾。对于忽然多出来的这一个妹妹，瑜夜表示出相当的喜欢，把她当玩具一样地宠着。

芸珀继承了埋主的领导地位之后，瑜夜的地位变得十分微妙。不过在大势面前，他相当理智地没有做出任何让人不安的举动，自愿担任使节职位，一年内大部分的时间都在风之谷外出使其他国家。

此刻瑜夜坐在铺了绒布的白玉椅上，相当有兴致地端详着她的脸："像洋娃娃一样……"

站在他面前的凌桑始终用哀怨的眼神看着他。

"不要这样子看着我啊。"瑜夜微笑，"只是一直很想找个妹妹陪我玩而已——"

"找你的亲妹妹去。"凌桑继续哀怨。

"不行啊，我的亲妹妹年纪太大了。朦月的话——和她玩的话，她会哭的。"

"你和她玩的方式不对吧。"

瑜夜忽然大笑起来："你留下来吧，陪我。"

"才不要。"凌桑侧过头避开他的视线。

瑜夜沉默了一阵，忽而轻声开口："是啊，小凌桑马上就会嫁出去了吧。"

"哪里，还早得很呢。"她又把视线挪回来，双手环胸，做出一副有点儿介怀的样子。

"母亲是人类吧？"瑜夜抬起右手，食指戳在她额头中间，"所以继承了人类的特征，成熟得也早吧。朦月已经十九岁了，还只是处在人类十二岁的发展阶段呢。"

"嗯？"她睁大眼。朦月……年龄比她还大？

"不过朦月应该不知道在年龄上，她才是你的姐姐吧。"瑜夜再次笑了起来，"你和朦月谁先嫁出去呢？"

第十章
我不相信这里的所有人
FENGZHISHOUWANGZHE

"不行啊,一旦嫁出去之后就要开始为下一代奋斗了——"虽然凌桑还没到可以嫁出去的年纪,不过光看电视里的苦情剧,就知道嫁出去是多么恐怖的一件事了。

好在自己的身世虽然有点儿复杂,但至少没有上演成家庭伦理大剧。

"哪里,这是什么话。在我们眼里,皇室的公主嫁出去,对整个国家来说都是意义重大的事。"瑜夜用双手捧住她的脸,微笑的眼睛眯成了一条缝,又相当认真地强调了一遍,"意义相当重大的事。"

"……"

凌桑有一种相当不祥的感觉。

她与瑜夜直视,轻声开口:"不要诅咒我。"

"怎么会?"瑜夜再次露出相当放松的笑容,把右手放在她的头上揉着,"今晚我带你去夜市玩。"

伏在凌桑书桌上的兔子忽而将耳朵竖起,然后跳下书桌蹦出房间,在楼梯口停下。兔子将头探出去,向下看了看面前这个对它来说相当陡峭的楼梯——

直接滚下去非死即伤。

一道白光闪过后,一团巨大的白色绒毛堵住了楼梯口。巨大的兔子舒展开四肢向下滑行,软趴趴的,就像是一层毛绒地毯从二楼滑了下来,最终平安地铺在了一楼楼梯口的地上。

"咔——"

白光闪现,巨大的兔子身形消失。

"你确定你要骑这个?"已经骑在一只独角兽背上的瑜夜侧过身低头看向凌桑,"虽然勉强算是坐骑,不过……你不觉得有点儿矮吗?"

兔子与凌桑一同抬头看向瑜夜。兔子软趴趴地贴在地面上,像是融化了的奶油。

忽而"奶油"膨胀了起来，凌桑只觉得自己逐渐上升，渐渐地超越了瑜夜的高度，可以俯视他了。

啊？她低头。

兔子……站起来了！而且是……踮着脚站起来了！

好长的腿啊！好恐怖！平时软趴趴的真是太掩盖腿长的本色了！

"咔——"兔子发出叫声。

被瞬间变高的兔子惊吓到的独角兽嘶叫一声，扭头就跑入了闹市区，坐在它背上的瑜夜也惨叫了一声，毫无征兆被它带走。

"咔！"兔子满足地伏下来，继续趴在地上。

"不用管那个人，我们也出发。"凌桑扯住兔子耳朵，函数在纵身跃出十余米后轻盈地落地。

夜市十分繁华。根据规定，只有贵族才可以在夜市中使用役使兽代步，虽然凌桑骑了一只相当奇葩的、不仅长尾还长腿的兔子，但也被默认成了贵族。她穿着代表皇室的奢华长袍，但终究因为外貌与风之谷皇室成员不同而让群众相当好奇。

大概是哪一个贵族男性从别的国度娶回来的女人吧，骑在一只巨大的兔子上还真是相当有异族风情……

夜市往来行人众多，并不想秀美腿的函数一点点向前蹭着。凌桑没有给它任何指示，它就嗅着地面，沿着自己喜欢的气味传来的方向慢慢挪动。

街道两侧都是小摊儿，贩卖价格便宜但十分精致的装饰品，转过这条饰品街后凌桑进入的是集中出售役使兽的区域。她发现在此处出售的多数都是兽类幼崽，它们被关在铁笼里或是被拴住脖子，"嗷嗷"叫唤着。

"函数，你喜欢逛这里啊。"凌桑笑道。

"咔！"兔子仰起头，越过一家店面的柜台向里侧望去，红色的眼睛很认真地看着在笼子里打滚的不明物种。

凌桑觉得那圆滚滚的一团团甚是眼熟，想到瑜夜给了自己不少的本国货币，那么自己应该买得起比较贵的东西吧。

"把那个给我看一下好吗？"她指向笼子。

店主从笼子里抓出来五只放在盒子里，递给凌桑挑选。

毛球。

白色毛球、灰色毛球、彩色毛球。

"啾！"

"啾！"

"啾！"

她已经不知道该说什么好了，而且毛球的标价真的好低，简直像是要清仓甩卖……

"买一只吧。"她将两枚货币递了过去，然后抓起了最肥的那只灰白杂毛的毛球。

"啾！"毛球的小短腿在空中不停地扑腾。

"只要一只就够了吗？完全不够吃的啊。"店主好心地提醒道。

"啊？"凌桑像是突然被闪电劈过，"这是……吃的？"

"肉食性役使兽都喜欢吃这个，肉多而且毛好消化，不用煺毛就可以直接吃。"店主耐心解释。

"……"她将视线向下移，盯着扑腾着小短腿的毛球。

"小姐，你不是风之谷的人吧，这是风之谷的特产饲料，还会大量出口到其他国家。"

"……"她继续看着扑腾的毛球。

先前把朦月的宠物当作室友一学期，直到今天知道真相的自己眼泪掉下来。

Sritana 的同学们饲养的役使兽还在啃卡塔木珞那种扭曲的元虫饲料时，风之谷的役使兽吃的饲料已经在另一个层面上了……

大概因为毛球要用钱买，而卡塔木珞只要你有兴趣去抓就是免费的。

"一只就够了，谢谢。"凌桑把毛球粘在函数的头上，然后拍拍函数的脖子示意它可以走了。

把这个毛球送给伊娜玩好了，不过还是不要告诉她这个悲伤的故事了。

路上拨弄着圆滚滚的杂色毛球，凌桑用眼角的余光看见前方过来了一支相当高调的队伍。当她抬头看过去时，对方已经与自己相当靠近，为首的男人侧身坐在类似于黑豹的高大役使兽背上，役使兽还相当神气地穿戴着锃亮的铠甲，显得更加煞气逼人。

"喂——"

坐在役使兽背上的男人显然对面前的女人没有被他本人吸引感到相当不满，在呼喝一声后，凌桑才抬起头看向了他——

他是个金色短发的男人，眼眸也是纯粹的金色，身上穿着一套相当正式的黑色束身服装，像是改良的西装。这面貌与装束……不是风之谷的居民。

"倒是个漂亮的女人，"金发男人对她伸出右手笑道，"跟我回家吧。"

"……"凌桑默默地扯了扯函数的耳朵示意它转身往回走，隐约听到后面一群随从的轻声劝说："殿下您与平民说话还是别胡来……会吓坏人家的……"

凌桑头顶掠过了一阵风，眨眼间黑色的铠甲役使兽就落在了她面前，拦住了自己的去路。役使兽背上的男人又对她挥手笑道："不要介意，虽然你是平民，不过还是可以做侧室——"

"咔！"兔子发出嘶叫，脖子上的毛竖了起来，四肢伸直，将身躯向上抬高了至少一米。

"没事儿，函数。"凌桑挠着兔子的耳根让它冷静下来，然后抬眼看向面前笑得一脸灿烂的男人——

"婚姻不慎重可是会毁了一辈子的啊。"

在男人的示意下，役使兽高傲地走近凌桑，停在兔子身侧，男人把手伸向凌桑的脸。

凌桑立即握住他的手制止他的动作。

"只是开玩笑，不用当真，我当然不会这么随便地迎娶一个第一次见面的女人。"男人放肆地大笑起来，随即取下左手的玉镯塞在凌桑手里，"能与你见面也是有缘，这个就送给你了。"

"……"你们贵族的思想到底是怎么回事啊？这样很容易败家的知不知道？

凌桑愣了两秒才反应过来，收敛了神色，将镯子推回："太贵重了，只是与你碰巧遇见而已，以后大概不会再见面了吧。"

年轻的男人看着她，金色的眼眸出奇地平静。这女人稳重的性格与美丽的外表还真是相得益彰，让人舍不得啊……怎么能让其他比不上自己的人拥有她呢？

"那好！"他爽快地将玉镯收回，"两天后同一时间你在这里等我，我一定回来收你做侧室！"

"——谁和你玩跳跃思维啊？"凌桑瞬间崩溃。

这时一只独角兽冲了过来，被勒住缰绳后扬起前蹄嘶鸣一声，停了下来。骑在独角兽背上的瑜夜控制缰绳，独角兽缓缓踏入两个人中间，阻隔了金发男人看向凌桑的视线。

"利维夷殿下。"瑜夜略微欠身对金发的男人行礼，"不是约定了明天才到达吗，提前到了也得通知一声，不然我们无法招待啊。"

"我只是觉得太无聊了，所以先来看看，风之谷的夜市真是相当热闹呢。"利维夷笑道。

"那么我来介绍一下，这是我妹妹，你们能碰上真是巧——"

独角兽后退两步，但瑜夜发现身后已经空无一人。那么巨大的一只兔子就算是跳走了也应该有点儿动静才对。

"她跑得倒是快，"瑜夜侧身，对利维夷说道，"她还相当怕生，应该没有给你造成困扰吧？"

"那倒没有，是个很可爱的女人。"利维夷礼貌地点头回复，眼中流露出隐约的欣喜之色，"你说她是你妹妹？"

"是的。"

"是从外界收养的吗？看上去并不像皇室的人。"

"她是我父亲侧室生下的女儿，所以外貌继承了母亲的特征。不过确实是皇室的血脉。"

利维夷并不知道瑜夜是埋主的儿子，只以为他是风之谷外交部的一个年轻官员，所以顺便推断那个女人也只是血统打了折扣的普通贵族。

不过好歹也算是贵族了呢……他露出微笑，命令役使兽转身与独角兽靠齐："真是不好意思提前过来了，那么今晚麻烦你们招待了。"

"哪里的话，我们随时欢迎。"

"啊，真是等不及要见到朦月公主了。"黑色的铠甲役使兽先行踏出去，瑜夜略微靠后跟上，缓缓呼出一口气之后将眼睛闭上。

"你似乎很无奈啊。"利维夷侧过头对他微笑，"难不成你喜欢朦月公主？"

"怎么会？我可不会喜欢自己的妹妹啊。"瑜夜立刻露出笑容，但是这笑容却让利维夷觉得有些可怕。

"朦月公主也是你的妹妹？"

"是啊。"

"哎，那么你在皇室中究竟是什么身份？"

一队人渐渐没入了夜市上往来的人群中。

已经回到皇城的凌桑在房间里拨弄着刚买来的毛球，这一只毛球比曾经被自己误认为室友的那一只更加圆滚滚，尤其是鼓起的肚子。毛球被她揉着，发出了愉快的叫声。

"凌桑。"瑜夜推门进来，"已经回来了啊，那我就放心了。"

"嗯。"

瑜夜在床边坐下："你是怎么做到忽然消失的？说几句话的工夫就找不到你了。"

"只要函数变小就可以了。"凌桑捉起角落里啃干草的兔子，"然后我就自己跑掉了啊。"

"这样啊。"瑜夜想要温和地面对凌桑，可是一看到凌桑如此平静的状态，自己的内心就抑郁了，连微笑都做不出来。

仿佛没有任何的伪装可以经受她平静视线的剥离。

"你看上去很失落啊……一直很失落的样子，但是怨恨只能在心中积压，不能表现出来……"凌桑看着他的脸，轻声说着，像是吟咏着咒言，"是这样吗？"

瑜夜将视线向下挪，直到看到地面。将眼睛闭上后，他一把将凌桑搂入怀里。

是的，无处也无法发泄的怨恨，已经在心底腐烂了啊……

凌桑小心地轻声问道："因为成为君王的，不是你吗？"

"不……我并不在意自己成为什么，我只在意我作为皇室核心应该承担的责任，守卫风之谷的荣耀与尊严。但是……我觉得很无力，殷之丘已经用这般狂傲的姿态对待风之谷了，我们明明有实力与之抗衡，但是……什么都不能做……"

凌桑轻轻抚摸着他的后背:"哥……"

"比起生活在安逸中的妹妹们,你真是……成熟太多了。"

"有什么难以表达的,就对我说吧。"

没法说出口。面对这个才相识不久的妹妹,更加无法说出口。

"没事了。"他松开凌桑,露出了微笑,"已经很晚了,休息吧。"

"嗯,晚安。"

这里的时间与她原来的世界以及Sritana都不同,所以她在严重的时差混乱中,都不知道怎么把作息调整过来。凌桑仰身倒在床上舒展着身体,函数啃干草发出"扑哧扑哧"的咀嚼声,毛球啃着她没有吃的夜宵糕点也发出"咔咔咔"的咀嚼声。

吃货真是毫无烦恼啊。凌桑划出一道风扫过去熄灭了烛光,室内彻底暗了下来,她慢慢将眼睛闭上,睡了过去。

利维夷完全没想到能在第二天就看见那个女人。

她从小径上漫步走过,墨发一半绾了起来固定在脑后的水晶簪花发饰中,一半披散在背后。身上披着宽松的月白色长袍,里面穿着白色丝绸长衫。

没有什么表情地缓缓走过,看上去温静宁和。

"凌桑。"他喊了一声,昨夜已经从瑜夜那里得知了她的名字。

凌桑转头看见了他,便对他行礼问好。

利维夷露出笑意,真是完美……原先一直觉得风之谷皇室的银色发色相当美妙,不过如今看起来,凌桑这种黑色头发却是更加高贵。

"过来。"他伸出右手。

"不要。"凌桑转身继续往前走。

"……"

两个陪伴着凌桑的侍女有些担忧地对她轻声说道:"还是去见见他吧,他是殷之丘的三王殿下,地位很高啊……"

"跟我没关系,我也不想认识他。"她依然向前走着,走过一段路后问侍女,"殷之丘的人来风之谷做什么?两国交往也不需要让王殿充当使臣吧?"

"因为殷之丘是我国的邻国,交往还是比较频繁的,这一次听说有联谊活动吧……"

另一个侍女连忙补充道:"这些问题,我们下人不清楚的。"

"邻国啊……"凌桑喃喃。

瑜夜不喜欢这个邻国呢。

凌桑看了一下通信表显示的Sritana官方时间,自己是时候离开了。

她直接与瑜夜告辞,让他稍后转告芸珀。

"再住一天好吗?今晚有风之谷与殷之丘的联谊活动。"瑜夜与她商量。

"我想知道你们接我来这里究竟是为了什么。"凌桑终于跟他实话实说,"我……不相信这里的所有人。"

"包括我吗?"瑜夜眼中有了失落。

凌桑直视着他,有些犹豫,但最终还是肯定地对他点头:"是,包括你。"

"……"还有什么可以说的呢,他知道凌桑很聪明,自始至终都不能够取得她的信任也是意料之中的事。他眯起眼缓缓地呼出一口气,抚摸凌桑的脸。

"抱歉。"凌桑低下头不去看他,轻声说道,"那我再留一晚,最后一晚。"

瑜夜仍然不知道该说什么。其实有很多话可以说,但在凌桑面前没有任何言语能够伪装……你不用道歉,你没错,我就是这么无耻的人,没有一点儿值得你信任的资本。

一点儿都不配……成为你的哥哥。

"我有事要处理,先走了。"瑜夜对她点头后匆匆离开。

"嗯。"凌桑抚摸着怀里的兔子,函数闭着眼已经睡着了,鼻端有规律地掀动着,呼出温热的气息。

周围都安静了。

圆滚滚的毛球趴在盒子里发出微弱的嘶叫声。

是生病了吗?她把兔子放在床头柜上去查看毛球,在看到盒子中的血迹时顿时就觉得……这个世界神奇了。

瑜夜推开大门时,芸珀正坐在木桌后看文件,他听到声音后侧头问道:"怎么了?"

"我改变主意了。"

"这不是你想改变就能改变的事。"芸珀平静地将视线收回,"我也改变不了。"

瑜夜在木桌对面坐下,右臂压在桌面上:"把她找回来只是让她为风之谷做出牺牲吗?她并不是你的亲生女儿,这么做对你无关紧要,但她是我的亲妹妹。"

"仅仅认识了几天,你就要护着她了吗?"芸珀抬眼,银色虹膜收缩,颜色逐渐加深。

一开始,瑜夜也认同芸珀的做法,为了不让朦月如此年幼就嫁去殷之丘,成为殷之丘王室为了孕育出拥有风性能力后代的工具,才同意将外界一个同样具备强大风灵的女人找回来。

对她来说是一种荣誉。

但凌桑……不会在意这种荣誉的。

"她绝不会同意这件事。"瑜夜瞳孔收缩,面目显得狰狞起来。

"那又怎样?"芸珀眯起眼,神色柔和,"在所有人中……你最明白我怎么想。昨晚利维夷已经与我见过面,他明确表示——他也改变主意了。"

已经没有挽回的余地了。

相较于骄纵年幼的朦月,他定然会更喜欢稳重柔和的凌桑。在确认凌桑是埕主留下的血脉后，果断改变主意才是男人应有的睿智。

今晚殷之丘将迎接风之谷王室的公主。

"呵！"瑜夜露出冰凉的笑意，"风之谷真是可悲，我已经迫不及待地想要走上与父亲相同的道路了。"

"瑜夜！"芸珀忽然暴躁地呵斥了他，"真是胡闹！"

"我当然理解你，但在我眼里，我父亲才是真正的英雄。"

敲门声响起。

一道男人的声音从门外传来："王，一个公局人员在身份确认后已经进入皇城。他的名字是空泽，隶属公局特勤部。"

瑜夜忽而惊诧地倒吸了一口凉气，看向对面的芸珀。芸珀镇定地对外面的侍从回复一声"知道了"，然后安慰瑜夜说："不用太紧张，特勤部不具备行政职能。"

"是殷之丘要给我们施加压力了吗？"瑜夜呼吸急促。

"目前还不清楚，请你先回去照看凌桑，这里全部交给我。"芸珀将桌上的文件整理成一叠后放下，起身走向室外。

芸珀在大殿上等候了没有多久，一只巨大的金纹翼虎兽就降落到了殿外的平台上，掀起了一阵狂风。

在侍者的引领下，一个黑服的青年进入大殿。芸珀看着他，竟然如此年轻，而且真的只有一个人来吗？

"十年了……公局终于想到要来拜访风之谷了。"芸珀开口，对空泽伸出右手。

握手是各个国度都普遍接受的礼仪。空泽在握手后说道："我是以个人名义前来拜访的，并没有经过上方批示。请原谅我没有事先告知。"

"十分欢迎。是有什么个人事务吗？"芸珀稍稍放下心，这个人没有明显的敌意，而且样貌不像是殷之丘的人，可以暂时判断这人不是殷之丘在公局的势力。不过，究竟来做什么呢？这倒是让他更加疑惑的事。

"是，相当严重的个人事务。"面无表情的空泽从怀中抽出了并不是公局证明的另一张名片递给他，"我是 Sritana 高中部高二（A）班学生，我负责的白痴已经连续逃课超出三天，请允许我把她抓回去，如果你有意见，请不要强迫我使用公局的权力。"

"……"

这是什么情况……应该怎么回答……个人权利和公局权力混搭使用真的可以吗？

"很急吗？"芸珀都不知道自己为什么要问出这个问题。

"相当急。"空泽脸上显示的始终是"后果已经相当严重"的表情。

这涉及他因社科人文类作业烂到惨不忍睹而被任课教师追杀，需要凌桑给他重新写一份。

第十一章 不要再提空泽的身高了

"她叫什么名字?"

空泽不满地眯起眼:"凌桑。"

"我有权利让她离开高中,她已经没必要接触如此杂乱的外界了。我的这个权利恐怕你不能干涉,我是她血缘上的监护人,她需要接受更好的教育。"

"那么你与她是什么关系?"

"她是我女儿。"

"那么她就是我女人。"

"……"

芸珀在政治界纵横四十多年,这还真是少有的能被对方一句话就噎死的特例。

逻辑根本就不在一个水平上。

"我们还是继续讨论一下你为何要执着地扣押着她的问题。"空泽无比自然地抛弃上面的话题,继续说道,"我相信如果不是出于利益的考虑,你们根本不会在意外界还有一个凌桑存在,那么她对于你们究竟有什么可以利用的价值?"

"那么对于你,又是出于什么考虑必须要将她召回?"

"责任。我的责任。"

"一样。让她回到王室是我的责任,也是她的责任。"

"你没有资格给她扣上任何不属于她的责任,眼下回学校才是她最重大的责任。"

双方言论已经有了相当大的矛盾冲突。虽然都没有将怒意表现得很明显,但都可以体会到对方与自己相同甚至更为躁烈的情绪。

芸珀最先放松下来。竟然会和一个如此年轻的家伙抬杠,显得自己太过于计较了。

"我只需要你给我一个解释。"见对方稳定了情绪,空泽也平缓了语气。

"请过来。"芸珀最终无奈地转身离开,空泽顿了两秒后跟上。

实际上空泽所能做到的只是将凌桑强硬带走,但这样带来的后果会相当棘手。

芸珀要让凌桑脱离 Sritana 就是一句话的事，因为芸珀与凌桑的血缘关系紧密，确实可以成为她的监护人。公局不能干涉一个国家的内政，更不会对一件小事加以关注。

他作为公局成员，不能做出违反纪律的举动。

两个人在长廊上行走，一路上芸珀与他解释情况。芸珀知道空泽没有权利干涉这件事，所以也就如实地说明，让他在得知实情后彻底放弃。

"就是说，在没有经过她允许的情况下就将她嫁出去吗？"空泽面无表情地开口。

"是。你什么都做不了，请不要干涉，只要你不提起这件事，就可以见她。"

"我什么都做得了。"

空泽露出诡异的笑容，他的身形忽而模糊，闪现出一道阴影。芸珀感觉到背后有异样，回过头去却看见空泽依然平静地跟在他的身后，没有任何变化。

刚才那一阵混合的气息是怎么回事？

"那么我可以见她了吗？"此时空泽脸上再次没有了表情，"在不提起任何事的前提下。"

"可以，我带你过去。"

空泽没有拒绝，他知道芸珀是不会允许他一个人过去见凌桑的。

此刻庭院中趴着晒太阳的金纹翼虎兽忽而站起来，展翼跃起后急速飞行离开。离开皇城后，役使兽后背上侧出现了一张纸符，纸符燃烧后，一道人形显现在役使兽背上。

"空泽！"

在长廊外走动的凌桑看到空泽真是相当惊喜。她从长廊的另一端跑了过来，像是在躲避着什么人，跑近后更是加速冲了过来。

"嗯。"空泽刚要抬起右手与她打招呼，胸口就被猛地一撞，凌桑直接扑在他怀里紧紧地勒住他的腰，"万能的黑服快带我回去吧，我受不了了！"

"……"

在得到一片沉默的反应而不是一个手肘击之后，凌桑就隐约觉得……不太对劲……她松开双手抬头看向空泽，没错，这次抬头的角度高了不止一点儿……

"空泽殿你是背着我偷偷长高了吗？还是你为了出访特地穿了内增高……"

"不要提身高。"空泽发出的分明就是原本的声音，没有任何偏差，眼睛向周围扫视后，凌桑顺着他的视线就看见了后方远远站着的芸珀。

"嗯？"凌桑一愣后马上反应过来，大笑一声，"原来是想我了啊，我马上就回去了。"

"那就好。"空泽露出微笑，转身离开，"我等你回来。"

拥有拟声技能的只有席勒。所以在学院很多节目中席勒会出演各种意想不到的人物，做到毫无破绽。

凌桑站在原地目送"空泽"离开。虽然自己至今都没能摸准风之谷的用意何在，但空泽已经采取了行动，并且对自己进行了这种暗示……

究竟是什么事？而空泽本人，又去了哪里？

"公主！"两个追赶凌桑的年轻侍女从转角处跑了过来，终于捉住了凌桑，"不要再往外跑了，您必须好好打扮一下——"

"真的不用了，我觉得我已经够漂亮了。"她若有所思地轻声说道，视线缓缓投向远处靠着柱子站立的芸珀。

芸珀对她点头微笑，随即也转身离开。

"回去了，公主。"侍女扳着她的身子推她往回走，"今晚的活动很热闹呢，公主必须得是最漂亮的才可以啊……"

她缓缓地呼出一口气。

凌桑被拖去沐浴，站在温泉中，水正好到她胸口上侧。

雾气氤氲，她闭上眼感受水的温度。像是再一次感受到了母亲的温度。

粉白色的花瓣漂在水面上，弥漫的雾气遮掩一切，自己恍惚已在无人之境。当她缓缓吸气，要排解心中的烦躁时，四周渐渐冷了下来，她的后背瞬间像是贴上了一团没有实体的冷气——不祥的感觉涌了上来。

凌桑惊恐地睁大眼，但没有发出任何喊叫，也没有做出任何动作。虽然在背后无法看见，但她竟然可以感知到这是一个属于男人的高大身形。

好冷。

一个男人与她背靠着背，一同沐浴于这片温水中，她甚至能感觉到自己的身高只到这个男人的腋下。

"秋道川……你回来了。"

她终于不可抑制地猛吸了一口气，发出微弱的声音。难道是……父亲？

这是自己的幻觉吗……

"我很想你。"

男人的声音喑哑缥缈，渐渐消融在雾气中。

"不……"她发出微弱的辩驳，但是不知道如何开口。

自己并不是母亲……

"请原谅我给不了你任何……"

温泉的雾气再度汇聚，温暖重新将她包裹，背后的冰凉逐渐消失。

幻觉吗？

这个男人……没能将话说完。

凌桑缓缓蹲下身，将整个头埋在水里近半分钟，才站起来大口地换了一口气。

最近神经真是过于紧绷了。

"公主可以上来了，泡太久对皮肤不好哦——"远处传来呼唤声。

"好。"她回应一声后，身体前倾，向岸边慢慢走了过去。她不会游泳，但这里水不深，她可以行走。凌桑的双手搭在岸边岩石上，借力爬上了岸。

这次的服装是两层精致的白色丝质内衬，搭配外面缀满绒毛的月白色长袍。这一件长袍是为凌桑量身打造的，完全显现出了她的身姿。侍女往她腰间系上了紫红色缎带，上面绣满艳丽的花，与白色长袍是截然不同的风格，却相得益彰。

素美的艳丽。

她的长发被侍女全部盘了起来，然后挑出几缕散落在外面。一个侍女将食指在胭脂盒中抹了几下，蘸出些许红色胭脂后抹在了她的唇上。

凌桑抿嘴，现在似乎可以确定一件事了……

"我像是要嫁人了。"她微笑着轻声说道。

"哪里，虽然是联谊，但还是要把最好的一面展现出来啊。"

"这可不是最好的一面。"她闭上眼，银色的眼影擦在眼睑上，眉毛外侧用红色胭脂勾勒出了三瓣花的形状。

"我想我还是不适合出席这样的活动吧。"凌桑将眼睛睁开，桌上镜子中的面孔连自己都无法辨认了。

"公主您一定是害羞了。"侍女们笑起来。

"我说的都是真心话。"她微笑着闭上眼，又忽而将眼眸睁大。凌桑打开双手，狂风瞬间席卷整个房间，物品都被掀飞出去，碰撞在一起，响起"噼里啪啦"的碎裂声。

被风推出去的女人们发出尖叫。

"函数！"

"咔！"

先前堆满饰物的房间已经被风清理出一大块空间，瞬间空间又被一团白色生物占据，巨大的兔子撞破木质的镂空门跃出，凌桑一把扯住兔子的长尾，然后猛地一拽向前扑跃落在兔子脖子上，随后抓住它的耳朵稳住身子。

巨大的兔子凌空飞行，她终究还是无法接受任人摆布到如此境地。

脑后的发饰松散，长发披落下来，在夜空中飞扬。

"真是漂亮的人哪！"一个妩媚的女人站在长廊下向凌桑望去，整个风之谷国土内一片灯火通明，天空中飞着一只异常轻盈的巨大长尾白兔，月亮微弱的光芒洒在兔子背上的女孩身上，她的面孔在黑夜中呈现出银灰色，红色的唇却异常艳丽妖冶。

"我去抓还是你去？"女人微笑着看向身边的青年。她是埵主的女儿，而身边的青年是埵主的另一个儿子流祈。

在最初见面时，他们根本没能找出凌桑与埵主有什么相似的地方，现在看来，相似的地方就在于，凌桑完美地继承了埋主的风性。

"我去吧。"

长廊上掀起气流，流祈驭风飞行到半空，并在瞬间追赶上了兔子："小妹，够了哦。"

凌桑闻声回头，就看见了已经近在咫尺的二哥，她立刻伸展右手喝道："佑姬！"

折扇受到召唤出现在她手中，流祈猛地睁大眼，看见三道垂直风刃笔直地向自己投射而来。他用气流形成屏障去阻拦，竟没能挡下凌桑狂烈的攻击，在被凌桑的风刃撞击后从空中笔直地坠了下去。

他十分惊讶的是……羽凤，竟然真的在小妹手里！

先前只是听说，却在今日目睹。为什么父亲如此偏心……

流祈抬起右手，下坠的身体瞬间停滞在半空。仅一秒，他就从原地消失，上方的凌桑猛地一脚踏上兔子的后背跃起至半空，而她原先所在的地方扫过一道平滑的风刃。

"反应真快。"笑声在凌桑耳边响起，她的背后闪现出了一道人影。还没等她转过身，就已经被一双手臂勒住了腰，随后就被流祈扯到怀里，"在我这里，你的风没有任何优势。"

"咔！"一声干脆的嘶叫后，流祈直接被兔子衔在了嘴里。

"……"

"吐出来啊！"凌桑挣脱了流祈后，瞬间面目扭曲地惨叫。

悬浮在空中的兔子叼着扑腾的流祈，一甩头就把他整个人扔了出去。

凌桑再次打开折扇，猛地扇出一道风把流祈刮得更远，刚扯上函数长尾要继续离开时，她的脖子就被一双手环住了。

"别闹。"

听出是瑜夜的声音，凌桑的身体瞬间僵住。

手松开兔子尾巴的长毛，她感到自己在急速下坠。瑜夜落地，将她横抱在怀里。

"咔。"恢复常态的兔子掉在地上，跃起来扑到瑜夜头上，啃他的头发。

"今晚，你哪里也不许去。"瑜夜侧过头让兔子滑下去。

长廊上的灯笼已经全部点亮，侍从与各个皇室成员都在走廊上，看着瑜夜抱着凌桑缓缓走来。众人都没有说话，只是恭敬地避开。

然而瑜夜并没有带凌桑回她原来的房间。

"谁都不准跟过来。"

走出明亮的长廊，他的背影踏入了外面的昏暗中。

"该给我一个解释了吧。"凌桑舒展了四肢从他怀里跳下，站在他的身侧，轻声说，"你有责任给我一个解释——大哥。"

她看着瑜夜冷峻的苍白面孔，瞬间感觉与埋主……真像。

"过来。"瑜夜继续向前走。

两个人并没有去特殊的地方，只是走到了一处没有人的黑暗角落。凌桑跟在瑜夜身后，脚踝上戴着的银铃发出微弱的颤响。

如此安静，凌桑甚至觉得，铃铛一声声地回响，会吸引徘徊的亡灵前来　看究竟吧。

左侧是一面天然的石墙，像是一座山的一侧沿着岩石缝隙坍塌而形成的平面，瑜夜将左手贴在墙面上，身体停住。

"这里没有其他人了。"凌桑轻声开口。

瑜夜缓缓转过身看向凌桑，微笑着说："是啊。"

两句话说完，之后就是良久的沉默。

"殷之丘的三王殿下利维夷将在今晚迎娶你。"瑜夜终于说出实情。

"早点儿跟我说就是了。"凌桑将视线往下挪，已经可以将所有事连贯起来了，"原本要出嫁的，是朦月吧？"

"是，因为王室中，只有朦月还没有婚配。风之谷的血脉一向不对外流传，这一次，不得不拱手送给这个邻国。"

风之谷皇室的血脉每个国家都渴望拥有。风之谷居民的外貌极容易被外来的血统改变，但是风性却足够稳定，能够很少折损地遗传给下一代。

所以凌桑的外貌更多地接近母亲，属于埋主的所有外貌特征都被她母亲的基因掩盖。只有她的风，完完全全与埋主相同，这就成了最重要的辨认依据。

如果朦月嫁去殷之丘，将来生下来的孩子只可能拥有殷之丘皇室的外貌，但可以先天获得驭风的能力。

虽然凌桑的血统已经不纯正，但利维夷依然青睐她。毕竟婚姻确实是件大事，仅仅为了拥有驭风的后代而委屈自己，是一件相当遗憾的事。

"我知道了。"凌桑喃喃。

"怨恨我吧。"瑜夜露出微笑。

"……很痛苦吧？"再一次，凌桑用近乎哀怜的语气说出了这句话，瞬间击中了瑜夜的心脏，让他全身血液几乎停滞。

不。你不需要知道。为什么要如此善解人意？如果你能完全不理解，能毫不留情地反抗就好了，那样我也一定可以把你毫不留情地送走了……

"还是把你想说的……全部说给我听吧。"她抬起头。

"……"沉默良久，瑜夜依然回复，"并没有。"

"那么，我想听，就求你跟我说吧。"

两个人又一次陷入了长久的沉默。

"你恨父亲吗？"瑜夜终于开口。

"对我来说，除了如今给我添了很大的麻烦之外，他一直都是可有可无的人。"

"如此听来，他也很值得怨恨啊。"瑜夜放低声音，"我希望你能理解他。你也知道他是被公局抹杀的吧……在很多人眼里，与公局作对的人都相当恶毒。"

"我目前还没有这个感觉。"顿了两秒，凌桑又说，"但我会相信他。"

"是吗……"瑜夜露出欣慰的笑容，"那我可以告诉你，把所有的事都告诉你。有那么多人不理解我们的父亲，甚至把他当作耻辱。但是，风之谷必须要强大起来，只有显而易见的强大，才能使自己不受周围国家的欺凌。"

"所以发动了战争吗？"

"是。如果当年没有公局干涉，风之谷现在早已称霸整个南部地域，也不会受到如今这样的侮辱。一时的牺牲是为了永远的稳定，你能理解吗？"瑜夜担忧地看着她。

凌桑这么小，能……理解吗？

父亲的痛苦。

"被公局镇压了是吗？"她继续平静地问道。

"对。公局不允许任何战争威胁因素的存在。父亲无法用风之谷一个国家的力量对抗公局的联军，只能求助于被黄泉印镇压的将军，同意让将军附着在自己的体内，召唤出黄泉亡灵的军队。"

"黄泉印……"这个她知道，但是——"将军吗？"

"你可能不明白了吧。"瑜夜详细解释，"后来……将军彻底吞噬了父亲的魂魄，掌控了他的躯体。但最终还是被公局的联军镇压，父亲的躯体也由公局保管。不久前，公局发信息征求销毁他身体的意见，我们只能同意。"

最后的事她知道，让父亲消失的……是自己啊。

凌桑忽然问："你有没有想过，父亲是心甘情愿将躯体交给他……那个将军的呢？"

"我不会认同这个假设。"瑜夜果断排斥。

大概瑜夜始终坚信负有如此重大责任的父亲不会抛弃他的孩子们吧。

但是谁知道埋主自己是怎么想的呢？

每个人心目中的埋主都不一样。

"所以从那以后，在公局的警告下，风之谷已经不能再做出任何危险举动。如今只能任凭殷之丘来撒野。"

"我知道了。"凌桑点头。

"真是抱歉。"瑜夜缓缓蹲下，"对你说这些又有什么用呢？这是男人的事，而女人也只能成为牺牲品。"

"我啊……"她闭上眼，不会甘心的啊。

"回去了。"瑜夜牵着她的手带她回去，凌桑一路上沉默着没有出声。

她的房间里依然灯光通明，一片彻亮。她进去时，里面有三个女人在收拾凌乱的物品，而在床上坐着的是同样精心装扮的朦月。她坐在床沿晃着腿，大腿上放着纸盒子，盒子里是一个大毛球和五只小毛球。

　　"姐姐回来了啊。"朦月微笑。

　　"别动我的球。"她没有表情。

　　"可是你要走的时候没有带上，那就是不要了吧？"朦月将一只小毛球抓起来用拇指和食指捏着，小毛球只能发出"咻咻"的微弱叫声，"捏死了会怎么样呢？"

　　"忘记带走了。"凌桑眼色冰凉，没有做出任何动作，但是整个盒子忽而从朦月手中飞出，瞬间已经被拿在凌桑手中，朦月手中的小毛球也在她失神的一瞬间被风夺走，掉落在盒子里。"这是我的嫁妆。"

　　听到凌桑赌气的话，站在门口的瑜夜忽而"扑哧"一声笑了出来。他走入室内，对朦月严肃地说道："没你的事，你给我出去。"

　　完全无视了瑜夜，朦月对凌桑的这般觉悟异常兴奋,嘲笑道:"已经知道要出嫁了啊，是不是不甘心呢？"

　　"朦月你给我出去！"瑜夜终于被激怒，大声呵斥她。

　　朦月继续无视瑜夜，露出相当灿烂的笑容说道："不过……要是姐姐你把羽凤送给我，我就愿意代替你出嫁哟！"

　　一声巨响之后，朦月从原地消失。之前已经修补完毕的大门再次被轰出一个巨洞。

　　用风把朦月轰出去的瑜夜抑制住情绪，呼出一口气，然后相当抱歉地对凌桑解释道："朦月真的不懂事，请原谅。"

　　"啊，没什么。"自己的心思已经全然不在这里。

　　空泽……此时想到的人，就是他。

　　他知道的吧……

　　他……会有办法的吧……

　　"坐下。"瑜夜将她推向床边，"要重新打理一下了……口红都不见了。"

　　"有点儿甜。"凌桑伸出舌头舔在上唇上。

　　"重新补一下。"瑜夜从怀里取出一个木质小匣子，蹲下身把匣子打开，右手食指蘸了匣子中的胭脂，再缓缓抹在她的唇上，"放松一点儿。"

　　凌桑缓缓地将视线下挪望着地面，她不想触及瑜夜的视线。但垂下的视线慢慢有些模糊起来，身体逐渐丧失了力气，再也没法坐稳——

　　瑜夜揽住她的后背让她缓缓躺下。

　　凌桑已经无法活动四肢。那胭脂……足够将她麻醉。

　　之后凌桑完全失去了知觉。

第十二章 请接受极沄城迎娶的诚心

夜晚风清。

她听着悠扬的铃声阵阵响起。又是这般熟悉的情景啊……

终于能把眼睛睁开，凌桑发现自己被裹在毛绒毯子中，呼出的气体凝成白色的雾气散开。

"空……泽……"她张开唇，发出的微弱声音消散在夜风中。

粉白色的花瓣飘落，队伍缓缓行进。

——如果你已经知道了一切，那你一定会来接我。

我……还如此执着地相信着。

凌桑被簇拥在绒毛与花瓣之中，黑色长发散开。木板之下有四团蓝色的火焰将它托举着，悬浮在半空中跟着队伍行进。

"我觉得像是入葬仪式。"她在沉默良久后，终于开口。

这时在她身侧骑着独角兽护送她的流祈意识到她已经醒了，笑着说："即使是冥婚，你也是最漂亮的新娘子，利维夷殿下还是会喜欢的。"

"……"二哥你到底会不会好好说话！

她的意识还相当模糊，尽管被毛绒毯子包裹得相当严实，但手脚还是冰凉的，身体还没有完全恢复知觉。

沉重的眼皮再次合上，凌桑又要睡过去时，她竭尽全力地睁开眼，问流祈："瑜夜大哥在吗？我想跟他说话。"

"原本是他来送你的，不过现在换成了我。他说他不想看见你——也没法呢，他大概是太喜欢你了。"

"这样啊……"

凌桑继续望着天空。透亮的星空，模糊的银河暗影，与天的距离……好近。

水的流动声在耳畔微弱地响起。

队伍中随行的均是年轻的男人与女人，皆一身白色长服，看上去很是郑重，每个人手中都捧着风之谷赠予邻国的礼物。

脚踏在浅水中发出碎响，碎裂的水花无力地迸溅。

地面泛起荧光，仿佛反射着整个夜空中的光亮。

独角兽的蹄子踏在水中溅起水花。它在相当长的无聊路途中终于找到了乐趣，便欢快地扬起蹄子交替踏着水面，扭动起健硕的臀部，不停地跳跃。

"嘘！"流祈拽住了缰绳，喝止了独角兽，然后抬眼望去，面前荧光一片，像是无垠的湖泊。

因为是夜晚，所以即使水浅，一眼望过去也像是无底的深渊，让人恐惧。

"全部停下！"他高声发出指令，长达二十米的队伍停住。

他驾驭独角兽跑到队伍最前方，在最前方带队的殷之丘使节也茫然地张望。

"你确定是这个方向吗，地形是否有较大的改变？"流祈问。

"是这个方向不会错。"殷之丘使节打开双手，拉出一张虚拟地图。其实回去的路他再熟悉不过，拉出地图来只是证明给流祈看。

地图上红点与蓝点消失，随即整个画面模糊扭曲起来。

使节瞬间失措："不可能！"

路线绝对不会有任何问题。虽然风之谷到殷之丘的路程并不近，但在两国连接术法的帮助下，他们可以在两个小时之内到达，即使是外力也难以干扰这一连接。

"请你还是以现实为准，我们这是到了什么地方？"流祈不满地质问道。

到了什么地方……使节只能凭借经验判断，仰头观望星辰判断方位——

"不可能……"他惊恐地喃喃自语。

"除了'不可能'你还能说点儿实在的吗？"流祈很冷静地在一旁讽刺道，"不过啊，我不介意无限延迟时间。"

"这里是西北部地域……"

"噢？"流祈眯起眼，侧过头，银白色碎发扬了起来。

西北部地域……空间扭曲了吗？到底是多么强大的力量能够让整支队伍一点儿都没有察觉地从南部地域穿越至西北部……

无垠的水面泛起荧光。

"原路返回！"流祈下达命令。

整支队伍的随从有些不知所措地犹豫两秒，毕竟先前得到的指令是必须一切服从殷之丘五位使节的安排——

"听到没有？现在是我说了算！"流祈驾驭独角兽，带领前方队伍偏转方向。

但愿现在返回还来得及，能够重新找到空间的扭曲点，然后返回。

凌桑猛地揪住身下的绒毛,她大口喘息着。时间久了,麻药的效力已经开始减弱。

她呼出白雾,终于坐了起来,一转头就看到了四周的场景。

宽阔的天与地的边界在水面上融合,天地连接在一起,星光投映在水中,闪烁出的光芒比夜空上的星辰更为美妙。

莹白的光点逐渐从地面上的浅水中升腾起来,在水膜表层微微颤抖,似乎难以挣脱,最终一个个猛地挣脱水面,变幻为闪烁着银色光芒的白蝶纷纷飞起。

就在瞬间,万千白蝶飞散于天地之间。

"真……漂亮!"凌桑终于展露出笑容。五只白蝶飞落在她的头发上,展开翅膀,她仰头观赏漫天的光。

"快一点儿!"瑜夜喝道,眼前这般诡异的景象越发让他不安起来,开始往回走的人踏在浅水中发出声声碎响。

水。

凌桑出神地望着荡漾着微波的水面。

来了吗……

两个穿着粉红色束身长裙的女孩出现在遥远的对面。几乎瞬间,那两个十岁左右的孩子就已经出现在众人眼前。她们是有着一模一样面孔的双生子,两个人的浅蓝色长发扎了起来绑在脑后,还系了一模一样的蝴蝶结。

"等候多时了。"双生子一起鞠躬,同时说出一模一样的话。

流祈本来想勒住独角兽,命令队伍停下,但双生子忽而转身:"请跟我们来。"

流祈扫视周围。四面都是水,已经无法辨认方向,仿佛不管往哪里去,都不是归途。

他跟上两个女孩,队伍终于稳定下来再次行进。

"这是哪里,是什么人命令你们来的?"虽然感觉相当不妙,但流祈没有其他选择。

"我们要迎接新娘啊——"一个女孩侧过脸对流祈微笑,随即另一个女孩也侧过脸来笑着补充道:"一定要用最漂亮的女孩子迎接最漂亮的新娘哦!"

即使确认是迎亲的队伍,但这绝不是殷之丘的人……

"这里究竟是哪里?"流祈暴躁地对两个女孩吼道。

两个女孩同时回头,露出一模一样的诡异笑容:"极泛城啊。"

"什么?"

流祈亲眼看着两个女孩幻化为水瞬间消失,她们身上的服饰化为上千的白蝶飞散。在众人惊愕的情绪还未平定时,夜幕之下忽而亮出两点比白蝶更为引人注目的荧光,随即更多的荧光向队伍绵延而来,形成了两条缎带将队伍包裹——形成了前进的道路。

每点荧光都是一盏琉璃灯,灯内燃烧着白色的幽火。左侧持灯的都是温柔的女人,右侧持灯的都是俊美的长发男子。他们一律将头发垂下,在背后扎成一束,身穿蓝底白纹的碎花长袍，腰间系了金色的缎带，象征平安与美好。

真的是……迎亲的队伍！

从刚才到现在发生的一切恍然是一场幻梦，流祈最终还是用理智抑制住了自己的幻想，抬手命令整支队伍停下。

但是，队伍继续前行，没有人听从他的命令。

缓缓地涉水行进，踏水声一声一声逐渐有了规律。所有人的步调趋于一致，像是低沉的鸣奏。

难道是水的异常波动控制了所有人的神志吗？

"都给我停下！"

流祈咆哮，甩出右手掀起一道狂风，从整支队伍的前方一直扫到后方。一阵惊叫后，众人终于发觉眼下完全不对劲的情况。凌桑被风拂过，便用袖子掩住脸，稳住身体。

队伍还在前行。

实际上此时没有一个人再向前走一步，但脚下的水开始向后流去，迎亲的队伍缓缓前移，所有人都有了自己在前行的错觉。

一片辉煌灯火在面前展开，前方是极沨城繁华的城邦，第二批迎亲队伍出现，荧光越发绚烂，天地之间开始透亮起来。

真的是极沨城那个强盛的大国吗？殷之丘绝对没有如此大手笔，究竟是怎么回事？

流祈抬头望去，前方最高的城墙上站了一个年轻的男子，他穿着古式的黑色华服，上面有着金线与银线交织的绣图，手腕、双肩与腰部都被银白色的铠甲包裹。

就像是古战场上的将领。

深蓝色的长发全部扎在脑后束成马尾，脸色依然与平时一样苍白，蓝色的眼在夜间折射出幽蓝的光。

凌桑出神地望着。虽然确定就是他，但这气氛绝对是一点儿都不对……

城门敞开，第三批迎亲队伍从城内行来，十二只巨大的类似白色羚羊的役使兽跟在使者身后，每只羚羊长角上都缠绕了挂着金铃铛的金色缎带，背上驮着精致的木匣，里面的物品是丰厚的聘礼。

流祈瞬间僵在原地。

确实是极沨城无误。

如今已经不能再去思考究竟哪里出了差错，能够全身而退就已经是最大的幸运了。

在极沨城面前，风之谷与殷之丘这般的小国出任何差错都会像被围观的小丑。

但即便是综合国力排名前三的大国，如此莫名地玩弄风之谷也着实让人无法理解，更让人不满。

流祈走在队伍的最前方，他提起右脚踏在独角兽背上，借力跃起，依靠风力悬浮在半空，长袍在风中翻动。

与城墙上的年轻男人在同一高度。

他双手互插在另一侧袖口中，俯身向对方行礼，起身后恭敬地问道："风之谷与殷之丘的联姻队伍，为什么会来到极沄城？"

"你问我？"空泽眯起眼。

"……"

"极沄城与风之谷的联姻，为什么会有殷之丘介入？"另一道轻佻的声音响起，最高城墙左侧矮了半米的台阶上出现了另一个身穿华服的人，蓝色短发在夜风中飘动。

是燕顷。

凌桑茫然地看着，不知为何感觉此时的两兄弟如此和谐……

"……"流祈无言以对。若是触犯了极沄城，绝对有无法挽回的后果。

"这是属于我兄长的女人，既然要出嫁了，那么极沄城的皇室，定然会以最风光的礼仪前来迎接。"燕顷露出放肆的笑容。

空泽站在城墙上没有再说话，任凭燕顷肆意地挑衅风之谷。

听到对方的话，流祈睁大眼，瞳孔收缩。此时他极想回头问一问凌桑——为什么她会与极沄城皇室中的人认识？

空泽开口打破了沉默："请接受极沄城迎娶风之谷公主的诚心。"

十二只羚羊役使兽已经停在风之谷的队伍前。

"……"流祈急促地呼吸着。究竟……该怎么做……

"流祈！"一声呼喊从队伍后方传来，一匹高大的独角兽踏水奔跑而来，溅起水花，发出凌乱的水声。

独角兽冲到送亲队伍最前方停下，在原地踏步转了一圈稍作缓冲。骑在独角兽背上的，是瑜夜。

"大哥！"流祈欣喜地叫了一声，在外交处事方面瑜夜比他在行得多。

"为表诚意，我将极沄城的文件亲手送回！"瑜夜用右手从怀中抽出了一个浅黄色卷轴，举起向城墙上的人示意，"风之谷很荣幸能够受到极沄城的眷顾！"

流祈一脸不可置信地望向瑜夜。

就在刚刚，整个形势彻底扭转。

空泽毫无表情的脸上终于露出冰凉的笑容。转瞬之间，最高的城墙上没有了任何身影，接着在迎亲的两支队伍中间缓缓走出了黑色华服的青年。

他的双脚踏在水面上没有丝毫下沉，水面竟然将他托举起来，前行的脚步落下之处仅仅泛开几圈微弱的涟漪。

就在几秒之内，青年就已经从百米之外的城墙上出现在了瑜夜面前，瑜夜翻下独角兽，双脚顿时没入了水中。此时流祈也已经从空中落下，站在瑜夜身后。

瑜夜将卷轴交给空泽。

"失礼了。请接受极沄城的问候。"空泽抬起右手示意，双方将礼物互换。

"她真的是你的女人？"瑜夜微笑。

"当然，她只能属于我。"空泽的视线越过他落在后方，瑜夜背后忽而响起凌乱的水花迸溅声。

凌桑已经翻身从木板上滚落下来砸在浅水中，缓了一阵后才勉强摇摇晃晃地站起来，大口喘息着。

呼出的白色雾气弥漫开来。

裹在身上的毯子上的绒毛沾了水后凌乱地粘在一起，完全失去了蓬松的质感，之前盘起来的头发也逐渐散落，一缕缕粘连在一起淌落水滴。

她缓缓抬起右手抹去自己唇上剩余的胭脂，暗色的眼眸直直地望着空泽。

瑜夜侧过身去避开视线的接触。

"拒不拒绝请随意。"空泽伸出右手张开手掌。

凌桑踉跄地向前走着，苍白的脸上看不出是什么情绪。走了一会儿后，稍稍缓过来力气的凌桑急切地跑起来，一边跑一边发出急促的喘息声，最后纵身一跃扑在空泽的怀中，紧紧抱住了他的腰。

心脏剧烈地跳动着，仿佛要跳出自己的胸膛。

空泽略微蹲下身，将凌桑横抱了起来。

"你们竟然真的认识吗？"瑜夜说道，"如果一开始告诉我们就好了。"

这样，一开始就有拒绝殷之丘的资本了。

"女人终究是要躲在政治背后的。"空泽把凌桑揽在怀里，"若是还有什么问题，再来通知我就好。"

说完就转身离开。

"你是公局的那个人，"瑜夜说出他的名字，"空泽。"

空泽没有回复，继续迈步离开，身形逐渐模糊，几秒内就已经距离所有人百米远了。

瑜夜知道一切，在收到极沄城信件后，芸珀就清楚了事情的来龙去脉。

终究还是有不能去招惹的人，能够远远地凌驾于他们之上掌控一切——国与国之间的利益权衡，就是如此无奈。

极沄城内辉煌的灯火逐渐远去，脚下的水面也逐渐下降消失。

粉白色花瓣飘落。

不知不觉间送亲的队伍回到了空间交错的原点，就在靠近殷之丘领域的国土交界。

"回去了。"瑜夜平静地发出命令，队伍掉转方向，留下殷之丘的使者错愕地站在原地。

凌桑被放在椅子上，至今还未开口说过一句话。

她软绵绵地伏在桌子上做融化状，似乎和函数找到了共同的兴趣。不过，头好痛……

空泽把盛了饮料的杯子放在桌上，向前一推滑到她面前。

她端起杯子毫无戒心地喝了一大口。

"噗——"

凌桑吐出舌头。

"现在有精神了吗？"空泽哀怨地看着她。

不对啊，你到底在哀怨什么？该哀怨的不应该是你吗？

"这……是……什……么……"

"柠檬水。"回答得很干脆。

"这是多少柠檬榨出来的柠檬水啊！直接就当饮料了啊！就不能稀释一下吗？"

"精神不错了。"空泽继续哀怨地眯起眼。

凌桑瞬间低落地捂头："在这个如此强大的后台面前，怎么都得打起精神来啊……"

"你要不给我添麻烦，我也不会无聊到来搬什么后台。"空泽并不忌讳他这"仗势欺人"的行为，把另一杯饮料推了过去换下柠檬水。他端着看上去清淡的柠檬水，凑到唇前也试着抿了一口——

"啧！"眉头皱起来，果然提神。

凌桑很快就把一杯温热的奶茶喝完，这才感到大脑似乎终于上线了，于是迷茫地问道："虽然我很感谢你，但我想知道……我给你添什么麻烦了？"

空泽幽怨的目光游离到窗外："我的作业……"

"……对不起，我错了。"顿了两秒后凌桑忽然想到了什么，"对了，你的作业源溯不也在管吗？"

"他最近在忙着追一个高一的女生，没空。"

"……"她刚上线的大脑瞬间又掉线两秒，然后才反应过来，吐出真相，"源溯这是在委婉地报复你啊……"

"嗯？"空泽将视线挪回来，眯眼。

"空泽殿还真是迟钝啊。"凌桑继续捂头。

源溯想让你明白解除搭档关系你迟早会后悔。

虽然才这么点儿信息量，不过在空泽这个理解能力三级残废的人面前……源溯依然很受伤吧。

不对，更受伤的是自己这个源溯的后备军吧。

敲门声响起，空泽轻声说道："进来。"

这是空泽的房间，虽然空间相当大并且装修奢华，但室内并没有摆放太多贵重物品，整洁得相当顺眼。嗯，如此顺眼一定是有用人来整理的缘故。

推门进来的是燕顷。

"仔细看的话果然是你啊。"燕顷露出微笑，走到凌桑面前俯下身，看着她的眼睛，"那么……择日举行婚礼吧，父王相当高兴呢，见到你一定会很满意的。"

只要空泽这个大儿子真的有人愿意嫁，父王就会很满意的。

凌桑一脸茫然，空泽开口说："你是认真的吗？"

"我什么时候不认真了？"燕顷直起身面向空泽，"不过话说回来，她看上去还不到可以结婚的年龄啊……那就再等等吧。"

"我有说我这是要结婚了吗？"空泽依然面无表情，将手中的杯子自然地递给他。燕顷有些不解地接过杯子，瞬间被转移了全部的注意力，随后毫无防备地喝了一大口。

凌桑用相当痛苦的表情眯起眼。

"噗！"

"可以刷掉上面那个话题了吗？"空泽面无表情地看着燕顷。

"这是什么？"燕顷猛地把杯子底敲在桌上咆哮。

"开撒格美亚罗水。"空泽将目光游离到窗外。

"真是够了！不要从外面带奇怪的饮料进来！"燕顷把杯中的液体泼出去，就在溅在空泽脸上的前半秒，液体瞬间被空泽的水性控制，悬浮在半空，随后聚成一个液体的圆球，瞬间冻成冰球掉落在地上。

凌桑继续一脸茫然。啊不，只是十几个柠檬榨出来的果汁而已吧。

空泽和燕顷果然是一点儿共同话题都没有啊！她感觉自己的头又痛起来了。

"我明天就走了。"空泽忽而开口。

"……"燕顷先是愣了一秒，反应过来后笑道，"你还想再那么轻易地走掉？"

他坐在椅子上，跷起二郎腿，闲适地抬头看着空泽："不过这次还真是有趣呢，极沄城做出这么出格的举动，简直像流氓一样。"

"要大国流氓不是我开的先例。"空泽闭上眼，用右手扯开头绳，深蓝色的长发披散在他的背部，"你们做霸权主义的事也不少。"

"你当初可是对政事这种东西毫不关心的啊。"燕顷嘲讽道。如今却如此精通……

"别以为只有你在维护极沄城的利益。"空泽回道。

加入公局，他同样也在维护自己国家的利益。

第十三章 头发特长也是特长

敲门声再度响起，门外传来一道温和的女声："很热闹啊……我可以进来吗？"

室内无人回复，稍作停顿后门被缓缓推开，一个女人探进头来，随即整扇门被打开。

女人看上去只有三十岁出头的样子，相当年轻，穿的是一件舒适的便装。她蓝色的眼睛看向凌桑，点头问候道："欢迎来极氿城。"

"啊，谢谢。"凌桑有些无措地应着，一转视线就看到了女人背后的高大男人。

空泽的父亲吗？他那锐利的深蓝色眼睛就是随便一瞥，也会让人心里相当受伤啊。

空泽没再说话，像是懒得开口，也没有向对方行礼。

男人始终看着凌桑，凌桑也不知道自己该怎么做，只是坐在原地，忽而才反应过来应该行礼，她连忙站起来九十度鞠躬："你们好。"

"过来。"男人伸出右手。

凌桑走过去，把手搭在他宽大的掌心上。

"你叫什么？"

"凌桑。"她不安地应道。

男人露出微微的笑意，从凌桑身上确实可以感受到纯净的风性……是风之贵族。

"能够拥有你，我们不会吃亏。"

将来能够为极氿城的王室诞下拥有风性的后代——这是大家都喜闻乐见的结果。

凌桑垂下眼睑，神色黯淡。

"怎么，不高兴？"男人问她。

有些话不能说吧。这么多人看中她，只是垂涎她的风性，而她本身似乎没什么意义。

"你的心思只停留在这一点上吗？"空泽开口，"我已经说了，我并没有这个想法。"

"你有这份心思就够了，你并不会关心与你毫无关系的人。"

男人松开手，对凌桑点头表示认可，虽然面孔冷峻，但神色已调整到最柔和的状态。

"那我便不打扰了。"他转身离开，"空泽你决定的事，我不会干预。燕顷，你跟我回去。"

燕顷瞥了空泽一眼后，没有任何情绪地站了起来跟着离开。

凌桑等他们的身影消失后，她掀起风将门轻轻关上。

刚刚是拜见家长了吗？她担忧地低头看自己的装扮，检查是不是有不得体的地方。

"过来。"空泽命令道，然后他自己坐在床沿上舒了一口气。

凌桑顺从地走了过去，站在他面前。空泽却没有再说话，蓝色的眼看着地面。

"你为什么总是要离开……你与他们的关系，也没有太僵的样子。"凌桑轻声问道，挨着坐在他身侧。

"因为默认的继承人，是燕顷而不是我。"他并不介意地直言。

"啊，这样。"这一点凌桑已经看出来了，继续问，"所以为此失望吗？"

"才不会，我对王位没有兴趣。只是一种微妙的抵触……懂吗？我是长子，但我不是继承人，他们的目光让我无法忍受，只要一点点奇怪的感觉，就足够扭转我在其余人眼中的形象。"

燕顷比他晚出生一年。按照惯例，皇室每一个孩子出生时都要请求神明的祝福，千百年来的祭祀传统沿袭下来，就在那一年显示出了最令人欣喜的神谕——

整个极沄城国域沐浴在一片柔和的霞光中。

神的告知：燕顷，将会是带领极沄城走向辉煌的君王。

但燕顷是次子，按照继承的规则，空泽才是第一继承人，因此处于尴尬位置的，不是燕顷，而是空泽。空泽没有任何的反抗，固执死板以及强硬的作风让他并不讨人喜欢。而燕顷正如神谕所昭示的那样，在政治方面拥有卓越的天赋，领袖的锋芒日益展露出来，活跃的表现与卓越的成就完全掩盖了空泽的存在。

空泽很早就参军，后来成为武将镇守在外，在皇城的活跃度几乎是负值。

但即使是这种情况，皇城中属于燕顷的势力还是没能容下他。

最后发生变故，空泽一怒之下彻底离开。

"你让我这个唯物主义者如何是好……"凌桑相当纠结地捂头，"神谕这玩意儿可靠吗……"

"那你觉得你那操纵风的异能，被常识支持吗？"空泽眯起眼看她，"想要用原理来解释一切的话，你看到的这个世界早就支离破碎了。"

"啊……"凌桑无法否认，又问道，"那么你获得的神谕呢？"

"以前听母亲说，大约是'撕破天幕的利刃，苦难历尽的苍茫彼岸，让天下沐浴你的荣光'。"

"还不错啊！虽然没有燕顷的神谕那么犀利，不过大概就是会苦尽甘来的意思啦。"凌桑心情愉悦地抬起右手一招，"一定也会很伟大的啊！"

"呵，怎么能让神谕这种东西操控自己的人生呢？"空泽冷笑，"离开极沄城，我倒觉得轻松了，眼界开阔之后，对于很多事情的想法也都变化了，不想再拘束在这里。"

"那就离开吧。怎么想，就怎么做吧。"在放松后疲惫终于涌了上来，凌桑向后倒下去，将身体瘫在相当大的床上，"该休息了。"

空泽也将身体向后倾，倒在了床上。

痛苦历尽的苍茫彼岸……苍茫……是迷茫吗？

那句话……原话是这样的吗？他已经记不清了。

不过神谕这种东西，应该是怎么押韵怎么来，怎么好听怎么来的吧。

清晨的天边刚露出曦光，凌桑就被空泽推醒。能被空泽叫醒真是难得，除非……

"你没睡觉？"又一晚没睡觉？

"嗯。"空泽漫不经心地应道。他已经换上了便装，并把乾鳞本体化成双刀佩戴在腰侧，"回去了。"

"现在？"

"就是现在。"他推门站在门槛外，仰头望向对面屋顶。

一排白衣武士整齐地蹲在屋顶上，屋檐下已经有一排武士在守着。

空泽的住所，已经完全被武士包围。

直属于极沄城皇室的最精锐武士，整个国家个人战斗力最强的小型队伍。

"你们家的人际关系到底怎么回事啊？"凌桑靠在门框上侧脸向外看去，"为什么一大清早就派人来堵你了？"

"其实是从昨晚堵到现在了。"

"……你家里人是有多担心你又跑了啊！"

"你跟我一起跑吗？"空泽问道。

"必须的，不然呢？"凌桑扬起右手，打开折扇。

瞬间，两个人同时冲出，近百名武士也同时向他们冲来，皆亮出了刀剑。

狂暴的气流掀起，空泽跃至半空，一个前空翻后拉开双刀，扫出一道弧形，深蓝色长发在空中散开。

远处皇城的最高处，一身深紫色长袍的男人迎风而立。

空泽已经成了极沄城的最强者。作为自己的儿子，自己确实感到自豪。

"这样都拦不住了吗？"燕顷出现在伏铭飒身侧。

"拦住他对你有什么好处？"伏铭飒闭上眼，露出一抹微笑。

拦不下来，就放任他走吧。

半空中忽然裂开一道空间裂缝，金纹翼虎兽从异界跃来，空泽借助凌桑的风跃上了役使兽后背，又将凌桑拽了上去。

金纹翼虎兽扇动巨大的羽翼再度腾起，地面上近百名武士已经散开。

"记得回来就好。"伏铭飒望着翼虎兽远去的身影说道。

虽然不能成为未来的君王，但你一直都是极沅城最所向披靡的将军。

整个极沅城，都将沐浴在你的荣光中。

等到真要一次性补上四天课程的时候，凌桑才发觉 Sritana 的咒术理论课程一点儿也不比人类高中的普通课程轻松多少，半天下来就感觉自己失去了半条命。

空泽走入凌桑所在的教室。

然而凌桑此时正在上理论课，看到空泽旁若无人地走了进来，就连老师都安静了。

所有人都看着这个黑服中阶面无表情地走了进来，手里还拿着一摞课本与作业本。

黑服青年穿过半个教室，在凌桑身边站定，然后继续面无表情地将本子一本一本地放在凌桑的桌上。

没错，就是"一本一本"地放，还是将每本书都充分灌输了黑暗气息后再"缓缓"地放在桌上。

全班依然一片死寂。

终于将所有本子在凌桑桌上堆成半米高的三摞后，空泽又默默转身离开。

全班目送他离开后，都将同情的目光投向凌桑。

"空泽我祝福你单身一辈子。"凌桑扑在桌子上，将额头撞向桌面。

这个学期她报了剑术的选修课，授课教师是埃斯利亚。由于先前的逃课，自己错失了第一节的开课，因此这一次去上课有点儿忐忑。

上课的场地是教学楼东南侧的中心花园区，花园外围是水晶的镂空长廊，长廊的栏杆上盘绕着已经生长了百年的紫藤萝。天气还没有彻底转暖，尽管 Sritana 校区内的气候较为温和，但还没有到紫藤萝开花的季节，因此当凌桑看到埃斯利亚一个人坐在长廊下，伴着满枝的萧条，感到似乎相当落寞。

"啊……我来了，真是抱歉上次没能来。"凌桑跑过去对他鞠躬致歉。

"没关系。选修剑术的人本来就不多。"精灵始终温和地微笑着，"反而觉得难得清闲了。"

在很多人眼里，剑术远远没有刀术来得实在。两相比较之下，长刀的灵活性和攻击性更强，因此剑术逐渐成为冷门，只有埃斯利亚会在偶尔空闲的一段时间内开这门课，但如果选修的人数达不到最低标准也会被取消。

"凌桑你为什么会报剑术呢？手头有剑可以用吗？"

"有的。"她将双手贴合，然后打开，双手之间自上而下燃烧起蓝色的火焰，一把银色长剑随即自火焰中显现出来，"云龙。"

"埋主的佩剑也在你这里了吗？"埃斯利亚露出意料之中的笑容，"我还以为在公局处理埋主身体时也连带销毁了呢……啊，埋主的事，希望你不要太介怀。"

"不会的。"凌桑点头，忽而想起一件事，就问道，"我知道埋主是风之谷的人，那么风之谷在公局中有多少成员呢？"

"怎么会忽然好奇这个？"埃斯利亚眯起眼。

"因为我前几天不在……是去了风之谷。"

"是回到母国去了吗？"埃斯利亚理解地点头，"也该去看看了……至于公局中的风之谷成员，原先有七个，后来减少到三个。"

"地位很低吗？"

"准确地说，确实如此，那三个名额，只是摆设而已，是一个国家驻员的最低限额。"

"这样。"凌桑表示理解。

埋主在世时，风之谷对外扩张，侵犯了公局整体的利益，镇压下来后，风之谷便被公局重点关注。为了抑制其势力的再度扩张，风之谷在公局的地位已大不如前。

以至于殷之丘对风之谷提出无理要求时，驻扎在公局的殷之丘成员只要表示支持，就可以相当轻易地扭曲整个事件的性质，蒙蔽其余人的视线。

凌桑双手背在身后握住，又小心地问道："那么我可以加入公局吗？"

"嗯？"埃斯利亚的微笑终于起了微妙的变化，"怎么会有这个想法呢？"

凌桑的后背覆盖上了熟悉的阴影，无须转身就知道是谁。

"什么时候改变的主意？"空泽轻声问道。此时他也没有表现出太多情绪，就像是随口问一件与自己毫不相干的事一样。

"我想代表风之谷加入公局。"她直述自己的想法，因为埃斯利亚与空泽是她绝对信任的人，所以说话不用拐弯抹角。

"嗯……可以试试。"埃斯利亚点头。

"你目前只是蓝服低阶，得努力一把才行。"空泽双手环抱眯起双眼。

"其实只要有某方面的突出能力，就可以获得公局的额外关注，然后进行笔试与面试，公局选拔成员不会拘泥于服级制度。"埃斯利亚缓缓解释，"就像木离那样——你们知道他的吧，虽然他名义上只是白服中阶，但已经是公局监察部的核心人员之一，服级反而成了他的工作掩饰。"

空泽忽然一脸鄙夷地俯视凌桑："自认为有什么特长吗？"

"……头发特长。"

"……意义何在？"

因为空泽填了和凌桑一样的选修，所以他也是来上剑术课的。过了一会儿，才稀稀拉拉地来了七个人，精灵看了一眼通信表上的时间，确认已经到了上课时间便说道：

"逃课逃掉了一半人,这样真的好吗?"

"你的课可以再无聊一点儿。"空泽戳破真相。

"来上课的都到这里来集合。"埃斯利亚依然坐在长廊上,对其他人招手示意。

最后所有人都坐在长廊上,每人抱着一把剑,一脸挫败地和它进行精神交流。

"想要修炼好剑术,首先要与自己的剑取得共鸣,这一点我在第一节课时就已经强调过了,不过大家的进展并没有我预料的那样好。"埃斯利亚耐心地讲解,"所以这节课请继续。"

凌桑相信,下节课这些剩下的人都会逃课,让黑服精灵一个人和他的剑默默地在这里交流就行。

云龙佐铭对凌桑的态度始终不太友好,即使凌桑这样亲热地抱着长剑,佐铭依然对凌桑爱搭不理。

空泽坐在长廊上,靠着石柱闭目良久。

精神交流的最高境界……

"空泽殿请不要睡觉好吗?"精灵开口。虽然空泽在他背后,但精灵似乎早就感受到了浓重的睡意从背后扑袭而来。

已经睡着的长王殿下完全没有知觉。

"那么大家来看一场模拟剑术演练。"埃斯利亚站起来面向空泽,抽出腰间的佩剑。

所有人都一脸兴奋地看着。

接近透明的水晶剑身折射出温润的日光,精灵距离空泽五米远,下一秒就冲至对方面前,将水晶长剑毫不留情地刺向空泽。本来已经闭目睡着的空泽瞬间翻转握在右手的长剑,挑出一道优美的弧度后用剑面挡下了袭来的水晶剑。

本能地做出防御反应后,他的眼睛才缓缓睁开一条缝,冰凉的眼神笔直地射向埃斯利亚的脸。

双方视线接触的瞬间,两个人都动了。

埃斯利亚向后滑出半米,空泽反应过度地从长廊上跃起后退出三米,再瞬间向前冲出,亮出剑刃。

埃斯利亚轻易地用水晶剑的剑刃拨开空泽的长剑,然后他才猛地向前跃起,剑锋直逼空泽胸口正中。瞳孔一缩后,空泽迅速后退,终于将剑术转换成刀术,猛地扬起长剑向下劈出,挡下水晶剑。

不过五秒的时间,空泽就用刀术扭转了局势,将埃斯利亚的剑法压制住,又将他强势逼退。精灵一面只能抵挡,一面微笑着说道:"空泽你确定你在上剑术课程吗?"

空泽迈开双腿降低重心,打住攻势收尾。吐出一口气后他直起身,将剑提到身前,然后看着右手握着的长剑。

"噢，不小心当刀用了。"他这才意识到地说。乾鳞的初始状态是双刀，因此用刀实在是太顺手了。

"你已经相当精通刀法了，我就不提倡你再学习剑术，到时候混杂起来不伦不类会很不舒服。"埃斯利亚将长剑收回剑鞘。

"啊，那就不要再来打扰我睡觉了。"空泽瞥了他一眼，坐回长廊下，背靠石柱闭上了眼。

"……"

凌桑抚摸着怀里长剑的剑柄，云龙懒懒地嘶鸣了一声后继续消音。

"因为没有被经常使用，所以器灵也懒散了啊。"埃斯利亚看着云龙剑解释道，"它是觉得自己的价值没能得到发挥而哀怨吧。"

"呜——"云龙忽而发出高亢的长啸，身形腾现，盘绕在埃斯利亚身上，头部贴在精灵的侧脸上。

"……"

这到底是怎样的一幅"相见恨晚"的情景？

她忽然觉得佐铭如果能由埃斯利亚来使用一定更好吧……只不过这是自己父亲的佩剑，也是地位的象征，不能送人就送人的吧。

埃斯利亚将云龙的头推开，然后双手轻拍："今天就到这里了，大家可以下课了，凌桑请留下来，我们谈一谈人生。"

很快长廊上就只剩下他们二人，另外还有靠在石柱上眯着眼的空泽。

"是继续讨论加入公局的事吗？"凌桑问道。

"是的。我没有把握你一定能加入，我只能告诉你，出于对你身世的考虑，公局上层应该很难通过你的申请，所以被拒绝的可能性会相当大。"精灵说道，随即转移话题，"不过我想说的并不是这件事……"

他的视线投在空泽身上，空泽仍然半死不活地眯着眼，处于半休眠状态。

"啊，我还是单独跟空泽说吧，凌桑你回去就好。"埃斯利亚将右手搭在她的头上，"回去多练习一下云龙剑，别让它太寂寞了。"

"嗯，好的。"凌桑点头后离开，走出很远后又回头望向长廊，埃斯利亚已经在用相当严肃的表情和空泽交流着什么话题……

埃斯利亚很少有这么严肃的时候。

凌桑寝室书桌上摆放的笼子基本不关门，兔子在笼子外啃着干草，笼子里的是一只杂色大毛球和五只小毛球。

这几只毛球是凌桑特地从风之谷带回来的。在那个被当了一学期室友的毛球被朦月带回去之后，这一窝毛球明显治愈了伊娜被戳伤的心灵。

凌桑在上午的时候忽然想起朦月，本来以为不会再见到她，但在中午回寝室的时候，开门就看见了这个家伙。

"姐姐——"拖着长音，还加重了语气的女孩张开双手扑向凌桑。

凌桑连眨了两下眼，在反应过来眼前的人是谁之后，果断提起右脚。

"噗！"朦月后退一步，捂住脸。

"公主！"陪着朦月来的男性随从瞬间面目扭曲地发出一声惨叫，虽然应该惨叫的完全不是他。

"呜！"朦月摇摇晃晃地后退一步后捂住脸。

凌桑放下脚。没办法，她的反射弧实在太短，根本抑制不住这种本能的反应。

"这里还有你什么事吗？"她问道。

"我要嫁给利维夷那个白痴了，姐姐——"朦月沮丧地蹲下来，继续捂脸营造出抽泣效果。

"那又怎样？"凌桑轻声开口。

虽然知道这样说很绝情，但这是事实。殷之丘在收到极沄城信件后不能再动凌桑分毫，要嫁往殷之丘的只能变回朦月，以此来表示双方遵守最初的约定。

要出嫁的，一开始就是朦月，如今只是经历了一个相当大的波折后又回到了原点。

与她……又有什么关系呢？

凌桑的眼神冰凉。

原本有许多话要说的朦月在触及凌桑的眼神后已经不知道该如何开口。

"我们走！"朦月憋了一肚子气，猛地站起来挥手示意自己的随从，随后跳出窗户离开。

两个作为随从的青年极度不满地看了一眼凌桑，但凌桑毕竟也算是公主，并且如今已经是极沄城的人了，他们也不能说什么，只能跟随着朦月离开。

窗户始终敞开着，窗帘飘荡，风与布料摩擦，发出沉重的声音。

凌桑平静地望着窗外。

因为这是她无能为力的事，所以她不能给朦月任何希望。

一开始就让你绝望，这样或许会好一点儿吧。

自己想要加入公局并没有任何关于朦月的考虑，只是因为瑜夜——她不希望自己的哥哥如此煎熬，所以愿意为了他而让自己承担起守护风之谷的责任。

即便如此，她依然觉得自己终究只是一个外人。

在风之谷，那归属感终究抵不过她对 Sritana 的亲切，以及比不上窝在人类世界的安稳的家中。

终究是不一样的啊……

第十四章 你以为你这样做空泽就会回心转意吗

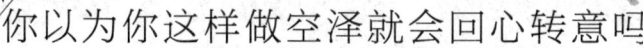

埃斯利亚向公局举荐凌桑,最终让她有资格参与公局考核的笔试与面试。

笔试前,凌桑把这个世界的历史发展以及公局的发展史,还有重大事件发展意义都背了一遍。在行政部拿到下发的试卷后,她就在关闭通信表以及所有通信设备的情况下答题,一个蓝服高阶的女人在旁边监考。

凌桑很顺畅地答完了所有试题,并且没有检查就交了卷。因为空泽事先提醒过她,犹豫不决地答题会给监考人留下相当不好的印象。此外,一旦确定答案,就尽量不要再做任何修改,迟疑和不确定是不招人喜欢的,所以要做到果断干练,精确无误。

因为凌桑目前只是蓝服低阶的服级,她的优势并不明显,所以在考核中能够做的就是尽量不让他人对自己产生不满。

"感觉还可以吗?"她回去后空泽随意地提起。

"啊……对于普通中学转上来的人来说,考试应该不成问题吧。"她还是有一些把握。

考试的必备技能:把公局至高无上的荣耀放在心里,把世界的爱与和平放在心里。

由于凌桑参加的是公局特招,所以通知很快就下来了,她能够参加面试。

Sritana行政部隶属公局行政部,所以宽泛地说,Sritana行政部是公局的微型分支之一。她的面试地点依然设在Sritana。

凌桑走入隔离的小房间,室内已经等候着一个黑服低阶的男人。男人看上去接近四十岁,面色白皙,正相当严肃地将嘴抿成一条缝。

"你比我想的更小一点儿,过来坐。"

她隔着桌子坐在他对面,回道:"高中生都是这个年纪。"

"对于某些种族,二三十岁才上高中的也有。"男人从一沓资料里抽出一张,是凌桑最初上交的报名表复印件,"你叫凌桑?"

"是。"

你以为你这样做空泽就会回心转意吗

"你的父亲是埋主,母亲是秋道川?"

"是。"

"这是你加入公局的最大障碍——你有意识到吗?"

"要加入公局的是我,不是我的父母,况且他们早已不在了。"

男人抬眼直视凌桑的眼睛。条理清晰,反应敏捷,思维确实有些优秀。

"那么,你为什么要加入公局?"男人转换话题。

"为了做到我能做的一切,为公局带来荣耀。"

"请说实话,这不是笔试。每个人都是为自己的利益活着,但在相互交往中会形成共同的利益,为了更好地实现共同利益,公局才会建立。我们不相信无偿的忠心。"

"啊,还真与笔试不一样呢。"凌桑一直面无表情的脸上有了缓和的迹象,"那么也瞒不过你吧……我是风之谷的人,加入公局,自然是为了维护风之谷的利益。"

"你觉得风之谷的利益受到了损害?"

"是的,你们当然不会察觉。"

"那么你是怎么看待埋主这件事的?我担心我们持有相反的观点。"

她感觉得到,面前的男人巧妙地偏离了她原先的问题。

"尽管军事扩张是令人无法接受的事,作为我的父亲,他是我的骄傲,我相信他的所有信念。虽然见不到他,但我感觉得到他的存在。"

他的血脉,还在自己身上传承着。

"我可以接受你们对他的任何观点,但我不会改变我自己的观点。"凌桑简短地叙述完。

"那么,下一个问题。"男人抽出文件中的另一张纸,"你目前只有蓝服低阶的实力,既然有意愿加入公局,那么你认为自己有什么可以胜任之处,抑或是有什么特长可以说服我们必须录取你呢?"

"我就是这样一个人,摆在你面前。"

依然是很简短的回复,却让对方无法驳回。

根据这个女学生目前展现出来的敏锐洞悉力,以及在服级方面已经是高一部比较优秀的级别,可以确认她是前途无量的,只要公局加以正确的引导,以后定然是难得的人才。

凌桑眼眸略微瞥过去,看到对方左手通信表上的指示灯始终是黄色的,那表示正在运行一项内部功能——是把他们之间的对话全部录下来了吗?

最终做出决定的不仅仅是面前的这个男人,还会有更多的公局高层人员参考录音来投票。

后续的问题相当普通。空泽事先告诉过她最可能被询问到的问题,她也提前做了准备，眼下还真是与自己事先准备的情况差不多。

真正重要的问题都在前面。

结束面试后，凌桑直接告辞离开。

"所以你都如实回答了？"事后空泽问道。

"至少前面的问题是这样的。"

"那你就别想了。"空泽说得很肯定，他本来就不认为凭借凌桑的出身还能顺利加入公局。

一天后结果公布，凌桑的申请果然没有被批准。

"所以你想加入公局只能通过考取黑服，这样公局才必须无条件将你招入。"空泽继续云淡风轻地说。

"公局好歧视啊，说好的大爱无疆呢？"凌桑眯眼。

"公局又不是资源回收站。"空泽最后提起，"你有权利进行申诉，具体的可以找埃斯利亚详谈。不过很少有人在申请被驳回后有胆量申诉。"

"没关系，我既然连公局都想加入了，我就什么都干得出来。"凌桑果断转身离开，去行政部找埃斯利亚谈人生。

"……"

自己当初为什么会看中凌桑……现在看来这家伙和上一学期的那一个……不太一样？

什么时候被调换了？

"所以果然被拒绝了吗？"埃斯利亚在见到凌桑后，也是一脸的意料之中。

"你们这都是什么心态……"

"啊，自然是会考虑到最糟糕的结果的。"精灵点头，"而且这个结果本来就是注定的事，所以？"

"所以我想要补救的方法。"

"是吗？真是执着啊……"埃斯利亚思忖两秒，"那么你写一份意愿证明，我再帮你送达。毕竟公局对你的身世存在偏见这种事……也不好挑明了说，你可以再试一次。"

除了在小学和初中的作文时代，凌桑再也没有写过这么"气势磅礴""大义凛然""呕心沥血"的文章。

在一种痛苦的情绪下，她还被自己要为这个世界奉献自我的人道主义精神感动得几乎泪流满面。

埃斯利亚在收到这份长篇证明后，果然被凌桑如此高尚的精神觉悟深深震撼。

"请你授权给我，我想要保存一个备份，如果能用于精灵族对主神的祭祀颂词中，那真是太完美了……"

"啊不,我觉得我们之间的理解能力有点儿误差。"凌桑脑补全体精灵朗诵这种文件来表达对主神感恩的壮观场面,瞬间不寒而栗。在犹豫了两秒后,她还是补充道:"颂词什么的我可以另外写一份送给你们,这一份简直太可怕……"

主神一定没有如此强大的承受能力,一定没有。

"啊,那我真是相当期待。"精灵笑得双眼眯成了一条缝。

凌桑再次不寒而栗,埃斯利亚还真的有所期待吗?

意愿证明上交,由于这是非正式文件,所以不在公局的即时处理之列,至少得等三天才能得到回复。

席勒和空泽同班。

在所有人眼中,黑服经常不来上课是常态,不过有些课还是必须要上的,因为任课教师的服级比黑服中阶还要高。

"空泽呢?"冥罗在讲台上咆哮,全班都眯起眼,似乎这样可以减少声波的冲击。

眯着眼的席勒一眼瞥过去,就看见了属于空泽的空着的座位。

"翅膀长硬了吗?需要爱的教育吗?"冥罗右手拍在讲桌上发出震响。

冥罗在年轻时执行特级任务的时候,因为距离爆炸点过近而损坏了听力。虽然接受了治疗,但听力还是无法全部恢复,他又认为戴助听器这种东西完全不符合他豪放的形象,于是就逐渐形成了更加豪放的咆哮方式。

不过即使是他的同事也不明白他为什么一定要用喊的,唯一的原因大致是他自己都听不清自己在说什么……

"席勒你通知空泽今晚九点到我办公室和我谈一谈人生!"

眯着眼的席勒举手做出一个"OK"的手势。

晚上,席勒敲响了空泽的房门。虽然用通信表通知很方便,但已经是搭档的两人还是有必要多一些正面接触的……至少他是这么认为的。

五秒后门从里面被打开,空泽显然没有想到来的人会是席勒,所以在他看清对方的脸后,立刻皱眉问道:"什么事?"

就这么堵在门口问是什么事吗?不应该请自己进去好好聊一聊理想吗?

为什么会想到聊理想……

"我可以进来吗?"一看到空泽就想起冥罗的席勒本能地眯起眼。

"进来。"空泽转身走入室内。

席勒跟了进去,然后侧身关上门。这倒是他第一次进入空泽的房间——室内物品很少,并且都摆放得相当整齐。

空泽将椅子从桌下拖出，示意席勒坐下。

"冥罗的课你没去。"席勒坐了下来。

"啊，今天有他的课吗？"空泽说出来的话毫无罪恶感。

"黑服的课还是要上心，不然期末容易挂。"席勒忽然发现和空泽在一起的时候，自己自然而然地就会变成和源溯一样的老妈子……

果然这就是空泽搭档所必须配备的被动技能吗？

"啊……"空泽用第四声语气词回应了一声，配上毫不在意的表情绝对是在敷衍。

"最近你分神得很严重，是有什么在意的事吗？"席勒又问道。

"大概是有。"还是敷衍的回答，空泽有些晃神。

自从埃斯利亚在那天的剑术课上给他暗示了不少信息后，他真是越发不安了。

该将这件事告知其他人吗？

而埃斯利亚，是不是已经知道全部的信息了呢？是不是只是在用暗示的方式看他的反应到底如何呢……

"空泽。"席勒看着他始终苍白的脸。

"没事。"

"冥罗叫你今晚九点过去找他，就是两个小时后。"

"知道了。"

"那我走了。"

门打开再关上，空泽坐在椅子上再次出神。最近真是越来越心不在焉了。

到底什么时候……这件事会彻底暴露呢？

就快了。

尼萨亚。

凌桑收到了木离的信息。

木离很少联系他们，一旦联系那一定是勘察部再次获得了上级指令。不过这一次，他在信息中表明了是非正式的私人会面，时间也很宽裕，凌桑找到他时只有他一个人。

"是什么私事？"凌桑很耐心地用缓慢的语气问他。

木离在通信表上打字，随即凌桑的通信表收到信息：

我想追一个高一部（D）班的女生。

"哎？"凌桑相当惊讶地抬头看他。这么直接地表示出来了啊，"那就追吧，我一定支持你。"

关键是高二部（B）班的一个男生也在追求她。

"所以……你是没信心？"

关键是那个女生很喜欢那个（B）班的家伙。

"啊……那就一定是没信心了，一定要试一试啊。"凌桑说道，"不过这种事情，我还以为你会先告诉辛络。"

要是我告诉他，他一定会揪着我去表白。

"所以你是想要一个含蓄一点儿的表白方式，对吧？"凌桑抓到重点。既然木离来找自己帮忙，那一定是因为他觉得凌桑这人本来就长得挺委婉的……

是的。

发送完毕后木离看向她，然后双手贴合，虔诚地向她求助。

"啊，我想想……"

至少木离本人绝对是一个靠得住的好男人，性格温和，相貌也很清秀，唯一的明显缺点就是不会说话……

"那个……请允许我问一下……你为什么……不会说话……不然自己开口向她表白，效果一定会好很多。"

木离迟钝了两秒才在通信表上输入：

说不出话。

"没法发音吗？"

可能是……一说话就觉得很害怕……

原来是可以说话的呀，"那么……和我在一起你怕吗？"

木离不解地歪头。

"如果和我在一起没压力的话……"凌桑有些不确定地皱眉，"你可以试试直接跟我说话。"

木离瞬间抿嘴，显得相当尴尬，随即迅速地摇头。

"看来还是不行啊……"凌桑捂头。

木离继续用通信表给她发送信息：

今天晚上七点，他们两个会在二号副教楼天台上见面。

连这个都知道，自己该说真不愧是勘察部部长吗？思考了五秒，凌桑说道："那么你顺便去勘察一下那女生上天台的路线，我争取在六点四十五分把她拦截在二号副教楼底。"

只要让那个女生知道木离的心意就好了。

其余的……就不是她能够干预的事了。

与其说木离是勘察界的天才，不如说他是资深的跟踪狂。根据准确的情报，凌桑果然在六点四十七分五十三秒时见到那个女生进入了二号副教楼。

Sritana 的大部分理论选修课都开设在晚上，因此这时候副教楼还是有不少的人在走动。

　　天时地利人和。

　　那个剪了相当可爱的妹妹头的女生在晚上换下制服，穿上了一件粉白色的花纹连衣裙。嗯，确实是个很漂亮的女生，看来今晚的约会她是精心打扮要去见心上人的。

　　"所以把她撞倒就好了吗？"挂着一脸莫名兴奋表情的慕德兰已经跃跃欲试。

　　"请你撞得有技术含量一点儿，我担心撞在部长怀里的人是你。"

　　"一定一定。"

　　因为撞人这种事难免有偏差，所以她叫上慕德兰过来一起撞，总有一次能成功。木离具备的"瞬闪"能力绝对能够让他在二十五米之内瞬间转移至女生身后抱住她。

　　"目标确认。"凌桑眯起眼，望着转角处，随即抬起右手，食指向下一划，"上！"

　　慕德兰提起书包飞速冲出，营造出选修课即将迟到的那种让人见怪不怪的经典情景。

　　"啊，你还好吗？"那个女生把他扶住，"赶课也要小心点儿啊。"

　　"不好意思……"慕德兰与女生打招呼后又冲出去离开。

　　"……"

　　到底发生了什么……

　　还没撞上去就被那个女生一个侧身避开，然后慕德兰自己摔倒了是怎么回事啊？

　　沿着外面通道绕了一大圈回来的慕德兰一脸受挫地把书包交给凌桑："这次真靠你了。"

　　凌桑眯起眼，随即抬起右手将食指贴在唇前，轻轻呼出了一口气。

　　整个走廊瞬间刮起一阵风，女生穿的连衣裙本来就不长的裙摆被风掀起。

　　"啊！"女生本能地惊叫出声，立即用双手压住身前掀起的裙摆，就在她分神的一瞬间，凌桑提起书包冲出——

　　成功相撞。

　　女生终于在凌桑冲力的作用下向后倒去，凌桑做出想要搀扶她的样子，但明显自己已经冲出太远够不到她。

　　这时候，潜伏着的木离果断用"瞬闪"接住了向后倒的女生。

　　惊叫停止。

　　"啊！真是对不起！"凌桑非常自然地扮演着上课要迟到的学生，转头对女生焦急地道了歉，随即继续狂奔离开。

　　"啊……谢……谢谢。"女生瞬间涨红脸，慌张地起身站好，无措地打理着凌乱的裙摆。

"……"木离依然是一句话也说不出来,只是看着她。

熟悉木离的人都知道他的眼睛表达了他无法用语言表达的情绪,不过眼前这个并不认识他的女生明显不了解,看到如此莫名丰富的眼神总归觉得是……

含情脉脉?

含情脉脉过头了就是……死变态?

"那个对不起,我现在还有事要先走了。"女生还带着些娇羞地对木离略微鞠躬。

"……"木离依然是什么都说不出来。

等到那女孩已经跑远的时候,他才反应过来应该要伸手去拉住她——手停滞在半空,像是反射弧突然崩断。

果然是……不行吗?他无声地呼出一口气,双手捂头。

凌桑默默地走了回来:"你还好吗?"

其实原本她还抱着一些希望,觉得木离或许能在紧急情况下说出之前根本说不出口的话……现在想想,对于一个平时无限沉默的人,告白这件事简直是遥不可及的了。

凌桑的通信表收到信息:没关系,能够这么近地看到她,我已经很满足了。她也算是认识我了。

"你要求可真低啊。不过我倒觉得……一般的女生,还配不上你吧。"

"呃……"木离喉咙里发出微弱的嘶哑声音。

"自信拿出来哟,你可是很优秀的男人呢,将来一定会有一拨又一拨的女人拼命追求你的。"凌桑露出微笑。

那个女生已经跑远,凌桑尾随着跟了过去。

副教楼只有三层,在爬了三层楼梯后再往上就是天台入口,现在入口门虚掩着。

虽然瞬间萌生出要把门锁死,让那一对恩爱的情侣在天台上萧瑟地度过一夜的美妙想法,但她还是很快恢复了道德心。缓缓地推开门,没有发出任何声音,凌桑也登上了天台。

那个女生在远处背对着她,正在很愉快地和一个身高约一米八的青年说话。

那个青年就正对着她。虽然此时天色已经暗了下来,但她还是可以瞬间辨认出这个简直是超级熟悉的人——

"源——溯!"

她一点儿都不想这么鬼一样地哀号,但着实是太吃惊了,没能忍住。

源溯错愕地看着她。

而那个女生转头也错愕地看着凌桑,再回过头更错愕地看了源溯一眼。

"等……等一下!不是你想的那样!"源溯瞬间崩溃。

"你给我一个解释!"女生喷泪。

"好，那你听我解释——"

"我不听我不听——"女生捂耳朵。

"你到底要不要听……"

见源溯没有反应，女生立即转身冲向门口要离开，顺带撞倒了堵在天台入口的凌桑。

"哎！"凌桑在受惊之余发现自己的身体已经向后倒下，而她的后面是楼梯。

"凌桑！"源溯惊恐地大喊一声，冲上去想拉住她。但双方距离实在太远，他只能眼睁睁地看着凌桑整个身体消失在通道口的黑暗之中。

"哦！"

后背撞在一个温暖结实的怀里，是木离瞬间出现在她身后将她接住。

"呼！"凌桑松口气，"部长大人，你真是专业防跌倒二十年。"

"……"

"凌桑！"已经赶到通道口的源溯赶忙向下看去。

"啊，没事。"已经站稳的凌桑一掌推在源溯胸口上让他后退，然后爬上天台与他对视。

"那么……你要不要听我解释？"源溯眯起眼。

"不用了，你爱追谁就追谁，和我没关系。我只是来帮我们部长看看……"顿了一下，凌桑又说道，"这是你的自由，我当然不会干预。"

大概是源溯觉得凌桑当下太过严肃，忽而"扑哧"一声笑了出来："我啊，才没有，只是最近觉得实在是过于无聊了，才来转换一下心情——"

然后笑容逐渐淡去，最后变成一脸悲愤地捂头："具体原因，你那么聪明肯定懂的。"

秒懂的凌桑无言两秒，然后补刀："其实对于空泽来说，你就是当面告诉他你要和那位同学结婚了，他也会衷心祝福你的。"

"这不是和谁结婚的问题，好吗？"源溯继续捂头，然后又觉得自己说得不太对劲，于是连忙补充，"不对，这和结婚没有任何关系，好吗？"

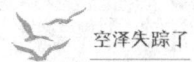

第十五章 空泽失踪了
FENGZHISHOUWANGZHE

凌桑觉得话题彻底歪了，赶紧绕回来："那么我们换一种方式，你是真心追求那位女同学的吗？"

"这点我想我已经解释过了。"

凌桑忽而转身对通道口大喊："部长你有希望了，快去追——"

"……"一脸无奈的源溯戳在原地。

"好了，现在我们谈正事，我想就算你这么高调，也吸引不了空泽的注意力。"凌桑双手环抱在胸前。

"我的事你就不用关注了，毕竟这也不是你能解决的。"源溯微笑，"我啊，也只是娱乐一下，那位女同学在向我表白时我顺口答应了而已。我理想的恋人才不是那种类型——"

"嗯？那么是哪种？"凌桑好奇。

源溯各方面绝对优秀，能深得女生欢心，绝对是大众情人，然而他目前还保持单身，绝对是因为阅历过于丰富导致定位太高。

他理想的恋人，应该就是非常完美的女人了吧？

"其实标准也没有很高啊……"源溯迷茫地仰头眯起眼。

他忽而向下看向凌桑的脸，嘴角勾起一抹微笑，瞬间用左手环住她的脖子，将她拉过来两步靠在自己身前。

"你说……如果你来做我女朋友，空泽一定不会再忽略了吧？"

"你想直接陷入万劫不复的深渊吗？"

"那么你觉得呢？"

"我建议你可以做席勒的男朋友，这样他也不会坐视不管的。"

"……我是认真的，好吗？"源溯带着相当"认真"的表情说完后，随即放松地笑了起来，"不过话说回来，你和空泽进展如何了？你要是不主动一点儿，可别指望他会做出什么反应。"

"前阵子算是有了一个跳跃性的进展……"凌桑犹豫着要不要告诉源溯。

"嗯？怎么说？"源溯露出相当感兴趣的微笑。

"从某种意义上来说我们应该是订婚了吧……"她眯眼。因为事情过于复杂，所以她都不知道如何解释清楚，想了大概五秒都没整理出思路。

但源溯的思维已经完全运转起来了，他神秘地一点头："哦，是这样啊。"

"请问是哪样啊……"凌桑眯起眼。

源溯没说话，但是忽然把视线转到别处，然后忍不住"咔"地笑了一声。

……你是不是自己脑补了整个故事情节？

"这么说我还真是很久没和空泽碰面了呢，现在就去他那里找他聊聊好了。"源溯很自然地跳过这个话题。

"是啊，直接聊聊有用得多呢。"

实际上源溯当然是知道空泽的用意的，不过在和空泽解除搭档关系后，他整个人都空闲了不少，感到有些寂寞。怀念起能够与他随时有事务联系的日子，总希望能够再争取一下，让空泽改变主意吧。

自己还真是太固执了啊。

敲了敲空泽的房间门，没有回应。

是又外出执行任务了吗？那就在通信表上留一条信息好了。

源溯发送：什么时候回到寝室了通知我，我想和你谈谈。

他虽然承认席勒的战斗实力，但他坚信席勒无法分担空泽的任何精神压力。他对自己抱着一种近乎自恋的自信感，认为自己才是能够为空泽分担一切的独一无二的人选——等他自己意识到这一点时，忽然觉得自己的占有欲还真是可笑啊。

不过即便如此，他还是应该时常来找空泽聊聊，及时了解他的心态。如果连自己都和他保持距离的话，那么空泽的内心恐怕真的就封闭起来了吧。

为什么一开始就没有想明白呢？

源溯目光呆滞地看着通信表屏幕显示出的系统提示：

发送失败。

由于出神，他呆滞了许久才猛然发觉这个不祥的系统提示的意义所在。

发送失败……除非空泽在没有信号覆盖的区域执行任务，否则几乎不会出现这种情况。

重新发送，屏幕上再次弹出系统提示：

发送失败。

不管那么多了，他直接请求与空泽视频通话，漆黑一片的屏幕弹出系统提示：

对方通信暂时禁用。

他眯起眼。暂时禁用……他从没遇到过这种情况，所以也不能够想象这次的情况究竟是何种严重的程度。

能够禁止一个人通信表权限的，Sritana中只有行政部。

源溯迅速转身离开。

"我找埃斯利亚。"源溯直接要见行政部负责人寻求解释。

"他目前不在Sritana。"接待的女人耐心回复，"已经离开一整天了，也没有给我们留下任何信息。"

"请务必联系上他，我有急事询问。"

埃斯利亚的通信方式不是每个人都能够得到的，也就只有空泽那样的黑服人员才会有他的直接联系方式，其余人一般都是与行政部下层干事打交道。

接待的女人用通信表与埃斯利亚建立联系。明明连接顺畅，对话请求却忽然被埃斯利亚切断。

"真是抱歉，埃斯利亚目前拒绝任何通话请求。"女人回复。

"他在什么情况下会拒绝接受通话？"

"会议的时候，或是各种重要事件发生，让他无暇顾及其他事务的时候。"

"……我知道了，谢谢。"源溯也不做停留，离开行政部后就以最快的速度奔跑出去。

凌桑在前一天就得到了公局对她意愿申诉的回复，随后就没有停下来过，一直拿着各种文件去各处盖章签名，一向很少与部门打交道的她跑到虚脱。

晚上的时候，她终于拿到了公局下达的正式文件，还有属于她的公局名片。

名片上面是一串英文，翻译过来是……

部门的……临时调配……

所以用这个和临时工一样的身份加入公局到底是闹哪样？

说到底，公局还是不能够真正地接受自己，所以只能如此委婉地给自己一个虚无的名分吧。

与其地位如此尴尬，还不如一开始就不要动加入公局的念头。她在调整了情绪后莫名地想要寻求一下空泽的安慰，虽然不见得他就真的能"安慰"自己……不过想起来，自己好像因为忙着各种资料的事，已经很久没有和他联系了。

对方通信暂时禁用。

凌桑眯起眼。

"所以你也没有找到他？"凌桑与源溯见面。

"是的，我可以确认空泽不在Sritana。"源溯解释。他已经把校区全部翻了一遍，既然没有被Sritana行政部困扰，那么能够困扰他的，就是比行政部更为强大的势力。

也是最为不安的可能：

公局。

凌桑抽出了她的公局名片："虽然相当不想立刻就去接触那个群体，不过……只能这样了。"

"有任何线索务必第一时间与我联系。"源溯将细则一一交代给她。因为他自己不是公局成员，所以无法进入公局内部，只能干着急。

"可以通知席勒吗？"凌桑问道。

"我已经通知他了，他去公局总部打探空泽下落了。"

"有席勒的通信号码吗？顺便给我。"

在公局总部，作为一张新面孔本应该引起众人注意，不过她的存在感一向很低，竟然没有什么人注意到她。

迷茫地站在大厅中央良久后，终于有人对她喊了一声："喂，是新来的吗？过来，别戳在那里。"

凌桑走了过去，相当拘谨地向对方鞠躬行礼。

"给你下达工作的话，就去你应该去的部门，没有事的话，以你目前的新人身份活跃度还是不要太高比较好，戳在这里没有好事。"这个约四十岁的男人较为和蔼地给她提供了很实用的建议。

"啊……抱歉。"在这里压力巨大，她相当无措。

"是哪个部门的？"男人问道，"如果是第一次来的话，我可以先带你去你的部门认识一下你的同事。"

话说自己有部门吗？凌桑将名片抽出来递了过去，男人硬是愣了两秒才开口说道："你就是……凌桑？"

"是。"她点头。

整个公局都知道自己这个明明被驳回申请还硬是申诉的奇葩了吗？

抑或是自己的那个就算是不存在了，存在感也神一样超强的老爹给诸位留下的阴影实在过大……

男人还是避开了她的身份话题，毕竟询问对方这种事会显得相当没有礼貌。不过凌桑确实已经是公局成员，虽然感觉上就是临时工……

"看来目前还没有确定部门，"男人将名片还给她，"那么其他部门有事务需要帮忙会传达给你。现在——还是请你先回去，最近没有平时那么空闲。"

"既然不空闲的话，那么有什么我可以留下来帮忙的吗？"

"……不，你帮不上任何忙，你的心意我们心领了。"

"是什么严重的事吗？"她施展刨根问底的能力，将眉头皱起微妙的弧度，轻声问道。

　　表情控制到位，让对方根本就想不到她是在明知故问。不过这个男人还是相当谨慎地什么都没有对她说明，沉默良久还是催她回去："等我们处理完内部事务，会呼叫你，给你分配任务的。"

　　凌桑只能点头转身，在走到大厅外侧边缘时，忽然听到一声轻柔的呼唤："凌桑，是吗？"

　　她敏锐地捕捉到这个声音后，迅速转过头去，看见大厅打开的侧门处站着一个亚麻色长发的黑服中阶青年，他的头发全部梳理起来，在脑后扎成马尾柔软地垂下。

　　"横野？"她有些欣喜地唤道。

　　虽然见面次数不多，不过凌桑还是能一眼就辨认出横野相当独特的形象。他在公局时的打扮相当正式，不仅头发扎了起来，此时还戴着一副黑框眼镜，显得严肃了不少。

　　"既然是要回去的话，那么你目前是没事做了？"横野继续用相当严肃的表情看着她，语气竟然更像是责备，"那就不要白来一趟，我这里整理资料人手不够，你过来搭把手。"

　　"啊……好。"凌桑小跑着跟了过去。

　　横野左手搭在门上保持着门打开的状态，整个身体略微倾斜地戳在门口，凌桑顺畅地从他左手腋下的空隙中钻过，进入室内，然后横野抬眼看了眼对面年长一些的男人，对他点头问好后也转身走入室内，关上了门。

　　房间并不大，桌面上确实堆满了需要分类整理的资料，桌边有三个人正在工作，他们在瞥了一眼刚进来的凌桑后没有说什么，继续埋头工作。

　　"你……近视吗？我以前还真没看出来……"凌桑轻声问道。

　　"只是偶尔戴一下。"横野闭上眼取下黑框眼镜，大概只是假性近视，需要预防。

　　在这里横野还是显得比较放松，坐下之后再抬头看凌桑："你来这里做什么？"

　　凌桑瞥了一眼室内的其他人。

　　"不用管，他们只是外部抽调来的临时人手，不懂内部事。"

　　那三个临时人员哀怨地看了一眼横野，又被横野一眼瞪了回去。

　　"是我负责人的事，他是不是……"

　　"是，他现在处境相当艰难，我不能确定他是否安全。"横野能够很快读透人心，所以直接切入凌桑最想知道的主题，"目前上层对他的惩办结果应该已经下来了，不过因为我曾经是尼萨亚的搭档，又和空泽关系不错，他们就把我暂时调到这个资料室来工作，让我无法接触到详细的信息。"

　　"……"凌桑咬紧的牙关艰难地张开。究竟是什么事……

　　"因为追查出来，并已经确认频繁开启黄泉印的人是尼萨亚。"横野平静地阐述，

"而当时上报确认尼萨亚已经死亡的人是空泽。"

"……"

她的思维已经转了过来，但情绪表达完全滞后，无法跟上。

所以也就是说……

空泽当时谎报了尼萨亚的死讯，始终知道尼萨亚还活着的人，只有他。

但是……又为什么要谎报……

"我在这里不能说太多。"横野端起茶杯抿了一口，眼眸半敛地看着杯中晃动的液体，"我相信你可以和我想到一处去。"

那么，如果尼萨亚没有做出出格的事，空泽就完全没有必要替他掩饰。

"是的。"横野继续面无表情地看着杯子。

室内其他人眼神奇怪地瞥了一眼完全像是在自言自语的横野。

凌桑继续看着横野：

那么尼萨亚……背叛了公局。

"对。不过现在……不止他一个。"

谎报尼萨亚死讯的人，也被列为背叛者。

他现在在哪里你知道吗？

"不知道，不过肯定在这里。这件事以埃斯利亚为首的人已经在与公局交涉，你不要轻举妄动，以免激发更多潜在矛盾。相信埃斯利亚，他可以搞定一切。"

"……好。"她终于应道。

"回去，这里不要久留。你的身份并不好。"横野依旧低着头不动声色，只是将眼眸抬起看向她，"我们都会努力。"

"是。"凌桑对横野鞠躬，转身离开。

在黑服三号馆，席勒将一大沓资料放在她面前。资料是他在公局翻出来并且私下复制出来伪装成普通文件偷拿过来的。

"我已经全部调查过了，"席勒永远是一副半死不活的表情，此时却显得严肃过头，"当时上报尼萨亚死亡的证据是尼萨亚的通信表，通信表无法在正常情况下摘除，所以空泽带来的，是他从尼萨亚尸体上切除下来的连通信表在内的半个小臂与整只手掌。"

凌桑无声地吸了口气。

"所以当时不会有人怀疑尼萨亚是否还能活着这个问题。"席勒如是说。

"确定是尼萨亚的手吗？"凌桑忽然感到有些发寒。

"鉴定出来确实是。"席勒将这沓资料的后面几张抽出放到最前面，"这些是能够判定这个开启黄泉印人物身份的资料。过程大致是尼萨亚在七个黑服的围剿下无法全身而退，因而暴露了身份。七个黑服中有三个人认定那个人像尼萨亚，这是当时用

通信表拍摄的照片。"

因为是紧急抓拍，所以摄像头没能完全聚焦，照得很不清晰。照片打印在纸上，显示出来的确实是一个穿了风衣的高大男性，没有了面具，可以看见整张模糊的脸——一半完好的面容，另一半却更加模糊，显得异常狰狞。

黑色短发凌乱地散着，金色的右眼在暗夜中折射出幽光，左眼虽然睁开却色泽暗淡。

"据此可以确认是尼萨亚，所有数据都已经符合。"席勒收回所有资料整理在一起。

"谢谢了。"凌桑起身，"如果有必要，请你尽快将这份资料处理掉。"

"这个不用你说。"席勒顿了两秒，"有任何事需要帮助，请与我联系。"

虽然他表面上无法相信凌桑个人能改变些什么，但潜意识中还是希望凌桑能改变一点儿什么吧。

希望必须要有。

"好。"她点头。

如今究竟能做什么呢……从头分析起空泽要为尼萨亚掩护的原因，十有八九是空泽在最初就已经知道了尼萨亚的离叛。

自己……能做点儿什么呢？

门终于打开。室内并不暗，但是门外的刺眼灯光射入，还是让他眯起眼适应了半天。

通信表已经停机，他在这里两天有余，已经不知道此时究竟是白天还是夜晚。除了喝点儿水，送来的食物都没有碰过。

"真是脸色差得要死，"进来的黑服高阶的男人关上门，露出冷笑讽刺道，"现在知道后果的严重了？"

"下达的判决是什么？"

"是不是很紧张？"大约三十五岁的男人坐在他对面，欣赏着他苍白的脸，"竟然始终都没有为自己辩护吗？"

"我会为我做的所有事负责，"空泽依然没有表情，"我也知道终究会这样，想要我性命的话，我也没有可以反对的理由。"

虽然一直抱着死就死的心态，不过在他始终没有闭眼休息的这几天里……越发强烈地觉得，自己根本放不下那么多东西。

关于朋友。一开始他是没有朋友的，后来开始有了朋友，生活也因此愉快起来。有了桑，那么好的阿桑。

还有源溯、埃斯利亚等人，一定会觉得自己真是愚蠢吧。

自己心痛，是因为对于他人会觉得心痛而有所愧疚。

究竟是为自己活着，还是为他人而活着呢？

"这一脸死相是怎么回事，这种事还不到致死的程度，并没有那么严重。"男人顿了一秒，说道，"判决是——剥夺你的公局成员身份，并且废除你的全部力量。"

空泽半敛的眼眸忽而睁开。

废除全部力量……是什么概念？

"之后你与公局再无任何关系。"

"请杀了我。"他开口打断，双眼平静地看着桌面，没有一丝波澜，"我不会没有尊严地活着。"

所追寻的力量、向往的光芒要全部失去，之后庸碌地为了生存下去，可笑地忍受他人的嘲讽抑或是怜悯——

是他的灵魂所不能够忍受的侮辱与践踏。

他终究是个贵族，与生俱来的自尊要比其余人更强烈，情绪也更为敏感。

"真是固执，你就没有在意的人了吗？如果死亡可以解决你自己的一切，你留给他们的又是什么？你要为他们负责。"

"让我接受他们的怜悯？"这几天以来空泽第一次露出表情，像是在自我嘲讽，"我做不到。"

对不起，我就是如此自私的人。

"这不是你可以改变的事。"男人站起来抬起右手，"我要传达的都已经说完了。"

右手燃烧起黑色的火焰。

"不要反抗，剥夺力量不会有任何肉体上的痛苦。你今后依然可以学习咒术，只要你足够努力，不会比一般人平庸。"

右手向前伸至空泽的额前，他双眼死死地盯着面前的男人，蓝色眼眸色泽加深，瞳孔缩小上下拉成竖瞳。

空泽忽而站起身，瞬间向后退出两米。乾鳞已经被公局封印，在无法召唤兵器的情况下，他的双手握着依靠水性凝出的两把冰刀。

"你不服从这个判决吗？"男人手中的火焰消失。

"你知道我会反抗。"

"你也知道反抗并没有用。"男人右手抽出腰间的佩剑，"你知道后果。"

"……"

空泽从原地跃起，气流劈裂木质桌子，将掀起的碎屑射入四周墙面。

即使如此……

用结界保护的墙面被冲击出的气流撞击出裂缝。

外面听到巨大响动的人撞开门。

"都出去！"男人咆哮。

众人见到已经彻底面目狰狞，咧嘴露出尖牙的空泽，全部惊恐地后退。

整个房间遍布冰霜。

即使如此……

我也不会……

容忍尊严遭受如此的践踏。

"下……地狱吧。"他用沙哑的声音对自己喃喃着。

就让自己……下地狱去吧。

长剑捅入他的胸口，空泽被推至墙面，右手本能地握住剑身，抵制长剑的继续深入。手掌被锋利的刀刃割裂，但剑身已经将他贯穿。

男人眯起眼。

竟然……没有反抗。

空泽急促地喘息着，蓝色的眼眸在血丝的包裹之下逐渐变为赤红，终于张大嘴咆哮出声。

"这么想死吗？但你终究不知道死亡到底有多么痛苦吧。"

男人将长剑抽出，就在空泽的身体即将瘫软下去的瞬间，长剑再次捅入他的腹部。

空泽喊叫的声音已经嘶哑。

"你终究还是不明白死亡……这样的痛苦，你还期待吗？"

长剑再次抽离，空泽扑在地上蜷缩成一团，喉咙里只能发出微弱的呻吟。

"你还年轻。以后会觉得——无论怎样都要好好活着，这才是生命的意志。"

血气方刚带来的不仅是热血，还有错误的坚持。

男人收回长剑，右手再次燃烧起黑色的火焰。

现在可以轻易地将他所有力量抽离了。他蹲下身。不过在重创之下再剥离力量……十有八九真的会死。

普通人不能够承受这样的伤痛。

黑色火焰消散，他把右手按在空泽的额头前。

空泽全身一颤，似乎在恐惧他接下来要做的事情。

男人只是撩开了他额前的头发。

很年轻的一张面孔。

看着年轻人涣散的瞳孔，他忽然觉得，在这个年龄就要经历这些，真是太早了。

他起身离开，驱散在门外等候的几人。

五分钟后，另一个男人进来，将已经昏迷的空泽抱起来带走。

第十六章
拯救空泽大作战

凌桑一直处于持续的焦虑中，想要回寝室却不知道该做点儿什么，刚进一号馆却又折返回来想去别处——

"凌桑是吗？"远处传来一道谨慎的轻声问候。

很急切的声音。

她转头望去，终于在远处林荫道的一棵树旁发现了一个似乎见过的年轻女人。

女人有些胆怯地向她鞠躬行礼。

凌桑很艰难地回忆起曾经在医务室见过她，最初的一次是这个女人用空泽的通信表与她联系过，之后在医务室见过她在给小明打下手。

想起来了，她是从大学部医学院转来的实习生，原本是在公局附属的其他机构实习，这学期初始她就被转调至 Sritana 医务室，跟随小明学习。

"啊，是。"她应道，走了过去。

"我叫瑛绮。"女人顿了两秒后请求道，"请跟我过来。"

"什么事？"如今凌桑脑子里一团混沌，忽然很执着地想要事先问出个究竟来。

"是……"瑛绮一时不知道该怎么回答，因为原先没有想到凌桑还会反问。沉默良久，她才低下头轻声说道："是关于空泽的。"

凌桑猛然吸入一口气。

本能想到的是空泽就在医务室，虽然仔细想确实不会如此简单，但她还是瞬间忽视了瑛绮往医务室赶去。

凌桑在医务室大厅绕了好一会儿，瑛绮才喘着粗气赶了上来。

"请往这里来。"瑛绮走向楼梯对她示意。

此时医务室并没有主要负责人在，驻守的都是普通医务人员。

她跟随瑛绮上到四楼。以前来的都是二楼与三楼，这是第一次上到四楼。四楼空间不大，因为医务室整体上是梯形建筑，所以四楼已经是最狭窄的空间。

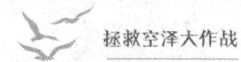

　　这一层一共三个房间，凌桑并没有察觉到任何气息与声音。
　　"这里。"瑛绮打开一个房间的门。在她扳动门把手时，凌桑隐约用肉眼看到某种灵力波动——
　　结界？
　　瞬间，她的担忧加剧。
　　房间内靠墙的椅子上坐着一个青年，他被一张巨大的绒布（也许是浴巾）裹住，给人感觉他整个人还湿淋淋的没缓过气来。
　　这个青年有着黑色的短发，他缓缓抬头露出金色的双眼，白皙到近乎苍白的面孔十分冷峻。缓缓地，他的嘴角咧开，勾起微微的弧度。
　　左半张脸布满了浅色的疤痕，左右脸不像是同一个人。凌桑呼吸滞缓。
　　双方对视。
　　金色的双眼也有微弱的色差，左眼色泽更为暗淡，似乎视力有问题。
　　第一次与尼萨亚如此直接地面对面，凌桑不知道该说些什么，应该称呼他"尼萨亚"还是"学长"……
　　什么都说不出来。
　　她望着他，平静的双眼深处充斥着的是无法言喻的怨恨。
　　都是因为你……
　　"过来。"尼萨亚轻声开口。听上去他很疲惫。
　　凌桑站在原地，依旧只是看着他。
　　"我是尼萨亚。"他大概是觉得凌桑过于戒备，所以先报出了自己的名字。
　　"……我知道。"
　　"知道吗？"
　　"猜得到。"凌桑终于将视线下移，看着地面。
　　这样的见面方式。
　　尼萨亚隐藏在医务室，就是为了与自己见面。
　　瑛绮的辅助，则始终是他能够成功潜入任何地方的保证。
　　"我需要你。"尼萨亚站了起来，"你会答应我的要求的。"
　　他的气色很差，想必是负了重伤才不得不隐蔽起来接受瑛绮的照顾。
　　"你还记得空泽的事。"凌桑终于再也无法忍受地张开嘴，"你所做的一切，什么时候为他考虑过，你究竟清不清楚你造成的后果是他在帮你承担——"
　　她几乎是咬牙从齿缝中挤出了最后的字。
　　"我知道。"尼萨亚眯起眼眸，平静地反驳，"我不想牵扯到他。这一次是我的失误，我要把他夺回来。他在公局的情况我都清楚，我愿意用我的性命去换他的性命，但我必须保证有人能够配合我，即使我死了也能将他带走——"

"你究竟要做什么？"凌桑咆哮。

"你给我听清楚！你想让他死的话现在就给我出去！然后告诉其他人我就在这个地方！我就在这里等着！"

站在门外的瑛绮极度恐惧地看着失控的两个人："不要……"

尼萨亚剧烈地喘息着，面色越发惨白。瑛绮避开凌桑，上前把他扶住，让他坐下。

"你袭击了公局总部？"凌桑说出这个几乎是大胆到疯狂的设想。

尼萨亚闭上眼缓气不做回复，瑛绮不安地望着凌桑，随后点头表示确认。

只身闯入公局想要带走空泽简直就是寻死的行为，能够保住性命离开更是奇迹。

"我休息后会再去一次。"尼萨亚轻声开口，情绪已经恢复平静，"我可以死，但你必须带走他……我相信你。"

"所以……连带我一起走吗？"她也很冷静。

"取决于你。"

尼萨亚能够冒如此大的风险来找她，定然有十成的把握，他清楚空泽带出来的会是怎样的人。

"好。"她果断应下。

为了他，自己可以毫不犹豫地做任何事。

"尼萨亚不会放弃空泽，只要空泽还在公局手里，他就一定会再来。"

虽然横野与尼萨亚熟识，但依然难以捉摸他的内心，不过对于尼萨亚的性格，他是把握得再准确不过。

"我没有反对你们囚禁空泽这事，不过我奉劝你们考量一下剥夺他力量的后果——要是让其他人得知，闹起来的人中，凌桑会是第一个。"

在交涉许久后，横野终于接触到了公局上层有关负责人。虽然积累了满腹的怨气，但为了大局他还是很冷静地谈判。

而埃斯利亚与公局行政部做出的交涉几乎没有结果，公局只是推缓了对空泽惩罚的施行。

如今谁都没有看见空泽本人。

"请不要让我把话说到这个份儿上，空泽是极泛城的人，即使他与公局有着生死不论的契约，但极泛城得知消息一定会有激烈反应。"

埃斯利亚已经不得不暴露空泽的后台来维护空泽的利益。

"目前的任务是抓住尼萨亚，其余的事一概推迟处理。"上层人员只给出如此解释。

虽然公局在平时经常会有人性化的决定与服务，但在紧急时刻，公局机制运行起来十分机械化，没有任何回旋的余地。

在紧绷的交涉氛围中，没有人会注意到其他似乎不相干的人的反应。

或者说，他们忽视了始终独行的尼萨亚能够与其他什么人合作的可能。

因为其他什么人不是可以随便承诺的人。

凌桑可以凭借自己的成员身份随时进入公局总部。

她本身存在感就不高，只要再刻意一些就可以将存在感降到最低。凌桑沉默地从走廊上走过，迎面走来一群人，在视线触及她之前，他们就已经下意识地避开。

经过的人在感觉到自己的行走方向忽然向一侧偏了一点儿时，才意识到刚刚似乎有个个子不高的人走了过去。

"喂！"有人回头喊住了凌桑，在看见对方是一个毫无杀伤力的女孩后也就放松了警惕，"那里，不准过去，新来的。"

"啊……是。"凌桑折返。

她正在摸索空泽所在的大致位置，尼萨亚已经确定了方位。

要将空泽带走，她必定会暴露身份。

到时候必定会永久在公局除名了——在不考虑其他后果的情况下。

若是没有空泽，自己一开始在 Sritana 就是死路一条。

如今能够彻底融入这里……

如果真的如此，那就让一切回到原点好了……

就当没有见到过空泽，自己还是回到原来世界最低级的高中。

离开这里就好了，就算公局除去自己风的力量，自己也能够作为一个普通人好好在原世界活下去。

只要你安好就行了。

凌桑打开通信表确认时间。

还有两分钟。

默默地走到转角处，她观察着走廊上面的监控，然后不动声色地从监控前经过，在进入盲点区后瞬间冲出继续潜入。

凌桑从怀中抽出一枚深色水晶，水晶焕发出光芒。已经靠近了。

在寒假末处理黄泉印的那一次，尼萨亚用另一块水晶帮助空泽抵挡了瘴气。

虽然空泽并不愿意接受，但他依然始终将它带在身上——那是尼萨亚用来确认空泽位置所在的依据。

两块水晶碎片是从同一块大水晶中凿出的，互相之间具有吸引力。

时间到。

凌桑直接从监控下跑过，无视了其余人诧异的目光。

裹着白色风衣的青年出现在公局建筑范围的最外侧，瞬间平地暴起狂风，他的身形瞬间消失，人已经笔直地向前疾速奔跑而去。

　　风衣掀动，公局正厅站着十三个已经在等待的黑服——

　　依然只有你一个人吗？

　　尼萨亚发出咆哮，零碎的刀光之下宽大的白色风衣已经破碎，他一个旋身甩开风衣，向内部突入。

　　他不愿意跟眼前的人纠缠。

　　速度与力量。

　　尼萨亚像一道闪电般猛地冲来，公局大厅内留守的七名黑服进行防御，竟然都无法抵抗他瞬间的冲击力。

　　他只想闯入最核心的地方。

　　在公局内部进行大规模破坏会造成重大损失，因此黑服们都不敢放开手脚拦截他。

　　即便如此，公局大厅的墙壁也已经被掀起的气流撞击出裂缝。

　　三十七名黑服将尼萨业包围。

　　上层命令，不能杀他。

　　现在天气依然寒凉，已经抛弃风衣的尼萨亚里面只穿了一件白色短衫，令众人惊愕的不是他皮肤上的新伤旧伤相叠，而是他左手的小臂之下完全虚无。

　　并不是所有人都知道那件事。

　　僵持了两秒，尼萨亚猛地从地面跃至半空，围剿的黑服抽出三人与他对抗。

　　如果在平日，制伏一个黑服只需要三个黑服联手。

　　但眼前的这个冷静却狂暴的青年在战斗中已经将自己的性命完全抛诸脑后，因而没有任何后顾之忧，在这种情况下，即使是数量如此众多的黑服也忌惮如此一个危险人物。

　　如果战斗不是为了维护自己的性命，那么再柔弱的生命也会迸发出最恐怖的力量。

　　"你在干什么？"

　　她的面前腾起金光，一道屏障遏制住她向前的脚步。凌桑回头，看见一个男人站在走廊口。

　　"我找空泽。"

　　此处没有灯光。她的身后传来沉闷的脚步声，三个男人从阴影中走出。

　　她可以感觉到自己已经与空泽近在咫尺。

　　只要解决这里的三个人。

　　"你知道他在这里？"面前的男人露出微笑，"是……与尼萨亚沟通好的吗？"

她张开右手打开折扇。

"我不想解释。"

"以你的能力能够挑战我们吗？"还能比这更愚蠢吗？

她不说话，瞬间猛地扇动折扇掀起气流，同时看见刀光剑影向自己落了下来。

她凌空跃起劈开刀影，狭窄死寂的走廊里瞬间响起接连不断的爆炸声，两侧的墙壁即使有结界保护，依然坍塌了大半，露出里面的钢筋。

狂风席卷废墟，携带着碎石扫射出去，待三人扫开烟尘时，就看见凌桑已经顺着长廊急速跑了过去。

三人对视一眼，瞬间做出决定，两人冲出去追捕凌桑，留下一人继续看守。

凌桑的身影很快消失在走廊末端。留守的人眯起眼，为什么那个女人的奔跑速度能够如此之快……这已经突破女人的极限了……

他忽而转身。

一道风刃正好劈中他的胸口将他猛击出去。男人在半空中挣扎，刚要稳住重心下落时，第二道风刃已经降落，几乎垂直地拍下来，将他撞击到地面。大理石地表瞬间坍塌，他失去了知觉。

凌桑站在塌陷的坑口边缘，甩下一张纸符，防止他过早醒来。

驻守在公局门口的两个人看见一个女人急速地冲了过来。

"拦住她！"女人身后追赶的人咆哮。

女人挥出一道气浪，瞬间扫除面前拦截的人。一个站在高处的男人抬起右手，用手中的十字弓箭瞄准她的后背。

公局中的叛徒如此多吗？

三支弓箭同时射出，凌桑向后瞥，敏捷地侧身避开箭支，顺便转身扫出折扇。

杂乱狂暴的气流瞬间充斥整个大厅，旋风般的气流模糊了所有人的视线。

这攻击完全不是蓝服低阶的水准！为什么会有如此恐怖的混合力量？

女人已经消失在门外，他们继续追赶，然而已经没有了任何可以追寻的踪迹。

树林里，一道蓝色身影疾速奔跑。凌桑身体前倾，以空气阻力最小的方式达到最快的速度。黑色长发逐渐褪为银白，右手解开衣扣，一把扯下蓝服夹在腋下，她的形体在一道光芒闪过后发生巨大变化。

席勒逐渐减速后停了下来，然后缓缓地呼出一口气。

在右手腾起火焰焚毁了凌桑的蓝服，没有留下任何痕迹后，他从储物空间中取出他的黑服披上，然后将凌桑的折扇放入空间，再若无其事地用通信表通知慕德兰，让他辅助自己实现远程转移。

凌桑将一道压缩的气流弹入锁孔。这扇门并不像普通的门那样容易打开，她焦急地指挥气流在锁孔内翻转，可门依然锁死。

不行……是自己太慌乱了。

她闭上眼，将额头猛地撞在门上，大口喘息。

只有这么一点儿时间，而尼萨亚袭击公局已经是再一次豁出了性命——只有这么一点儿时间。

冷静。

凌桑挥散前面一道风，又将一道气流弹入锁孔。

她让压缩的气流膨胀，撑满整个狭窄的空间，填充每一处缝隙。

缓缓地，右手食指翻转，气流随之顺时针转动——

一声微弱的脆响之后，她将门把手按下。

室内没有光亮。

"空泽……"

凌桑手中握着的水晶散发光亮，引起共鸣的另一枚水晶同样发亮，显示了空泽所在的具体位置——一个很大的封闭房间，空泽就蜷缩在角落，水晶碎片揣在他衣服的内衬口袋中，透过衣服还能传出微弱的光泽。

房间隔音极好，刚刚在外面产生的响动丝毫没有传到里面——空泽没有知觉地伏在冰凉的地面上。

凌桑下意识地觉得空泽的身体一定也是冰凉的，但当她蹲下去抱起他时，触摸到的皮肤却相当灼热。

她看不清空泽的脸色，室内过于寂静，可以清晰地听到他急促又紊乱的呼吸声。

……生病了吗？

她将右手探入空泽的衣领，触摸到了溃脓的伤口。

发炎。

凌桑紧紧地抱住他。空泽的脸埋在她的胸口，逐渐有了模糊的意识，他略微抬起左手，动作僵硬地抓挠在凌桑腰间的衣服上。

最终意识再度溃散，他睁不开眼，但是张嘴很想说出什么，却无法发音。

凌桑从怀里抽出纸符，符咒发出金光，启动。

源溯手中的纸符在接收到信息后建立双方连接。源溯是咒术能力优异者，只要他竭力支持，即使在拥有各种符咒禁区的公局，也有很大可能实现异地转移。

凌桑与源溯同时做出同样的手势，念出同样的咒语。

地面浮现出一座图阵。

黑暗的空间逐渐亮起来，凌桑觉得眼前的场景似乎相当眼熟，她抬头确认，是源溯家中的房间，她在寒假来过。

　　源溯蹲下身抚摸空泽的脸。空泽被关在黑暗的环境里一个星期后，忽然接触到光亮，即使没睁开眼，也能感知出来，因而显得相当不适。

　　"我现在就得带他走，谢谢了。"凌桑用右手遮在空泽的双眼前挡下光线，对源溯说道，"在你这里停留久了，恐怕公局很快就会追查出来。"

　　"他生病了。"源溯没有回应她，只是神色黯淡地看着空泽。

　　"……"凌桑不知道该说什么了。

　　"都……"空泽将嘴张开，发出嘶哑的声音，然后喘息了几秒才接上，"蠢透了……"

　　"……"

　　凌桑始终蹲在地上抱着他，此时将自己的侧脸贴在空泽发烫的额头上："你去哪里，我就去哪里好了。"

　　"空泽。"源溯绝望地低语。

　　"……你们有你们的前途。"空泽艰难地发出喘息。

　　"脑子可能要烧坏了。"凌桑抱了抱空泽，露出平和的微笑，闭上眼对源溯说道，"再见，我会照顾好他的。"

　　她手中的另一张符咒启动。

　　"请立刻抹除与我们所有的联系，防止公局追查。"

　　转移启动。

　　凌桑与空泽瞬间消失在图阵中。

　　这一次辅助转移的，是瑛绮。

　　尼萨亚还没有回来。

　　凭借雄厚的资金，尼萨亚在一个三等国力的小国家中购置了一套庞大的别墅，建在荒无人烟的山林与草原地域的交界处。

　　空泽再度没有了意识，陷入昏睡，好在有瑛绮在，可以及时处理伤势，防止发炎的伤口恶化。

　　房间门被猛地推开，撞到墙上发出一声巨响。

　　尼萨亚右手拍在门板上，大口喘息着调理气息，模样甚是狰狞。

　　他踉跄着走进来，粗暴地推开瑛绮，靠近空泽。

　　"你也需要休息了。"凌桑轻轻地瞥了他一眼。

　　能够再次活着闯回来……

　　真是个传奇的人物啊。

　　尼萨亚在检查过空泽目前的情况后把他横抱起来。他的身体已经很难承受任何重量了，抱起空泽后更加无法站稳。

"尼萨亚……"凌桑担忧地皱眉，看着他，"你先休息，要做什么告诉我就行。"

"跟我过来。"尼萨亚抱着空泽，转身离开房间。

凌桑只能沉默地跟上。

究竟是为了什么呢……

能够让你如此执着地不愿回头。

虽然我不认为你所做的一切是错的，但是……

我不能理解。

只是觉得如此孤单……让人怜惜。

"这里，把水放满，温水。"

这里是淋浴室旁的浴缸，白色的浴缸有一米宽，接近两米长。

凌桑打开水龙头放水，调到温水档后将排水口关闭，浴缸里的水面逐渐升高。

尼萨亚蹲下来，将空泽放入水里。

凌桑本以为他只是想把空泽清洗干净，但浴缸中水已经放了大半，空泽整个身体直接没了下去——

她眯眼。不会窒息吗？

水满后逐渐溢出，凌桑关上水龙头，不安地看着空泽，她知道尼萨亚不会害他。

空泽全身没在水中，缓缓张嘴，碎气泡从他的嘴中冒出。

没有任何挣扎，没有窒息。

果然是……水系属性的原因吗？

他的上衣已经被脱去，起伏的胸口逐渐平缓下来。

空泽在水中减缓了痛苦与压力。

尼萨亚本是蹲着的，此时已经跪下，虚脱地伏在浴缸边缘，两只手臂浸入水中。

凌桑凝视着他缺少了一截的左手手臂出神。

是空泽砍断的。

沉默良久，凌桑觉得尼萨亚已经疲惫到睡着了。当她把手伸过去要触摸尼萨亚时，忽然听到他开口："把最东边房间衣柜里的药拿过来。"

凌桑跑了过去，把衣柜里的药箱整个拎出来。等她回到浴室时，就看见尼萨亚已经失去了知觉。

一个泡在水里昏迷，一个伏在旁边昏迷，简直像是双双殉情一样壮观。

她紧绷的神经终于彻底松弛下来，直接跪倒在地上，茫然地看着潮湿的地面出神。

瑛绮悄无声息地走了进来，站在凌桑身后，俯身捡起地上散落的药品，然后蹲在凌桑身侧轻声唤道："凌桑。"

"嗯。"凌桑微弱地应了一声,近乎抽泣。

"这里交给我就好了,你去休息……"

"没事,我不累。"

凌桑将双眼眯起来,换了个姿势坐在地上,屈起双腿将下巴抵在膝盖上。

我只是……不知道该怎么做而已。

已经不知道如何是好了。

瑛绮把白色药粉酌量倒入浴缸的水中,然后把另一种白色药丸塞入空泽口中。

以瑛绮自己的力气很难背起尼萨亚,在她搬动他时,尼萨亚清醒过来,然后神志不清地站了起来,跟跄着走出了房间。

"等水彻底凉了再换一次温水。"瑛绮嘱咐凌桑后转身就去追尼萨亚。

这两个人大概是恋人吧……不过尼萨亚应该是高三部的,而瑛绮是大学部的……年龄差距似乎有些微妙。

她侧过头,去看浸泡在水中还能自由呼吸的空泽。

现在除了你在我身边,我已经没有任何安全感可言了。

凌桑一直守到水彻底变凉,在凉水中空泽虽然没有颤抖,但嘴唇已经发紫,皮肤越发惨白。她打开排水通道后水位迅速下降,当水面低于空泽的脸,将他的口鼻暴露在空气中时,他忽然痛苦地大口喘息起来。

在空气中才会近乎窒息。

"原来是水生生物吗?"凌桑迅速关闭排水口,放入温水。

那为什么要如此辛苦地活在陆地上……

水面再次没过空泽的脸,他的呼吸恢复了平稳,似乎享受着水的包裹。

她将手伸入水中抚摸空泽的脸,指尖滑入他散着的长发中。

凌桑缓缓地站起来,又缓缓地走出房间,将门轻轻掩上。

困倦至极。

也满足了。

瑛绮给她整理了房间,凌桑插空问道:"你是……尼萨亚的女友吗?"

瑛绮一时愣住,有些不知所措,沉默良久后才说道:"不,并不是……"

"啊……"

"我现在就要回医务室了,不然会被查出来。至于这里,就麻烦你了。尼萨亚不会很挑剔的,你不用怕他……"

"啊,好。"凌桑应下。

瑛绮对她微微鞠躬后离开。

第十七章
黄泉印,就是覆没的天沧陆

夜半,房间里没有任何灯光,窗外微弱的月光洒了进来。凌桑睁着眼蜷缩在大床上。根本就不敢睡,她又将身体蜷缩得更紧一些。

浴缸内的水面与浴缸边缘齐平。忽然水面波动起来,一只苍白的手猛地从水中伸出,紧紧握住浴缸边缘。

更多的水瞬间溅了出来。

手的主人用力将身体撑起,在头部脱离水面后大口喘气,适应着肺部与空气的磨合。坐在浴缸中良久,他才把蓝色的眼睁开,打起精神扫视周围的环境。

这是……哪里?

右手摸上胸口,再缓缓下移至腹部。灼痛感已经消失,伤势正在好转。

他屈起双腿站了起来。由于适应了水中的浮力,再离开水时全身异常沉重。在很久没有补充体力的情况下,他已经没有多少力气残留了。

他提腿跨出浴缸,在完全站立时,眼前逐渐发黑,一阵晕眩,下意识地伸出手去,扶住了墙面才没有摔倒。许久之后眼前的一片漆黑才散去,他打开门。

他全身湿透,踉跄地沿着走廊行走,双眼空洞,没有焦距。

凌桑听到了水沿着指尖滴落的声音与微弱的喘息声。

她立即起身,打开门。

"空泽。"凌桑侧头就能看见不远处正在沿着走廊走过来的青年,他的长发凌乱地粘成一缕缕,贴在身上,上身没有衣服,下身的长裤在全湿后贴在腿上。

他却像是没有听见凌桑的呼唤,也没有看见她一样,依然缓缓向前走去。

凌桑扑上去抱住他的腰,空泽这才停了下来,良久才反应过来眼前的人是谁——

"桑。"空泽忽然睁大眼,瞳孔收缩。

意识清醒的这一刻,他依靠着潜意识行动的身体忽然瘫软倒下,凌桑被空泽压得后退一步,不过勉强接住了他,让他缓缓跪在地上支撑住身体。

凌桑蹲下凑了过去，将自己的额头贴住他的额头。体温依然偏高，不过已经没有原先那般严重了。

"过来休息。"凌桑想搀起他，"要是水里舒服一些的话——"

"回去。"空泽低声说出两个字，痛苦地闭紧双眼没有看她。

"啊……"

"你不能被扯进来……现在就回去！"

"已经不行了啊。"凌桑微笑，"我可是早就被发现了，所以也只有和你在一起了啊。"她已经把自己的通信表强制关机，之前去公局寻找空泽时就表明了自己的立场。

"你在想什么？"空泽将眼睛睁开一条缝，看向凌桑时，眼神里充满了不满与愤慨。第一次看到他如此失望……以至于绝望的眼神。

"我什么都没想。"凌桑说道，"我支持你的一切，见证你的辉煌。"

"……辉煌吗？"空泽自嘲地冷笑出声，神色黯淡下来。

"是啊，到时候还要迎娶我。"

"……我什么时候答应过了？"他的语气终于缓和了一些。

"你不承认也没关系，我又不是嫁不出去。"凌桑双手抄在他腋下，把他扶了起来。空泽挪着步子，跟她一起走入房间。

安心多了。凌桑听着身后空泽的呼吸声。

因为时差，凌桑也不知道自己睡得是多还是少。她在清晨醒了过来，透过窗帘的阳光投射在自己身上，深棕色的帘子阻挡了一半光线，使整个房间色调柔和。

一道逆光的身影站在她眼前。

"……嗯？"

凌桑眯起眼，勉强让眼睛聚焦。

面前的人是一个一米八左右的青年，他披着宽大的白色长袍，黑色短发下的左半边脸布满浅色疤痕，金色的双眼明显是相当不满地看着她——

等等，不满？这中间是不是有什么误会？

处于某种沉重气压下的凌桑还是很忌惮尼萨亚，瞬间慌张地想要坐起来，却忽然发现腰部有些沉，完全支不起来。她低头一看，原来是空泽的右手搂着她的腰——

等等，他一定是误会了什么！

"你们的关系已经好到这种程度了？"尼萨亚一脸的严肃与认真。

"……"该说什么来解释啊？

空泽还在毫无知觉地沉睡着，不过看他的脸色，已经有了好转。

尼萨亚用左胳膊将凌桑推开，凌桑主动后退避开来。他靠上前，用右手贴住空泽的额头，确认他没事后，金色的双眼看向凌桑，缓缓皱眉："你很怕我？"

"我觉得我还是得先解释一下上面那个问题。"她明显就是相当怕地弱弱回应。

"我随便说说,你不用当真。"尼萨亚眯起双眼。

"……"哪有像你这样用如此严肃的表情来"随便说说"的……

空泽在两个人的说话声中逐渐苏醒,十分不情愿地睁开眼,但起床气完全没力气撒出来。蓝色的双眼空洞地看了两个人好一会儿。

凌桑与尼萨亚都默默地看着他不说话。

一会儿他的眼睛再次闭上,头偏向另一侧,要继续陷入睡眠中。

"醒了就起来。"尼萨亚揪住空泽散乱的长发,向外猛地一扯——

"噢!"

凌桑缩起肩膀。扯头发这种事看着都疼死了啊……

空泽整个人向外滚了一圈,双手扯住自己的头发,双眼猛地睁开,精神十足地瞪着尼萨亚,仿佛要用眼神杀人。

"连我都要瞪了吗?"尼萨亚完全没有被他的目光戳伤,又将他的头发一扯,空泽整个上半身都被拖到了床沿,由于重心不稳,他直接笨拙地滚下了床。

空泽砸在地上后,整个人瞬间就清醒了,尼萨亚松开手,俯视着他。

空泽的起床气没有成功发作。

真不愧是空泽的负责人……

空泽用右手将已彻底凌乱的长发撩到脑后,然后有些摇晃地站了起来,显得很吃力。

"去洗漱一下,我叫他们把早餐端过来。"尼萨亚右手猛地拍在空泽头上,让他差点儿又一个趔趄摔下去,然后转身打开房门离开。

空泽很受伤地扑倒在床上,没了动静。

"空泽殿,等我们脱难了,我一定会好好孝敬你的。"凌桑盘腿坐在床上,眯眼看着他。

以前一直觉得空泽挺暴力的,不过今天才真正见识了什么是狂风骤雨般的负责人,这样看来,空泽对自己简直是太温柔了……

"……不要说出去。"在床上躺着的空泽闷闷地说道。

"一定。"是指被揪住头发还猛扯的事吗?即使说出去人家也无法想象出来吧……

"那你现在就可以孝敬我了。"

"……"

凌桑把水和杯子端过来帮空泽做了洗漱,之后敲门进来的是一个只有十岁模样的女孩,穿了一件色彩浓郁的紫色长袍,很有传统中国风格。她的黑色长发扎了起来,在脑袋两侧各盘了两圈再垂下。全黑的眼睛,让人区分不出瞳孔与虹膜,一眼看上去倒不像是正常的女孩子,更像一个漂亮的人偶。

可能真的是个用咒术驱动的人偶吧。

"这是主人吩咐送来的早饭哦!"女孩把手中的盘子举过头顶,凌桑接过来放在床头柜上。

很丰盛的早饭……除了两份牛奶与全麦面包,还有一盘水果蔬菜沙拉与一份放在冰块上保鲜的生鱼片,旁边的小盘子里还有两块精致的三明治。

"沙拉和三明治是又又做的哦!"女孩邀功似的说道。

凌桑推断"又又"应该是这个女孩的名字,毕竟很多小孩子都分不清主体与客体的区别。她笑起来夸赞道:"嗯,又又做得很棒哦!"

"当然!"女孩得到赞许后十分高兴地张开双手,"那么又又出去了哦!吃完之后在门口叫又又一声就好了!又又会把盘子端走哦!"

"好的。"

女孩转身,轻快地跑出了房间,还贴心地把门轻轻关上了。

凌桑默默收敛了笑意,转向依然躺着的空泽:"尼萨亚家竟然还会有这么可爱的小童啊……"

沉默很久,空泽才敷衍地开口回应一声,表明他没有再睡过去:"哦。"

"你应该很了解他吧?"

"一点儿也不。"

尼萨亚的内心根本就无法让人捉摸……他从来都是不按常理出牌的人。

空泽曾经自以为很了解他,不过那也只是自己"认为"了解他而已。

他了解的,又是哪部分呢?

在尼萨亚背叛公局的那一刻,他感到茫然与不解——自己,究竟了解他多少?

"我也想更加靠近他的内心。"他无奈地冷笑。

只是……无法让人理解。

"嗯,先吃东西了。"凌桑挠了挠空泽的后颈,让他坐起来。

鱼片应该是专门为空泽准备的,他自然而然地把鱼片夹在面包里,然后一口咬下去,慢慢地嚼着。饿了几天之后,凌桑也没看出他对进食有什么欲望。

饿久了反而没有了饥饿的感觉,他只是为了恢复身体机能才勉强忍着反胃咽下去。

凌桑吃了面包喝了牛奶后就饱了,她把剩余的早餐拿出来放在茶几上,端起盘子走向门口,还侧脸对空泽说道:"慢慢吃,多吃点儿。"

打开门,凌桑果然看见女孩就守在房门口。将盘子递给她后,凌桑忽然感到背后有人,她有些不安地转头,在看见是尼萨亚之后才放松下来。

"跟我过来。"尼萨亚瞥了一眼凌桑,然后把门推开一条缝望向室内的空泽,"你继续休息就好,我们不会离开太久。"

他轻轻地把门关上，又瞥了一眼凌桑，示意她跟自己走。

凌桑无法拒绝。

尼萨亚从异界召唤了役使兽，他的役使兽是一只通体漆黑的巨龙，身形比想象中的龙要短一些，但是四肢更加健壮，巨龙全身覆盖的不是鳞片，而是黑色长毛。

黑龙伏下身来，尼萨亚坐上去后示意凌桑也上来。她下意识地选择了坐在尼萨亚背后，尼萨亚却瞥了她一眼，轻声说："坐我前面。"

"可能……不太好啊。"

"过来，不然你可能会被甩下去。"

凌桑只能坐在尼萨亚身前，背靠着他，感觉有点儿尴尬。

黑龙站了起来，然后纵身腾跃到上空，四肢与尾翼燃烧起火焰，疾速飞出。

好快的速度！凌桑瞬间就被扑面而来的气浪压得睁不开眼，即使背靠着尼萨亚也觉得自己要被侧向掀出去。尼萨亚用左手揽住她，右手紧紧揪住黑龙脖子后侧的长毛，保持身体平衡。

在黑龙的飞行速度稳定下来后风逐渐变小，凌桑终于能睁开眼，却一低头就看见了尼萨亚的左手残臂，瞬间身体一阵发寒。

总有一些让自己觉得莫名可怕的东西，总有一些情景让自己莫名觉得很可怕。

不寒而栗，大概就是这种感觉。

尼萨亚平日穿宽袖的长袍，粗看并不会看出左手的问题。

"怕吗？"尼萨亚轻声问道。

"有些不敢看。"她平静地坦言。如果是缺少了整条手臂，反而会让自己觉得和谐一点儿吧……等等，这到底是什么奇怪的想法？她甩了一下头，把这个想法甩出大脑。

"习惯就好了。"对于这一点，尼萨亚也只有无奈。

"你后悔吗？"凌桑轻声问。

"……后悔什么？"

"没有了左手，还坏了左脸……你的寿命应该很长吧……在如此年轻的时候就将脸毁掉，想到无法改变的未来，会难受吗？"

"这是你该想的问题吗？"尼萨亚没有表露出什么明显的情绪。

那时候大火焚烧，他倒在闪烁着星火的灰烬上，空泽俯下身对他咆哮——

是他杀死了另外一个尚且残喘的黑服。

空泽看见了一切。

"杀了我就好了。"他露出微笑，目光柔和地望着空泽。

杀与被杀，有什么区别？

空泽的刀已经贯穿了他的胸口，然后他将刀抽出，却是猛地劈在了自己的左手上，

黄泉印，就是覆没的天沧陆

将通信表砍下。

空泽抓起通信表转身离开，身影逐渐被火焰吞没。

上方焚烧的房梁坠下，压住了他的左半边脸。

那时候真的好想……带着空泽一起离开。

一起离开就好了。但他已经发不出声音了。

尼萨亚松开抓着黑龙鬣毛的右手，抚摸自己的左脸，摩挲着不平坦的皮肤，喃喃道："吓到你了，是吧？"

"所以……你还是很在意。"凌桑将头侧过去，但还是看不到尼萨亚的脸。

"也没什么好在意的。"

"……你多大了？"

"二十。"

凌桑没想到尼萨亚会这么不忌讳地回答自己的问题。二十岁就变成了如今这般模样，将来那漫长的岁月应该怎么度过，他本人却是没有一点儿感想。

"你为什么要离开呢？"她再次轻声问。

听到凌桑的这个问题后，尼萨亚只是仰起头，缓缓说道："要下雨了。"

头顶的云层已经积厚，并且随着风向他们后方飘了过去。就此推测，尼萨亚的那栋别墅所在的地域会降下一场滂沱大雨吧。

她已经很久没见过雨了。

Sritana 有结界保护，永远都是晴朗温和的天气，不会下雨。要下雨的话，也是行政部的人忽然觉得始终晴天也太无聊了，才会故意制造一场雨。

而这次的雨似乎并不是随随便便地下一场就了事，而像是积攒了许久的力量终于要爆发——

白色闪电劈落，数秒后沉闷的雷声响起。

黑龙降低了飞行高度，嚎叫一声后加快速度，争取在暴雨到来前抵达目的地。

"我们去哪里？"凌桑终于问起。

"你现在才想起来要问吗？"

黑龙俯身降落，此时天地已经混沌一片，乌云模糊了界限。下方的森林仿佛挤压在了一起，黑得阴森。黑龙低空掠过树林时，闪电让森林一阵一阵地接连变成惨白色。

远处地表上很突兀地出现了一块空地，黑龙再度俯冲，穿行过稀疏的树林。下方是一座巨大的黑色建筑，隐藏在山林之中，能够很隐蔽地融入其中遮掩它的存在。

这里是一处山谷，外面有一条汹涌奔腾的河流，因此山谷里水汽充足，在特定的湿度与温度相融合的作用下，这块地区便长年多暴雨。

地面掀起一阵狂风，黑龙气势凶猛地降落在建筑前，将地表冲击出一个凹陷的坑。

"带你去见一个人。"尼萨亚抱着凌桑从黑龙背上跨下。

凌桑落地后就站在原地，没有跟尼萨亚走。

"怎么？"尼萨亚驻足转身。

就在尼萨亚转身的一刹那，一道响雷炸响在建筑上空，整个天幕与地面被紧随雷声而来的又一道闪电照得惨白一片，又倏尔没入黑暗。之后又有两阵微弱的闪电划过天际，然后是较远处的雷声交响。

"好像……鬼屋啊。"凌桑失神地说道。

同时她还脑补出尼萨亚微笑着准备征服全世界的场面……

"有吗？"他从衣兜里抽出面具，戴在脸上。

暗黑色的外墙布满裂纹，不时被闪电照成惨白色，每条纹路都清晰可见。

窗户的反光更加刺眼。

如此经典的场面简直就像在说"你看嘛你看嘛我是鬼屋啦，你看嘛我就是鬼屋啦……"

大雨瞬间倾盆而下，劈头盖脸浇了凌桑一身。

"真是。"尼萨亚忽然轻声笑了出来，不过他脸上戴着面具，完全看不到表情。

自己一直跟她说着那么严肃的话，倒是从一开始就忽视了，这家伙还只是一个这么小的孩子而已。

"过来。"尼萨亚从屋檐下走出来，侧过身用右手扯住凌桑的手腕，把她拖了过去。

凌桑抵不过他的力气，只能缩着头随着他跑。

到屋檐下停住后，凌桑猛地一甩头，头发上的水甩出去的同时，脑后的马尾"啪"的一声拍在了尼萨亚胸口上。她抬头看了他一眼，又转移了视线。

当建筑的高大铜门被缓缓打开，发出沉闷的摩擦声时，凌桑瞬间闪到了尼萨亚身后。

尼萨亚一边将右手贴在面具的下侧，一边示意她不要说话。

开门的是一个身高接近一米九，体形却异常消瘦，因而显得相当恐怖的男人，他看见来人是尼萨亚后，就立刻侧身恭迎他进去。

凌桑紧跟着尼萨亚走了进去。虽然觉得尼萨亚本人对她来说没什么安全感，不过在完全陌生又没有安全感的地方，她还是得从相对安全的尼萨亚身上挖一点儿安全感出来。

她抬头对上那个陌生男人紧紧盯着她的目光。盯得也太过分一些了……她忽然觉得这一张让她觉得可怕的脸很像老鹰的脸。

凌桑将视线收回来，继续拽着尼萨亚的风衣贴着他走。

"秋道川……"她身后的鹰脸男人用不可置信的表情道出这个名字。

尼萨亚没说话，凌桑也没有任何反应，这就让身后男人的言语显得太唐突了。

秋道川是人类，失踪了如此长的时间，早已被认定为死亡。若是没有死亡，如此长的时间过后也应该已经十分苍老，而眼前这个酷似她的家伙还相当年轻。

"尼萨亚。"男人再度开口，想要叫住他询问一下，但尼萨亚依然没有搭理他。

凌桑很配合地没有四处张望，只是低头紧跟尼萨亚。

他们似乎掠过了不少人，所有人在看见尼萨亚的时候都是恭敬地避让。

他们走上楼梯，到达四楼阁楼。

尼萨亚关上阁楼门，封闭的空间冰凉死寂。窗外雷雨声大作，虽然声音冲击着耳膜，却似乎与室内完全属于两个不同的世界。

墙壁上的水晶灯缓缓亮起，凌桑的焦虑感因为灯光柔和的光亮而缓解了不少。

很干燥的环境，墙面都是木质的，抬头便是房顶。房顶中间高两侧低，尼萨亚只有站在房间中央才不至于一直身就让头顶撞到上方房顶的木板。

房间的地上只放了一些断裂的碎木板与废弃的布料。

"现在可以问了。"尼萨亚挥出右手，随即以他为中心扫出风，将地上的杂物与碎屑扫到角落，腾出干净的地方坐了下来。

"你就回答一下你觉得我会问的问题吧。"凌桑也盘腿坐下来。

"这里，冥轮。天沧陆覆没后，其遗民血脉延续下来的团体。"尼萨亚漫不经心地说着，右手在地上缓缓地画出了一个圆形，在圆形成形时从中浮现出了一盏古式提灯，金属框架琉璃罩面，里面缓缓燃烧起一团明亮的金色火焰。

火焰让昏暗的屋子明亮起来。凌桑看着跃动的火焰，不知道为什么会觉得很温暖。

天沧陆，这是加入公局时必考的知识点，所以她是相当清楚的。在镇压了对外扩张的天沧陆后，公局得以建立，但她并不知道一个已经覆没的国度还有残余的血脉存在。

"天沧陆你听说过吗？"尼萨亚右手贴在琉璃灯面上，护着微弱的火焰，继续漫不经心地问她。

"这个我知道的。"她点头，迟疑两秒后试探地问道，"所以，你是天沧陆的遗民？"

"不是。"他直接否认。

不是吗？那为什么会与冥轮有交集……

"那么黄泉印与天沧陆又有什么联系？"她将最重要的两个因素联系到一起。

"黄泉印，就是覆没的天沧陆。黄泉军，就是天沧陆的居民死亡后扭曲化的亡灵。"

第十八章 真正的父亲

毋庸置疑的正确逻辑已经展开，这件事，恐怕就连公局也不知晓其中的因果纠葛。

"你父亲会很高兴见到你。"尼萨亚将右手抬起，手掌覆盖在琉璃灯上，微弱的金色火焰开始绚烂地燃烧跳跃。

四周逐渐暗了下来，只有这盏灯的柔和灯光微微晃动着。窗外雷雨声依旧，但已经见不到从窗户射进来的惨白色电光。

"我父亲……吗？我已经见到了。"凌桑有些不解地轻声说道。

"你是指埋主？"

"……是。"她开始不安。

"秋道川与埋主并没有人多交集，真正拥有秋道川的男人，是将军天沧。"

"天沧……"

瑜夜告诉过她，与埋主订立契约的是"将军"，但这个是什么将军，以及是什么名字她倒是一点儿也不知晓。听尼萨亚这么解释，将军的名字，就是天沧？

尼萨亚点头："是，我们不知道他的名字，只称呼他为天沧。"

天沧掌控整个黄泉印的核心，是天沧陆的代表。

凌桑呼吸开始急促起来。这么说来，自己真正的父亲……可能并不是埋主。

天沧才是深切爱慕着秋道川的男人，而天沧掌控了埋主的躯体——

埋主便成了天沧。

金色的火焰还在跳跃着，封闭的阁楼空间中逐渐旋绕起冷彻的阴风。四周的风向中央汇聚成黑色的烟影，琉璃灯上空逐渐浮现出一个男人的高大身形。

凌桑坐在地上惊恐地仰头望着。

男人的双脚隐约浮现在琉璃灯之上，显示出半透明的状态，然而小腿之上的躯体已经实体化为完整的人——接近一米八五的健壮体形，扎在脑后的黑色长发垂下至腰间，身上披着古式武将的黑色束身长服，长服外的各个关节处包裹着银白色的护身铠甲。

他的红色眼眸向下看来，对上了凌桑的双眼。

出乎意料地，凌桑并没有从这双温静的眼睛里看到任何杀戮的血影。

像是见到了故人。

男人苍白的脸上终于露出压抑已久的笑容，近乎不成声地呼唤她："川……"

凌桑依然茫然地望着他。

"不是秋道川，她是你的女儿，天沧。"尼萨亚轻声提醒。

凌桑张开嘴，半天只吐出两个字："……你好。"

天沧凝视着她，缓缓蹲下身，张开双臂将凌桑搂在怀里。

冰凉的拥抱。

凌桑觉得冷，这温度已经足够可以把自己所有的体温夺走——

冰冷到似乎夺走了灵魂，自己完全无法挣扎。

"放开她。"尼萨亚突兀地喊道。

天沧忽然意识过来地松开凌桑，起身后退。此时她脸色苍白，神色惊恐地望着他。

生者与死者，是不能接触的，死者会夺走生者的气。

"……我叫凌桑。"她不知道应该将视线放在哪里，于是回避似的挪开，漫无目的地看着周围木质的墙面。

秋道川在人世本姓确实为凌。她是被人类世界抛弃的拥有诅咒之力的反巫女，冥轮将她收留，赋予了她身份与地位，让她拥有了秋道川这个名字。

"凌桑……"男人眼眸半敛，沉溺于她神似她母亲的样貌，眼底柔和的宠溺却让凌桑本能地抗拒。

"跟我在一起吧……永远……我不会再把你交给任何人……"

光影的交叠，几乎相同的两张脸重合。

天沧依然完全将她视为母亲。

"我不愿意。"凌桑回复。

"与我一起颠覆这个世界，你应该获得属于你的荣耀……"

"对于我，没有任何值得的荣耀可言。"

"秋道川……"

"我不是秋道川。"

"……"天沧沉默，终于低下头轻声说道，"抱歉。"

他依然将她看成秋道川，依然只会利用她。

而对于忽然得知的遗留在世的女儿，他是不是应该感到欣喜并获得慰藉？

但是……他是没有心的。

肉体已经化为尘土，没有了情感，如果他还活着，一定会欣喜若狂吧……

即使想到这个让他觉得悲凉，他也已经不会有任何悲伤的情绪了。

"反巫女的后人，你有能力辅助天沧开启黄泉印。"尼萨亚开口，"只要你对这个世界施以诅咒，这是属于巫女的力量。"

"我没兴趣。"凌桑眯起眼，逐渐没有了表情。

"你觉得你满足于原来的生存状态吗？"尼萨亚并没有愠恼，依然漫不经心地劝说着。

凌桑在他柔和音色的包围下，有了瞬间的游离——确实，自己诅咒过这个世界。那是自己年幼的时候，自己被抛弃的时候，自己被利用的时候，自己被忽视的时候——

"对，我就是安于现状了。"凌桑平静地将眼眸瞥过去，看着尼萨亚白色的面具，"这与你……没有关系。"

我怎么想，没有任何人可以干涉。人生而接受了这个世界的种种束缚，但是思想是自由的。

"不过你原来的生活，已经回不去了吧。"

"……"

她将视线挪回。自己在这里目前还算安全，但自己已经没法再回 Sritana 了。即使自己回到人类世界，也失去了各种庇护，最终的结局应该会与母亲一样——在无穷无尽的追捕中逃亡，最终被公局抹消。

当时想要加入公局究竟是多么作死的想法？

你这个罪魁祸首还要我继续深造吗？

"我说了，我拒绝。"她再次明确地回复。

天沧再次蹲下身，向她伸出的右手上汇聚出蓝色的荧光，他很有耐心地对她缓缓说道："跟我过来，我告诉你所有的事……"

凌桑此时的心情就像是当时在天台上，源溯和那个谜之女同学的对话——

"你给我一个解释！"

"我不听我不听！"

女人就是如此矛盾又和谐的奇妙生物，她已经深刻意识到自己踏入电视剧中一些失控女人的奇妙世界观中。

"跟我走。"

她知道，只要将手搭上去，就可以到达另一个世界。

自己……已经无处可逃了吗？

一道猛烈的闪电再度撕裂黑暗的天空，轰鸣的雷声再度炸响。

惊雷像是直接在头顶炸响，她就像是魂魄瞬间被震出躯体而丧失了感知。

意识复苏，凌桑缓缓地抬起右手，仿佛要碰触天沧掌心里的蓝色火焰。

我不愿意。
但她的手却违背自己意志持续靠近对方，就要握住那团光亮。
……我不愿意。
火焰忽然熄灭，阁楼的玻璃窗炸裂，水刃扫射进来，将天沧的魂魄残影劈碎。
放置在地上的琉璃灯里的火焰剧烈颤抖，逐渐减弱，最终熄灭。
尼萨亚背对着窗户坐着，没有任何反应，只是平静地看着招魂灯熄灭。
能够再次受到雷电影响说明结界被破坏了，他自然清楚是谁来了："以你目前的体力还能跑这么远的路，还真是逞强啊。"
空泽从窗户进入阁楼，将长发上的雨水甩出，湿透的身体忽然散发出水雾，弥漫于整个干燥的阁楼，而他自身瞬间干燥得没有了一点儿水迹。
"你在干什么？"空泽双眼里充斥着怒意。
"不允许我动她是吗？"尼萨亚抬起右手，将面具缓缓向上揭开，嘴角露出笑意。
"不要再将她扯进来！"空泽咆哮。
尼萨亚瞥了他一眼，面孔依然柔和："请你回去。"
空泽一把拎起坐在地上的凌桑，要把她拽出窗户一起淋雨。
"我没让你带上她。"
"你够了。"
"不要干扰我。"尼萨亚站起来，地面上的琉璃灯消失。一眨眼的工夫，空泽拽着凌桑的右手松开，等到凌桑反应过来时，他已经被尼萨亚扼住脖子压制在木质墙面，墙面被巨大的力道撞击出裂纹。
窗外的暴雨在狂风的裹挟下扑入阁楼，很快就打湿了木质地板。
空泽伸出左手，猛地撞在尼萨亚胸口上将他推了出去。
双方对峙。
以两个人目前的身体状况来看，即使交手到最后也只会是两败俱伤的结果。
凌桑走到两个人中间，尼萨亚与空泽没有再动手。
敲门声响起，阁楼内诡异的气氛瞬间消散。
"尼萨亚。"门外传来急切的询问声。这栋建筑里的其他人都察觉到了阁楼窗户的碎裂声，但因为尼萨亚在里面也不敢贸然冲进去。
"我没事，你下去。"尼萨亚回复。
门外很快就没有了声音。尼萨亚将视线收回来，再次对上空泽冰冷的目光。
"与这样的组织混迹在一起，真的是你的作风吗？"空泽再度不满地说道。
"我始终独行，要质疑也随你。"
这时再度响起敲门声，一道女人的声音传入："尼萨亚，长老有事与你商讨——"

"我没空。"尼萨亚依旧紧盯着空泽。

"你继续你的事业吧,我们不打扰。"空泽抓起凌桑的胳膊,这次两个人成功地跃出窗台。他在半空中把凌桑拉到自己的身前抱住,随后轻盈落地。

尼萨亚只是看着窗口,没有再阻拦。

空泽用右手指尖在两个人身边画出一个微小的弧度,从空中砸下的暴雨的方向瞬间改变,雨水避开两个人向周围扫射而去。

空泽一言不发地扯着凌桑离开。

"……走回去吗?"凌桑抬头看着空泽。

"不然呢?"空泽依然满肚子的怨气没处发泄。

"……还真走回去吗?"请问你来的时候是冒雨走过来的吗?你这身体撑得住吗?顿了两秒后,她又问道:"你的役使兽呢?"

有你那威武的役使兽一定方便很多吧……

"临盆了。"

"噗!"

两个人走了一阵,虽然没有被暴雨淋到,但如此走下去着实辛酸。凌桑打算召唤函数作为交通工具,她刚把右手抬起在虚空画出了小半个召唤图阵,就被空泽握住了手腕:"不要冒险。"

"嗯?"

"既然你的役使兽没带在身边,那么就不能排除它已经被公局控制的可能。"

"……控制?"

"只要在役使兽身上布下追踪术,自然就可以直接找到你了。"

"……啊。"如此简单的原理凌桑秒懂,但愿函数安好。

两个人继续在暴雨中前行。

此时彼端。

"为什么还不召唤自己的役使兽?"一个男人将缩成一团的兔子上下抛玩着。

"我依然认为这只是一只兔子而已。"另一个伏在桌上查找文件的男人倍感无聊地回应。

"真是。"男人手一甩,就将兔子扔在桌上。

有了落脚点的兔子精神劲儿十足地在桌子上跑了两圈,然后安静下来,果断地叼起一份文件啃起来。

"不——"

仅仅因为长途跋涉就对生活绝望,以至于想诅咒世界的反巫女后人最终决定使用暴风进行转移。

龙卷风将一片树林席卷成被肆意砍伐后的惨状。

直接操纵最狂暴的风用不着像使用风刃那样精致。等到接近目的地时龙卷风消散，凌桑莫名地觉得发泄不良情绪后全身舒畅。

穸泽在经受狂风的洗礼后有些晕眩，不过好在目的地真的不远了。

走到尼萨亚别墅门口时，两个孩子给他们开了门，一个是又又，另一个是漂亮的短发男孩子。

空泽走上二楼时已经明显很吃力，进入房间后他就直接倒在床上闭上了眼，凌桑听见他用嘴轻微地辅助着呼吸。

"要吃什么点心吗？"女孩子推开门问道，"又又什么都会做哦！"

凌桑瞥了空泽一眼，问又又："有热牛奶吗？"

"当然有，等一下哦！"女孩子跑了出去。

房间里恢复安静，只有空泽粗重的呼吸声不断地响起。

"你晕风吗？"她试探着问道。

"喊！"空泽挤出了一道气音。

凌桑将手背贴在他的额头上感受温度。似乎……又不太妙啊……

"该吃药了。"她起身去柜子里翻找。

"不用，睡一会儿就好了。"

"我才不信。"她找出消炎药，又又已经端着牛奶走了进来。她把从药盒里拿出来的白色药丸溶在杯子里，转身递给他，"给。"

空泽慢慢坐了起来，端过杯子喝热牛奶。

明明皮肤燥热，但他还是却觉得浑身发冷，喝完热牛奶时出了一身汗。

空泽又倒了下去。

"你很不高兴吗？"凌桑在喝完牛奶后，轻声问他。

"会高兴吗？"

"似乎你在最初见到他的时候，并不是不高兴……而今天这样就是彻底不高兴了。"

"我只是忽然反感他利用我们利用得太明显了。"空泽闭着眼说话，看上去很平静。

"我并不觉得啊，你被关押在公局的时候他可是真心……你不知道吧？"凌桑微笑。空泽是不会知道尼萨亚当时有多焦急。

"那是因为我还有利用价值？抑或是这样我就彻底成了公局的反叛者，可以加入他的行列，然后再让你不知好歹地送上门？"

凌桑顿了良久才回道："……你，认为他就是那样的人吗？"

"不，我只是现在很生气。"

"……"又傲娇了。

又沉默了一会儿,凌桑提起:"你应该是……很失望吧。他带给你的落差太大了。"

接下来又是许久的沉默。

"是,他不该。"空泽轻声开口,缓了一阵终于吐露自己真正的想法,"他其实很反感杀戮,以前在执行任务时往往都是旁观到最后。虽然他看上去没什么情感,但他确实不会轻易夺取任何性命。后来……他的情绪越来越不可理解,直到最后在任务中杀死了两名黑服后直接叛变。"

"但是……就算不喜欢杀戮,他也夺去了不少性命吧。"

"是的。"

"是因为无法忍受这种身不由己,而最终导致心理异常了吗?"

"……那你也将他看得太脆弱了一点儿。"

"那么……他是想逃离被公局分配杀戮任务的生活吗?"

"你说呢?他在叛变后究竟让公局损失了多少人,开启黄泉印释放出的亡灵又屠杀了多少生灵?在我眼里他已经不是反感杀戮,而是狂热地痴迷着死亡。"

"……所以就不用否认他是心理异常了。"凌桑点头。

"他很清醒,只是他的想法,永远不会说给其他人听。"

"因为他觉得你们根本不会理解。"

"……"空泽侧过头,困难地睁开酸痛的眼皮看凌桑,"怎么说?"

"你们不会理解,自然……他也就不想说了。"凌桑轻轻地一字一句说道。

她能理解。

自小到大,她如果能把一些话说出来给别人听,她就会觉得舒服很多。但是她已经不会再说了,因为别人根本就不理解她在说什么,那就不需要说了。

"不说,我可是连理解他的机会都没有。"空泽再次闭上眼。

无形的隔阂便产生了。

"我想抽出时间与他……谈谈。"桑凌说道。

"祝好运。"空泽没有抱什么希望地耸耸肩,接着侧过身去,没有了动静。

暴雨扑打在玻璃窗上。

这个地区没有雷电,却同样有大雨。

不过少了惨白色闪电的陪衬,大雨倒是柔和了不少,只是让人觉得寂寥。

"他与你说了什么?"空泽忽然开口问起,凌桑这才发现他并没有睡着。

"嗯……没什么。"她将眼睛眯起,继续望着窗外,玻璃窗始终被雨冲刷得一片模糊。

"你也觉得我不会理解吗?"

"……"她忽然无言以对。自己是这么觉得的吧……是这样吗?"不,其实……"

他跟我说的那些事……让我一个人想想就好了。"

她忽然感到一阵疲惫感涌了上来。

"你过来。"空泽挪了挪，给她腾出位置。

凌桑倒在床上。

似乎昨晚真的没睡多久，凌桑渐渐精力不支地闭上了眼。

迷茫，不知到底该走向哪里。

一片黑暗。嗯，闭上眼就应该如此。

见惯了太多的光亮吗？闭上眼，天就黑了。

一片混沌的黑色像是溶于水的墨，她逆着墨迹扩散的轨迹回过头，就看到墨迹重新汇聚起来，自己竟然能看到黑暗流动的痕迹。

汇聚于她面前的浓郁黑暗忽然化为人形，身体周围的空间被墨线织成的细网网住，像是一团黑色的茧在网中等待着孵化。

她就悬浮在茧中，将手抬到自己眼前。完整的……形体？那还是……梦境吗？

一双冰凉的手握住她的手腕，她慌忙回神，整个人已经被扯入了一个冰凉的怀抱中。

"这样就可以抱着你了。"

黑色长发飘散缠绕，对面的男人睁开眼眸，露出暗红色的流光。

"……天沧。"她轻声说。

黑色丝线从天沧的背部延伸出来，他整个人也悬浮于半空，略微蜷缩起身体将怀里的人围裹。

"我的怨恨……你理解吗？"

"我不理解。"她空洞的目光越过天沧的侧肩，投向黑暗的尽头，涌动的异形在嘶叫哀号。

"秋道川……"

"我不是秋道川！"她忽然睁大眼睛咆哮，挣扎的身体瞬间僵在半空。

看到了……

"曾经的……天下。"

森林、原野、赤河、大漠。

焚火。

碎裂的铠甲，支离的面孔，断裂的枪戟。

咆哮呐喊，无人听到的呜咽。

"明知道如此，为什么还要……是你不该……"她终于微弱地开口，声音暗哑。

"一场战争，足够亡国吗？"

天沧陆沦陷。

如果只是沦陷，那么天沧陆依旧是天沧陆，所有古老的文明依然能够传承至今，天沧陆的血脉依然能够繁衍下来。

"是我，负了苍生吗？"

联军攻克最后的城墙，他用死亡来证明一场失败的终结，但是联军却覆没了天沧陆。

长达数年的征战结束了，终于有时间感到……累了吧……

累了，那就去……放松吧……尽情……杀戮吧。

最黑暗的时代，不是末世，而是生命最初的欲望终于挣脱了灵魂的禁锢的时候。

在一个每个人都疯狂的群体中，不会再有人保持所谓的清醒。

修养、谦卑、礼义廉耻，那都是锁链与囚牢。

放开了一切狂欢吧，不会有人指责，你就是正义。

天沧陆成为血域，风流窜在废墟角落间，发出忽重忽轻的长啸，像是女人的呜咽。

火焰在燃烧数月后熄灭。

无人踏入的死城，尸骨焚烧成灰烬，亡灵在空中徘徊。

这里曾经是故乡。

几年后已经风化的废墟上踏入了新的种族，天沧陆的国土被周围的三个邻国瓜分，三国互相牵制，从此和平。

没有人再想起天沧陆。

历史不会说话。

"我……不甘。"天沧沙哑地说，"所有人……都不甘……"

一场战争让一个国家彻底覆没。

"你可以……理解我……"

她茫然地睁着眼，空洞的眼里渐渐涌上温热的液体，最终无法承载地缓缓流下。

为什么……会哭？明明并没有……那么悲伤。

母亲。她缓缓地张开嘴。

母亲……终于……又看见你了。

"桑——"

耳边传来微弱的声音，她缓缓抬头。

"桑！"

直接被一巴掌抽醒。

你终于暴露本性了，空泽殿……

她捂着脸从床上坐了起来，肢体有些麻木，心脏跳动缓慢，压抑得难以喘息。

第十九章
被负责人永远放不下负责人

猛地一甩头，意识终于清醒了一些。
"怎么了？"空泽眯起眼。
对于凌桑这样的普通人应该是一叫就醒才对……等等，似乎承认了自己是什么奇怪的属性……
凌桑阴郁地抬起左手指向窗边："你问他。"
坐在窗边喝茶的尼萨亚相当无辜地将杯子从嘴唇边挪开："嗯？"
"……不承认就当我是夜长梦多。"凌桑捂头。
空泽与尼萨亚一同望向窗外。刚刚傍晚，雨已经小了。
凌桑再度陷入呆滞。
记忆很清晰没错……就连母亲的脸也是……
那个与自己年龄相仿的母亲。
还有着一张孩子脸的母亲。
黑色的长发披散，棕黑色的眼睛掩藏了光芒，色泽暗淡。
她坐在一面巨大的石墙下，墙上刻画着古老的封印图腾。
图腾之下缓缓浮现出一个人形的阴影，在空中悬浮。
她抬起头慢慢看过去，并没有任何惊异的表情，像是再见到故人，然后面无表情地又将头转了回去，继续看着地面。
她守护着黄泉印，等待时机成熟后将整个天沧陆再度唤醒。
没有事做的时候，她就会来这里，有一个人会默默地看着她。
"寂寞吗？"天沧终于问道。
"对我而言……没什么区别。"
"待这个世界覆没，我会给你整个天下。"
"我没有兴趣。"

"那你想得到什么？"

"……只是这样，我已经满足。"

"你就没有……可以让我满足你的愿望吗？"

"……"

凌桑恍然回神。

熟悉的掌风正在逼近自己的后脑——

"噗！"她的眼珠子差点儿因为惯性飞出眼眶。

"你真的没事吗？"打完人后全身异常舒爽的空泽相当"关切"地询问。

"……你这么打下去，我真的会没事吗？"双眼迷离的凌桑麻木地捂头。

人会傻的……

见这两个人恩爱和谐至此，尼萨亚起身打算出去，临出门时说了一声"我叫他们准备晚饭送过来"。

"等一下。"凌桑叫住他。

尼萨亚驻足，等她开口。

凌桑与尼萨亚对视，顺便向空泽一甩手说道："你出去一下，我有事和他说。"

空泽没有反应。

待她反应过来时明显已经晚了，她的后脑再度遭受一个重击。

"对不起！我的说话方式不对！"凌桑捂头道歉。

空泽一脸严肃地皱着眉头。

"尼萨亚，我能不能和你出去说……"凌桑弱弱地请求。空泽殿你就继续歇着吧，真是不敢打扰你……

空泽已经起身默默走出房间，然后猛地甩上门。

"……"你到底要怎样？

回过神来，凌桑向尼萨亚问的第一句话就是："我是不是真的很傻？"

"……"虽然没有说什么，但他的肢体明显出卖了他——一个很认真的点头。

"那你就忍耐一会儿，让我和你谈谈好了……"凌桑耸起肩。

"天沧的事吗？"尼萨亚自然会猜到是这个话题。

"天沧陆的事……他已告诉我了。我现在可以理解一些，但是……我还是不支持你们的做法。"

"他吗？"

"你究竟是出于什么动机要帮助冥轮……复仇，究竟是哪一点吸引了你,怨恨吗？"

"……并没有。"

"究竟为什么？"

"就当我是无谓的怨恨好了——你不会明白的。"尼萨亚面无表情。

"那么……是痴迷于看到扭曲的人心吗?"

尼萨亚无神的双眼逐渐有神采地看向她,稍微有了兴趣地微笑道:"可能猜得近了。不过我自己也不清楚是什么确切的动机。这个点,也许是。"

"能考虑一下自己的心理是否还健康吗?"她有些忐忑地提出这个问题,"你应该清楚,我们以及其他人,没有人支持你的行动——"

"如今,你还是不支持吗?"尼萨亚依然平静地看着她,"他已经在梦中告知你一切,这延续的仇恨,你还真不放在心里。"

"并没有不放在心里,只是我无法想象用已经死亡的生灵将这个世界再度覆没一次。至于在你的心里……我也没有看到任何仇恨存在。"

你心中存在的是嘲讽吗?是戏谑?

还是迷茫……

"大概回归原点,我觉得……这件事需要我来做,只有我能做而已。"他只是说出了自己的真实想法。

"你有伤心过吗?"

"没有,一点儿都没有。"尼萨亚结束了这次对话,他半敛眼眸,打开门走了出去。

良久,空泽走了进来,坐在椅子上。

"他还是很抵触。"凌桑无奈地说出结果。

空泽的心思不在这点上,他抬起左手,将右手搭在已经关机许久的通信表上:"你既然还有心思煲心灵鸡汤,就先关注一下自身形势……"

"嗯……怎么?"她侧头。

"通信表即使关机也不可能与公局断开联系,外部电源切断,内部电源依旧在运作,虽然目前已经使用屏蔽术将它的信号减弱到最小,但是公局找到我们只是时间问题。"

"……怎么说?"凌桑皱眉,为什么忽然提起这件事……

"刚才我的通信表指示灯亮了。"

"……"糟糕!

公局会对每个人员负责,即使人已经死亡,公局也能够捕捉到属于他的信号,将他的身体带回。所以当初空泽必须砍去尼萨亚的左手,才能够给他留下不被公局追查到的生路。

凌桑缓缓地低头看向自己的左手,通信表指示灯闪过红色光亮,还连续闪跳了两次。

"……"

刚刚是不是自己看错了?通信表的指示灯就在自己眼皮底下跳了两下……

凌桑扑倒在床上,头戳在棉被中,呈现虔诚跪拜的姿势,说道:"这不是小说这不是小说，这不是小说，这不是小说……"

"这就是小说没错。"

"什么时候跑路？"她认命地爬起来，认真询问空泽。

"……"

暴雨。

即使身为黑服也不能否定雨天必须披雨衣的事实。

三个人蹲在屋顶上，透明的塑料薄膜裹在身上，还罩住头顶，真的相当阻碍行动。

暴雨更加削弱了信号的发射，不过他们已经将搜索范围缩得足够小了。

想要捕捉的对象一定不会再穿制服，这样混在人群中辨识度才会大大下降。

"雨不停吗？"一个黑服轻声说。真是鬼天气。

"据说这个地域半年雨季半年旱季。"另一个黑服漫不经心地回应。

经常外出执行任务的黑服必然经历过各种地域的各种神奇天气，与有些地域的沙暴，抑或是腐蚀性强酸降水相比，这样的气候倒还是能够愉快接受。

此次任务　共派遣了十三名黑服与两名蓝服。

明明一个黑服就有灭掉一支军队的能力，竟然要在捕捉两个黑服与一个监服的任务上调配如此多的资源。

公局信息部不定时地将信号来源的大致范围传达给任务执行者，此时通信表地图再次刷新。

"目标正在向东北方向移动。"

屋顶上三道黑色身形同时消失，带起雨衣摩擦的沙沙碎响。

凌桑将一把缀满大红牡丹的花伞撑在她和空泽的头顶上，空泽环抱着双手径直向前走去，相当不领情地说道："说了不用。"

"哎呀，淋雨会再发烧的啊……"

"还想更引人注目一点儿吗？这红色的伞。"

"我说引人注目的绝不是红色的伞，而是我这个女人在给你这个男人撑伞吧。"

始终没打伞直接淋雨走的尼萨亚表示他什么都不想说。

空泽粗暴地抢过伞，然后给他自己和凌桑撑着。因为周围人很多，所以空泽不能太招摇地使用水性来避雨……不然会让其余人觉得非常奇怪。

"我说，"等这两个人终于把伞的事解决后，尼萨亚轻声开口，双眼依然平视着前方，雨水沾湿他的睫毛接着淌入眼中，有些眼涩，"我们这次走不了了呢。"

他们走在繁华的商业街上，周围人群的说笑声与喊叫声将他们的声音淹没。

"早该有的觉悟。"空泽冷笑，"与公局作对有什么后果你也知道。"

"以前想过，这个弱肉强食的世界，只要颠覆就好了。"尼萨亚略微仰头望着迷蒙的天，双眼眯起避开雨水，"不过现在看来……历史的选择，存在即合理，我没有那个能力。"

"孤身一人的挣扎，本就卑微。"空泽轻笑一声，讽刺道，"你走吧，他们是追踪不到你的。我们可做不到忍受放弃自己左手的痛苦。你离我们远一点儿，想要继续追求那什么我所不能理解的境界，我不会阻碍你。"

尼萨亚平静地看着他。

"你走！"空泽睁大眼喊道，显得有些狰狞。

"……你怨恨我吗？"

雨水冲刷而下，天地仿佛连接成一片。

"怨恨我吗？"他平静地重复。

"……"空泽语塞。

他忽然抬起右手猛击在尼萨亚胸口上，将他掀了出去，然后砸在地上。

地表开裂凹陷。

红色雨伞在一声闷响后，落在地上滚出去两圈。

"能不怨恨吗？"空泽咆哮，他冲过去俯下身揪住尼萨亚的衣领将他拽了起来，"什么都不直接对我说，如果你能说出来，即便我不理解也会努力去理解的啊！你现在是想让我更加怨恨你吗？"

捡起伞的凌桑无力地耷拉着双肩，任由自己淋在大雨中。

……好冷。

皮肤渐渐凉了下来。

已经淋雨了，就不想再打伞了。

已经到了如此地步，也就……不想再回去了。

"你给我走！"刚把尼萨亚拽起来，空泽就再次猛地把他甩了出去。

行人都避开来，远远地围观着他们。

尼萨亚没有反抗。

一把红伞滚到他们两个人中间，凌桑提起伞，没有将眼神投向他们中的任何一个人。

她同样全身湿透，黑色长发粘在耳侧与后背上。

"桑！跟我走！"空泽转身走入人群。

尼萨亚站了起来，戳在原地没有动。

凌桑匆忙俯身将伞放在尼萨亚脚边，便转身去追空泽。

尼萨亚依然站在原地。

"……这样吗？"他渐渐露出凄凉的笑容。

转身，纵身跃上屋顶，朝着相反的方向急速奔跑。

到头来，自己连最基本的都做不到。

对不起。

一开始……自己能被他杀死就好了。

就不会再有这么多……痛苦了。

"空泽。"凌桑追上他，扯住他的衣角。

空泽依然漠然地向前走着。

"如果我愿意释放黄泉印呢？"她轻声开口。

空泽停住脚步。

"那样……我们能活下来吗？"

我们……会死吗？

十七年前天沧将军与埵主订立契约，秋道川用反巫女的能力打开最大的黄泉印，释放出黄泉人军。

将军带领亡灵军队征战，再度被公局联军镇压。埵主身体被封印，秋道川逃至人世躲避公局的追捕，并且生下了埵主的血脉凌桑。

这一次……能……成功吗……

"桑。"

她像是忽然惊醒，此时身体已经冰凉到不自觉地颤抖着。

"你把心里的恶魔……不小心放出来了。"空泽柔和地垂下眼眸。

他走近凌桑，将她拥在怀里。

"不会死的……"空泽压低声音，"还有我在……"

"……对不起。"为什么自己会忽然生出这样的想法？如此罪恶……

凌桑感觉到空泽的胸口在急促地起伏着。

耳边传来他压抑的吸气声。

"空泽。"她不安地抬头，但只能看到空泽的脖子。

空泽死死地抱着她。

为什么……就这么……哭了呢？

"没事。"良久，等到自己的气息平定下来，他才缓缓地放开凌桑。

空泽抬起头，将视线投向过来的方向。尼萨亚……会干什么……

四个对手。

他根据直觉判断，如果不能瞬间干掉眼前的黑服，将会立刻有其他人员得知消息赶来增援。

自己没有任何把握。

他露出狂妄的笑容。

雨冲刷着屋脊，顺着斜坡冲下屋檐。

他的右手浮现出一把钢刀。

四个黑服开始全部愣住。面前的人是尼萨亚没错……竟然会……直接冲到他们面前……

"去死吧！"

他的嘴角勾起的冷锐弧度在雨水中有些模糊。

……有多愚蠢呢？

自己已经夺取了如此多的性命，还会在乎什么呢？

自己思想变化的源头在哪里呢……

大概是很久之前的那一次，他放过了伏在自己脚下颤抖挣扎的生命，看着他仓皇地逃离，最终还是死在了其他人的手里。

公局说，一个都不能留下。

只要异己势力结集成为一个团队，那这整个团队，都不能再存在下去。尽管你一样拥有着情感，只要你不是我，我就体会不到。

这就是强者的天下，他们用自己的意志掌控了整个世界。

能……颠覆一次吗？

让他们掩盖的本性再度暴露于战火之中，生命的燃烧，都是一样绚烂。

原本自己期待着另一个天下。

地面炸裂，瞬间建筑变成废墟，单薄的身影悬浮在尘土之上，他再度将钢刀举过头顶。千万条银色丝线散出射向地面，以他为中心的百米半径内的地面再度炸裂，风浪席卷开来。

灰烬混合在雨水中，化为飞溅的泥浆。

从尘土中跃出另一道黑色身影，挥手将气刃猛地劈在他的后背上，将他撞到下方的废墟中。

一次挑战四个黑服……太狂妄了！

空泽远远地眺望着天际。

水平的气浪释放出灼热的温度，横扫到百里之外。

扑面而来的灼热气息像是呼啸而过的龙卷风。空泽默默低头看向凌桑，轻声说："我要过去。你可以……离开吗？"

"你过去，我会跟上。"足够烂俗的台词。

"那你上吧，我走了。"空泽转身。

"……"等一下，正常剧情不是这么走的吧？凌桑转身去追空泽，一把揪住他的衣摆，"还是你上吧，我走……"

"那再见。"空泽再次转身，瞬间冲出，身形化为一道蓝光消失在凌桑面前。

她站在原地，这才意识到自己始终都低估了空泽对尼萨亚的感情。

本以为像空泽那么强大的人，一定不会对他人产生过多的情感，看来事实并不是这样。空泽对尼萨亚的感情，超过了自己的预想。

因为尼萨亚是空泽刚来到Sritana时，信任的第一个人，而且是他离开自己的国家，只身面对这个陌生世界时追随的第一个人。

她把自己对空泽的感情看得太独特了。空泽对尼萨亚，其实也是这样，是他所要追逐的、所要向往的、所要保护的光芒。

半透明的黑色身影逐渐在她身后现形。

"秋道川。"

"我不是秋道川。"

将军暗红的眼眸空洞地看着她，仿佛要将她吞噬。

凌桑轻声说道："不记得我也没关系……埋主，你记得吧？"

"……"

"我只愿意承认现实……埋主，才是我父亲。"

她纵身向前，驭使风加速奔跑起来。

将军闭上眼，雾化在空气中，消失不见。

所有执行此任务的服级人员已经会合。

只砍杀一个叛变者就毁掉了一整块城镇区域，这个损失要让公局赔偿，他们一定会被财政部的老家伙们再度摧残一遍。

不过更严重的似乎是……这家伙真的还有救吗？公局下达的命令是留活口，但是只要他活着，就根本不可能倒下。

两个黑服已经丧失战斗力，被遣送回总部接受治疗。

暴雨肆虐。

惊雷炸响。

比之前更加狂暴的天气。这时，积起一层水的地面瞬间冰化凝固。

坠落的雨点在空中凝聚冻结，形成硕大的长形冰凌向下坠落，锐利的尖端猛地扎入地表的冰面，溅开细碎的冰碴儿。

微弱的光线在冰面的折射下，有了晴天般的绚烂。

一层薄冰迅速地覆盖尼萨亚蜷缩在地上的身体，将他包裹起来。

越来越多的巨大冰凌从天穹坠落,猛地戳入地表,巨大的冲击力让它们硬生生地没入了三分之一的长度。

地表持续震动着。

十余名黑服跳离原地躲避,随后跃上冰凌的最高点眺望踏冰而来的青年——

水之异能者。

蓝色长发拂散,寒风掀起长袍。

他将右手举过头顶,身后自下而上形成一条巨大的冰龙。

你们杀了他吗?

冰龙发出一声震耳欲聋的呼啸,猛地向前扑去,地表上竖立的冰凌被冰龙疾驰而来的身躯一一撞碎。

他可以操纵水封住尼萨亚的血脉,再利用低温减缓血液流动,却感知不到他的心脏跳动……是冰层削弱了自己的感知吗……

"吼——"他大声咆哮,蓝色的眼眸逐渐赤红。

所有黑服皆跳离原地,避开冰龙的攻击。虽然在此环境下对方拥有发动技能的优势,但以一人之力挑战如此多的黑服,绝对是不可能的事。

"这个一定要活着带走。"为首的黑服高阶对其余人提醒道。

空泽强行召唤出乾鳞,转化为长戈的第二形态,冰凌从地表跃起,就像水晶花竞相盛开。

十三个黑服与蓝服分散开,从远处逼近将他包围。

乾鳞横扫,风雪肆虐。数十条冰龙汇聚成形向外扑袭而去。

最先击碎冰龙靠近他的黑服掷出长刀,乾鳞发出铃铛般的嗡鸣声,器灵跃出化作半透明的人蛇,盘踞在空泽上空仰头发出咆哮。

空泽狰狞的面部逐渐浮现蓝色的纹路,分布在眼睑下,形成诡异的图腾。

长袍被风撕裂,露出消瘦的双肩,脖子至双肩也逐渐蔓延开扭曲的蓝色图腾,像是妖冶绽放的曼珠沙华。

离他最近的黑服震惊,这般强大的力量,还在扩张……

"吼!"已经彻底狂暴化的空泽张嘴咆哮,露出尖锐的獠牙,乾鳞在其灵力的影响下巨大化,长戈顶部生长出锋利的倒刺。

戈刃横扫劈出银白色气刃,来不及躲避的三个黑服被拦腰掀出,斩伤了腹部。

细碎的冰凌在半空悬浮。

根本无法靠近他!

为首的黑服高阶发出指令,改变集体性的攻击形式,改为车轮战。空泽在正面对抗两个人的同时,还面临着侧面以及背后的袭击。

一个黑服中阶都无法轻易制伏,简直是耻辱。

理性被吞噬殆尽。

凌桑悬浮在冰凌之上,无措地眺望着。

空泽……会毫无顾忌地杀了他们……

意识……丧失了吗?

"啊——"

咆哮,也是惨叫。

铺天盖地的冰凌将视线所及的区域都埋成晶莹的坟茔。

透明的冰面溅上了血色,仿佛绽放出艳丽的花朵。

"空——"她喊到一半忽然哽住。

他会死。

强烈的恐惧包裹住自己的内心,寒冷让全身的肌肉与骨骼颤抖起来。

喘息急促,呼出的气散化为雾。

"啊——"

凌桑仰头发出凄厉的尖叫,黑色长发在烈风中翻腾着。

天幕逐渐暗淡,上空逐渐浮现出巨大的暗红色图腾,将整个天幕遮盖。

图腾内部纹路契合,开始旋转起来。封印的咒文扭曲成蠕动的字符,图腾边缘呈现出碎裂形态的棱角散发出丝线,向外辐射开来,速度堪比流星。

不祥的图腾逐渐覆盖了整个地域,覆盖了整个国家,覆盖了邻国上空,甚至再放任下去就足以覆盖整个世界。

日光透过图腾,化为暗色与亮色交杂的殷红。

灼热的温度炙烤着大地,冰雪消融成水。

附近所有的人都惊恐地仰望天穹,这是神明降临还是恶魔出世……

所有黑服不再妄动,看着上空那个竟然能召唤出最大黄泉印的女人。

"你们,走。"凌桑血色的眼眸狰狞恐怖。

一个黑色身影逐渐脱离她的身体,缓缓凝聚成高大的人形站立在她身后,与凌桑做出一模一样的口型,但并没有发出真实的声音。

依然是凌桑平静的声音传来:"你们走,我就不开启……黄泉印。"

天穹封印的图腾中传出千万异形的嘶喊,黏稠的黑色液体从图阵的裂缝中渗出。

第二十章
你们三人聚在一起容易毁灭世界

只要开启黄泉印，出世的就是全部的亡灵军。

居民们惊恐的惨叫声响彻上空，即使他们在遥远的无人区，也能够清楚地听见无辜群众的惊叫。

空泽的水性在灼热温度的炙烤下逐渐减弱，虚脱的身体终于透支，他猛地跪倒在地，皮肤表面的蓝色条纹逐渐褪去。

尼萨亚从融化的寒冰中露了出来，眼睛迷茫地睁开一条缝，看到了暗红的天空。

黄泉……是这样的场景……啊……

红色的天空渐渐覆盖上巨大的黑色阴影，隐约可以看见不明生灵的头颅与四肢——狰狞的爪子探出封印。

"还不走吗？"凌桑咆哮。

黑服向后撤离，但还不敢轻易离开，毕竟黄泉印就要开启。

这时黄泉印中探出来的两只巨爪缓缓缩回，上空的黑色头颅也逐渐消失。

"我不食言。"她做出承诺。

黑服们互相对视，终于做出统一的决定，随后使用转移阵全部离开。

凌桑仰头。

天空中的红色逐渐散去，半透明的图腾渐渐消失，大雨依然从天穹倾泻而下。

冰凉的雨水。

头发全部粘在脸侧与脖子上。

她跪在地上，埋下头。

天沧依然站在她身后。

"还是不愿意帮我开启黄泉吗？"天沧平静地问道。对她的反应，自己已经淡然了。

凌桑不做回应。

"……后会。"天沧闭上眼，身形消散。

头很痛。

凌桑把一碗粥放在桌子上，发出了轻微的碰撞声。

空泽依然弓起后背坐在床边，像个惨白的人偶。

"这个……"见空泽没动静，她就把碗递到他右侧，"好歹喝一点儿。"

"你煮的吗？"他有气无力地问了一声。

"……嗯，等我有心思了去做点儿别的，目前只有这个。"她勉强露出笑容。

空泽接过碗凑在唇边喝了两口。虽然已经很久没吃东西了，不过胃部没有什么知觉。

他停住，缓缓将碗挪开放在床头柜上，头低下来，有些难受地张嘴呼吸。

凌桑眯起眼："哪里不舒服吗？怎么像是我下毒了一样……"

空泽对她一摆手，示意她别过来，随即起身跟跄地走到垃圾桶边，将咽下去的少量食物吐了出来。

完全吃不下任何东西。

凌桑默默地看向没有任何知觉的尼萨亚，他躺在床上，消瘦得像一副骨架。

尼萨亚的右手骨骼碎裂，整只手臂呈现出诡异的扭曲姿态。

"空泽，"她看着尼萨亚轻声开口，"有没有想过回极泫城？他……撑不住了。"

回极泫城，尼萨亚至少还有恢复的可能。

以他们目前的能力，已经做不到任何其他的事情了。

"公局与极泫城起冲突会是什么后果？"此时空泽只能无奈地冷笑，"还不够吗？"

他缓缓地走向尼萨亚，俯视躺在床上的他。

"要是右手也废了，你整个人……就彻底废了吧？"蓝色的眼眸里充满了戏谑。

若是尼萨亚知道自己要面临如此后果的话，他绝对会选择不再活下去。

他是非常倔强的人。

在听到空泽的说话声后，缓缓苏醒过来的尼萨亚完全没法睁开眼睛，只是勉强张开嘴，对着虚无的空气喃喃："我是不是……死在这里比较好……"

"……"空泽只是看着他。

"杀了我……就好了。"

空泽俯身，右手抚摸着尼萨亚的下巴，轻声说道："你会活下来的。"

"我已经没用了。"

"不会的。"

"我不想死在他们手里。"

"不会的。"空泽又轻声重复了一遍。

尼萨亚没有了声音，嘴还略微张开着，但意识已经再度涣散。

空泽疲惫地坐下。

"你想吃点儿别的……吗？"凌桑小心地轻声问道。

"去外面随便给我买点儿什么吃的过来。"空泽捂头。

"啊，好……"

他们暂时停留在一个小镇的旅店里。

空泽目送凌桑离开。她的身体也越来越差了……桑会生病吗？

雨小了，但并不会停。

现在，就只有他一个可以做出决定的人了。

抬起左手将通信表开机。

半分钟后，再熟悉不过的页面展开，瞬间所有的消息弹出来，充斥了整个屏幕。

他一个都没看，选择全部清除。然后没有丝毫犹豫地点开埃斯利亚的通信方式。

埃斯利亚……如今再见到这个名字，仿佛已经隔了很久。

精灵的眼睛忽然睁开，透明的虹膜收缩。

他从座位上跃出，没有重力的身体缓缓向前飘移，身形忽而透明消散。

他的双脚落地，飘散的银白色长发温顺地垂落在背后。

一抬眼便与一双绝望的蓝色眼睛对上。

"空泽。"精灵缓缓露出微笑。

空泽右膝跪地，左手支在地板上："请救他。"

"所以才选择联系我吗？"精灵看着他，脸上的笑意逐渐消失，"因为这样……才屈服吗？"

"不是屈服……"他本来是要绝望地喊出来，但是只能将所有情绪隐忍下来，身体略微颤抖。

"放下你那高贵的尊严面对我，这就是你最终的选择吗？"精灵哀悯地看着他。

"我不是让你来说教的！"空泽忽而仰头咆哮。

"我知道了。"精灵再次露出和暖的笑容，缓缓走向床边，眯起眼看着尼萨亚。

他将双手放在尼萨亚的右肩上，缓缓向下抚摸，白色荧光发散之间，骨骼和关节以肉眼可见的速度愈合。

使用如此强大的愈合术法定会极大地消耗精灵的灵力，但若不能够尽快愈合，尼萨亚右手组织会彻底坏死，最终只能废掉。

埃斯利亚也有些力不从心地呼出一口气，他俯下身抬起右腿，将膝盖压在床上，双手抱起尼萨亚，将他搂在胸前。

白色荧光从他全身散发出来。

很久没见面了，尼萨亚。

精灵缓缓地呼吸着，将自己的自然之力注入对方体内修复其心脉，良久才睁开双眼，用力地将尼萨亚横抱起来。

埃斯利亚的身材并不魁梧，但要将一个男人横抱起来也并非难事。

"埃斯利亚。"空泽不安地叫了精灵一声。

"我要把他带走，"精灵看着空泽，"既然你与我取得联系，总得付出代价。"

门忽然被从外面打开，走路走得脸颊有些泛红的凌桑茫然地看着室内的情景。

"你们都安好，那就太好了。"精灵的双眼眯起来，"回去了。"

若是不回去，迟早面临更加危险的情况。

精灵脚下出现转移图阵。

没有空泽示意，凌桑已经默默地踏进去站在埃斯利亚身侧，抬眼望向空泽。

空泽也向前走了两步，踏入转移图阵的边缘。

"不用怕。"埃斯利亚微笑。

图阵启动。

不管空泽的意识如何清醒，在转移的瞬间他全身的力气忽而被全部抽离，身体向后倒了下去，背部竟然陷入柔和的棉绒中。

不……不要……

他努力睁大眼，但是眼前只有黑暗，什么都看不见。

"空泽？"

"……嗯。"他沉闷地应了一声，伸手要去推开那张挡在自己面前的脸，但发现右手根本抬不起来，全身也酸痛到无法动弹。

"空泽……该吃药了。"

他已经能够想象面前这个人正露出怎样的一副圣母相。

恍然间意识跳跃回寒假末，在受到黄泉印的瘴气侵蚀后，自己也是如此半死不活地窝在源溯家中慢慢恢复。

只要恢复了，回到学院去开始一个新学期就好了。

什么都没有发生过，一个崭新的学期。

"空泽？"

他再度昏睡过去，下意识地应了一声算作交代，却忽而感觉到一个温热的搪瓷勺子钻入了自己没有咬合的上下齿间，接着浓稠苦涩的药汁充满了整个口腔。

"咳！"他猛地咳嗽了一声，不过好在没有把药喷出来，适应了很久才终于把药咽了下去。

此时意识清醒一些了，他在受惊后坐了起来，眼睛也终于睁开，看见了源溯温和的笑脸以及一大碗黑暗物质。

所有破碎的记忆重新组合涌入脑内，他呆愣地坐着。

你们三人聚在一起容易毁灭世界

"这个一定要喝完,你根本不知道自己的身体状况吧……"源溯把药碗塞到他手里,"医师说你是动用了什么禁忌的力量,内脏受了相当大的损伤,所以务必要喝点儿药了,恢复不了的话都没法吃饭。"

"桑呢?"空泽忽然抬眼问源溯。

"呃?"

"桑呢?"

"她生病了,就托付给其他人照顾了……"

"生病?"空泽皱眉。

"是发烧了,应该没什么大碍……我也只是听说。"源溯解释。

"在谁那里?"

"这个我不清楚啊,埃斯利亚叫我过去把你带回来的,我就去了。"

于是你就屁颠屁颠地把我领回来,别的就不管了?

不过话说回来,他确实也没必要管别的事……

如果这是埃斯利亚的安排的话,那么目的应该是……把他们三个人相对安全地从空间地域上隔离开来。聚在一起就会毁灭世界吗?

"他也吩咐我不能让你离开这里,直到他与公局交涉完。"源溯解释。

"……"空泽点头应允。自己目前什么都做不了,就等待……结果下来吧。

凌桑坐在台阶上,身上穿了一件有些偏大的紫红色长袍。大腿上放着一个白瓷盘子,装的是分量十足的樱桃。

她默默地看着这盘樱桃浓郁的暗红色色泽。

台阶下的场地上,两个女孩与一个男孩吵闹着追逐。

她将一个樱桃拿起来放在眼前,近乎痴迷地看着,完全屏蔽了外部世界。

柔亮的暗红色氤氲。

"不是让你吃掉的吗?干吗和它进行精神交流?"

她将意识缓缓地收回来,迷茫地抬头,看见了站在身侧的慕德兰。凌桑缓缓地眯起眼,绽开微笑:"并没有很想吃的念头而已。"

慕德兰也坐在台阶上,抬起右手相当顺手地将手背"啪"地拍在凌桑额头上:"你感觉好点儿了吗?"

"嗯,没事的,现在只是有些感冒而已。"她耸起双肩继续笑道。

因为先前又淋雨又受寒的原因,到头来病倒的是自己,她还真忘了自己只是很普通的人类而已。

"听说你可以打开黄泉印。"慕德兰提起这个话题。

"嗯，怎么听说的？"她缓慢地说着。她来到这里之后整个人已经冷静下来，如此安宁的环境让思想都生出一些惰意。

"只是随便去行政部那里打听了一下，"慕德兰相当不满地将右拳撞在左手掌心，"那么敷衍的态度，看我加入公局后怎么虐他们——"

"啊，其实……"她解释道，将头低了下去，决定还是不要再提起这件事了，"只是误传而已吧。"

"那你是怎么缠进去的？"

她仰头，有些艰难地回忆道："仔细想起来头绪确实有点儿乱……"

不过，好像忽然想到了什么。

"你没有听到任何有关天沧陆的消息吗？"她回问。

"天沧陆是啥？莫名耳熟是怎么回事？"慕德兰瞬间迷茫。

"……你历史老师白教你了。"

这么说来，似乎并没有其他人知道黄泉印与天沧陆之间的关系。

如果知道了呢？会是新的曙光吗？

台阶下的孩子已经凑到了五个，这时一个女孩脱离队伍跑上台阶，猛地扑向慕德兰，挂在他身上："陪我玩！"

"自己去玩，我们有这么大的年龄代沟看不见吗？"慕德兰把她从自己身上拽下来。

女孩子从哥哥身上跳下，很顺手地从凌桑腿上的盘子里拿了一颗樱桃放进嘴里，然后噘着嘴，很不高兴地看着凌桑。

"哎……别这样看着我啊。"

"哥哥是我的。"甩下一句话后又顺手拿上两颗樱桃的小朋友张开双手跑下了台阶。

"……"该说什么好？

"啊哈，别介意，所以说小孩子什么的真的很烦。"慕德兰耸肩。

"你们家族孩子还真是多啊。"凌桑自然地转换话题。

"是啊，因为都是同辈，所以每一代的年龄都不会差太多。"

"你在你这一辈中排行第几呢？"

"排行是……排名吗？"他并没听说过这个概念。

"就是你是同辈中第几个出生的孩子啦！"

"噢，第三个，不过我是最厉害的，就是老大。"慕德兰有些狂妄地笑了起来。

"啊，真好。"她也笑了起来。

能够有这样的自信与必胜的信念，还真是让人羡慕呢。

快要忘记来这里的原因了，当她每天都坐在台阶上出神时，还是会暮地想起其他人——埃斯利亚，到底是多么辛苦地为他们请求宽恕呢？

"差不多就是这样了。"埃斯利亚起身。

"我知道了。终究只不过是几个孩子在叛逆期而已。"对方很理解地点头。

"能够得到你的支持,真是太好了。"精灵露出微笑,他也疲惫不堪了。

"要引导时刻可能走偏的年轻人,你也真是辛苦。"

他回到自己的房间坐下,一个半透明的女人身形显现出来,端来一杯茶放在桌上后就消失不见。

埃斯利亚垂下眼眸,缓缓端起杯子,轻声说道:"谢谢。"

他刚要咽下茶水时,忽然响起了敲门声。埃斯利亚含着那口茶,有些不解地转头去看房门,门逐渐被推开,拜访者从门后露了出来。

"咳!"他忍住没把茶水喷出来,咽下这一口后,他叫出对方的名字:"凌桑。"

"嗯。"凌桑俯身向埃斯利亚行礼,"我有事找你。"

埃斯利亚哀怨地看向一侧的慕德兰,轻声责备道:"不是让你看着她的吗?"

"是啊,我一直都有很认真地'看着'啊。"慕德兰一脸纯良地看着凌桑。

"……"埃斯利亚头痛了一下后转回原来的话题,"那么凌桑,你找我有什么事?"

"是关于黄泉印的事。"

"是吗?"精灵并没有任何惊异地笑道,"请说。"

"黄泉印便是天沧陆。"凌桑双手在腹前握合,低下头轻声说道,"黄泉,就是一个国家。"

"……"

"我能说的只有这些了。"她转身准备离开。

"你知道的应该更多。"埃斯利亚开口。

"我不知道说明这件事的利弊,我只是相信你。"

"请等一下。"

她停住脚步。

瞬间,埃斯利亚就贴在了她的身后,右手握住她的后颈,"你身上……有什么不是活物的东西……"

她睁大眼。

埃斯利亚将右手向下挪至凌桑后背:"请离开她,即使你对我不屑一顾,我也有与你同归于尽的能力。"

凌桑忽然明白,自己身上的,是天沧。

但是埃斯利亚说出这么有气势的话,让人莫名感动是怎么回事……

"啊,这个是……"凌桑刚要告诉埃斯利亚完全不需要有就义的这个必要,后背就忽然像是猛地蹿出了什么凶猛的东西,让她整个人向后趔趄了几步。

黑色雾气弥漫，逐渐汇聚成人形。

天沧低沉地咆哮一声，扬起右手，埃斯利亚也完全没有示弱地打出气浪反击。

但是要将这个充满怨念的灵体净化，埃斯利亚知道自己还没有这个能力。

"够了！"凌桑猛地转身，扬起右手挥下。

上空扫过巨风，猛地向下扑压，天沧的魂体被碾碎，重新化为飘散的黑色雾气。

避免一场恶战后，埃斯利亚倒吸了一口凉气。黑色雾气腾跃回凌桑身后，渗入了她的后背。她后背至肩上的皮肤显现出黑色的图腾，雾气完全进入后，图腾消失。

"这是什么？"埃斯利亚皱眉。

"天沧陆将军。"凌桑顿了一下又补充道，"我也不知道什么时候附上去的……不过他对我并没有什么恶意。"

"如果不强行驱逐他离开，你的身体会受到严重的侵蚀。生者与死者不能共存。"

"他也在尽力减少对我的影响了……目前我没有感到不适。"

"如果你能与他沟通，就立刻让他离开。"埃斯利亚很严肃地皱眉。

"至少在这件事解决前，我必须允许他待在我身上。"凌桑有些委屈，但是语气上没有丝毫的让步。

"……"

"请原谅。"凌桑向埃斯利亚鞠躬致歉。

埃斯利亚理解地点头。

这是握在她手中的最后一张王牌，在最终判决下来之前，她不会放弃。

"我……走了。"她终究还是有些不安地说道。

"嗯，"埃斯利亚点头微笑，"不用担心最后的结果，已经没事了，后果不会严重的。"

精灵看着她离开。好在都及时回来了啊……虽然他们重创了公局的十余名黑服，但至少没有人死亡，酿成更大的悲剧。

他没有再坐下，而是走出房门，打开隔壁房间的门走了进去，靠在床边，看着依然昏睡的人。

"尼萨亚，能醒过来了吗？"他轻声问道，"只能勉强一下你了。"

听到声音后，尼萨亚睁开眼，眼神暗淡无光："怎么样了？"

"没事，只是明天你不管怎样都得起来，至少要亲自去一趟。"埃斯利亚微笑。

尼萨亚侧过头看着他，沉默良久后再开口："所有惩罚，请由我一个人承担。"

"这不是你说了算的……不过你这是愧疚了吗？"

"我只对他们两个有所愧疚。"毕竟，自己是学长。

"那么对于你自身，你就不后悔吗？"

"我只是遵循了我自身的信念，没有后悔这一说。"

"真是固执啊……"埃斯利亚无奈,只能微笑着伸过手去摸他的左脸,"至少右手是可以恢复过来的,但已经没有了左手,左眼视力也不行了吧……对于这些,自己对自己就没有愧疚吗?"

"没有。"永远冰凉的执着。

"想要对别人负责,就先对自己负责好吗?不能对自己负责,如何去保护别人?"尼萨亚闭上眼,精灵也就不再与他聊下去:"继续休息吧,待会儿我带食物过来。"他走出去关上门。

还是得抽时间与凌桑好好谈谈,虽然三个人中她年纪最小,但她绝对是最好说话的,也是最容易沟通的。虽然三个家伙的固执程度都排在同一条水平线上。

第二日。

源溯接到通知后,带空泽到了 Sritana 行政部,凌桑已经等在那里了。两个人再度见面,谁都没有先说话的打算。

大约沉默十分钟后,埃斯利亚搀扶着尼萨亚走了进来,让他坐下,于是继续沉默。埃斯利亚看了源溯一眼,源溯便会意地转身离开。

"在被监察部门训话之前,想先听我说两句吗,你们三个?"精灵微笑着环抱双手,靠在墙上,"总之,不管决议如何,你们都没有机会再做出类似的事情,这次我们为你们争取来的机会,希望你们珍惜。不管如何,请摆明自己的态度,尤其是你,尼萨亚。"

"……"尼萨亚低头看着桌面。

"我只能做到这里了,不要再让我失望。"埃斯利亚不再说话,一个陌生的黑服走入房间。他大约四十岁,消瘦的脸型给人相当紧绷的感觉。

凌桑与空泽站了起来。尼萨亚将右手支在桌子上,但腿部根本无法用力。

"坐着就好了。"黑服坐下,从资料夹里抽出了一大沓文件放在桌子上。

空泽和凌桑都坐了下来,只有埃斯利亚作为旁观者依旧在墙边站着。根据他的猜测,这些文件也只是形式而已,最终的决议只是一句话的事。

"我想知道你们的态度。"没有一丝好脸色的监察人员扫视面前的三个人。

"对于这件事,我们相当抱歉。"自知自己是最容易说话的,凌桑很明智地最先开口,"请求公局原谅我们。"

"我接受决议。"空泽接着开口。

尼萨亚抬眼,没有说话,但也没有辩驳。

"现在才承认,我会不可避免地当作敷衍。"男人回复。

"如果你一开始就抱着我们会敷衍的心态,那我们就无话可说了。"凌桑轻声说道。

站在一侧的埃斯利亚闭上眼,深吸了一口气后缓缓吐出。好在有凌桑在……只要她能够避免冲突,那么一切都可以顺利进行……

第二十一章
最终决议下达

"那么我也就不探究你们究竟是何种觉悟了,之后会有人找你们单独面谈,只要你们如实交代动机,我们绝不会为难你们。"男人跳过上面的话题直接切入,"这一次总归是饶恕你们了,但你们已经被公局除名,作为黑服的空泽暂时剥夺你的黑服身份,凌桑也暂时没有考取黑服的权利。"

凌桑眯起眼接受一切。这已经是最轻的判决了,即使是剥夺权利,也加上了"暂时"的限制,意味着公局还是可以用"赎罪"的方式榨取他们的免费劳动力的。

只是空泽失去黑服的身份会相当尴尬吧?

"是否接受?"

"是。"凌桑点头。

"是。"空泽面无表情地轻声回答。

他们心里都清楚,这已经是公局能做出的最大让步。

公局似乎意识到原本那样强硬的态度,会将本可以回头的人逼上对立的绝路。若是一味追捕,并强制施以制裁,没有人会让自己陷入任人摆布的境地。

只要是有思想的生命,都会走上对自己最有利的路。

最终,公局妥协。

男人将视线转向尼萨亚,尼萨亚始终低着头没有言语。

"尼萨亚,黑服身份永久剥夺,Sritana高中部除名。"男人顿了一下,"学籍转交Sritana大学部。"

尼萨亚有些不解地抬眼。

"怎么?觉得处罚太轻了吗?"男人皱眉。

凌桑与空泽将视线投向尼萨亚。良久,尼萨亚点头开口:"服从。"

"那么,通知完毕。"男人起身向众人告辞,"其余通知之后会陆续下达。"

"辛苦你了。"埃斯利亚的双眼又眯了起来,他走到门口,向对方行礼。

监察部的男人转身离开。

埃斯利亚转身,依然是一脸温和的笑意:"那么就是如此了,回归正常的生活轨道吧。尼萨亚还是继续在我那里待一阵子,等身体痊愈。"

"那就拜托了。"空泽离开。

凌桑愣了两秒后就要去追赶他,埃斯利亚对着她的背影说道:"凌桑,今晚请来我宿舍找我。"

"啊,好。"

空泽依然闷头儿往前走着。凌桑小跑着追赶上他,问道:"你不高兴吗?"

"没有,确实应该庆幸。"空泽面无表情地继续走着。

"……"大概是虽然被免除了其余惩罚,但心里依然不好受吧,"那么你现在要去做什么?最近还是清闲一下吧。"

至少公局不会再用任务单砸你了。

"我去找席勒,让他帮我从公局取一份资料出来。"空泽用"你完全不用操心"的语气回复。

"原来这才是席勒的正确使用方法吗?"

"你闭嘴。"

这件事并没有更多的人知道。席勒与源溯是不会对外声张的,行政部也封杀了与这件事相关的消息。

只是请假一阵子的人终于回来了而已。

既然晚上要去找埃斯利亚,凌桑就先在空泽房间里待着。黑服都住在三号馆,空泽房间到埃斯利亚的房间并不远。

已经从席勒那里拿来资料的空泽,右手托着下巴,坐在桌子旁一张张翻看。

"到底是什么?"她问道。

"公局派发给尼萨亚的所有任务单的详细内容。"他懒散地回复。

看到如此厚的一摞,明显尼萨亚出任务的强度比空泽还要大得多。

"这个都有备份的吗?"

"嗯,每名公局成员都会有独立的档案备份资料。"

"那你打算研究点儿什么出来?"

"你自己来看就知道了。"空泽继续懒散地翻着任务单。因为才休养不久,他的精神状态依然不佳。

凌桑坐在桌子对面,抽过任务单仔细地看下来。其实一张资料内的重点并不多,主要在于任务的内容与完成评价。

内容:剿灭绮罗山全数白陵族群支部。

目标消灭嵩云盟全数347人。

协助夜妖白势力赢回区域占领权，并且扑杀境内全部黑势力。

清除B15区全部清音组织残余党羽。

……

几乎所有任务单上的完成度评价，都是A。

"A是最高等级，比如我基本都是以B为主，C才是公局中任务完成度的平均水平。"

"他确实很厉害啊。只不过他完成的任务……相似度有点儿高……"

"问题大概就在这里。"空泽点头。

因为尼萨亚力量强大，擅长武力，所以被认定为最适合独战，分配给他的任务皆是大规模的全体歼灭行动。

全部歼灭，便是不能看到任何指定对象存活下来。

不管年龄与性别，也不管对方究竟是出于什么认知，必须全数消灭。

他是天生的杀手。

但他很迷茫。

"这些行为似乎与覆没天沧陆……没有区别。"凌桑喃喃地说。

"但是世界，就是如此。"空泽露出无奈的笑容，"种族交替，灭亡与新生，而公局只是在这样的自然法则下建立起来的让世界能够更好发展的维护机制，以最少的牺牲谋取最大的共同利益。"

凌桑很认真地看着空泽，终于吐出一句："多么痛的领悟。"

"……"

一块冰锥砸到她额头上。

凌桑无比淡然地任凭冰锥在重击自己的额头后掉了下去，然后继续翻看一张张的任务单。

同样，人类的历史也是这样发展起来的。

不管在哪个世界，都是如此的规则而已。

尼萨亚，感到的是无奈与绝望吧？

"你是要找这一份吗？"空泽将一张纸推到她面前。

内容：追查天沧陆残余冥轮踪迹并且全部抹消。

其中给出的大致地点范围并不是如今冥轮所在的位置。这张任务单还没有回馈给公局申报完成，但是可以想象尼萨亚已经调查过，并且使冥轮转移了驻扎地。

"看来是没有完成了。"空泽说道。

"尼萨亚能够脱离公局，或许是件好事。"凌桑眯起眼，"让他平静下来吧。"

但是，总归需要有人来替代他继续做这项工作。

整个世界，这个庞大的机制依然在运行。

"既然你也看过了，那我就销毁了。"空泽将左手拍在桌面上，所有的纸张扬起悬浮在空中，忽然全部燃烧起来，最后连一点儿灰烬都没有留下，"你觉得呢？"

"他自知已经迷失于杀戮，所以才反过来，想要违背公局的命令寻求解脱吧……"凌桑说道，"但我们所认为的，永远只是我们所认为的而已。"

没人知道尼萨亚究竟是怎么想的。

她站了起来："我去找埃斯利亚了。"

"祝好运。"

凌桑敲了敲埃斯利亚的房门，门自动打开。埃斯利亚就坐在室内的椅子上，听到动静只是瞥了凌桑一眼，另一把椅子自动挪开，埃斯利亚示意她坐下。

"尼萨亚呢？"她问道。

"在隔壁备用间里，毕竟也是大男人了，与我一起住的话难免尴尬。"埃斯利亚微笑，"想喝点儿什么吗？"

"啊，不用了。"

"刚从空泽那边过来吧？"继续微笑。

"嗯？"这个也知道吗？

"他的气息在你的身上还留了一些。"精灵耸肩，"那么我们就来说正事，你对于这次决议有什么疑惑吗？"

"确实有。"她说道，"其实我很不理解，为什么公局忽然这么宽容了。"

"实际上是我调查了一些事，在人类世界是十八岁成年吧，你还不到年纪。"

"啊，确实，但他们——"也不到成年？

"每一个种族的个体发展都不同，极沄城的成年标准是30岁，尼萨亚所在族群的成年标准是50岁。所以看起来倒是你会最早成年。"

"啊，好神奇……"

"所以公局的严苛条例是很难适用于未成年成员的，现在明白了吧？"

"……嗯。"凌桑点头。

"公局执政与我的关系比较好，我将这件事拜托给他，让他替我出面解决，所以我也欠了他一个人情呢。"

"真是辛苦你了。"

"不要告诉他们，就让他们以为是公局的恩惠好了。叫你来，是因为我觉得有些话，三个人之中大概只有你会认真听。我会抽时间再和空泽进行简单交流的，至于尼萨亚，我几乎无法和他沟通。"

"如果你都说服不了的话,那么其他人都没办法了吧?"

"一种价值观念并不是我灌输了就能够建立起来的,他可能需要时间自己去理解。你们年轻人应该对于世界的不公平,心里有所介怀吧?"

她沉默了一会儿,点头应道:"是的,但是又因为自己无力改变现状,所以只能无力地自责,这才是最痛苦的事。"

"也就是在这样的思考中,才会迷途吧……"

她沉默着。

"将一切归咎于这个世界的秩序,认为或许颠覆这个世界能够有所改变。抱着这样的热血,最终却葬送了自己的青春,这大概……是更可悲的事吧?"

"……嗯。"

"你们会明白的,你们最终都会明白,如何正确地去改变这个世界。"

"要投入秩序之中吗?"她轻声问道。

精灵半敛的眼眸温和地看着她。

"谢谢你了。"凌桑点头。

作为引导我们的光芒。

"未来需要的还是你们,从秩序下长大的青年,更能理解这个世界。"

感觉内心已经彻底释然了,她缓缓吸入了一口气,再缓缓呼出。

"天沧陆与黄泉印之间的联系公局目前正在调查,等到确认后会有办法解决的,感谢你提供这个消息。顺便问一下,你知道冥轮目前在哪里吗?那些天沧陆的后裔们。"

"不知道。"她微笑着掩饰。

"没见到吗?"

"嗯,没见过。"

天沧陆的后人,就让他们平静地生活吧。公局就不必再打扰他们了。

尼萨亚在康复后被调到了 Sritana 大学部,在那之后相当长的一段时间里凌桑都没有再看到他。

不过如今看到空泽,再想到他要到三十岁才能成年,总觉得自己有一种莫名的沧桑感……

于是自己必须得旁敲侧击:"你们那里的人结婚时都是多大?"

"嗯?"空泽眯眼。

"你们三十岁成年的传说是真的吧?"

"啊,是有这个规定。不过你从哪儿听来的传说?"这回不仅眯眼,就连眉头都皱起来了。

"是成年以后才能结婚吗？"

"也可以提前……"他终于有些明白过来地露出恍然的神色，"所以？"

"所以你会不会觉得我很老？"凌桑的脸痛苦地皱成一团，坦白地问道。

"……"空泽思考了好几秒才回复，"你的心从没年轻过。"

"啊呀！我是指……"

她忽然发觉，自己身后站着源溯以及更远处的满满一圈的围观学生。

"你才发现吗？"空泽哀怨地眯着眼。

他是正对着所有围观群众的。

因为他此刻就背靠在墙上，凌桑双手支在他腰部两侧的墙面上，把他三面围了起来。真是一种"我要向全世界宣布空泽殿被我承包了"的姿势。

凌桑将眼睛转回来，继续无比淡定地开口："其实我是指……"

所有人都竖起耳朵。

"……这样你还有机会长高是吗？"

"……"空泽更加淡定地一巴掌拍在凌桑脸上，把她推了出去，随即将装了书的背包往右肩上一甩，直接离开。

围观群众紧急疏散。

众人都注意到最近空泽没有穿制服，他确实不经常穿，因此倒也没什么人特别在意这件事。

"啧啧啧！"源溯发出谜一样的声音，从凌桑身侧走过。

"……什么情况？"凌桑哀怨地一眼瞥了过去。

下午，凌桑一下课就在教室门口看见了瑛绮。她以为瑛绮是要找别人，就自顾自地离开了，但随即就听到身后有人微弱地喊了自己一声："凌桑。"

她转过身："嗯？怎么？"

"抱歉来找你，我想知道……尼萨亚在哪里，我联系不上他……"

"来来，我们先走。"凌桑拉住瑛绮，穿过人多的走廊，走到无人的转角处，"他已经去大学部了，你可以去那里找他。"

"Sritana 大学部？"

"嗯，大概上面觉得我们三个人凑在一起会毁灭世界吧，于是就把他隔离开了，也不知道他忽然到大学部适不适应。"

"啊，那我去找他……"

"找他有什么事吗？"

"没……并没什么。"瑛绮腼腆地垂下头笑起来，"只是有点儿想他，怕他又出什么事……"

"可以告白了，时间不等人啊。"凌桑笑道。

"不，并没有……"瑛绮很不安地辩解。

"你是天沧陆的遗民吗？"凌桑轻声问起。

瑛绮惊恐地睁大眼，瞳孔瞬间收缩，她惶恐不安地看着凌桑。

"我猜的而已。"凌桑安慰她，"没事了，这件事已经结束了。"

"请务必不要说出去。"瑛绮对她鞠躬。

"放心，真的已经没事了。"

……连否认都不会吗？

最初就有这个怀疑，尼萨亚不会无缘无故地去认识与他不相关的人。

"……那我走了。"瑛绮匆忙地转身离开。

"……"被自己吓跑了吗？

下节课上，凌桑的通信表收到通知：

于今晚 23 时在 Sritana 行政部大厅集合，午夜整举办亡魂祭。

凌桑扫了 眼周围的同学，他们都没有收到任何消息，所以这份消息并不是公开的……既然只与她有关，那么应该是与黄泉印有关的事情。

亡魂祭。

是要安抚天沧陆的亡灵吗？

……有用吗？

她耸耸肩。天沧将军应该还沉睡在自己的后背吧？

不管是什么活动，只要有设定的时间在，她往往会习惯性地提前到场。结果在她到的时候，行政部大厅除了一个男性值班人员在，根本没有其他人。

常规情况下，行政部晚上不工作，大门也已经关闭。凌桑是推开备用的侧门进去的，里面一片漆黑，只有接待柜台上的一盏台灯亮着，一本书放在台灯下，身影模糊的男人正在看书打发时间。

男人抬头看了她一眼，又看向通信表确认时间，确定她是来参加亡魂祭的人，便没搭理地，继续埋头看书。

凌桑在旁边的椅子上坐了下来，打开通信表玩贪吃蛇。

大约十分钟后，整个大厅忽然瞬间透亮，她不舒服地眯起眼。

……开灯前能说一声吗？眼睛好疼。

站在侧门口，伸手打开灯的是……凌桑又眯了眯眼，夙夙。

"嗯？"夙夙还真没注意到旁边的椅子上还坐着一个人。

此时他还叼着一根棒冰，硬是眨巴着眼睛看了凌桑良久才反应过来，将棒冰拿回手里，笑道："你好啊，小家伙。"

"啊……你好。"凌桑的注意力全集中到他的棒冰上去了。

"来一口吗？"凤凰递了过去。

"……谁要。"她低头继续玩贪吃蛇。

"……"哪有拒绝得这么直白的？

凤凰看了一眼时间，发现还有时间，就说了声"我出去一下"便转身离开了。

之后陆陆续续地来了几名蓝服与黑服，凌桑就不敢再玩游戏，站起来靠墙边站着。

似乎是大学部的人，凌桑并没有在高中部见到过这些年轻人。然后是穿了一身月白色长袍的埃斯利亚走了进来，他没有穿制服，而且穿的这件长袍缀满了蓝色流纹，显得异常华丽，因而戳在众人间显得相当突兀。

精灵在与众人互相问好之后，也靠边站着，以免自己太招摇。凌桑本能地蹭了过去，与他站在一起。

随后门口又走进来一个没穿制服的青年。空泽大概也觉得自己穿了一件白衬衫有些格格不入，于是便径直走到墙角靠着，见凌桑和埃斯利亚在旁边，顺便也蹭了过来，和埃斯利亚这个同样没穿制服的人扎堆。

"都是什么人？"凌桑轻声问埃斯利亚。

"现在来的是大学部的人，再晚一些会有公局的人来。"

出去了一趟的凤凰回来，手里拎着一大袋东西，然后相当不见外地给在场大学部的人一个个分发。

凌桑眯起眼。棒冰。

什么时候自己手里已经被塞了一份了？

埃斯利亚已经拆了包装，优雅地舔着棒冰，凌桑侧过头，看见正在用目光交流的凤凰与空泽。

凤凰的右手拿着要给空泽的棒冰，空泽双手环抱在胸前，完全没有可以让凤凰塞棒冰的地方。

"所以你不吃？"凤凰眯眼。

"现在是吃棒冰的季节吗？"空泽一脸要顺从自然的严肃。

"等到了吃棒冰的季节，为了吃棒冰而吃棒冰，你还能体会到快乐吗？"

"身为火系的你想要什么冷冻的快感？"

"你别给我贫嘴，把它拿走就好了，要化了啊——"

话还没说完，凤凰提着的袋子里剩下的棒冰连带塑料袋一起冻成了一大坨冰块，连带着他手上举着的那根也包裹了一层厚冰。

"给你保鲜半小时不用谢。"空泽面无表情地说道。

"……谢谢！"凤凰抡起一大坨冰块砸在空泽脸上。

行政部大厅内所有人在听到动静后都往这个角落看了一眼，然后又集体将视线转了回去。

已经要把一根棒冰啃完的凌桑喃喃了一句"到底何苦"。

接下来到场的是 Sritana 的黑服教师以及其他部门的工作者，在等待公局人员到来之前，大学部的几个无聊的学生都跑去凤凰那里凿冰块取棒冰玩。

凤凰和空泽的这种莫名偏执的争执已经成功地转移到了空泽为什么不穿制服的话题上。

凤凰在公局有席位，定然知道空泽已经被公局除名的事情。就在刚扯到这个话题的瞬间，始终沉默的埃斯利亚忽然开口说道："空泽，你去给我倒杯水好吗？"

空泽秒回："不要。"

"不要闹脾气嘛，快去。"

空泽顺手用给埃斯利亚一坨冰块："你自己融着喝。"

"……"

不过好在话题已经被打断，凤凰也就没有再继续和他谈下去。此时门口忽然响起了一阵铃声，所有正在闲聊的人都安静下来，看向门口。

一个成熟的女人站在那里，手里拿着一个摇铃。她又晃一下摇铃后对众人说道："请诸位到门外来。"

所有人有秩序地走了出去，埃斯利亚在等众人都出去后，才跟了上去。

行政部门外已经由公局的接待者布下了一个巨大的转移阵法。

接待者在确认了人员后双手结印，启动了阵法。

周围环境迅速雾化，等到一片漆黑中再度透入天穹的星光，众人才发觉这里依然是室外，但是光线比行政部门外要亮得多。

众人出现在宽阔的草原上，身处于天地之间。

"请诸位务必站在最外侧的结绳之外。"接待的女人解释道，"这一次的亡魂祭对于诸位来说只是一次观赏，请诸位保持安静，不要做出任何举动。"

凌桑始终眯着眼，尽力降低自己的存在感。等到厌倦之后，她将眼睛瞥向远处，看见了其他早就到场的人。

其中，她似乎还看到了样貌格外出众的十几位精灵，穿了与埃斯利亚今天穿的一样的长袍。

第二十二章
安 息 ， 亡 灵 祭

祭祀场地粗略地看过去一共有三圈结绳，结绳是粗制的草黄色麻绳，铺在地面上，最外圈的直径接近一百米，最内圈直径大约二十米。

没有人想在这样的场合说话。

凌桑查看了一下时间，十一点四十五分。难得熬夜到这么晚，还真是很困。

聚集在一起的人群逐渐散开。毕竟外圈相当大，在场的人并不多，每个人都可以找到自己最满意的位置。

凌桑抬起右手虚点了一下食指，整片草原地面上缓缓扫过一道温和的气浪，在一片草茎晃动摩擦的"沙沙"声中，暗灰色的波纹在星光下荡漾开来。

精灵们宽大的长袍随风飘扬，十二位精灵绕着第二层结绳站成一圈，同时张开双手，打开宽大的水云袖。

在温和的夜风中，精灵们的身姿飘逸。到场的精灵并没有精灵王族的纯正血统，发色多数偏向浅黄与金色，也有两个人长发的发梢是净粹的天蓝色。

重叠在一起的铃铛声忽而响起。其中四位精灵将双臂扬起，手掌从宽大的袖口中露出，双手手腕处都系有一圈银色铃铛。

实际上，他们的脚腕上也绑有铃铛，在走动时隐约发出了铃声。另外四位精灵随即从袖子中取出面鼓，面鼓周围镂空的小圆圈上系满了一米长的金色、蓝色与红色交缠的丝带。

埃斯利亚踏入了最外层的结绳中。

凌桑站在埃斯利亚所在的这一侧，可以隐约看见百米外的黑暗处也有一个黑色的身影踏入结绳区域。

那个男人有着高大的体形，身穿一件黑色的华美长服，黑色长发披散，在后颈松垮地用银色丝线系住。面相看上去有三十余岁，如此华丽的服饰与完美的伟岸身姿让他再冷峻严肃不过的脸也显得异常美丽。

阳刚与阴柔，他与埃斯利亚两个人成为两个极端。

祭祀本来是要请用女性精灵的，但是没能够找出力量比埃斯利亚更强并且更适合作为女性的女性了，于是就没有人在意他终究还是男性的问题了。

零时整。

埃斯利亚与另一个男人同时从袖口中抽出接近半米长的折扇，并同时打开，在第二圈结绳间伴奏的精灵在收到号令后，开始踏出舞步，集体甩出长袖。

有节奏的铃铛声响起，清脆的鼓声与铃声交融。

伴着奏乐，埃斯利亚与黑色长服的男人反向踏出一模一样的舞步，每一次落脚时都踩住了铃声与鼓声，仿佛黑蝶与白蝶飞舞盘旋。

狂暴的风随之而起。

巨大的折扇扇动时甩起一米长的彩色流苏，冰凉的气流向四周扫荡而去。

莹蓝色光蝶从中央的舞者身形中飞散。

以两个人为中心的地面逐渐浮现出蓝色光斑，光斑向外扩散，逐渐形成一座巨大图阵的雏形。

舞者甩起长袖旋转，银色长发与黑色长发在夜风中飘扬。蓝色图阵在一阵阵铃声与鼓声中有规律地向外扩展着。

围观的所有人无声地惊叹。从未见过这种图阵，是没有出现在任何书籍上的珍贵之物，很可能是某种禁忌之术。

如此美艳与庄重并存的舞蹈，和妖娆与神秘兼具的图腾，绝对是众人有生之年第一次见到。

"那一个……黑色衣服的……"凌桑极小声地问身侧的空泽。

"他很少出现，基本上很难见到他。"空泽观望着，"他是公局地位最高的执政。"

"啊……"原来那个人就是执政。

"你没有觉得不适吗？"空泽蓝色的眼睛瞥向她。

"……没有啊。"

"是吗？"为什么他觉得周围的压迫力量越来越大了……

不只他，在场的所有人都能感知到潜在的危险……有人抬头，在此暗示下，所有人都逐渐仰起头来。

他们清楚，公局中最强的人都在这里，也许他们已经准备好应对一切突发的情况。

蓝色图阵中心的上空逐渐亮出暗红色的光点，红色荧光扩散开来，同样布出图阵。但是这个图阵呈现出立体的质感，每条纹路之间还密布着分叉的咒文。

凌桑睁大眼，这个她见过，最大的……黄泉印。

她的后背突然传来灼热的刺痛。

因为有天沧在，所以自己才感受不到黄泉印带来的巨大压迫感吗？但是此时天沧将军已经被惊醒，并出现了反应。

暗红色封印随着蓝色图腾一同扩散。

凌桑忽然惨叫一声向前扑倒下去，空泽迅速俯身把她拦腰接住，"桑！"

她大口喘息着，背部黑气渗出。

空泽搂住她，右手解开她制服胸前的扣子，猛地一扯就将她后背的制服扯开，再迅速拉开里面的T恤。

暗红色的图腾在她背后蔓延，随着黑色雾气的散发，图腾逐渐向中心收缩。

周围人都往这一边看了过来。

"没事的。"凌桑喘息了一会儿后逐渐恢复了力气，慢慢将自己软趴趴的身体直起来，扯过衣服后领整理制服。

天地之间所有自然的色泽全部消失，黄泉印已经覆盖了众人视线所及的整片天穹。

那一晚，整片大陆所有的国度上空都遍布了图腾的暗红色泽。

白色与黑色舞者的身影停住，两人对立而站，将双手打开挥起水袖，再缓缓将双手合在身前闭上双眼。

吟诵。

阵法外围的人听不清他们究竟在吟诵什么，第二层结绳处的所有精灵也都已经停下，一同低头吟诵。

所有吟诵声汇聚在一起的时候，百米之外的人能够隐约听见，像是一首沉缓轻和的远古歌谣。

地面的蓝色图阵散发出绚烂荧光，光斑纷纷化为透明的蓝色蝴蝶飞向暗红色的上空，逐渐没入黄泉印中消失。

黑色的雾气在凌桑身前汇聚成人形。

"天沧……"凌桑轻声唤道。

周围的人注意到了这个忽然出现的不祥形体，但是在亡魂祭中，不会有人在没有接到指令的情况下妄动。

半透明的身躯逐渐实体化，黑色雾气从他体内散出。

"想起我们了吗？"天沧喃喃。

"在为你们安魂。"凌桑说道。

"不得已才安魂的吗？"

"是不是不得已，是不是诚心，只有你能感觉得出来了。"

凌桑自知自己改变不了什么。

天沧陆能否接受这个世界对他们的忏悔与祈祷，不是她能决定的。

决定接受，抑或是决定再次将灾难降临到这个世界。

决定只是一瞬间的意志。

天沧将军缓缓踏入第一层结绳，黑色雾气将他身侧的蓝色蝴蝶撕裂。

踏入第二层结绳处，他身边的精灵被瘴气侵蚀，浅色的长发逐渐化为灰黑色。

他与埃斯利亚和执政对视，这也不是他能够决定的。

天沧缓缓仰头，望着上空黄泉印的中心。

"你们……是怎么觉得的？"

天沧陆的生灵们。

"……厌倦吗？疲惫吗？"

黄泉印红色荧光跳跃。

"……还是兴奋？"

所有人都沉默着，连带着埃斯利亚与执政。

黄泉印的咒文扭动，发出巨大的轰鸣声。

所有人的心脏都在剧烈跳动着，一旦封印解除，世界的覆没只会在眨眼之间。

躁动的黄泉印最终恢复了平静，跳跃的红色斑点逐渐消失。

祈祷，被听到了。

亿万只蓝色蝴蝶从地面的图阵中涌出，没入天穹。

暗红色图阵逐渐瓦解，从中心向外散去。

夜空中的星光与月光再次投向大地。

"结束了。"

天沧仰头看着恢复澄澈的夜空，暗红色双眼中雾气散去了，神色变得前所未有地轻松。

身体被环绕的蓝蝶淹没，最终蓝蝶散开时，他的身形已经消失不见。

天地间，盛大的光景铺展开来。地面上的蓝色图腾也慢慢消散，最后的蓝蝶全部飞向辽阔的天幕。从怨恨中挣扎出来，可以往生了。

一切恢复原状。

凌桑也仰望着苍穹。

"我只是意外地降临到这个世界中的。"她喃喃自语。生命的最初，她的存在便是意外。

世界，便是由无数个意外构成的。

站立着仰头的埃斯利亚露出笑意，缓缓将双眼合上，身体忽然向前倾倒。

执政侧身接住昏迷的精灵。

接待者再次摇铃，众人会意，自行离开。

第二日，凌桑勉勉强强地从床上爬起来去上课。上午课程结束后，整个人困到意识不清地走出教室，从 C 班沿着走廊走到了 A 班，正好看见慕德兰就戳在门口。

目测是会被拦截的节奏……她默默转身，宁可多走几步走反方向的楼梯下楼。

"阿桑。"后背被一只手搭上，随即慕德兰把她推到墙边，用双手把她围住。

"啊，你好。"自知自己躲得有些尴尬，凌桑只能不好意思地笑着。

"真的是很久没见了啊，最近很忙吗？"

"啊，那倒是没有……"她将眼睛向下瞥，分析着自己目前的处境，慕德兰的手拍在墙面上的位置偏高，自己应该可以很轻松地钻过去，然后一路狂奔甩掉他。

毕竟要忍受慕德兰背后如此多路人甲的惊讶目光可不是什么很舒服的事。

然而慕德兰好像已经猜到了她的打算，一抬脚就踩在了墙上。

"所以去吃午饭吗？"慕德兰微笑。

"……好吧，随你，不然呢？"凌桑捂头，"先放我出去。"

所以拦截的意义仅在于一起在食堂吃了一顿午餐，另外慕德兰给她买了一杯奶茶。

午饭后，凌桑回到宿舍老实地趴回床上补觉。兔子在书桌上踢着六个毛球玩，毛茸茸的毛球滚动着发出愉快的啾啾声。

有翻抽屉的摩擦声……睡不着，她翻个身脸朝下。

等等，翻东西的声音？

那个身影最终停止翻找，朝凌桑走了过来，然后一把拎起她的衣服后领，将她上半身提了起来……打扰睡眠不足的人补觉是会下地狱的啊！

神志不清之际，凌桑猛地向后勾起右腿，脚掌狠狠地踹在对方的下巴上——

"呜！"

几乎可以听到对方上下牙齿撞击在一起时发出的清脆响声。

于是，发泄完起床气后，她才满脸舒适地苏醒了过来——等等，自己舒适什么啊！

空泽的脸已经黑化了啊！

衣领被猛地一拽，凌桑整个人被拖出床铺砸在地上。

"真是对不起，我感染了起床气！不过话说回来，你又闯女生宿舍干什么啊？"

"你把以前刨出来的水晶石放哪里了？"空泽抬起右手用手背蹭着很有可能已经肿起来的下巴。

凌桑傻傻地坐在地上，仰头望着空泽发愣。被自己踹了一脚竟然没有太大反应啊……果然是因为最近他和自己的关系越来越微妙了，让他都不忍心教训自己了吗？

"你痴呆吗？"空泽提起右脚悬在她的头顶上空。

"……对不起，我马上去找！"凌桑连滚带爬地逃离原地。

空泽所说的水晶石是先前她和空泽一起外出执行任务时所获得的。当时在驱逐一条巨大的魔龙后，经过轰炸的魔龙洞穴底部露出一堆魔龙收集着玩的水晶石。当时空泽对这个类别的水晶石并没有多大兴趣，凌桑觉得好歹能卖一些钱，就把成色最好的挑出来装在包裹里带了回来。

空泽只知道凌桑只是喜欢收集漂亮的东西而舍不得拿去卖，当然也可能是在手头还有钱的情况下懒得去卖。

凌桑翻了半天衣柜也没找到，良久才恍然想起自己将它们塞到哪里了，便趴下去打开床底下的抽屉，掏出一大袋有杂质的蓝色水晶石："这里。"

"我拿走了。"空泽拿过后走向窗户，一只脚已经踩在了窗台上。

"嗯，请便……不过要做什么用？"

"对埃斯利亚有用。"空泽跃出窗户离开。

对了，埃斯利亚……凌桑不知道埃斯利亚怎么样了，便跟着空泽打算去看看。

三号馆。

空泽把水晶石先用水冲洗干净，然后拿着它们打开了浴室的门。

埃斯利亚泡在浴缸里，浴缸并不是很大，所以为了让他的上半身泡在水里，不得不把他的小腿搭出浴缸边缘外。

"嗯？"埃斯利亚察觉到动静后，有些慌乱地挣扎起来，将头露出水面，看着进来的两个人。

"出去啊……"他相当尴尬地轻声喊道。

"你继续躺着。"空泽走了过去，将袋子里的水晶石倒进水里，然后用手拨均匀。

"啊，不要了，很痒……"

"别动。"

"手……手拿开啊，好痒……"

在水晶石的作用下，灰色的瘴气从水中蒸发出来。精灵是纯净的生物，必须将吸收的瘴气全部祛除才能够重新恢复力量。

"翻过来。"

"我自己会翻啊……"

"太慢了。"空泽抓住埃斯利亚水嫩的胳膊把他提了起来，翻过身后再按进水里。

"呜，不要……"

凌桑终于看出头绪来了，空泽是要把精灵和水晶充分地"搅拌"在一起。

"硌到了，好疼好疼……"精灵呻吟。

"好了，差不多了。"空泽站了起来，甩出双手上的水后将衣袖放了下去，"这样基本上就没问题了。"

"好硌人……"埃斯利亚在水晶堆里蠕动了两下。

水晶释放的自然元素让精灵舒适了不少，最终还是快快地躺在水里休息。

"走了。"空泽打开浴室的门催促凌桑道。

"再让我看一会儿。"凌桑继续扒浴缸。

"明天有体育课，你也可以泡在水里。"空泽揪住凌桑的后衣领，直接把她拖走。

"啊……真是……"埃斯利亚将头探出水面换了一口气，"讨厌啊。"

尤其是明天还有那种活动，如果自己要出场的话，必须尽快把瘴气净化掉才行。

"所以是公共体育课吗？"凌桑眯起眼，区别何在？

"每学期都会举行全校性的体育活动，你真的有好好接收信息吗？过了这么久了，接收消息还是慢人一步吗？"

"倒不是接收慢人一步，而是翻译起来慢人一步而已……"凌桑哀怨地打开通信表拉出那一则消息，"要是你用英语发过来我还差不多习惯了，但最近的信息全部变成了卡曼克沙语是闹哪样……"

"发展第二语言。"空泽懒得告诉她是因为行政部下属信息部进行了人员调换，新的信息部副主任大概是个民族语言爱好者。

"这个语言我去问咕咕，连咕咕都翻译不出来啊……"

"咕咕是谁？"

"……"凌桑顿了一秒，然后非常平静地说，"一个翻译软件而已，不要在意。我们还是继续谈谈公共体育课的事吧。"

"……"

"所以这次体育公共课的主题是什么？"

她记得上学期公共体育课是全校性的长跑比赛，跑到树林地段的时候，还会有成群的羚羊冲出来对长跑的人群进行践踏。

当时还真是惨不忍睹，好在她一开始就机智地选择了围观。

"明天游泳。"空泽吐出四个字。

"噗！"话说天气还没转热吧？如此状态下逼着所有人下水真是锻炼体魄啊……

"真是对不起我不方便游泳。"她捂脸。虽然并没有不方便，但先应付过去再说。

"为什么不方便？"

凌桑很惆怅地仰望天空："算了，女孩子的事情你不用懂……"

"我可以了解一下。"空泽有些好奇地皱起眉头。

"请你别问了。"凌桑捂头，自己真不应该提起这个。

"哦。"空泽愣了一下，就抛开这个话题说，"到时候对衣服并不要求……只要你别穿得游不动就行。"

参考上学期那次长跑比赛的凶残程度，凌桑预测这次水里一定会有鲨鱼之类的生物，到时候水面上漂起一朵朵绽放的红花一定很美妙……

第二日。

虽说是可以衣着随便，但凌桑还是本能地为游泳选了一件短袖与一条短裤，短袖外披了一件长袖外套来御寒。

能够容纳全校学生的游泳池也一定能容纳鲨鱼，她坚信所有人都会有这个觉悟。

最大的广场已经在夜间由行政部改造成了游泳池，巨大的长方形游泳池一直延伸到东方森林内，看不见终点，树木都浸泡在水中，形成了热带雨林般的壮观景色。

从学生所聚集的广场到能看见的树林足足有三百米的距离，而这三百米的游泳池水质清澈，至少从热带雨林中跑出什么奇怪的东西也随时能看见。

男生们差不多都只穿着一条短裤就跑出来了，凌桑四处张望着寻找空泽，但在一群这么豪放的男生中，每个男生的可辨认度集体下降，在搜索无望后，她瞬间瞄到了笑得一脸灿烂地对她挥手的慕德兰……

凌桑刚移开视线，身后就多了一个人，一只手搂住了她的脖子："哎呀，还穿这么多啊，阿桑——"

"放开啦。"凌桑说道。

"没关系啊，没人在意。"慕德兰笑道。

凌桑又扫视过去，看见大家都为了取暖而挤在一起。

"抱团的都给我分开！"广场中央的台阶上传来冥罗的咆哮。每次集体机会都是由他来吼出各种事项，可以免去每次都要装卸扩音设备的烦恼，"全部排队站好！"

大家终于排成了稀稀拉拉的奇怪队形。

"现在听好了！你们的任务是进入树林去寻找三枚火麟石！谁能找到火麟石，它就属于谁！谁都不允许主动退出！时间只有一个小时！即使没有兴趣夺取火麟石的也必须在树林中停留够一个小时！火麟石的作用应该已经有不少人知道了，火系的人获得了可以提升自身能力，非火系者得到则可以对明火免疫！"

"很珍贵的东西，我家族里也就只有两块，并且都是由长老在保管。"慕德兰轻声对凌桑解释。

"真的这么贵重的话……应该是很难被我们找到的。"凌桑推断。她对于自己会找到火麟石是不抱有任何希望的，毕竟上头还有高二部和高三部的精英们参加，若是能让她意外找到，那主角光环也太明显了一点儿。

第二十三章 是食人鱼而不是美人鱼
FENGZHISHOUWANGZHE

"计时开始！全部下水！"

水性好的第一批直接跳下水，但都因为水温实在是太低而纷纷尖叫出声，活脱脱像是跳进了硫酸池里，适应了一会儿后他们就习惯了。

凌桑默默地退到队伍最后，最先下水的一批人已经游向树林。

"凌桑还不下去吗？"精灵温和的声音在背后响起。

凌桑缓缓回头："那你也不下去吗？"

埃斯利亚昨天在经受了空泽狂暴式的搓洗之后，今天发色意外地柔亮，穿了黑服精神也已经恢复得相当好了。他略微点头："我没必要下去。"

他向前走到泳池边缘，右脚踏上水面，然后又将左脚也挪了上去，竟然可以直接站立在水面上。

"这样就可以了。"

"哎，你也具备水属性吗？"凌桑只看见过空泽做过水上站立。

"精灵的话，对每种自然属性或多或少都会掌控一些。"埃斯利亚微笑，"别转移话题了，重点是你还没下来，从Sritana出去的学生要是不能全面发展可不行啊。"

"那个……"

"请不要再挣扎了。"

"那个……你后面……"

瞬间一个巨浪打过来把埃斯利亚浇了个透，余浪冲到岸上顺带把凌桑冲倒在地。

叫你秀优越。

"所以……是谁？"始终露出谜样微笑的埃斯利亚全身湿淋淋地转身，远处三个高二部的男生喊了一声"快跑"后迅速潜水遁走。

"要感受一下精灵的愤怒吗？"埃斯利亚抬起右手，手心里燃烧起一团袖珍的蓝色火焰，远处平静的水面忽然炸起近三米高的水柱，三个白条条的汉子像是翻着白肚的大鱼，惨叫着被掀起了三米高，又笔直地掉了下去砸入水中。

凌桑默默脑补了一下埃斯利亚露出美好的微笑顺便毁灭世界的情景。

已经在水中玩了一圈回来的慕德兰扒在泳池边："阿桑，你还不下来？"

"不想下去啦……"

"那我帮你。"慕德兰爬上岸，"适应了浮力后身子好沉……"

"嗯？"

慕德兰绕到凌桑身后，一脚把她踹了出去："去吧！阿桑！"

"啊啊啊啊啊——"在水里挣扎的凌桑惨叫。

自己应该怎么开口说出自己真的不会游泳的事实啊！

埃斯利亚眯起眼。什么情况？

胡乱挣扎的凌桑被一只手推了一把后背，向前扑出去半米后，她的双手摸到了泳池的边缘。凌桑趴在边缘处，大大地呼出了一口气。

把她推到岸边的慕德兰有点儿奇怪地问："你不会游泳？"

"没学过游泳当然就不会游泳了啊……"凌桑哀怨地吐出嘴里的水。自己又不是万能的玛丽苏，从前顶多在电视上看别人在泳池里游泳而已。

"这就太狭隘了，每个生命最初始都会游泳的。"埃斯利亚一边拧着头发，一边解释，"只是你在成长后有了自己的意识，你认为自己不会游泳，那么你就不会游泳了。"

"……好抽象。"

"毕竟生命就是从水中起源的，只要放轻松，就一定能够找回生命最初的记忆。"

"……"要怎么反驳？凌桑忽然觉得自己反驳不出来。

"其实水没过我脖子啦，你站着就好了。"慕德兰安慰道。

凌桑将双脚探下去，勉强踩到池底后稍微安心下来，水面正好到她下巴，她必须努力仰着头才能防止晃动的水灌进她的鼻子。

"跟我走就好了。"慕德兰抓着她往远处树林走去。

埃斯利亚打开通信表看了一下时间："还真会拖延时间啊，已经过了十五分钟了。"在水中走路实在是太慢，要走完三百米的路程绝对先将时间耗掉了大半。

"你先去吧，我会走过去的。"凌桑觉得自己拖了别人后腿，还真是不好意思。

埃斯利亚踩着水面，很自然地无视了两个人向前走，继续秀优越。

"没事，你马上就可以学会的。"慕德兰继续扯她向深水区走去。

她看着埃斯利亚走远的背影，忽然反应过来，其实自己大可不必一定在水里的……

"等一下。"凌桑后退两步，很快以她为中心周围的水逐渐旋转成漩涡，四周水面渐渐下降。

要搅动如此多的水必须要有龙卷风的力度才行。漩涡扩大，水面继续下降，她的双脚终于能够脱离水面提起至半空。迅速使身形上升，水面漩涡消失，水面恢复了平静。

已经浮在半空的凌桑舒了口气："这样轻松多了。"

"那么我游走了哦。"慕德兰将头部扎入水里，迅速向前游去。

凌桑觉得自己还是得抽点儿时间学游泳才行。她在调整了自己的浮力后，开始沿着水面低空飞行。进入树林里，只要站在树枝上就好了。

凌桑在看到游泳池后段的水面下，有一条接近一米长的黑色鱼形在缓缓游动时，就更加不敢下水了。

她在密集的丛林中无法顺畅地飞行，只能够在树枝间跳跃穿梭前进。她隐约可以看到远处几名学生都挂在了树枝上，想必水里确实是有什么奇怪的东西。

接近两米长的黑影从她脚下缓缓游过，划出优美的弧度。凌桑跳跃到另一棵虬曲的树枝上，那个黑影又向她游动而来，忽然一只白皙的手搭上了树枝弯曲的一侧，手指与手指之间还连着半透明的薄膜……像是青蛙脚上的蹼。

这么说的话可能是人形生物。凌桑将头低下去仔细看着，随即水面上露出了它的头部，竟然有着金色的长发与一张柔美的面孔，耳朵却是支开的青灰色鱼鳍。

美人鱼？

"咔！"人鱼发出欢快的叫声，露出微笑。它用鱼尾猛地扑打水面后，借着冲击力爬上树枝的弯曲处坐好。然后仰起头，一脸天真地望着蹲在它上方的凌桑。

凌桑从上方的树枝上跳下来，蹲在人鱼旁边。

"可以给我摸一下吗？"会不会有滑溜溜的感觉？

"咔咔咔！"人鱼笑着。

"那我摸了哟——"凌桑忽然看见人鱼的脖上挂了一根黑色绳子，绳子下系着一块暗红色的石块碎片。

咦，难道自己真的是玛丽苏？

她把手伸了过去，想去扯下那块石头确认是不是要找的火麟石，人鱼却猛地张口咬在她的小臂上，尖锐的牙齿刺入皮肉。

"嗷！"凌桑大叫一声，却根本无法把手抽回来。人鱼的咬合力着实巨大，嘴内生长的牙齿绝对不止一排，而是遍布了整个口腔，并且都是倒刺。

人鱼一个甩头，凌桑手臂上的一块肉被撕了下来，顿时她的整条小臂血淋淋一片。

"咔！"那条人鱼继续露出温柔的微笑，一脸灿烂笑容地望着凌桑。

凌桑尽快重新爬到了上层的枝丫上，感到右手臂好痛，简直不能用力了。

这时又来了两条人鱼趴在弯曲的树枝上看着凌桑。她手臂上的鲜血顺着指尖流下去滴落在水中，引来更多黑色的阴影在水面下游动。

……这个世界真是没爱了。再见。

但对方总归是人形的生物,她也不忍心直接用风刃劈过去,于是干脆转身跳向另一棵树,在树枝之间跳跃转移。

右手臂湿淋淋的一片,感觉不能把这些血贡献出去真是对不起国家。

痴迷于血腥味的十几条人鱼尾随着她,在水中快速游动着。

凌桑又一个跳跃时,脚下的树枝忽然断裂,因为距离水面太近她无法及时驭风凌空,下面聚集的人鱼全部将头露出水面展现出美好的露齿笑。

后领瞬间被揪住,凌桑悬在半空。一条人鱼扑了上来要咬掉她的脚趾,她尖叫一声将双腿勾了起来。

耳边再次响起了熟悉的"咔嚓"一声,落脚的树枝终究没能承受住两个人的重量而断裂。凌桑尖叫一声后身体再次下坠,下方的水面忽而化成冰面,向外延展接近十米。

她掉了下去,硬生生将厚厚的冰层砸出了裂缝,空泽赤脚在冰面上站定。

总结起来,她终究不会成为玛丽苏是因为身边有一只汤姆苏在。

"谢了……"凌桑发出微弱的呻吟。卡在冰块中露出一个头的人鱼发出"咔咔"的惨叫,她惊恐地站起来向后撤离。

空泽扯起凌桑的右手给她止血:"到了高二你自己都要成为负责人了,怎么还这种程度?"

"啊,只是意外……不过你来得也太及时了……"

"因为看见上百条食人鱼都往这个方向游,用脚指头想就知道这个蠢货就是你。"

"请不要这么犀利……啊,你说这是食人鱼?不是人鱼吗?"

"是食人鱼。"空泽强调一遍。

"不对啊,这明明是人鱼——"凌桑很执着。

空泽眯起眼,额角有些暴出青筋,最后再解释一遍:"是食人鱼。"

"……我懂了。"凌桑差点儿就给这个学霸跪了。

食人鱼……说食人人鱼会死吗?说到底只是会吃人的人鱼吧!

"等等,你刚才说有上百条……都过来了?"凌桑后知后觉地意识到先前的某个重点被自己无视了。

"你自己看。"

冰面下已经是黑漆漆的一片,巨大的冰块外侧有数十条人鱼努力攀爬着就要上来。

"只要等一会儿血腥味没了就会自己散了。"空泽双手环抱在胸前。

凌桑瞄过去时,就看见空泽的手腕上用有韧性的草绑了一块红褐色的石头。因为他身上只穿了一条无口袋的沙滩裤,所以没有地方可以存放石头。那么这块石头就是……火麟石?

她恍然想起空泽是水属性,所以要在水的环境中找一件东西简直是易如反掌吧?

……开外挂还能再明显一点儿吗，空泽殿？

"你在看这个？"空泽抬起右手看了一眼火麟石。

"……你绝对知道剩下的两块在哪里吧？"

"差不多知道。"空泽淡然地点头，"只要在水里，我就能感觉到。"

"……为什么不都捡过来？"这样才符合你开外挂的本质吧。

"那也显得太开外挂了。"

"……你也知道你开外挂啊。"

"不过要从鳄鱼肚子里掏出这块石头的事我还真是不想再做第二次。"空泽幽幽地吐出了什么不得了的事后纵身跃至树梢上。

他身上还有前一阵子大混乱时残余的伤痕，手臂上隐约有几条淡红色的新增擦伤。凌桑无法想象他和传说中的鳄鱼搏斗后就留下这么点儿痕迹。

"啊，等一下。"她也打算跳上去，但是仰头往上看去的时候整张脸都扭曲了，瞬间甩出三道风刃，"下来啊，啊啊啊——"

一条巨蟒头下的气管被风刃砍断，身体向后倾倒落在水中，砸出大片水花溅起污泥。远处的丛林里断断续续地传来杀猪般的"美妙歌喉"。

空泽从树梢上跃下，水面之上再度结出了一层厚冰供他落脚，而此时树梢上已经挂满了爬行的蛇，此时整片树林都被千万条大大小小互相缠绕的蛇包裹住了。

幸好这些并非水蛇，意图只是要将他们重新赶回水里，毕竟这节课是游泳课……

竟然还能记起来这是一节游泳课啊！

远处树林里燃起烈火，已经有学生无法忍受水陆都无法落脚的悲惨境况而发狂了。

凌桑查看了一下时间，距离一小时还有十分钟。

果然最后的十分钟就是分分秒秒要你命吗？

脚下的冰面碎裂。

一条三米长的巨大淡水鱼用背部的长刺拱碎冰块，张开嘴，足足撑开了半个身体大小，露出了紧密的獠牙，朝上咬去。

凌桑与空泽跃起，但树梢过低，树上缠绕的蛇瞬间扑出上半身一口咬在空泽左肩上。

"哒！"空泽睁大眼，右手猛地将蛇扯开扔出，蛇的毒牙被硬生生掰断，还残留在肩膀的皮肤中，"呵！"

他狂怒地旋身甩出水刃，周围树林被拦腰斩断成一截截碎片向水中坠落。水花迸溅，空泽挥手燃出火焰，然后将火焰打入水中，水面之上漂浮的树木即使沾了水也被迫燃烧起来，灼烧着落水的蛇。

一片火焰中，巨大的黑色食人鱼再度跃了上来，一口咬住凌桑的脚将她拖入水中。

凌桑尖叫一声就被水淹没了声息，整个人被扯住被迫在水中翻滚。她猛然燃烧起生存的意志睁大眼，看见的却是另一条巨大的食人鱼张开嘴露出了瘆人的獠牙。

在水中，自己完全无能为力。

这时一只胳膊勒住了她的脖子，将她猛地向上拖去。凌桑已经完全感知不到自己双脚的存在，头部露出水面后大口喘息，被空泽拖到了冰面之上。

冰层已经在逐渐加厚，下面食人鱼的撞击让冰块产生了巨大的震动。

空泽伏倒在冰面上喘息着，蛇的毒素蔓延开来，已经让他肢体麻木。

不过……一个小时终于到了。

三秒，两秒，一秒。

炼狱般的场景像是烈日下模糊的水蒸气一般缓缓消散。凌桑整个人再次落入冰凉的水中，她拼命挣扎着将头露出水面换了一口气，睁开眼就发现自己已经回到了游泳池中。她挣扎着扑到游泳池边缘攀住栏杆。

所有人都回到了原点，有意识的学生还惊魂未定。

没有意识的大半人已经横七竖八地漂在水面上"躺尸"。

埃斯利亚将结印的双手拉开，解除了场景设置。

"看清你们自己的实力了吗？"冥罗站在游泳池边上咆哮，"不要以为自己取得了多大的成就，你所引以为傲的一切根本就是这样而已！"

没有人说话。

一只手搭上了凌桑的肩然后用力一撑，空泽的头露出了水面。凌桑这才意识到他刚刚……沉下去了吗？

不过没事，反正他是两栖物种。

"世上只有成功与失败两说！你成功了就是英雄，失败了就是垃圾！从英雄到垃圾只是一瞬间的事！生与死也是一瞬间的事！努力与不努力都是你自己的事！"

凌桑莫名有点儿失落。昏迷的学生已经陆续苏醒过来，被蛇袭击后似乎只是麻醉的效果，一会儿就能缓过来。

"活着的人现在解散！"冥罗喊完后径直离开。

空泽手脚还没能完全从麻醉中恢复，凌桑拖着他走向岸边，再把他拖上了岸。空泽右手绑着的火麟石已经在一片混乱中脱落丢失。

"只有一个人拿到了火麟石哦。"埃斯利亚在岸边蹲下来，"不过我们本以为没人能拿到的。"

凌桑侧头看精灵。

"在那里。"埃斯利亚右手一指，凌桑顺着他手指的方向看过去，就发现高三部的一个学生爬到岸上，将嘴里含着的一块红色石头吐出，握在了掌心里。

"好久没有进行思想教育了。"空泽冷笑。

"是啊，年轻人要是不挫一挫锐气，今后的路会更加难走啊。"埃斯利亚眯起双眼。

医务室人员在打捞被食人鱼撕咬得过于严重的学生，凌桑抬起右手看着已经被水泡得发白的伤口，看来还是被蛇咬来得幸福一些。

周围的人基本已经全部离开。

"公局似乎马上就要把任务分配下来了，你做好准备。"埃斯利亚轻笑一声给空泽做出提醒，然后起身也离开了。

"还真当免费劳力了。"空泽也只能苦笑。

空泽的通信表在晚上接到了公局发来的任务通知。

通知特别交代了此次任务因为解决时间拖延，前一批任务中的黑服需要紧急调遣到另一处地方工作，所以进行任务交接。

另外又注明此次任务性质温和，但是在解决时间上具备不确定因素。

只要在任务中表现良好，依然能够重新恢复黑服身份。

空泽倒在床上闭上了眼，今晚还是别管那么多了。

制度规定所有执行任务的公局成员必须穿制服，因此对于已经被没收了黑服的空泽而言，这倒是个不小的问题。若是穿了日常的衣服去，就怕被一些多事的家伙向上头反映。如今没有了公局身份，他务必得更加遵守规矩一点儿。

黑服身份，是无论如何都得拿回来的。

第二天，空泽还是去总务处申请了一套制服。制服一旦确认了使用者之后就不能再转借他人，否则上方附有的咒术会反馈给行政部，所以他也无法去借一件制服来穿。

"所以这就是你今天穿了白服的原因？"凌桑站在空泽房门口，一边喝着奶茶一边做出总结。

空泽把白服脱了下来，还是在不得不穿的场合下穿好了。

等黑服身份恢复了他一定要去炸了总务处。

"安啦安啦，你不是没经历过白服的这个阶段吗？现在补上也是神明的恩惠啊！"凌桑眯起双眼，继续悠闲地喝着奶茶。

一坨冰块砸在她的头上，让整个头向后倾斜了四十五度，同时她的热奶茶瞬间凝固。

执行任务的地点是一座沿海国附属的岛屿。

作为旅游村的岛屿在经受异样的混乱后已经对外封闭，小岛被迫与外界隔离。

所以空泽无法直接转移入岛屿，而要顺利地进入岛屿必须要出示公局名片。

……自己的名片也已经被收回了。

所以公局是在特地耍他，好让他知道黑服身份究竟是多么珍贵、多么逆天吗？

于是，空泽出示Sritana学生证，被拒绝。出示咒术一级证，出示身体健康证明，出示各国通行护照。最终他把极沄城的身份证砸在了对方头上，瞬间放行。

岛屿距离该沿海国本土的距离足足有五十海里。从陆地边缘望过去，那岛屿仅仅是极远处的一座萦绕着海面蒸腾雾气的缥缈小山丘。

虽然他可以跑完五十海里的路程，但运动量实在过大，所以还是选择了接受边防执行组的护送。在他靠近了岛屿之后，可以粗略看出是一座火山岛。而这座岛屿的怪异之处也可以一眼看出来——山顶覆盖着积雪，可如今并不是下雪的季节，而且岛屿的海拔并不高，最高处的气温也不会降到零摄氏度以下。

"听说过封岛的缘由吗？"空泽坐在船头，问护送他的人。

"据说……是所有噩梦都会成真。"

"噩梦吗？"

"是的，只要岛内的人做了噩梦，都会在做梦的同时，在现实中发生同样的事，噩梦会持续一整天，之后再产生新的噩梦。这些我也是听别人说的。"

"范围只在那座岛屿内吗？"他追问。

"是的。他们怕这种情况会扩散，所以决定必须封岛。"

"哦，了解。"

登上岛屿后，空泽确实能够感受到微弱的灵力波动，但是这些灵力波动均匀地分布在整片岛屿的空气中，完全无法直接勘察到究竟是什么人创造的布局。

天色已经入暮。五个人中有三个人进行交接班，一名作为接待者的蓝服中阶看见一个穿了白色衬衫的青年踏入岛内，手肘上还挂着一套白色的长袍。

"这里空泽。"护送者打开通信表，将任务单拉给对方确认。

对方恍然地"哦"了一声："你就是那个实习生对吧？来，跟我过来和他们会合。"

实习生……

空泽的神经有点儿疼。

交接班的人还没到齐，接待的蓝服带着他走过一片接近荒芜的空旷田地，越过陡峭的山崖后向下深入，最终跳下五六米落在一片狭小的平台上，向里面望过去竟然是一个开阔的山洞。

山洞内有三个人，两名黑服低阶与一名蓝服高阶。空泽一眼就看到可以进入这个洞口的另一个"正常"入口，便有些不满地瞥了一眼那个领他进来的蓝服中阶。毕竟有好好的路不走，偏要绕险路是闹哪样？

蓝服还一脸神奇地回头看空泽："咦？你竟然跟上来了啊——噗！"

空泽一巴掌拍在了他的脸上："不要把我当实习生，请你自重。"

第二十四章
不要什么事都找源溯好吗

两名黑服没忍住笑，另一名蓝服说道："天气还没热起来吧，怎么不穿制服——你手上拿着的——"

空泽默默向手腕处瞥了一眼。

"是白服？"

"啊……"用第四声应了一句后，空泽望向别处。根本就不想解释，也不能解释。

"不知道为什么，我最近看到的白服比黑服还要少。"这个正在说话的蓝服似乎是想活跃气氛，但他的情商可能不太高，完全无视了空泽的黑脸继续说道，"如果是来实习的话，就请你认真一点儿了，这可是公局的官方任务——"

空泽眯起眼继续忍。

在场的两个黑服都是低阶，按照常理应该是黑服中阶的他成为领导人才对。

"够了，废话真多。"一个黑服嘲讽了那个稍微有些善意的同伴，径直走向空泽，看了看空泽手里的制服条纹，"白服高阶吗？是不是跑错场了，这可不是你能来的地方，真碍眼，滚回去。"

接待空泽的蓝服中阶有些为难地急忙解释道："他确实是公局派过来的，任务单确认无误。至少看在公局的面子上——"

"这里我说了算，让白服与我一起工作对我来说简直是耻辱，你给我出去。"

空泽忽然扬起一抹冷笑："真是很少听到有人这么说话。"

洞穴内的温度骤然下降，地表与墙面上结出一层冰霜。

"我想你也是没有经历过白服的阶段了。"空泽的身形在黑服面前消失，待他察觉到空泽的身形在哪个方向时，左肩已经被猛地重击，随即传来骨骼受损的断裂声。

凄厉的惨叫声响起。

"即便你曾经很优秀，现在也就只有这个程度而已。"空泽眯起眼在他耳边吐出冰凉的话语，"只是这样而已。"

面对一个已经对自己同伴出手的蓝发青年，身侧的另一个黑服抽出长刀朝空泽大喊了一声。空泽迈开脚迅速后退，同时将呈现出双刀状态的乾鳞抽出来，挡在身前。

他做出的是防御姿态，表示并没有进攻的想法，但是一旦受到挑衅，他依然会毫不犹豫地进攻。

白服落在地上，其余人没有妄动。

"你叫什么名字？"被拧伤了胳膊的黑服咬牙质问。

"空泽。"

另一个黑服反应了过来，低声问道："那个已经被公局除名的特勤部七席空泽？"

"是。"空泽从牙缝中挤出这个字。

几个人瞬间陷入了诡异的对峙与沉默。

"我先走了。"受伤的黑服很明智地选择避开。

空泽收回双刀，俯身捡起地上的白服甩在肩上，对那个离开的黑服说道："不送。"

山洞内的众人继续陷入一片死寂。

空泽上前，走到三人中间，他们手头正在实施的工作是对土中的什么碎片进行挖掘。

"你是黑服中阶？"那个认出空泽的黑服轻声问道。

"我现在白服。"

"来这里做什么？"

"公局召来的，"空泽漫不经心地回应着，望着已经出土小半部分的灰褐色碎石片与玄黑色火山石残渣混合在一起，"这是什么？"

"山神像的碎片。"

"全部碎片都在这里了吗？"

"应该。"

"为什么挖这个？"

"当地居民认为是山神对岛屿保护不力，有激进者便擅自打碎了山神石像泄愤，最后担心山神更加愤怒而不得不将碎片掩埋乞求原谅。为了追查神明的身份，山神像是重点突破口。"

"看上去碎片并不多，把它们都收集了之后带过来找我。"空泽转身离开。

全体目送，把小组原来的那个领导人踹掉，自然而然地当上领导者了吗？

三茗岛是旅游景点，如今整个岛已经被封锁，公局成员就可以住上最奢华的宾馆，使用最大的房间。

空泽一个人在房间里闲闷地用胶水拼石像的碎片。抽签分配下来，他值日班，因此夜晚必须得休息，能不能睡着倒是另一回事。

他在睡觉前打发一下时间，其余人已经外出执勤，他们必须尽力确保居民的安全。

不管是白天睡觉还是夜晚睡觉，只要做梦了，都会成为现实。

他将山神石像从底部向上粘起来，看上去像是一只小型石狮子。

自己完全感知不到石像有任何的灵力，也许真的只是普通的石像而已。

空泽躺下去望着天花板。这个国家的习俗是睡地铺，因此他此刻睡的是见所未见的最大的地铺。

神明……存在吗？即使自己身上背负着传说中神明的祝福与责任，但从未亲眼见过，自己便无法相信是真的。天灾与人祸充斥着这个世界，足够将关于神明的信仰颠覆。

昏沉地睁开眼睛时，他才发现自己已经睡过去了一次，没做梦啊……太好了。又将眼睛闭上后，他忽然感觉到有什么小东西在怀里蹭了一下，猛地睁开眼，空泽就看见自己的胸前确实蜷缩着一个人，整个房间飘满了蓝色的水母。

"桑！"空泽惊喊。

软趴趴的凌桑翻了个身继续睡。

飘浮着的水母互相吞噬，越变越大。最终最大的一只水母将最后一只一口吞掉，在本体外咧开一张大嘴，露出满嘴的獠牙。

……桑，你做的梦还真是美好啊！

空泽起身，右手幻化出长刀无声息地向前劈出一道光刃，光刃将巨大的蓝色水母劈成两半，溅出蓝色汁液，水母实体逐渐化为蓝色火焰消失。

凌桑猛然抽搐了一下瞬间惊醒，睁开眼就看见空泽双手持刀，像是扎着马步一样背对着她。

瞬间她就醉了，然后一只脚迅速逼近她的脸。

"噗！"最后凌桑捂着鼻子一脸严肃地坐了起来，老老实实地接受空泽的质问。

"不知道啊，因为我也是收到信息说什么这里要增派人手……后来听埃斯利亚说是因为怕你太××了，所以让我来看管一下……"

空泽眯起眼，刚刚是不是有两个词被屏蔽了……

"你来有什么用？还想管我吗？"

凌桑一脸茫然地仰头望向天花板："我想至少可以把你发泄的对象转移吧——"

她软趴趴地在地上连续打了两个滚："来吧来吧，是不是很想踹我啊？"

"……多谢。"空泽一脚踹到她头上。

第二日，空泽用了不长的时间将剩余的碎片拼了起来。他才不会说他对于这一坨没有任何灵力的东西已经完全丧失耐心了。

"这到底是什么啊？分明就是用胶水搅拌在一起的抽象作品吧！"凌桑看见这一坨凝固的"艺术品"后惨叫。

看着眼前这一坨像是蒙克《呐喊》一样的扭曲石像，凌桑深深地感觉到传说中的山神会哭的啊！"

"你有兴趣就重新拼吧。"空泽站起身，抽出腰间的长刀举过头顶——

"打住啊！"凌桑扑上去将石像护在身下，"已经粘好了再打碎简直就是要陷入万劫不复的深渊了啊！"

"那你自便，"空泽将长刀收回后耸肩，随即转身出门，"我去巡查，有事呼叫我。"

凌桑看着呐喊的石像。她先去看了胶水的说明书，要使胶水失效，只要泡在高温热水中让胶水软化分解就可以了。凌桑找来一张白布将石像裹了，拖着去找热水。

火山岛中多的是地热，温泉质量良莠不齐，不过要找一处非常热的温泉应该也不是难事，何况这个最好的高档旅馆自带温泉。

凌桑向旅店老板娘打听高温的温泉，近五十岁的女人便带她到了后院的温泉浴场。

她赤脚踩在温热的地面上，被一片雾气包裹着感觉有些呼吸困难。

"这个是沸水，可以直接当开水用，所以我们也没有改造它。"老板娘介绍道。

透过浓郁的雾气可以看到沸腾的水面，水泡不断产生又瞬间碎裂，发出"噼噼啪啪"的脆响。这处温泉浴场是一个有半个篮球场大小的地方。

凌桑小心地踩上温泉边缘的石块，缓缓蹲下身问女人："这水你们不喝的吧？"

"嗯，不喝。"

"那我就不客气地来污染了。"凌桑将重物拖到前面甩入水中，溅起的水花落在了皮肤上，她向后缩了缩，果然好烫。

这张布的四个角都被她扯在一起，因此裹在布里的石像即使裂开也不会有碎片丢失。凌桑蹲在石块上有接近五分钟的时间，等到蹲得双脚发麻了才慢慢挪了挪身子，将拽在手里的布角打开，身子前倾，看了一下里面的石像——确实已经重新裂开，只要再泡一会儿，让胶水彻底分解就好了。

这时一双手猛地推在她的后背上。

"啊！"

以她现在这样的姿势，只要轻轻一碰就可以将她推下去。因此凌桑在被猛地一推后，整个人几乎是直接向温泉中砸了过去。

她睁大眼，这是沸水！

喉咙里发出凄厉的尖叫，狂风猛地卷起，将她周围的水掀起至温泉外。凌桑闭上眼用胳膊护住眼皮，在风的席卷中她扑向了左侧的岸边，整个身体脱离出了水面。

凌桑大口地喘息着，虽然有风的保护，但她身上的大片皮肤已经被沸水灼伤，像是在烈火中焚烧那样疼痛，而在温度较低的空气中，她还觉得异常寒冷。

"你干什么？"凌桑对着不远处那道红色的身影咆哮。

两个人中间的雾气忽而散开，她可以清晰地看见女人已经狰狞的脸，黑色的雾气从她体内散发出来,她的眼睛凹陷成空洞,燃起蓝色的幽火。

"还给我……"张开的嘴中吐出黑色雾气。

"还给你什么?"

浓重的黑雾逼近,凌桑艰难地打出风刃将雾气撕裂,散开的雾气却再度聚合,凝成一根长绳笔直地射向她,缠绕住她的脖子将她提起悬空。

"还给我……给我……"

幸而凌桑可以利用风性悬空,才不至于立刻窒息。她并不想伤面前人的性命,但是眼下不得不直接攻击她自保。风刃形成的时候,那女人身后忽而跃出一团巨大的白色生物,变形的兔子猛地一口咬住女人,一个甩头就将她甩起来,然后扔在地上。

凌桑挣脱黑雾的禁锢后立刻冲入宾馆的后门跑向大厅,恍惚间瞥见大厅里守着一个黑服。她什么都没想就直接扑了上去,在摔倒的瞬间抱住了对方的大腿。

"嗯?"黑服转头,就看见大厅的后门处滚动进来的黑色雾气。一只白毛小兔子狂奔着从黑雾中冲出,一个起跳就直接扑到了他脸上,同样求呵护。

他将兔子扯下来扔在地上,亮出冷兵器走过去查看那滚动的黑色雾气。雾气忽而散退,在他跨出门槛后,就看见另一个已经昏迷的年老女人。

眯起眼,她也是被梦境操控了吗?

凌桑在水中挣扎着惊醒,之前强烈的心理阴影让她看见水就开始尖叫,尖叫到一半忽然打住,因为身边的水一点儿也不烫,倒是相当冷。

被烫伤的皮肤红肿,中间却是褐色,像是一层死皮要脱离身体。自己泡着的棕黄色液体应该是药水,她此时倒没觉得皮肤有多疼,只是全身都是麻的。

空泽坐在浴缸边缘,一只腿屈起来,将脚踩在上面。在她尖叫完后缓缓地将视线挪了过来,相当嫌弃地看了她一眼:"你想在高一生涯尝试完所有作死的方法吗?"

"……我想知道作为水性的你被扔进沸水里会不会烫伤。"

"在没能冷冻之前也是会的,不过重点是你到底在干什么?"

"那个大妈把我扔进水里煮……"凌桑满脸纠结地回忆,把僵硬的胳膊抬起来,手抚摸上自己的脸,"啊,还好脸护住了……会留疤吗?"

"只要多擦药基本不会。也就只有你总是招惹上什么乱七八糟的东西。"他站起来,俯身把泡在浴缸里的人捞出来,然后面无表情地把她扔到地铺上。

"嗷!"后背的水疱压在床上了,好疼啊!

"你先在这里待着,我洗完衣服再给你擦药。"空泽捡起之前扔在地上的几件衣服走向卫生间。

凌桑趴在地铺上,抬起头就可以看见空泽在卫生间洗衣服的半个身影。

有生之年竟然能够亲眼看见空泽洗衣服，真是满足啊……

哎呀，不行了，简直要沉溺在空泽殿洗衣服的男神光辉中了！凌桑将头埋在被子上打断自己的臆想，真是莫名地感到好幸福。

昏昏沉沉地睡了几分钟后，凌桑猛然想起已经沉入沸水中的碎石，是因为石像吗？

因为石像，才会有不明的生物纠缠她，认为是她损坏或者偷了石像吗？

那么丢失了石像的……是那个传说中发怒的山神吗？

"空泽……"她唤了一声。

"嗯？"空泽从卫生间探出来半个身子。

"可以帮我把掉在水底的石像碎片都找回来吗？那个……恐怕很重要。"空泽是水性，要从水中得到什么应该不困难吧？

"是吗？"大概他确实接收了"很重要"这个信息，于是也没有再多说地擦干手，换上一件新衬衫就出了门。

空泽格外地好说话？是因为怕自己被烫伤了脑子，所以格外呵护自己吗？

凌桑又睡了一阵，应该是不久后空泽就回来了，将一大袋湿淋淋的碎片拖进房间，石块上还冒着热腾腾的水汽。

他把胶水扔在凌桑面前："拼着玩打发时间好了，反正你也没法出门。"

趴在地铺上的凌桑伸出右手搭上一块还十分烫的碎片："你们是怎么认为的呢？怎么看待……山神的存在？"

"一般说法是，神明确实会居住在一件物体中，时间长久之后双方形成某种联系，当物体受到伤害时，神明会同样受到伤害。不过前提是确实有神明存在。"

"你没有见过神明吗？"

"没有。"空泽继续去卫生间洗衣服。

凌桑趴在地上挑碎片，大致拼凑出底座的雏形，在伸手要去拿胶水时发现空泽把它扔远了，自己够不到。实在是不好意思叫空泽把胶水踢过来一点儿，她只能抬起右腿撑着身子，近乎是匍匐前进地想要用指尖够到它，马上就能够到了。

"啊！"凌桑猛地把额头砸在床铺上，好像出了重大事故……

于是她不得不挣扎着起身，原本就没知觉的身体忽而瘫软了下去。

压抑的惨叫传入卫生间，很快就从卫生间里飞出来一只毛刷砸到了她头上。

"让我去死……"凌桑的头再次撞到地上。

被她闹得各种心烦的空泽手里抓着肥皂走出了卫生间："要我用肥皂打穿你的脑子送你一程吗？"

"我……"凌桑又哭又笑地呻吟。

"你的脑浆被煮熟了吗？"空泽眯起眼。

"特殊时期到了……"

"特殊时期"是 Sritana 初中部与高中部向男生解释为何女生就可以获得种种特权的说法。

虽然初中与高中的生物课上都有系统地教授过人体构造，不过学校对这种非专业课程不会强求，像是空泽这种批量逃课的家伙更不会去研究这门课程，期末时让生物满分的源溯来帮忙突击就好。

面对呆滞的空泽，凌桑只能在接下来的时间里，给空泽恶补了原本应该是生物课老师教授的基本生理常识。

空泽沉默良久，终于回应："我把源溯叫过来。"

"噗！"不要什么事情都找源溯，好吗？

空泽已经在默默地戳通信表键盘打字。

"不要啊……"凌桑呻吟。

"他说他今晚会试着申请一下的。"空泽坚定而有爱地对她一点头。

"……"

之后空泽给她的烫伤部位擦药，凌桑继续睡意蒙眬地眯眼趴在地铺上，半睡半醒间轻声提起："面对一个常年因为各种情况不得不和你坦诚相见的学妹，你会负责吗？"

"坦诚吗？"

"你觉得我哪里不坦诚了？"

空泽沉默两秒，回应："行吧。"

"……"

其实那个忽然失控的大妈一定是神明派来增进二人感情的，凌桑对此坚信不疑。

"我娶你。"空泽突然说出这三个字。

凌桑睁开眼睛。这三个字，是自己梦寐以求的吗……但是自己现在竟然出奇地平静。不是在任何自己能够想到的浪漫情境下，只是这样，一个貌似很普通的日子。在自己狼狈地趴在地上一动不动，还各种衰运缠身时。

"我很高兴。"凌桑露出微笑，"谢谢。"

第二十五章
所谓神明是降临灾难还是提供庇佑

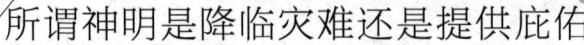

旅馆会在大厅提供晚饭，整个旅馆内住的只有七个公局人员，方便起见，大家都在一张长方形的欧式餐桌上用餐，岛屿上的特产，无非就是海鲜。

服务员等所有人都到齐了之后才将每人一份的晚餐送了过来。空泽从楼上下来的时候，桌子边已经坐了四个人在交流记录。

他后背上背着一个穿着大白色长袍的年轻女人，这样的出场方式让所有的公局人员都暂停了自己手中的事集体看向他。

空泽把凌桑放在椅子上，随手将自己手中提着的一块巨大石头猛地放在桌子上，整张桌子震了震。

已经正确地拼完了山神石像。

那是一只宽半米、高一米的呈蹲坐状的麒麟似的野兽，由于许多细小的碎片散落得无法找全，所以裂缝还是相当大，显得坑坑洼洼的，有些凄惨。

"拼起来了又有什么用？"一个黑服眯起眼。

"你不该在意这上面少了什么吗？"空泽一掌拍在石像的顶部，如果胶水再劣质一点儿的话，石像一定会被他瞬间拍散。

一眼看过去很明显确实是缺少了什么。

"眼睛。"一个人说出来。

看那两个巨大的窟窿就知道是被人工凿出来的。

"会是这部分的碎片丢失了吗？"有人提问。

凌桑轻声开口："两只眼部的碎片都丢失了这样的巧合……也太罕见了不是吗？"

"所以接下来就是要找到眼睛的下落吗？"一个黑服回应，"但怎么能确保这个石像对我们有意义呢？"

"没有意义你还把它挖出来？"空泽眯眼。

"我只是在寻找解决问题的可能性。"

所谓神明是降临灾难还是提供庇佑

"关于石像的传闻，我什么都不知道。"空泽直言，"既然现在人都在，那就把自己得到的情报共享出来。"

旅馆的老板娘端来一盆水果放在桌上："呀呀，气氛太僵硬了啊，一起和气地谈谈嘛。"

远处的一个黑服一边看着笔记本一边吐出真相："这已经是最佳的谈话状态了。"

每个黑服在进行谈话时都做好了随时谈崩的觉悟。

凌桑现在一见那女人就后背发寒，不过为了试探缘由，她还是轻声地问了一句："听说你上午晕倒了，是吗？"

"是啊，也不知道怎么回事……明明要给你带路的，真是不好意思。"老板娘幽怨地捂头，"不过最近实在睡得太少，体质也下降了……"

"啊，还是多睡会儿吧，这里有我们守着呢。"凌桑回应。如今公局人员在没有探索出最终的解决办法前，会把第一时间砍杀从梦境中跑出来的异物作为首要任务。

如此说来那女人是没有知觉的。那么当时附身在她体内的黑色雾气……真的属于神明吗？

"有关于三茗岛神明的可靠传说吗，老板？"空泽问道。

"这个还是得问本地的老一辈才行，其实我也只是从外迁居进来开店的，见这里商机确实好就留下了。"

"那么晚上我会去询问。"空泽呼出一口气。

"你也相信神明的存在？"蓝服提问。

"如果你不能给我推翻它的信息，那就请宁可信其有。"空泽皱眉，"下面谁有新的消息可以汇报？"

空泽已经自然而然地成为领导者了。

凌桑相信公局是绝不会放过空泽这个高价值的成员的。

那个翻笔记本的黑服说道："已经调查到半个月前有三家建筑公司参与对三茗岛的核心区域进行建设的投标，在一星期前异变发生之时，所有建筑公司都放弃了投标撤离。可以假设是他们鲁莽的行为惊扰了本地神明，对此信息感兴趣的与我私聊。"

另一个蓝服似乎对于这个笔记本不离身的固执家伙有些不满："若是真的有神明存在，这等蔑视生灵毫无顾忌的神灵也应该被废除，何必请求它的原谅？"

"根本就没有神明这种东西。"一个始终沉默的黑服懒散地说了一句算作是自己的表态。

"天色晚了，还是先来吃饭吧。"老板娘拍了两下手后，侍从将餐盘端了上来。

依然是海鲜大餐，凌桑吃不了这么大的一份，侧过身去将一半拨到了空泽的盘子里。

"你当我是饭桶吗？"

"难道不是吗？"

"……"

众人看见一把叉子敲在了那个作死的年轻女人的头顶。

……自己还是吃饭好了。

有饭桶嫌疑的人最终毫无压力地吃掉了常人分量1.5倍的晚餐，他一眼瞥过去，看见凌桑正毫无食欲地举着勺子出神。

"要喂你吗？"空泽取过她手里的勺子舀了一勺拌饭。

人间尚有真情在啊……

凌桑一眼就扫到了其他人"秀恩爱死得快"的偷窥眼神。

"啊不……"凌桑内心其实是拒绝的。

"你吃不吃？"蓝色的眼睛眯起来。

"……"为了生命安全，凌桑只能张嘴让他喂。她刚刚将一口饭含在嘴里，就看见对面的两个男人带着难以置信的表情站了起来。

那块因为晚餐而被无视的石像始终放在桌子中央，正脸朝向凌桑对面，而对面的人正好可以看见石像头部那凹陷的两个眼窝中燃烧起了蓝色的火焰。

凌桑差点儿被这口饭噎住，她仰头看天花板，果然看到黑色的烟雾汇聚起来。

所有人在惊觉到头顶的异样后抬头看去，黑色烟雾逐渐浓郁，聚成浓重的一团，忽然伴着闪电向下坠落。

所有人瞬间跳离原地，凌桑一站起来就因为绷紧的皮肤伤口处被撕扯开而向后压倒了椅子摔了下去。

整张桌子瞬间碎裂，顿时一片狼藉。

"你是谁！"一人喊道。

"还给我……"

依然只有这三个字。

凌桑爬起来，迈开双脚站稳："你的眼睛吗？"

扩散的黑雾忽然汇聚成锐利的长条状，笔直地射向凌桑："还给我！"

空泽拦在凌桑身前，抽出长刀挡下黑色烟雾，烟雾再次迸射出闪电，空泽猛地用力将黑色的一团劈向地面，团状的黑雾在地上砸出了一个大坑。

"不可饶恕……"

黑色雾气散去。

空泽收刀，沉默良久后说道："我现在很赞同废除神明这个说法。"

"啊——我错过了什么？"大厅门口站着一名蓝服中阶的黑色短发青年，用提着一袋物资的那只手对空泽挥了挥，"空泽，我现在来不是很晚吧？"

所谓神明是降临灾难还是提供庇佑

大家先看着那一袋子的东西，然后都转过头去，用相当微妙的眼神看向空泽。

"我不认识你。"空泽的头侧过一个更加微妙的弧度去看窗外。

"啊，怎么能这样……"源溯穿过整个已经被破坏的大厅，走过来一把搂住空泽的脖子，在空泽发作之前又立马放开他，走过去和凌桑拥抱，"你的物资已经送过来了，感谢我吧？"

"有必要弄得所有人都知道吗？啊啊……别抱我，好疼的啊……"

"嗯？怎么了？"源溯松开她。

"烫伤患者。"空泽扼要地介绍。

其余人已经散去，部分人出门值夜班，部分人去休息。一些服务员留在大厅清理一片狼藉的现场。

"那……有什么需要我帮忙的吗？"难道只让我送物资过来？

"没事了，你可以回去了。"空泽果断甩给他这个现实。

"你衣服洗了吗？"

"洗了。"

"被子叠了吗？"

"叠了。"

"药吃了吗？"

"吃——你闭嘴！"

"……"真的没自己什么事了吗？

"我要出去一趟，桑就拜托你照顾一下。"空泽瞬间就把任务甩给他，然后出门。

"早点儿回来。"源溯继续拎着这袋物资对他招手。

凌桑觉得源溯真是天生的受虐体质。

"烫伤程度怎么样？可以给我看看吗？"源溯问道。

"啊，没事，已经好很多了。"她捂住长袍的领口。除了空泽和小明之外，自己的皮肤被其他人看见一点儿，总会觉得有点儿尴尬。

"那就先回房间吧。"源溯把凌桑抱起来，走上楼梯。

夜间开始降雪，气温骤降十余摄氏度至零下。

空泽抬头看向昏暗的天空。是哪家熊孩子总是在做落雪的梦……不过应该是美梦吧？

三茗岛本地的居民还保持着最原始的生活方式。老一辈的人改不了习惯，旅游业发展之后，岛屿外的人也对传统的习惯甚是感兴趣而愿意亲身体验一下。

这个国家的大陆也是从相同的文明之上发展起来的，只是随着发展，人们已经抛弃了原有的文明。也许正是如此，传说中的神明才会居住于这个存在感并不高的小岛。

　　原始的村落在没有旅客的喧扰中，呈现出一片落寞的寂静。空泽站在一栋木质的房屋前，屋子的前门还没有他的头顶高。他敲门，里面立刻传来回应，伴随着一阵脚步声，门被打开。

　　空泽不得不俯下身去看房屋的主人，是一个瘦小的老太太。

　　"快进来，外面冷。"

　　他弓着身子钻了进去。室内也并不宽敞，老太太的一家正在木质厅堂中间搭起炭火堆用锅煮着什么汤。

　　"打扰了。"他说道。

　　"你也是来调查的人吧，最近看你们走动得比较频繁。"

　　"是。"空泽点头，在篝火边坐下，"你们真的不睡吗？"

　　"少睡一点儿没关系，不过有孩子在，不能让孩子少睡了……"老太太看了一眼女人手里抱着的两岁左右的小孩儿。

　　"小孩儿的梦不会太恐怖。"空泽点头回应，"我是来问关于山神的传说的，你们有什么说法？"

　　"山神发怒了啊，发怒了啊……"老太太忽然就神道地念了起来，像是灵魂出窍一般，"现在请求它原谅已经来不及了啊……你们千万不要跟山神大人作对，千万不要……"

　　"……"空泽挠头，"对它如此敬畏的话……你是否亲眼见过它？"

　　"山神的真身是不能见的，但是自古以来我们每年都会为山神举办一次祭祀来感谢山神的庇佑……后来这里外人进来得多了，嘲笑我们傻，渐渐地，我们下一辈也不相信有山神的存在了，就再也没有举办过一次诚心的祭祀……报应来了，来了……"

　　"山神像是谁打碎的？"

　　"不是我，不要找我，别找我……"

　　空泽被这样的问答搞得有些疲惫，只得转换话题说道："那么当年祭祀的时候，你是亲眼见过山神像了？"

　　"是的。"

　　"有多大？"

　　"大概是这样……"她颤颤地比画着，确实与后来碎片拼成的石像大小一致，看来石像确实是山神像无误。

　　"那么它的眼睛是怎样的？"

　　"眼睛？"

　　"对，重点是眼睛。"

所谓神明是降临灾难还是提供庇佑

"暗红色……会发光……山神的眼睛……"

"会发光?"

那个哄着孩子入睡的年轻女人解释道:"我小时候见过它,那似乎是两块暗红色的石头……宝石。"

"原先山神像是摆放在哪里的?"

"祭场上……就在村后山,从我们后面绕过去一直走,应该可以看到。"

"好的,谢谢配合。"空泽起身打开门,瞬间风雪随着风灌了进来,"我走了。"

"请不要再激怒神明了……"老太太甚是担忧地看着他。

"不会的。"空泽闭上眼,弯下腰出门,然后将门关上。

积雪已经没过脚踝,一片寂静之中忽然响起有规律的沉重脚步声。空泽抬眼望过去,那是一个近乎五米高的巨大人形雪堆在迈着脚缓缓向前移动。

而在雪人身前,一个半透明的娇小身影在慌张地跑着,跑得确实足够努力,但那速度简直是不忍直视——人在梦中是跑不快的。这一点他自己也有体会。

空泽抬起手,一块雪扬起至上空,凝聚为冰刃,在他的意志驱动下射出,瞬间击溃了巨大的雪人。

散开的雪人近乎雪崩一般轰然倒下,淹没了附近房屋的大半部分,而那个奔跑着的半透明身影已经消失。

雪也停了。

空泽走了数十分钟后到达后山。破碎的祭坛已经是露天的状态,石级之上的玉石桌上还残余着长久摆放雕塑的凹陷痕迹。

是这里,他仰头观察此处的地形。这里是山谷下方的平坦边缘,三面环山。他再退到祭台下面,脚踩到薄薄的一层积雪,然后陷到了一寸深的浅水中。

……神明吗?他眯起眼,又观察一阵后转身离开。

空泽回到旅馆时已经接近晚上十点。

走近房间,还没开门,就听见凌桑在室内很开心地大喊:"哈!爆破符!爆炸!"

源溯也很兴奋地大喊:"静止符!延迟一秒爆炸!先补充三级雷电符!"

空泽直接一脚踹开了脆弱的门板,站在门口。

室内瞬间安静了,两个人十分不解地望向他。

满地都是散落的纸符,凌桑和源溯正在用纸符打牌。

"信不信爆破符真的爆炸给你们看!"看到真相的空泽终于忍不住咆哮,"源溯你怎么也像个小孩子一样!"

源溯往地上丢了两枚结界石:"没事,如果真的不小心爆炸了,也有结界撑着。"

"重点不在这里!回你隔壁房间去!"

209

"哎……"源溯抿了一下嘴，然后起身准备出去。

空泽又说："回来。"

"……"源溯默默地走了回来，坐回地铺。

凌桑更加确定有些人就是天生的受虐体质。

"关于神明，你知道一些确切的资料记载吗？"空泽也坐了下来，一边把凌桑从地上拉起来，把她的长袍整理妥帖，"我去查看了一下，觉得也许不是什么神明，而是某种确实存在的生命体。那里的环境很适合微生物成群生长。"

凌桑偷瞄了一眼一脸漫不经心的空泽，然后缓缓地侧身倒下去，躺在空泽旁边。

……没被发现，很好。

源溯很认真地解释："神明的话我家族有信奉，不过是精神上的寄托，我们相信神明是由人美好的信念构建而成，只要信念存在，神明就能够庇佑我们。"

"……你还是出去吧。"

"哎呀，请先相信我是无神论者……"源溯笑起来，"你想问的那种生物确实是有，我看到过记载，书上称之为'嗜欲'，不过具体的形态我也没见过。"

"具体是怎样的？"

"嗜欲便是吞噬欲望。无论是美好的祝愿还是恶毒的诅咒，都属于人心里的欲望。嗜欲能够倾听人心深处的欲望并且将其吞噬，力量足够强大时，便可以帮助祈祷的人实现愿望。所以传说中令人敬畏的神明，很有可能只是这种无人看得见的微小生物。许多人都想捕捉这种生命体，但是它们非常罕见，所以也没人能够研究。"

"一群生命体拥有同一个大脑吗？"空泽问道。

"我已经知道你们这里的情况了，如果确实是嗜欲，那么一群生命体的聚合确实拥有同一个意志。它们附身在石像中，倾听人们的愿望并将其吞噬。现在石像被破坏，它们散播开覆盖住整座岛屿，可以说是它们的意志已经均匀地遍布了每个角落。"

"石像对它们有什么重要的意义吗？只是一个寄居之地被破坏了而已，大可寻找下一个寄居场所。"

"发泄一下气愤也是有可能的。"源溯点头。

"现在可以确定是有人盗取了神像上的宝石眼睛而引发了这一连串的后果。"空泽呼出一口气。

感觉有源溯这个通晓诸事的学霸在，自己的思路瞬间清晰了不少。

实际上公局一开始就应该调遣源溯这一类学霸过来，只可惜公局那边不怎么了解情况。

"我去找那个带笔记本的家伙问问建筑投标的事情。"空泽起身，因为完全没有发现凌桑就躺在他旁边，所以转身向旁边走的时候，一脚踩在了凌桑肚子上。

所谓神明是降临灾难还是提供庇佑

"噗!"凌桑猝不及防间内伤加剧了。

"嗯?"空泽低头。

"没事没事,你去吧,我自找的。"凌桑捂着肚子,整个人在地上蜷缩成一团,痛苦地呻吟。

"抱歉。"空泽竟然很认真地吐出两个字,然后才离开。

凌桑惊奇地努力坐起来,看着空泽消失在门口:"忽然觉得他好真诚……"

源溯点头:"有时候确实蛮真诚的。"

"我有点儿不太习惯呢……"

"不用在意,他大概只是无意间不小心对你真诚了一下。"源溯解释。

凌桑翻了个身,侧头望向窗外。乌云散去后,星光已经在天幕中闪烁了。

"若是神明……是不会降临真正的灾难的吧?"

"迄今为止,三茗岛已经因为梦境意外死亡了二十七人,这还不算灾难吗?"

"我是指……会不会让岛屿沉没呢?抑或是火山喷发,陨石坠落,瘟疫扩散,比起这些,前面的根本就只是神明的游戏而不是灾难吧?"

"神明终究爱着自己的土地吧?如果它真的是神明的话。"源溯抬起右腿,将下巴抵在膝盖上。

"我想与它说话……"凌桑望着窗外喃喃地说,"它可能也有话想说,只不过语言不能相通,于是两个世界就只能如此隔离——"

"啊,也许是这样的吧。"源溯回应着。

只能以这种极端的方式来表达自己的意愿。

"该睡了,我去隔壁。"源溯起身离开,"你好好休息。"

"嗯。"

凌桑扯过被子裹成一团,许久之后苏醒过来,感觉到自己的后背靠着一个人。空泽把裹成一团的被子扯松了再给她拉了拉,随后指尖缓缓地划过她的脸,感受着皮肤细腻的触感。

她略微抽搐了一下。

空泽起身,无声无息地离开。凌桑本来还有些知觉,但在没有声响后再度陷入睡眠。因为最近实在是太幸福了,自己都不用担心做什么噩梦。

后半夜凌桑忽然被玻璃炸裂的声音惊醒,睁开眼就看见一团模糊的触手形状的生物向她袭来。

"凌桑!"一道光刃劈向不明生物,将它击出窗外,源溯冲了进来,一把提起凌桑拎着她向走廊外跑去。

旅馆建筑一阵剧烈地震动。

211

"怎么了？"凌桑睁大眼。

"先启动防御。"源溯还在惊魂未定地喘息着，他伸手在地板上画出符咒，然后迅速念咒，掌心猛地拍在地上激发出金色图阵的光芒。光芒向四周扫射，冲出整个旅馆，以屏障的形式将一切异物向外弹出，并且在百米外设立起半圆的屏障将旅馆与四周的民居覆盖住。

"已经是防护罩的最大范围了。"源溯站起来。

"我觉得我今天状态已经很不错了。"凌桑现在可以站起来了，在药水的作用下，她伤口处的结痂已经开始脱落。

"还是不要乱动。"源溯说道。

旅馆内的众人见外面没有响动了才各自从躲避点走出来，凌桑到这时候才发现，这个国度的居民对于天灾人祸没有任何抵御性的措施。

果然不是每个民族都是战斗民族吗？

若是有什么异类出现在Sritana，应该瞬间就会被各类高能的学生秒杀。

"你在这里等着，我去外面协助。"源溯将凌桑留在大厅里，自己冲了出去，却忽然停了下来，看见空泽走了进来。

"你们都没事吗？"他问。

"还好。"

"那个做梦的家伙已经找到了，并且被揪出来揍了一顿，不过还有剩余的一大堆释放出来的鬼东西需要清理。源溯，给你其他任务，我必须在这里应对突发状况，没法走开。"空泽手指忽然夹出一张名片递给他，"这是最早撤离的建筑公司负责人的名片，今晚他将参与会城最大的拍卖会。"

"懂。"源溯点头。

"现在立刻去申请离开，然后尽快回来。你把桑带过去有个照应。"

凌桑说不出任何不妥，于是同意了空泽的安排。

申请离开三茗岛要先得到公局上面的许可。在等待期间，凌桑回去换好了衣服，从昏暗的凌晨等到天大亮才获得通行。

第二十六章
凌桑成了拍卖品

三家建筑公司中这一家撤离得最早，所以也最有可能在偷走了宝石后率先离开。此外那次竞标团队的负责人还在今晚参与拍卖会，这让假设显得更加可靠。

凌桑疲惫地撑着腰跟在源溯身后走着。

"需要休息一下吗？"源溯问她。

"啊，不用……"凌桑没精打采地挥挥手，因为即使休息了也还是这个样子。

"凌桑？"源溯在她身前弯下腰与她对视，"你还好吗？"

"嗯，没事啦……"

"前面就是入口了，我去打探一下消息，你等我一下。"源溯把她带到场外长椅边让她坐下，然后自己转身离开去打探消息。

没有邀请函是不能够作为买家进入场内的，但是可以作为卖家进场，只要有拿得出手的拍卖品即可。场内分为三个区域，分别拍卖低级、中级与高级的物品，而那个要追查的对象在高级区域，要作为卖家进入高级区并不容易。

凌桑看着源溯肩上搭了一根银白色的长链子走了回来。

"哎？你这是做甚……"凌桑侧头。

"因为我没带什么拿得出手的存货啊。"源溯将银链子从肩上拿下来，然后圈在凌桑脖子上松垮地打了一个结，再拉下去缠住她的身体，顺便把她的手也绑了进去，"所以这件事你千万不要告诉空泽殿，不然他会劈死我的。"

"……祝你好死。"终于明白过来是怎么回事的凌桑眯起眼，"你觉得我能卖多少？"

"我没拍卖过东西，所以不知道，不过活物也许比死物好，你一定很值钱的。"

"放心个鬼，"她低头看向自己的腰，"另外你能绑得不要这么专业吗？"

"绑成这样子多漂亮。"源溯把链子的一端扣上，另一端牵在手里，"这样就好了。"

"你究竟把我当什么卖啊……"

"只要进去了就行了，并不一定真的要卖的。"源溯笑道。

"……你还真要卖啊。"

"跟我过来。"源溯扯了扯链子。

凌桑哀怨地跟在他身后，加上原本就因为发生了各种意外而不佳的气色，看上去还真像那么一回事。

源溯在入口处做了登记。工作人员虽然很惊异这青年牵来的是一个年轻女人，但看对方这气质可以判断是一位贵族少爷，因此也就多看了两眼那个女人，没有多说什么。

源溯抽了签，39号。

轻便拍卖品可以随身携带，大型拍卖品寄存请向右转。

源溯看了眼标识牌后转向凌桑："要寄存吗？"

凌桑始终用半死不活的哀怨眼神看着他。

"……那就这样吧。"源溯继续牵着凌桑走过水晶的走廊通道。

从他们身边走过去的人回过头看凌桑，刚刚寄存了拍卖品的人从通道口出来后，也一脸愕然地看向那个被捆着的女人。

源溯二人走出长廊后，一个女服务员对源溯鞠躬行礼后，将他领去了休息室。

会城拍卖场是这个国家最大的拍卖场，有胆量入场的定然不会是一般人，因此每位卖家都会受到相当好的接待。

休息室是一个独立的小房间，光线刻意调得相当昏暗。源溯把墙壁上的小灯打开，再给凌桑解开链子："现在就可以搜查了。"

"这么多人能搜查到吗？"

"试一试，时间不多了。"源溯将右手食指与中指贴在自己唇前念咒，他轻轻呼出一口气后，指尖缝隙中忽然飞出几条半透明的丝带似的东西。

半分钟后，一个女服务员走了进来，递给他一叠纸质资料让他填写，又将双手放在身前，每个指缝里都夹着扭动着的半透明物质，她始终保持着职业性微笑说道："这里是禁止使用役使虫的，任何术法都禁用，还请严格遵守规定。"

"是吗？那真是抱歉。"源溯微笑着点头，低头潦草地填写完表格后递交回去。

"在等待期间，您可以自由参观一下周围的环境，"服务员提醒道，"请妥善保管好自己的财物。"

服务员离开后，源溯头疼地呼出一口气："没有捷径可以走，只能亲自去找了吗？"

凌桑焦虑地扑在沙发上："我想去一趟洗手间……"

"嗯，我陪你出去。"源溯再把银色铁链挂到她的脖子上，像是圈了一条小狗。

这一"溜人"的形象再次成为长廊上一群阔佬视线的焦点。

"请务必早点儿出来。"源溯牵着链子的另一头，守在卫生间门口对里面招手。

两个人回去时刚走到原来房间的门口，源溯就看见一个穿工作服的男人守在那里，对他鞠躬后说道:"您好,您的商品种类过于特殊,请将她存放至储物室。"

"不必,因为是活物,我必须随身携带。"

"请您遵守规定,所有商品到了固定时间都必须全部存放。"男人解释。

"全部存放吗?"源溯抓住了某些重要的词语。

"是的。"

"那么请别弄坏了,不然会贬值的。"源溯把链子缠在凌桑身上,在最后扣上链子的时候特意将金属扣放在她身侧,方便她自行解开。在系银链时,他用其余人听不见的声音说道:"我会通知你。"

源溯把银链的另一头交给侍者,侍者扯了扯凌桑,凌桑一脸委屈地一动不动。

"跟他过去。"源溯说。

凌桑向前走了两步,在被侍者又扯了扯后,才不情不愿地跟着他走了。

收藏物品的仓库巨大阴冷,分为相当多的格区,并且有顺序地编上了号码。有些格区中只放置着一个极小的精致盒子,有的格区根本塞不下那块比空间本身更大的玉石,只能放置在外面。侍者把凌桑拴在了39号格区的金属栏杆上。

本来系着源溯的细链,她没有任何压力,然而那侍者不知从哪里又扯来了一截黑色的粗铁链绑住了她的双脚,再扣在金属栏杆上。

"……"这双重保险做得简直断了自己的后路。

她挣了挣,双脚被捆得结结实实的,侍者对她说了声"别动,免得疼",然后伸手摸了摸她的头。凌桑硬是憋着没说话,张开嘴做出想要咬他手的动作。

"待会儿见。"侍者连忙把手缩回来,觉得这家伙真是不领情,随后起身挥手离开。

门关上,室内唯一的光亮是远处天花板上的一盏水晶灯。凌桑眯着眼睛在地上扭了扭,换个姿势盘算着如何挣脱脚上的铁链。铁链接口处挂了一把锁。

凌桑像是毛毛虫一样蠕动了十余分钟后,门再次被打开,她坐起来,看着进来的人——是一个看上去四十多岁的男人,而且,竟然是专门来看她的。

男人蹲在她面前,伸手就用手指抬起了她的下巴,近距离端详她的脸。

男人的身后就站着之前那个带她进来的侍者。

"仔细看之后更想要了……"男人用手蹭着她的脸,凌桑扭过头去避开他的手。

"这并不是您能决定的。"侍者笑道,"需要看拍卖时的叫价情况。"

"再高的价格我也舍得。"男人又伸手摸向凌桑的脸,"最多也就是那个价位而已,对我来说并不算什么。"

"那就祝您一切顺利。"侍者回复道。

凌桑一个抬腿,猛踢在对方的下巴上。男人惨叫一声后被掀了出去,同时凌桑因反作用力也向后倒了下去,很不幸地让后脑砸在了墙上。

"呜！"一阵剧痛后凌桑陷入晕眩，眼前一片惨白后转黑，最终什么也看不见了。

……自己真的就是蠢死的。

左手的通信表振动，她的意识终于缓缓恢复，但不敢立即睁眼去查看信息。

"昏迷了真的好吗？"

"只是昏过去了的话，反而更方便运送吧？"

"我是指如果因为这样撞坏了脑子，买家发现后会不会有意见……"

"那也可以当作她脑子一开始就是坏掉的，这样就与我们完全无关了。"

凌桑很无奈地闭眼听着，并且默默地把九九乘法表背了一遍。

乘法表背完，她确定自己的脑子并没有被撞出问题……简直差点儿被这群莫名期待着自己变傻的家伙吓哭。话说自己最近真的特别蠢？

脚步声远去，门被关上后凌桑坐了起来，将右手从细银链中抽出来，翻开通信表查看源溯发来的信息：已经确认，对方号码27号，能否找到？

她将全身银链解开后爬出去张望，就看见远处27号格区放着一个棕黑色的木匣子。

凌桑挥出风刃劈在脚部的玄铁铁链上，铁链上只出现了一抹微小的浅白色痕迹。她再划出风刃劈向拴铁链的金属栏，依然只能劈出细小的裂纹。

"佐铭。"长剑出现在她手里。

"不好意思，只能这么用了。"她挥下长剑劈断绑住双脚的铁链，将佐铭收回后，却忽然听到微弱的机械转动声。

"啊！"凌桑猛地回头看向天花板角落。

监控！真是愚蠢到家了，竟然没有想到这种地方一定会有监控存在！

在工作人员闯进来之前，凌桑果断破罐子破摔地冲向27号格区存放的匣子，用风刃气流打开锁猛地掀开盖子——一对点缀着玛瑙的玉石镯子。欸——不是红宝石？

门被打开，一群保安冲了进来。

凌桑万念俱灰地将盒子摆回原处，然后抽出折扇扇出巨风将面前的人全部掀飞。她迅速地冲到走廊上打开通信表一边奔跑一边凌乱地打字，还没发送成功就撞在转弯的墙角上，定了神后转弯继续奔跑，却突然与一大群人撞在了一起。

凌桑最终被拎回仓库，全身都被捆了粗铁链。

源溯进来看她，对侍者感慨道："既然这家伙这么不听话，那我就把她带回去好了，真是麻烦你们了。"

"已经有先生预订了，要是后悔可不会有什么好结果。"侍者解释。

"不过条例上明确地写着'在拍卖开始前可以选择退出'的吧？这一点我还是有仔细看的。"源溯说。

"只可惜已经预订的那位先生不允许您退出。"

虽然这里是最大的拍卖场，但是来参加的人并不需要提供任何身份证明，可见来这里的人很多都有着说出来很吓人的身份。

"那么就请让我和那位先生亲切地交流一下如何？"源溯并不想公然引发争端，准备私下暴力解决。

"这边请。"侍者为源溯带路。

门再次被关上，凌桑望向天花板，本以为是闹着玩儿的，没想到好像玩大了……

还真的会有人买啊！

这次无论怎么挣扎凌桑都抽不出双手，她再次滚到地上来回蹭着寻找突破口。这时有人走了进来，给她解开了锁链，捂住她的脸把她抱了出去："不想出事就不要动。"

凌桑被塞入了一个铁笼，她还没来得及看清周围的情况就完全陷入了一片黑暗中。根据身体感受到的颠簸程度来看，她应该是被装载在货车上。

……所以自己到底是被谁卖了？自己的智商真的不够了。

经过长久的颠簸，车门终于再次打开。

当笼子被拖出来时，众人看见的是撑在笼子里满满一坨的巨大白毛绒状物体，蓬松的毛都露出了笼子外。

"这是什么？"

"是兔子！"

"怎么可能是兔子？"

"咔——"巨大的兔子发出嘶叫。

由于笼子门实在过小，兔子将头探出来之后，脖子卡在了门边缘处。它把头左转转右转转，总算是把耳朵给扯出笼子外，然后一脸茫然地看着外面更加茫然的一群人。

所有人都不知所措地愣着，为什么偷来的是巨大的兔子？要不要弄死这只兔子然后跑路，防止雇主追究责任……

正在他们思考着对策的时候，兔子忽然变小了一些，成功地钻出了笼子，而那个目标女人竟然挂在兔子的腹部下面。等到有人看见她时，兔子已经纵身跃出，悬浮在半空，挂在兔子腹部下面的女人揪着兔子的长毛爬上了它的后背。

"差点儿被你憋死啊……"在各种折腾后，完全没了力气的凌桑趴在兔子的后背上。

突然枪声响起，受了惊的兔子竖起耳朵跃出逃离，后方的枪声却越来越密集。函数发出嘶叫，用最快的速度飞行。

"函数！"凌桑预感到不妙地揪住兔子耳朵。

"咔！"

"到前面那块地方就降落！"她焦急地喊道。

兔子瞬间降低了飞行高度，几乎是垂直地跌落下去，砸在地上呈现出四脚朝天的僵硬姿势，凌桑也被甩飞出去滚了老远。

兔子缩小成常态，它被子弹击中的腹部涌出血液。幸好是在巨大化后受到的枪击，伤口不深，出血也不多，不过对兔子这般脆弱的生物来说，足够造成相当大的心理创伤。

函数"嘶嘶"地叫着，四条腿僵硬地伸着。

"别怕，没事的。"凌桑取出子弹，又用咒术给它止了血，然后把它抱起来塞在怀里，让它只露出头可以看到外面，"回去给你吃水果。"

"咔！"

凌桑看了看周围的树林，然后仰头辨认方向。此时已经是晚上九点。

若是源溯知道了自己被偷走的事，应该会立刻追踪过来才对……没追过来的话只能自己去找他了。

凌桑使用通信表地图搜查到会城拍卖中心的地址，在低空飞行赶过去的同时给源溯发信息，导致自己总是撞在树上。

连续发了三条，源溯都没有回复。他是被困住了，没办法接收信息吗？

凌桑用最快的速度飞行，但无论如何她的速度都比不上兔子急速飞行时速度的十分之一，而怀里的兔子现在又处于受伤状态，完全瘫成一只傻兔子。

凌桑飞行了半个小时，在偏离了十余次方向，绕了远路后才终于到达了会城。她从没有飞行过这样的长途，最后觉得走路都比飞行轻松得多。

凌桑一边缓缓走着恢复体力，一边用通信表尝试对源溯定位，距离不远了。

她继续疲惫地徒步前行，但是通信表导向的方向已经偏离了拍卖中心。凌桑走了好一会儿，才看到自己前方站着三个人，而已经被彻底破坏的广场周围站着更多穿着同样白色风衣的人。

凌桑俯下身藏在灌木后。广场中央对峙的两个人中，穿了紫色短袍外套的就是源溯。

而与源溯对峙的是一个比他年长很多的男人，他的白色风衣有着与其余人的风衣明显不同的图腾，显然是这群人中的首领。

……自己错过了什么？好像有什么很精彩的情节展开？

在暗淡的夜间光线下，凌桑可以看见源溯与男人中间布满了泛着银光的细钢丝。似乎这是由那个男人发动的技能，源溯勉强地用手将大半钢丝夹在指间，其余没能掌控住的钢丝划破他身体各处的皮肤，扎入了远处的树干中。

两个人明显陷入了僵持，源溯虽然处于劣势，但还保持着顽固的防守，对方不能很快把他攻克。

"还不收手吗，前辈？你的雇主并没有下达要杀了我的命令吧？"源溯十分冷静地说道，毕竟来这里已经耽误了很久的时间还一无所获，不能再这样拖延下去了。

"我想与你交手而已，我尽兴了便放过你。"

"我不能认输吗？"源溯眯起眼。与对方较量自己绝对不会有胜算，而眼下他必须去找凌桑，"你赢了，这样行吗？"

"真是笑话！我看见你左手的通信表和Sritana的校徽才会对你感兴趣！Sritana竟然会培养出你这般毫无斗志的人！"

"不要秀优越了，前辈，"源溯依然冷静地微笑，"我能叫你一声前辈也是对你的尊敬，你以为我不知道你是什么人？Sritana毕业的人中当雇佣兵的可不多啊。"

对方愣住，源溯继续微笑："你选择的这个职业会让你的母校感到光荣吗？你敢对外宣布你是从Sritana毕业的吗？"

"我的选择不需要你管！"对方愤怒地睁大眼。

"我竟然与你讨论这种事……"源溯忽然轻声喃喃一句，停顿几秒后大喊，"我也不需要你管！滚开！"

"既然你知道这么多，就不应该继续跟我谈谈吗？"男人露出狰狞的笑容，甩开了指尖上的数十根钢丝。源溯随即松开双手跃至半空，后背贴上了上空一根绷紧的钢丝后立刻反应过来，赶紧侧身避开，然而落下时却无法再避开下方散开分布的丝线——

一道近乎三米长的巨大风刃忽然袭来，狂暴地切入两个人中央，将所有钢丝斩断。

"凌桑！"源溯平安落地后欣喜地叫了一声，然后转移回注意力瞬间跃出，从腰间抽出一把短刀，毫不留情地刺向了对方。

"别再干扰一个有急事要做的学弟了。"源溯甩下这句话后抽回短刀，转身冲向凌桑，顺手撂倒三个阻拦的人后，拎起凌桑一同逃离。

"好像遇见了什么不得了的人啊……"凌桑直接跳上源溯的后背，让他背着自己跑。

"巧合之下还真的会有如此狗血的情节展开。"

"那就是雇佣兵吗？"凌桑听过这个名词，以前觉得蛮高大上的样子，现在看上去好像也就是这么一回事……

"嗯？刚刚你都听到了吗？"

"嗯，雇佣兵的地位不高吗？"凌桑觉得源溯对那位前辈的态度并不是很好。

"我们都不是很喜欢雇佣兵的。"

前面是一座宽桥，源溯没有从桥上走过，而是选择顺着斜坡滑到下方溪流边，走到桥洞下方，坐下来休息，他也已经疲惫不堪了。

源溯将呼吸调节顺畅后，打开通信表给空泽发消息，并对桑凌说："现在给他报告一下情况不知道会不会被吼一顿。"

"如果告诉他你差点儿把我卖了，不知道你会不会死。"

源溯侧过头，很认真地看着凌桑："求放过。"

"放心啦，毕竟那个建筑商没拿红宝石又不是我们的过错。"凌桑笑道。

第二十七章 太过于执着的信念会成真

一分钟左右后收到空泽的回复，源溯缓缓地说道："他们目前正在……处理风暴潮。"

"……真是一个调皮的山神啊。"凌桑捂头，简直就像是在搞娱乐活动。

"海面风浪过大，我们今晚根本无法回去……还是继续想想办法吧。"

凌桑沉默了一会儿后说："假设并不是建筑商偷走了宝石，那么会是游客吗？"

"祭祀点作为一个景点的话应该会有管制的，应该不会允许游客去触碰石像，其实更有可能的，是三茗岛本地的居民偷走了宝石……"

"照你这么想的话，那人偷走之后就肯定不会再留在岛上了，所以应该在封岛之前就已经离开了。"

"想要搬离三茗岛一定要在相关部门登记。"源溯过度疲惫地靠在墙上，有气无力地喃喃，"虽然这么调查起来不费力，但我现在实在是不想动了。"

"你先休息吧，我去看看能不能买来水喝。"

"吵死了！"睡在桥洞下面的一个大叔咆哮。

"啊，抱歉……"凌桑笑道。

桥洞下面横七竖八地躺满了居无定所的流浪者，几个男人在看清了凌桑的脸后，忽然脸上堆满奇怪的笑容，站起来向她走过去："来来来，到我们爷们儿堆里来坐着，年轻的小姑娘能来这种地方还真是罕见啊！"

源溯懒懒地拉出长刀向前一指，刀背架在这个说话的中年男人的脖子上："阿桑，现在不要出去，我再休息一会儿我们一起走。"

被刀架了脖子的人识相地向后退回。

凌桑靠过去在他旁边坐下，源溯闭上眼无法抑制地昏睡过去。她轻声念咒，将施咒的手指在源溯身前划了两下，帮助他恢复体力。

这时她的通信表收到了空泽发来的消息：

源溯说你们惹上了一些麻烦，你觉得眼下情况怎么样？

太过于执着的信念会成真

她思忖了一会儿回复：应该能躲过去。等会儿去人口迁移的登记中心查一下，这也是最后的可能了。

一个黑服与一个蓝服已经过去与你们交接了，你和他们建立定位，与他们接头交代完任务，你们就可以休息了。

屏幕上展开定位界面，凌桑按下按键接受定位。

空泽又发来信息：他们与你们接头还需要半小时左右。

嗯，非常感谢。

不用和我说感谢。

凌桑在看到空泽发过来的消息后没忍住，"喊"的一声笑了出来，然后发过去：还是要谢谢啦！

刚把消息发过去，她就忽然警到桥洞外晃动的光影，然后迅速关闭通信表向外望去，就看见了走过来的三个黑色人影，黑色风衣的外形给人一种阴魂不散的感觉。

前辈……求放过。

"源溯。"凌桑压低声音喊了源溯一声，然后猛地推了他一把，源溯迅速惊醒，打量着周围确定了情况，立刻站起来拉着凌桑就向另一侧方向奔跑逃离。

源溯为了追求速度而直接踩在流浪者的肚子上，瞬间惨叫声一片，而后面追赶而来的三个人直接将站起来咆哮的大叔们全部掀开。

源溯跑到桥洞外停住，河道两边站了十余个穿着风衣的男人。

他将凌桑揽在身边，转过身面对从桥洞中踏出来的那位前辈。

"空泽说待会儿有一黑一蓝会与我们交接班，只要再拖延一段时间就好。"凌桑小声对源溯说道。

"那就放心了。"源溯抽出长刀面对前辈，"我究竟何德何能让你如此执着？"

"不，雇主刚下达的命令——抓她回去。"男人的手抬起指向凌桑。

凌桑后退至源溯身后。源溯本以为她是害怕，但凌桑忽然紧紧搂住源溯的腰，同时他们脱离了地面。

"啊！"

"我并不觉得他也能飞。"凌桑说道，"这里来。"

下方一群人追赶着两个人，凌桑扯着源溯飞行了五分钟后，到达城市的中心上空，落在视线范围内最高的钟楼顶部。

累死了，拖不动了。

月光下，空中的钢丝泛出一抹抹的银光。

这么快搭好了钢丝，钢丝侠的效率简直不能再高。

随即钢丝之上跃出人影，几个男人平稳地踏着钢丝一路奔跑而来，像是在蜘蛛网中极速爬行的蜘蛛。

凌桑张开双手劈出风刃将钢丝斩断，但夜间光线实在过暗，她根本看不见全部的钢丝，风刃凌乱地四处扫射只划断了一部分。

避开所有风刃的前辈沿着钢丝跳上钟楼，在他双手的动作下，凌桑他们上方也覆盖了一层细丝。

"不要动。"前辈缓缓向前靠近。

然而此时，他们头顶上的钢筋横杆忽然震颤了一下，所有人仰头望上去，竟然是一个黑服蹲在上面。

"任务交接。"那个黑服开口，看到下面如此狼狈的两个人，露出有些戏谑的笑意。

"那就请你教育一下这位前辈了。"凌桑说道。

上空的所有钢丝崩断，黑服落在凌桑身前，伸出长刀指向前辈："阻拦公局执行任务者，警告一次。再干扰我方执行任务，我有权力将你清除。"

"公局吗？"男人露出感兴趣的笑容，"我倒是还没有和公局的人交过手——"

"前辈，请你不要再作死了……"凌桑无奈地劝告。

"让我看看公局的人是什么水平！"男人狂妄地张开双手拉出钢线。

凌桑拽起源溯逃离现场，黑服避开钢丝，纵身向前跳跃，落下时双脚踩在钟楼的钢筋上站稳。

"黑服大哥，麻烦你了！等你处理掉这个前辈再来找我们——"凌桑一手提着源溯一手对那个黑服挥手。

源溯怏怏地打了个哈欠，被拎着一起飞行这种事感觉真是很奇妙。

"我快累死了。"凌桑眯起眼。

回到三茗岛附属的沿海国，源溯在出示证明后进入了居住地搬迁管理部门调出资料。在封岛前搬迁的只有一家，而且就是在三茗岛发生所有异变的前夕。

工作人员表示他们可以自己调查，但凌桑还是表示想要尽快解决，于是要了地址后连夜追查了过去。

"忽然发现我的精力还不如你。"源溯衰弱地和凌桑一起趴在一栋居民楼13层的阳台上。

"请相信我只是回光返照。"凌桑敲阳台落地窗的门，一下接着一下发出脆响。

没有人敢想象大半夜的有什么东西会敲自己家13楼的阳台门。

室内有人走动，战战兢兢的脚步缓缓靠近。

阳台落地窗上还挂着一层半透明的窗帘，等那个人缓缓靠近的时候，凌桑忽然整个人扑在了落地窗上，里侧的人看到不明人形后尖叫着后退："你是谁？"

凌桑继续贴在玻璃上发出"咔咔咔"的恐怖笑声，身体诡异地扭动，像是一条变形的蛇:"交出来……"

源溯坐在阳台上的阴暗处用尽全力憋着笑。

"什么东西?"室内的男人紧张地大声喊叫。

"我的……眼睛啊……"

凌桑抬起脚,用膝盖猛地撞在玻璃上发出巨响,同时嘴里发出尖锐的喊叫:"我的眼睛呀!交出来!"

"不是我拿的!"男人继续后退,"别找我!"

"我诅咒你,血光将弥漫你所见到的全部,痛苦将伴随你一生——"凌桑压低声音念咒,继续发出"咔咔咔"的笑声,"将你的心脏亲手呈上——"

反巫女的力量迸发。

室内地砖的缝隙中逐渐渗透出暗红色的液体,男人发出凄厉的惨叫,腥味浓郁的暗红色液体蔓延到他脚下。

"我诅咒你,堕落的灵魂,迎接你来地狱投入修罗的怀抱,永远在苦难中徘徊不得往生——"

黏稠的液体中伸出了数十只手握住了他的脚踝,他的脚陷入暗红色液体中,像是深陷入沼泽。

"眼睛!"他绝望地跪倒在地大喊,"我偷了宝石!但是已经转手了!不要找我!"

"撤除。"

室内瞬间恢复原状,男人睁开眼惊恐地张望四周,此时只有窗外依旧站着一个人影,长发飘散。

风刃劈在玻璃上,玻璃瞬间炸裂成碎片,向内飞溅,撒落了一地。

凌桑悬空飘了进来,停在男人身前露出微笑:"早点儿承认就好了——"

她一把揪住男人的衣领,猛地把他抡出:"知不知道给别人带来了多大麻烦啊!你还在享受宁静的生活,真的好吗?"

"对不起!"男人惨叫。

凌桑又一脚把他踢到了墙上,再揪起来扔出去:"对不起就好了吗?我们投入的精力是你能补偿的吗?我起早贪黑到处找的结果就是被你偷了吗?早点儿承认会死吗?"

男人从屋子的一头滚到另一头,凌桑用风把他拽了回来,拎到半空再次砸了下去。

源溯终于不得不开口阻止:"阿桑……弄死了就不好办了,还是忍一下……"

"这能忍吗?"凌桑转而对源溯咆哮。

源溯沉默,女人愤怒起来特别可怕的传闻果然是真的……

不知道空泽殿将来会不会面临如此残暴的场景,真是为他担忧啊……

源溯从饮水机的柜子里翻出一次性杯子,倒了一杯水递给凌桑:"你休息一下。"

"……"凌桑接过杯子,走向阳台去冷静一下。

源溯自己也喝了一杯水,又倒了一杯泼在已经近乎痴呆的男人脸上:"宝石卖给谁了?我们能追回来就留你一条生路。"

黑服和蓝服已经追赶了上来,站在源溯身后。

"就是这家伙吗?"黑服问。

"是的,但是转手卖了,追查下去还需要一段时间,至于赎回的资金他是有义务全部支付的。"源溯解释。

"剩余的交给我们处理。"黑服点头。

"麻烦你们了。"源溯走向窗台,忽然想起了什么,转头问道,"那位前辈……怎么处理的?"

"前辈?"黑服眯起眼,虽然不明白为什么源溯称呼那人为前辈,但还是相当冷静地说明,"严重干扰公务,并且他是危险雇佣兵,所以直接处理了。"

"……"源溯愣了两秒后回复道,"好的,谢谢。"

凌桑趴在阳台栏杆上:"源溯源溯,我走不动了啦……"

"我背你。"源溯半蹲下,"上来。"

凌桑趴上了他的背。源溯翻过栏杆,从十三楼跃下,凌桑的风性让他可以缓缓落地。

"现在我们就回三茗岛,阿桑,你睡一觉好了。"

"嗯,谢谢了。"她把下巴靠在源溯肩上。

源溯走路时微小的颠簸让她全身松弛下来,抖着抖着于是真的睡着了。

好舒服。

"源溯!"空泽猛地踹开房门。

"啊……啊哈?"因为被惊醒而一脸茫然的源溯抬起头,"空泽,你有事吗?没事就让我自生自灭地长眠了吧……"

"失血过多会死吗?"空泽直接甩出了这个问题。

"当然会死啊。"源溯目光迷离,忽然反应过来,问道,"谁失血过多?"

"桑。"

"……我还是去看一下吧。"源溯甩了甩头,清醒一点儿后起身。

凌桑侧躺在地铺上,抱着枕头睡得也真是够死。

"其实只要把她叫醒了,她就可以自救。"源溯坦言。

"看她太累不打算叫她。"空泽眯起眼。

"呀呀,空泽殿简直太温柔了呢,不过这种事还是得叫醒她。"源溯用手轻轻拍着凌桑的脸,"阿桑,醒醒。"

凌桑睁开眼,然后傻傻地和源溯对视了五秒。

虽然源溯什么都没有说,但她好像真的从源溯的眼睛里获得了什么信息,突然惨叫着爬起来,一路扯着小毯子跑出去:"对不起!"

"那么没事的话,我就回去继续睡了。"源溯起身离开。

"谢了。"空泽回应。

半死不活的凌桑走了回来,刚要倒在地铺上,脚下却忽而转了方向,脚步沉缓却有规律地走出了门。

空泽看着她,随即起身跟了出去,是梦游了吗,应该叫醒她吗?

但凌桑的眼睛是睁开着的,她沿着楼梯一级级走了下去,并没有摔倒。到了一楼大厅后,她推开门走出了旅馆。

经受了风暴潮的摧残后,外面的土地都湿得一塌糊涂,火山石表面的凹陷处还残留着大片的海水没有渗透进去。

凌桑站在一片空地上,缓缓抬头看向头顶透亮的天空。

空泽也仰头。

空气向中央缓缓流动,天幕之下慢慢覆盖了一层透明的蓝色荧光。荧光的色泽逐渐变得厚重起来,向下飘来覆盖住凌桑全身——就像一个巨大的漏斗,而凌桑就站在荧光的中央与荧光缠绕在一起。

空泽感知到了这汇聚的力量,那荧光正是汇聚起来的微小生物群——嗜欲。

在与她交谈吗?

缓缓地荧光散开,均匀地飘散笼罩住整座岛屿,重新恢复原状。凌桑也缓缓转身,脚步沉重地走了回去。空泽抱起她,凌桑睁着的眼睛缓缓闭上,再次陷入了沉睡。

天微亮的时候,外出的黑服和蓝服回归,但只带回了一枚红宝石,另一枚已经流向了黑市,无法追查下去。

空泽把一枚宝石放入山神像的左眼,没有任何反应。

"这样真的就可以了吗?"源溯眯眼。

空泽把它取出来再放入右眼。

"……有区别吗?"

空泽抽出一把长刀举过头顶。

源溯惨叫着扑向他:"不能劈啊!"劈成两半左右各塞一半也不会有用的啊!

凌桑在太阳高挂后起来,洗漱好走到大厅,看见众人都哀怨地趴在桌子上,看着桌子中央的一枚红宝石。

"所以……结束了吗?"她问道。

空泽耸肩。

"我来归还好吗？"她露出笑意。

凌桑拿着这枚红宝石走向门外，站在空地上，忽而将红宝石向上抛起。

所有人的视线跟着向上，宝石竟然凌空悬浮。

缓缓地，以宝石为中心，周围的风扭曲，肉眼无法准确捕捉的微小生物从四面八方向宝石聚集而来，旅店上空逐渐笼罩了一大片晃动的蓝色。

"只有一块了，"凌桑开口，"选择原谅抑或是毁灭这座岛屿，随便你。请接受这个现实，你并不是神明。"

所有的蓝色汇聚成一团浓重的雾气包裹住宝石，宝石忽而向远处飞行而去，蓝色的荧光跟随着甩成绚烂的长尾，像是蜿蜒而去的一颗流星。

"它走了。"凌桑转身面对众人，"应该不会再回来了。"

像是为了证实凌桑的话，岛上微弱的灵力波动瞬间消散。

"那么任务就算是完成了。"空泽对众人说道。

"那就是所谓的神明？"黑服无奈地嘲讽道。就是那么一坨蓝色的微生物将他们玩弄到了现在？

凌桑解释："是啊，虽然只是一种微生物，不过它接受岛民千百年的祭祀供奉，就自认为是神明了。眼睛被偷走，神明应该生气，于是它们便理所当然地生气了。"

"说到底只是'认为'自己是神明而已啊。"有人耸肩。

"太过于执着的信念……确实是会成真的，只要自己相信就好了。"凌桑笑道。

"那么散了。"已经被折腾得疲惫不堪的公局成员们各自离开。

那群微生物可能离开了这里去另一个地方落脚，也许它们终究会认清自己只是一种稀有微生物的事实。对于它们来说，这可能才是最大的灾难吧？

凌桑回到大厅的时候，那个一直放在桌子上的石像已经彻底粉碎，变成了一堆石粉。

"所以我们这是要被征调几次才能被公局重新接纳啊？"凌桑在床上滚来滚去。

两个人回到 Sritana 之后仅仅休息了几天，就又接到了任务通知，从此开始了隔三岔五就要无偿为公局奉献青春的征程。

"等公局把对我们的怨气发泄完为止吧。"对此空泽倒是相当冷静，只打算等黑服身份恢复后再去重新虐公局。

"啊啊啊！我要罢工啊！"凌桑继续滚动，终于在一声闷响后滚到了地上，不过忽然砸出了什么想法，她安静下来直视着天花板，"话说回来，尼萨亚在大学部……怎么样了啊？"

"嗯？"空泽听到这个名字，翻找资料的手顿了一下，"怎么忽然想到他？"

太过于执着的信念会成真

"因为我之前遇见了一个很作死的前辈,他那作死程度比尼萨亚还要高……所以我忽然就觉得,"凌桑自顾自地喃喃着,也没指望空泽能听懂,"尼萨亚不是一个人。"

"总有人控制不住天性。"空泽继续看文件。

"……作死是天性吗?"

"我没说。"

"……"

凌桑躺了一会儿后爬了起来:"对了,埃斯利亚能给函数压压惊吗?我去找他……"

"函数怎么了?"

"上次受了惊吓后虽然伤口已经痊愈了,但一直心情萎靡、食欲不振……一天只能吃两捆干草……"

"那还叫食欲不振吗?"

"……我还是去找他一趟吧。"凌桑召唤出函数,然后抱着兔子走出了空泽的房间。

埃斯利亚正在房间里和他种的水晶花说话。

原来在和水晶花说话啊……

你竟然在和水晶花说话啊!

"哎,凌桑?"埃斯利亚转头对她微笑,"今晚有空吗?"

"有空的话是不是要通知公局给我追加任务单了?"凌桑微笑。

"哪有?我可不会背叛我亲爱的学生啊……过来坐,是什么事?"

"是兔子最近有点儿抑郁……"凌桑把兔子拎到桌子上,"所以希望你能和它聊聊。"

"……我的职能里没有这一项吧?"为什么在 Sritana 里,不管是教师还是学生都把自己的职能任意拓展啊……这完全发展到什么奇怪的方向了吧?

"你一定可以的。"凌桑信心满满地点头,毕竟你都可以和水晶花对话了,是吧……

据说很抑郁的兔子挪动到水晶花旁边,一口咬住一片花瓣有滋有味地嚼着。

"这哪里抑郁了啊!"埃斯利亚惨叫一声把兔子抱了起来,但不幸的花瓣已经被兔子扯了下来叼在嘴里继续嚼着。

"拜托了。"凌桑双手贴合请求道。

"真是……"埃斯利亚只能把兔子放倒,让它肚皮朝天地躺着。他用手抚摸着兔子的肚子给它挠痒痒:"是有些受惊……不过它就是觉得无聊而已,给它找个同伴玩玩就好了,转移注意力之后,它就能忘记那些不愉快的事了。"

"不过平时都有在和毛球玩啊……"

"毛球?"

"是风之谷特产的那种役使兽饲料啦。"

"啊,那一种饲料啊,因为太贵了,我们一般还是选择卡塔木珞。应该是它已经厌倦和那些智力太过于稳定的家伙玩了吧。"

"函数的智力也不见得有突破吧。"凌桑看着在精灵的抚摸下一脸享受的兔子。

"咔——"兔子踢腿表示以它的智力还是能听得懂某些话的。

"嗯，那我就找找看有没有什么新玩具给你玩好了。"凌桑把兔子抱回来放在腿上，继续对埃斯利亚说道，"另外我想打听一件事……"

"嗯？"

"是关于 Sritana 大学部曾经毕业的一位前辈……是雇佣兵？"

"啊，似乎是有这么一回事……我查一下。"埃斯利亚走到电脑桌边坐下，打开电脑，使用教师终端的教务系统查询，"是大学部五年前的毕业生，在毕业后就没有任何就业回馈，但是我们私下调查出他成了雇佣兵，也算是很不听劝告的一个固执家伙。"

"他是什么服级呢？"

"蓝服高阶，不过他的班导记录下来的信息是，他拥有黑服的实力，只是因为不愿意加入公局才保持蓝服。至于性格，说是相当狂傲，经常有身为蓝服倒虐黑服的记录。"

"和他相比起来，尼萨亚也许让人省心得多吧。"凌桑笑道。

"嗯？"埃斯利亚眯起眼，"尼萨亚也不省心啊，不过尼萨亚的性格还是很好的，情绪也比较温和。前期他接受了一些心理辅导，心理咨询师已经换了好几个了，真是可惜……"

"……你到底在可惜什么？"这么无视心理工作者的感受真的好吗？

"话说回来，你是怎么知道往届毕业生的信息的呢？"埃斯利亚问凌桑。

"是我不小心遇见了他本人……"凌桑应道。

"啊，遇见了吗？真是幸运啊。"埃斯利亚再次露出微笑。

"完全是不幸好吗？"

"如此低的概率下还能遇见就是难得了呢。那么他应该还是很执着于成为雇佣兵的那一种惊险与刺激吧？"

"我想……应该是吧。"凌桑一脸迷茫。至少被那个黑服处理掉之前，他的人生应该很充实吧。

……还是不要告诉精灵这种情感过于丰富的生物太多事比较好。

第二十八章
提前感受到了大学部浓浓的恶意

"那么他发展得如何呢？"精灵继续问道。

"……挺好的，看上去已经混上雇佣兵首领了。"

"那么你知道他是哪个旗号的雇佣兵吗？这样我也可以深入调查一下——"

凌桑双手捂脸："求你别问了。"

"……"埃斯利亚莫名无语地顿了一下，点头说道，"啊，好的……所以每个人都会走上不同的路途，产生不同的结果。虽然我会始终为你们祈祷，希望你们选择正确的方向，但你们最终的未来……也不是我能够干预的啊。"

"我们所坚持的自以为正确的事，大概在你们已经经历了更多的人眼中很愚蠢吧？"凌桑微笑着说。

"请不要这么说，你们才是改变这个世界的最蓬勃的力量。"精灵微笑。

凌桑回到空泽房间。

"去了这么久，又被他刷新人生观了吗？"已经整理好资料的空泽正坐着看历史书。

"是啊，出来的时候忽然感觉世界真是美好……"凌桑满脸恍惚地仰头看天花板，仿佛能够看见万丈星空。

空泽默默地合上厚重的历史书，然后右手一个平扫就把历史书猛地拍在凌桑的脸上。

"噗！"

"还给我。"空泽眯眼。

捂着脸的凌桑默默地把书捡起来，走上前递回给空泽。

"现在感觉怎么样？"

"嗯，这个世界还是老样子。"桑凌捂着脸点头。

"不用谢我。"空泽继续翻开书看。

"……我谢谢你全家。"

凌桑从怀里拎出兔子放在地上:"你能把你的役使兽借给它玩一会儿吗?"

"你确定亦塔不会吃了它吗?"

"啊,我是说……幼崽,幼崽断奶了吗?"

"没怎么关注,因为它还在哺乳期,我不想打扰它,就一直没叫它出来。不过这么久了应该已经可以了。"空泽抬起手指,在空气中随意地一划,拉出了与异界的连接缝隙,然后唤道:"亦塔。"

"嗷?"翼虎兽的头从空间裂缝中探了出来,然后伸出舌头猛地在空泽脸上一舔,浑身散发着母性的光辉。

"幼崽可以带出来吗?"空泽无比淡定地抹掉脸上的唾液,再把手上的液体蹭回亦塔脸上。

欢快的翼虎兽将头缩回空间裂缝里,然后把幼崽一只一只地扔了出来。

……用扔的啊!

即使被扔在地上也完全皮糙肉厚到不知道痛的四只幼崽立刻满房间乱爬,发出"嗷嗷"的叫声。它们看上去像是刚学会走路,都在用各种姿势蠕动着。

亦塔从异界挤出来蹲在空泽身边,母爱泛滥地蹭着空泽的脸。

由于翼虎兽体形天生就很大,虽然这四只幼崽刚断奶,但体形已经相当大了。嘴部圆钝,四肢短小,尾巴也还只是短短的一截,黑色的毛皮上有着细细的金色条纹,羽翼还没有长出来。

"好可爱——"凌桑抱起一只举在自己眼前。

"嗷嗷嗷!"翼虎兽幼崽扑腾着四只小短腿。

"你要是喜欢的话就送你一只,翼虎兽的黑市卖价可能值你给公局打半辈子工。"空泽挠着亦塔下巴。

"咔!"函数跳起来扑到了凌桑脸上。

"啊,不用了,我的役使兽明显不答应呢。"凌桑放下翼虎兽幼崽再抱起兔子,"那么你是怎么得到亦塔的呢?"

"干掉了它前任主人后顺手牵回来的。"

"……"

凌桑把兔子放回地上:"现在就有小伙伴陪你玩了。"

一只幼崽一张口就叼起了兔子。

"咔!"

兔子挣脱,跳出去满房间乱窜,四只幼崽连滚带爬地追着它玩。

"这样就活跃多了呢。"凌桑眯起眼笑道。

被翼虎兽幼崽追赶的兔子忽然巨大化,四只幼崽瞬间惨叫着转身,扑向亦塔的怀里求保护。

"咔——"完全被玩坏了的兔子竖起脖子上的毛,发出嘶叫。

"吼——"亦塔发出咆哮,龇出獠牙。

兔子体形迅速缩小,恢复原状趴在地上。四只小幼崽见状,又扑了出去要去叮它。

"真的不抑郁了呢。"凌桑继续微笑。

"咔!"

Sritana 大学部要开展为期一周的文体活动,为了调动更多人来参加活动,大学部诚挚邀请了 Sritana 高中部与初中部,以及通知已经毕业的人,请他们回来重温大学时代崩溃的美好时光。

所以最近可以难得地看见 Sritana 历届黑服"欢"聚一堂的情景,说白了就是将 Sritana 出身的所有黑服召集起来展出,供后辈们瞻仰。因此空泽在外工作时忽然被行政部调回,行政人员甩给他两套黑服长袍后就让他滚去参加大学部活动。

也就是提前恢复了黑服身份。

"所以这就是你硬是要迟到的原因?"凌桑眯眼。

"去领黑服耽搁了一些时间。"空泽漫不经心地双手环胸。他才不想说自己就是不想参加那所谓的黑服展览。

空泽很长一段时间没有穿黑服了,现在忽然又穿上,原本的视觉冲击力忽然提高了一个档次。

"你的公局身份应该也快恢复了吧?"空泽说道。

"呀呀,我还是等考到了蓝服高阶再去正规地申请一回吧,"凌桑耸肩,"就算恢复了临时工的身份,说到底只是一个临时工而已啊。"

"阿桑阿桑!"慕德兰扑了过来,一个熊抱就勒住了凌桑的脖子,"钓金鱼,那里有钓金鱼!情侣价格减半啊,和我一起去!"

"这是什么奇怪的打折方式啊!"凌桑挣扎。

空泽随意地一掌挥了出去,手背拍在慕德兰脸上,把他向后掀了一个趔趄:"你别碍眼。"

"喂!"

一只手掌重重地按在了慕德兰头上,来人是席勒。席勒看见空泽穿着的是黑服,便打招呼问道:"身份恢复了吗?"

"啊,刚恢复的。"

"刚才的聚会怎么不来?"

"耽搁了一下就迟了。"还是不想解释"我就是不想来"的心态。

"那边已经打起来了。"席勒眼睛向后一瞥。

"常态。"空泽看了过去,黑服聚会到最后很自然地演化为两个人砸场,其余人无视他们默默离开,而大批高中生与初中生远远地围观欣赏的场景。

不过话说回来,凌桑相当欣慰空泽和席勒的关系已经发展到如此和谐的地步了。

"我家小子好像有话说。"席勒猛地一拍慕德兰的头。

被拍得一脸不爽的慕德兰粗暴地一掌推开席勒,自己郑重地后退两步,然后相当严肃地抬起右手指向空泽:"我要挑战你。"

"嗯?"凌桑惊异,这么正式的语气和这么严肃的表情是怎么回事……

"你有资格吗?"空泽双手环胸,眯起眼。

"我比你高。"

空泽:"……"

凌桑:"……"

席勒:"……"

慕德兰成功地用一句话惹毛了一个黑服中阶。

"你还是走吧。"席勒粗暴地一把扯住慕德兰的头发,把他拖走了。

"我是认真的!"慕德兰一边惨叫,一边咆哮。

凌桑已经默默地靠在了暴躁的空泽身前防止他瞬间失控,好在空泽还是很镇静地一掌推开凌桑向前走,懒懒回复道:"接受。"

席勒无奈地松开慕德兰。

"点到为止就好了。"空泽脱下黑服外套甩给凌桑,走向了人比较少的广场,蓝色的眼睛瞥向身后跟着的慕德兰,"你要做好再也长不高的觉悟。"

在旁边围观的凌桑轻声说:"这也不能掩盖你自己确实长不高的事实啊……"

空泽挥出右手,一坨冰块砸在凌桑脸上。

站在凌桑身边的席勒抬起手划过凌桑头顶,默默估计了一下她的身高:"大约一米六。"

不过按照埋主的基因来看的话,她还是有很大的长高空间的……

"怎么了?"凌桑抬头看席勒。

"没事,祝愿你不会长得太高。"席勒将视线迷离掉,看向别处。

"……"不要再提身高了,好吗?

一坨冰块砸在席勒脸上。

慕德兰也脱下蓝服甩给席勒。不穿制服的决斗代表着仅仅是友好的挑战,没有身份界限,无论输赢都没有大碍。

慕德兰直接抽出焚天,脚下瞬间燃烧起火焰,逐渐扩展成以自己为中心的一个圆。

空泽迈开右脚，脚下同样扩展出一个水圈，向上飞溅起水花。

一看就是挑战的架势，广场周围逐渐聚起围观的学生。

空泽忽而又轻轻一个抬脚然后踏了下去，将调出的水性退回。自身作为水性与火性对决，出于水克火的原则，本身就是绝对优势的存在。

不依靠水性辅助比较合适。空泽双手拉伸召唤出双刀，然后将左手的刀挡在身前。

"空泽是……左撇子吗？"凌桑好像这时候才忽然看出这个问题，轻声问席勒。空泽擅长使用双刀，并且左手还能独用单刀。

"啊，大概两只手都是惯用手。"席勒回应，"也就没有左撇子右撇子的倾向。"

空泽只做出了防守的姿势，慕德兰率先进攻，掀起火焰将中央场地炸裂。

于是围观群众只能一如既往地根据场地的破坏程度来衡量决斗的精彩程度。

没有使用任何水性对自身进行防护的空泽跃至半空脱离火焰，一个旋身劈下长刀，掀起狂风将火焰劈开，待可以看到对方身形时，笔直地划出银色的刀影。

刀影落地，地面再度炸裂，慕德兰跳离原地，火焰全部散开。

再度对峙，双方同时冲出，乾鳞与焚天的刀气撞击在一起，空泽更多地回避开慕德兰，进行闪身的侧向攻击，以其迅猛的速度很快就能找到对方动作的突破口。最后一次闪避时空泽出现在慕德兰左侧，提起左腿膝盖猛地撞击在慕德兰的下巴上，把他击出了近三米。

慕德兰仰面砸在地上，空泽左脚先落地站定，握着双刀的双手自然垂落，表明不再攻击。

慕德兰爬了起来。被踢到下巴时似乎牙齿伤到了舌头，他咳嗽了两声，将口腔里倒灌进气管的血液吐出。

双方对峙。慕德兰调理好气息后咆哮一声露出了狰狞的面目，再度向空泽冲了过去，一边前进，一边释放出火焰。

空泽眯起眼，玩真的吗？

"好像不太对啊。"凌桑扯住席勒的衣袖，席勒看着场内的情况没说话。空泽自己是有分寸的。

"够了。"空泽收回左手的长刀，左手直伸在自己身前，瞬间强大的水性施展出来，水浪凝聚成呼啸的长龙扑向对面的慕德兰。

而最令人惊异的是，慕德兰竟然用衰退的火焰硬生生地挡住了来势汹汹的水龙！

远处一个黑色的人影缓缓踏入双方决斗的场内。

"吼——"慕德兰发出咆哮，竭尽全力将水龙劈开再度冲上前去，一片水蒸气弥漫中，空泽将水全部凝固为冰凌，要强行压制对方的火性。

冰凌从地表竖起，凶猛地向前蔓延，仿佛要将所有的障碍物化为碎片。

"够了哦。"那个走入场地的人出现在慕德兰身后,右手勒住了慕德兰的脖子,左手控制住他的双手和腰部,"还差着那么一截呢,就不要逼迫他使用不温柔的手段了。"

是凤凰。

慕德兰释放的火焰没有影响到他分毫。凤凰抬头望向扑面而来的冰凌,抬起右脚跺下,火焰破天而起,化为焚火之刃,将冰凌尽数斩碎,碎裂的冰凌瞬间被灼热的火焰化成了水,然后蒸发成了水蒸气。

"要是超出结界的自动修复范围只能人工修复了,那样会很麻烦。"凤凰露出妩媚的笑容,右手指尖缓缓蹭着慕德兰的下巴,低头看他,"自制力比满腔热血更重要啊,不过确实是个火性的好苗子,跟我学做菜吧。"

"……"慕德兰猛地用力挣扎,凤凰顺势松手放开了他。

比试结束了,围观群众渐渐散去。

空泽将双手插在裤袋里,走回凌桑身边。

慕德兰缓缓呼出一口气后转身离开,席勒瞥了一眼空泽算作告别,随即将慕德兰的蓝服甩在肩上,快步跟上了他。

"哎……"凌桑也要跑出去看慕德兰咬到了舌头要不要处理一下,不过才跨出去半步就被空泽扯住了后领:"不准过去。"

"……"她提着腿僵在原地,然后身体放松下来,无奈地笑着说道,"好吧。"

我懂的。

"哟哟,黑服身份已经恢复了啊,怎么黑服聚会还是少了你一个?"凤凰问出这个问题的时候,空泽已经抽出了刀:

"问这个问题的都去死。"

"呀,怎么搞得是我的过错一样——"已经靠过来的凤凰后退了两步,将双手张开挡在身前,"文体周有那么多活动,不见得一定要拘泥于对决这么枯燥的形式啊。"

"喊!"空泽将刀收回。

"仔细看的话,凌桑同学在这一年内长高了不少啊——"凤凰伸手去揉凌桑的头顶。

"咔!"

明明已经收回的长刀瞬间架在凤凰的脖子上。

"啊?"凤凰一脸茫然。

凌桑头痛地抬手拨开空泽的刀:"那啥,完全没有含沙射影的意思,空泽,你不用脑补过度……"

终于反应过来的凤凰忽然崩溃般地大笑:"啊哈哈哈!原来是这样,空泽啊,你现在吃点儿激素没准儿还能长高一点儿——"

"去死吧!"长刀劈下。

提前感受到了大学部浓浓的恶意

"要谨记学长的劝告你不懂吗？"夙凤打出火焰。

冰凌乍现，地面瞬间坍塌。

凌桑不断后退防止自己被波及。两位学长你们闹起来后果更严重啊……

"真是够了！"一道女人的声音响起，一片烟尘中的两个人忽而被什么未知力量掀至半空，再狠狠地摔下。夙凤率先面朝下砸在地上，空泽砸在了夙凤身上。

凌桑抬手在自己面前扇了扇，让风吹散剩余的烟尘。站在两个人面前的是一个大约三十岁的女人，制服显示此人是黑服高阶。女人双手指缝还各夹着几根细长的银针，空泽和夙凤在地上无法动弹就是因为脖子上都被戳了一根针。

"……班导饶命。"夙凤头朝下地拍在地上根本没法转过脸，不过听声音和这被戳针的方式就知道这是整个 Sritana 大学部最恐怖的辅导员。

在理论上，多数学生的特殊能力已经在高中部发展完全，能力进入稳定的阶段。大学部是根据能力分班而不是随机分班的，所以主攻战斗的班级中，最优秀的班级会出现四分之三的学生都是黑服的情况，这样的班级必须要配备两个以上战斗系黑服高阶的辅导员进行"爱的辅导"。

"夙凤啊，都大三的人了，还和高中部的学弟打成一片，我该夸奖你吗？"

"……谢谢夸奖。"

"不用谢。"黑服高阶的女人一脚掀开趴在夙凤身上的家伙，看见了空泽的脸，"空泽的话倒是难得见一次……不过将来我应该可以和你天天见面的。"

"……祝你永远年轻。"空泽忽然吐出这句话。

"臭小子！"女人猛地抬起脚就要踩他的脸，空泽一个翻身避开，不过身体还是无法自由活动地僵硬着。

又是一句话戳死穴的例子吗……

"桑！"他喊了一声。凌桑连忙跑过来蹲下，给他拔出戳在脖子上的针。

空泽的身体瞬间恢复知觉，他爬了起来，抬起右手捂着脖子。第一次被戳还是很痛的啊……

"没人看到我？"夙凤继续趴在地上。

"啊，抱歉。"凌桑赶紧蹲下身给夙凤拔掉针。

女人耸了耸肩转身离开："西边是情侣一条街，想砸场的话滚到那里去。"

"好的，单身老女人。"夙凤微笑着点头。

瞬间气压飙升。

"快跑！"夙凤拎起凌桑转身就撤。

空泽滞缓了一毫秒，然后果断地选择跟着逃跑。

……似乎提前感受到了来自大学部的浓浓恶意。

以这个速度奔跑，夙夙在一分钟后就冲入了远处的情侣一条街。他停下来，放下凌桑大口喘气。凌桑这才意识到空泽不见了，转过头就看见一个黑服呈僵死状趴在地上。

跑慢了一步，又被扎到了。

凌桑向四周扫视了很久，确信自己没看见那个可怕的大学部辅导员，这才跑回去拔掉了空泽脖子上的针。

"好痛……"空泽捂着脸爬起来，摔下去的时候砸到脸了。

"哟，我们去那里玩！"凌桑拽着空泽，往大学生自己开办的街区走去。

"我要先去找找尼萨亚。"空泽说，"你自己逛。"

"我也挺想见他的……"

"我自己去找就好了，想与他单独说些话，到时候会把他叫过来的。"

"那好。"凌桑点头。私人空间什么的是不能干预的。

大学部与高中部不同的地方似乎主要是……地域大，简直大到超乎想象，虽然空泽以前也来过大学部的行政部，但眼下找不到确切方位后最终选择了通信表定位。

像是尼萨亚这种被划分为危险人物的家伙，一定是由行政部直接监视的。

大学部的行政部建筑与高中部行政部的建筑色调完全相反，是一座剔透的白塔。高中部行政部一方面隶属于大学部行政部，一方面又直接受公局管理，大学部行政部与公局的联系则更加紧密。

里面的接待者认出了以前来访过的空泽，向他问好。

"是谁在负责监管尼萨亚？"空泽问道。

"尼萨亚……是指前阶段调入大学部学籍的学生吗？"

"是的。"

"那么是辛希瑞拉在负责与他相关的事务。"

"我可以和辛希瑞拉见上一面吗？"

"可以，她应该就在这里。"接待者用通信表与辛希瑞拉取得了联系。

一个蓝服高阶的女性精灵从远处楼梯口走了下来，因为视觉感过于柔和反而没有让空泽太过注意到。

"辛希瑞拉。"接待者向她问好。

"你好。"女性精灵露出笑容，她侧过头的时候，挂在左耳的铃铛发出了轻微的声响。

虽然精灵的族群数量庞大，但愿意进入公共场所工作与生活的相当少。这也是在Sritana以及许多大环境里，精灵显得极其珍贵的原因。

眼前的精灵并非绝对纯粹的血统，头发显示出浅黄色，瞳孔有点儿泛蓝，不像是埃斯利亚那样纯粹的透明色。

不过相比起来，好像是埃斯利亚的眼睛白化得有点儿不太正常吧，眼前的女性精灵看上去健康有活力得多。

"你好。"空泽点头,"我是空泽,高二部。"

"听说过呢,尼萨亚是你的负责人。"辛希瑞拉始终保持着温和的微笑,这一特质与埃斯利亚几乎一样。

空泽觉得……他们两个挺像的,大概很多精灵的性情都挺像的吧。

"过来这里坐。"精灵领他到大厅接待来客的沙发上坐下,"想先聊聊什么吗?"

"他适应这里吗?"空泽问道。

"他的适应能力挺好的呢,只是没有结交什么新朋友,依旧是独自待着,而他的脸似乎也无法令多数女生接受,女生们有点儿怕他。他的情绪很稳定,但即便是这样,我还是有点儿担忧他会突然做出什么不能让人理解的事来。"

"他一直都是这样。"空泽回应道,"你不用太担心。"

"我一开始还怕控制不住他,毕竟他的力量太强大了。不过接触下来,我觉得他还是很安静的,也不会发脾气。"辛希瑞拉笑道,"所以我也向公局回馈了,申请以后可以恢复他黑服的身份,但公局那里表示已经做出的决议不会撤销。不过我觉得,只要他能够为公局做出贡献,还是有恢复身份的可能的。"

"他对黑服身份不会在意的,你也不必在意。"空泽回复,"他不介意别人怎么看他。"

"可是啊,明明这么小,却像是活了几百年的人一样,总觉得太成熟了啊。"辛希瑞拉双手环胸,无奈地呼出一口气。

"啊,我是想问……他现在在哪里?"空泽把话题扭转回来,"我想见他。"

"他出去了。"

"出去?"

"因为他对文体活动不感兴趣,再加上这周不上课,他就主动申请了几张任务表去打发时间。"

"能把任务单的备份发给我吗?我去找他。"

"好的。"精灵打开自己的通信表拉出五张任务单,将自己的通信表和空泽的通信表接触实现信息转移。

"他有通信表了吗?"空泽虽然觉得他应该有,但是他的硬件设施似乎跟不上……

"有的,技术部觉得通信表挂在左手手臂上,要翻看的话真是太不美观了,只能把它调整为携带式的了。不过一只手打字会很不方便,但用来语音视频什么还是完全没问题的。"

空泽默默想象了一下尼萨亚用四指握着一部手机,然后只能用拇指在那里戳键盘的情景。

……人生真是艰难。

第二十九章
这才是最凶残的鬼屋游客

"那我去找他。"空泽起身对精灵点头告别,"打扰了。"

精灵忽然轻快地笑了起来,她抬起右手托在下巴上掩住唇:"也没像埃斯利亚说的那样呢,你是个很棒的男孩子呢。"

"……"自己在埃斯利业眼里到底是怎样的形象啊!

不过话说回来,自己确实做了相当多让他很可能已经产生了心理阴影的事情……把他呼来唤去倒还是小事……

空泽还是相当冷静地回复道:"原来你认识他。"

"我在调到这里工作后就一直和他有联系,关系比较密切,毕竟是同族。"精灵笑道,"去吧。"

"祝你们愉快。"空泽告辞离开。

"真是个坏孩子啊。"被说到这个份上,辛希瑞拉笑得有些尴尬。

在行政部借用了特定的转移符咒后,空泽可以直接到达任务所在点。

第一项任务已经完成,任务指定区域的山林中,入侵的一方已经在公局工作人员的威慑下退出其他种族的领地。

亦塔似乎感觉到空泽要进行长途的跋涉,所以主动从异界跳出来跟他撒娇。实际上它只是想外出兜风而已。

空泽跳上翼虎兽的背,忽然听见下面出来"嗷嗷嗷"的叫声,亦塔的肚子下挂了四只对外出旅行甚是期待的幼崽。

拖家带口什么的最麻烦了……他眯起眼。

幼崽体形实在太大,他根本无法全部抱在怀里,最后只能抽出以前储备的两条结实的长带子,把带子拴在它们身上。每根带子两头都系上一只幼崽平衡重量,然后他把两条带子的中间递给亦塔让它叼着。

亦塔一抬头就把四只幼崽全部拎了起来，悬空的幼崽倍感新奇地扑腾着四只小短腿"嗷嗷"地叫着。

"出发。"空泽坐上亦塔的后背，拍了拍它的头。

翼虎兽从原地跃出飞了起来。

第二个任务地点是一片被大火焚烧后的山林，亦塔降落到已经凉下来的焦土上，走向断崖边，空泽望下去看到了一片城市的废墟。

这片废墟据他目测已经存在了几百年，坍塌的建筑早已蒙上了一层泥土，还长出了青苔。巨大的藤蔓系植物遍布废墟的每一处缝隙，废墟下已经成为各类昆虫的巢穴。

空泽仰头，城市的废墟上空五百米处，悬浮着一块以岩石为地基的空中陆地。地基大致呈现出三角形的形状，地基之上是一座全新的城市，整个城市的面积比下方的废墟更庞大。

此时这里已经临近傍晚，在斜落的夕阳映照下，整个城市投影出的巨大阴影覆盖了一半宽广的山林。

尼萨亚应该还没有完成这项任务。空泽打开通信表搜索附近的信号，在他将左手对准空中城市后，通信表屏幕上精确地显示出了一个红点与一个蓝点。

就在那上面。

"亦塔。"空泽唤了一声，役使兽随即展开双翼向上飞行，逐渐接近空中城市。靠近时，他可以判断这是一座相当先进的现代文明城市，城市内部建筑拥挤，基本没有绿化的空间。

若是让空中城市落在地面上，对整个山林来说将会是格格不入的巨大灾难吧。

"到上面去。"

亦塔再度扑展翅膀带起强大的气流，城市的空防似乎将他们认定为入侵者，疑似炮火的机械装置缓缓转动，枪口瞄准了役使兽。

真是不友好。空泽担心亦塔被攻击受伤，便凑到它耳边，命令它先带着幼崽去陆地的山林里玩一玩。

他跳下亦塔的后背，从空中落下，亦塔迅速转身向下俯冲离开。

当空泽离城市还有三十米的时候，下方地面上开始聚集武装作战人员。

他俯身落在地上后一个旋身，靠近他的十余人都被气流掀开。空泽站起来时双手已经按在腰间的双刀上，武装人员都已经抽出枪瞄准了他。

"我是公局特勤部空泽，请你们不要攻击。"空泽眯起眼扫过四周，从口袋里抽出一张名片展示给他们看。

没有人做出回应。五秒后，所有武装人员的微型耳机同时接收到上级发来的同一则命令：消灭。

数十声枪响，空泽四周猛地从地下蹿出一圈冰凌把他包裹住，子弹击在冰凌上，碎裂的冰凌向四周炸裂开来，离空泽最近的一圈人不得不后退。

空泽调用的水多数来自附近。他没想到这个空中城市的水资源如此匮乏，调用起来莫名吃力，而且竟然只调出了这么一点儿……

子弹击碎了冰凌，空泽幸好能够勉强避开，他在冰凌碎裂的瞬间划出双刀劈出气刃，军队为了躲避向外退了五六米。

"恶意攻击确认，不立刻停止攻击，我会直接消除障碍。"空泽的眼睛扫向远处的控制室，里面的应该就是下达命令的人，"你应该听得到我说话吧？"

消灭。

上级再度下达命令。

又是密集的枪声，空泽压抑着怒气扬起右手，瞬间整块空地炸裂，遍布冰凌，冰凌铺天盖地垒成厚重的墙面，从巨坑中向上竖起，高达十余米，所有的武装人员都陷落在冰凌的凹陷中无法爬出。

"这大概是这座城市一半的水。"空泽转过身去，抬起右手的长刀指向控制室里发布命令的人，"想要失去全部水的话，尽管继续对我进行攻击。"

小半个空中城市被冰封。

"你来做什么？"广播中响起指挥者的声音。

"我来寻找同伴，本来并无恶意，但此时已被你们的攻击行为'感动'，请你们接受我的调查。"

"公局真是控制狂啊，要对重返地面的帝国如此干涉——"

远处的重机械轴旋转，打碎封锁它的冰块。所有机械的炮口都转向了空泽。

"再见。"空泽提起右腿猛地踏在冰面上，所有冰凌在一瞬间碎裂，一片冰刃散射的狂乱平息后，空泽的身影已经消失。

一道黑色的身影穿行在拥挤建筑之间狭隘的缝隙中，空泽打开通信表再度确认双方位置，位置红点与蓝点已经重叠，误差两米。

他俯视地面。在下面吗？

空泽从地上轻轻跃起，随即猛地抽出双刀劈出十字的光刃击在地面上。

"轰！"地表应声坍塌陷落。

他向下坠落大约五米后，蹲在地上。

尼萨亚坐在地上仰头，看着上方投射下来的光线，以及伴随着光线坠落下来的空泽。

"被囚禁了？"空泽站起来俯视他。

这里明显是光线昏暗的地牢。

"随你怎么想。"尼萨亚再次低头，非腕式的通信表放在他的大腿上，他继续相当认真地用手指戳着屏幕，陷入思考。

空泽也蹲下来，把头凑过去看他在思考什么。

"第十一关怎么过？"尼萨亚很虚心地询问。

推箱子。

"你能再无聊一点儿吗？"空泽眯眼。

"目前我不想做别的事。我的任务是来这里与他们初次接触，获取负责人的相关态度信息，所有对话我都已经录音并且传回公局。这个国家是曾经的超级强国，公局成立之前就已经脱离地面，现在他们想回归地面，又很明显不愿意接受公局的管理，预计有要重新成为地面上最大帝国的野心。"尼萨亚一边平静地看着推箱子的游戏页面，一边平静地解释，"大概是行政部认为我不容易死，就允许我来调查这么重要的事。"

"……你确实挺不容易死的。"空泽承认，然后补充说，"但是你很容易残。"

尼萨亚已经做了最初始的调查，接下来应该就是公局派专门的行政人员与武力人员来进行谈判甚至是威胁了。

"走了。"空泽说道。

"时间还很充裕。"反正自己也不想参加文体活动，在外面随意打发时间就好。

密集的脚步声接近。

"跟我走。"空泽夺过他的通信表再扯住他的右手，长刀一击就将墙面轰击出一个巨洞。

墙面在经受攻击后自动覆盖上一层银白色的物质，空泽再挥刀劈上去，依然毫无效果。

真是惊人的科技。

尼萨亚抽出自己的佩刀，侧身用左臂挟住空泽。他猛地冲上前，面前坚固的墙壁突然炸裂，空泽被紧紧勒着腹部，只觉得一阵失重后，外面刺眼的光线照了过来。

恍然有种回到高一刚入学时候的感觉。

回到地面后，尼萨亚的眼睛非常不适，几秒后才勉强适应过来，他们已经被武装人员包围。

尼萨亚松开空泽平举长刀，猛然向前冲出，一刀砍去掀起巨大的气流就足够突围，已经完全不需要做什么的空泽就跟在他身后奔跑。

到了空中城市的边缘后，两个人翻过栏杆纵身跳下，空泽在打出召唤图阵呼喊了一声后，翼虎兽出现在空中，将两个人扛在背上迅速降落下去。

空泽与尼萨亚坐在山崖上，看着落下的红色夕阳。

尼萨亚平静地望着笼罩在红色光晕中的废墟。凄凉又富有生机的美感。

"你喜欢这样的？"空泽问道。

"啊。"也许。

空泽抱起身边的一只翼虎兽幼崽放在尼萨亚腿上，尼萨亚低头挠着它的下巴，其余的幼崽都扑了过来蹭上他，争先恐后地往他怀里钻。

"身边充满生机的感觉挺好的。"空泽又说道。

"啊。"尼萨亚感受着纯净生物的温度与亲近。

守护着自己所爱的事物，真是让人充实。宁静与安然，也许是他最想要的。

"跟我回去了吗？"

"还有三张普通任务单。"

"普通任务单的话很快就可以完成了。"空泽站起来，"走吧。"

剩余三场任务空泽完成了两场，尼萨亚完成了一场。

打完收工。

鬼屋中最惊悚的并非惊吓的惨叫声，而是打斗的惨叫声。

随便想想就知道，有能力反虐"鬼"的学生是不甘心受到惊吓的，于是最终结果是"鬼"与人互掐，然后要么是人被扔出鬼屋，要么是"鬼"被扔出鬼屋。

……至少被扔出鬼屋的"鬼"可以惊吓到外面的路人甲。

大学部的学生举行文体活动，多半是开一家咖啡厅或者是出售一些手工艺品，这个鬼屋到底是哪个有问题的学生提议的？参与的人还相当多。

为了防止鬼屋内的"鬼"被游客打趴下，扮演鬼的学生多数都是蓝服或者黑服。一开始被扔出去的都是游客，后来听说这里的鬼相当厉害，高服级的学生都往里面跑，甚至还有黑服特地来挑战，于是到了后面就有越来越多的"鬼"被扔出了鬼屋。

完全变成了互扔的游戏了吧。

因为空泽不在没人陪，凌桑就很想一个人进去看看。只要不对"鬼"发动攻击，他们应该不会把自己扔出去吧？

鬼屋里面相当昏暗，角落里闪烁着暗红色的灯光。鬼屋由三间巨大的活动教室拼成，凌桑竟然相当顺畅地走了一半的路程都没有遇见一只"鬼"。

有爱的游客前辈们在前方和群"鬼"轰轰烈烈地大战着，所以这一段的"鬼"已经都被他们扔出去了，一个都看不见了……

凌桑身后黑暗的通道里响起脚步声，伴随着五六个人的轻声讨论：

"不想干了啊，我都已经被扔出去好几次了……"

"好歹也快结束了，明天的话我去问几个黑服看他们有没有兴趣来扮演……像我们这样做鬼的还要被游客反虐，实在太挫败了吧。"

"话说回来，这里明明是鬼屋，他们怎么都认为这里是猎鬼活动啊……"

这才是最凶残的鬼屋游客

"嗯?前面好像有个人……"

凌桑耸肩。被扔出去的"鬼"重新回来了吗?自己这是要赶上后面这一拨了吗?

"嗷!"于是后面的一只"鬼"诡异地叫了一声后扑了上来。

叫得如此喜感,你们就是这样扮演鬼的吗?

凌桑转过身,一拳砸在身后来人的胸口上。

仰头,再仰头,她看见了一张雪白的面具,眼廓画成青白色,白色长发披散,暗红色的血液在眼眶下流淌,咧开的嘴露出血红的獠牙——

"啊——"凌桑发出惨叫紧闭双眼,下意识地抬起右腿猛地踹在对方身上——

"嗷!"不带这样玩的!

后面赶上来的几只"鬼"看着前面的小伙伴痛苦地蹲下身。

惨叫着的凌桑泪奔逃离。

"原来是小女生啊,怪不得……"一只"鬼"说道。

"这才是见了鬼之后最正常的反应嘛。"另一只"鬼"无比欣慰。

"其实这才是最凶残的游客……"蹲下的"鬼"呻吟。

凌桑一口气跑了出去,一路上看都没看,只要有人影就把他们用风丢出去。虽然知道这里没鬼,但还是觉得好惊悚……跑出出口后,她瞬间撞入了一个人的怀里。

"好久不见。"似乎是无处不在的慕德兰关闭了通信表,结束定位。

凌桑迷茫地抬头:"很久吗?"

"你去鬼屋里玩了吗?看你这样子就觉得很有趣……"

"只是我的样子有趣吧?"

"陪我去玩一次。"慕德兰拖起她就向入口处跑去。

"喂!"不要让我重复噩梦了啊!

凌桑再度陷入鬼屋里特定的黑暗氛围中,前方行走的全身发光的"鬼"手中捧着一支燃烧着的蜡烛。

在受到惊吓之前总会觉得有莫名喜感。

"只要砍掉就行了吧。"慕德兰抽出焚天大刀。

"不是让你砍的啊!"凌桑咆哮。

"那我们来干吗?"

"啊,总之……鬼屋就是让你来感受什么叫作恐怖,所以你的任务就是被他们惊吓……"她自认为解释得相当正确。

"我没事找虐吗?"

对哦,为什么总有这么多人没事来鬼屋找虐,就像她平时总会看到那么多无故作死的人一样……

"大概是……求刺激？"她自己也相当不确定地眯起眼。

"要刺激的话砍过去就好了啊！"再次抽出大刀。

"喂喂，别这样！"凌桑搂住慕德兰的腰控制住他。

对面那全身糊了荧光的鬼发出模糊的笑声，举起残缺的斧头向他们缓缓走来。慕德兰认为这是挑衅，焚天一劈划出一道火舌——对面的人影散开。

是幻觉？

一只血肉模糊的手搭上凌桑的右肩，然后一个高大的身影俯下来蹲在她后背上——

"啊啊啊啊啊——"凌桑死死勒着慕德兰，往前一扑，两个人都滚到了地上。

看到凌桑如此正常的反应，那个扮鬼的学生蹲下来要摸她的头："好可爱！"

"对不起！"事先道了歉之后，凌桑一脚踹在对方的面具上，把他踢了出去。

被踢的"鬼"丧心病狂地对着远处喊："快过来！这里有个怕鬼的妹子——"

"什么心态啊？"凌桑又是一脚踹在了他的身上。

从通道的远处咆哮着冲过来五只"鬼"，慕德兰兴奋地再次拉出大刀冲了过去："来吧，战斗吧！"

你给我表现得正常一点儿啊！

凌桑无视了慕德兰，和站在自己身边的这只"鬼"对视起来。

"其实看得久了，好像就没那么可怕了……"凌桑伸手过去摸在对方的面具上，把面具向上揭——

"是的呢。"面具下惨白的脸露出诡异的笑容，暗红色的血液缓缓地从他眼睛里淌了下来……

"对不起！"凌桑再次惨叫一声，一个高抬腿踢在他的肚子上，直接把他掀了出去。

为什么怕鬼的人战斗力更强？男人蹲下来捂肚子。

凌桑拔腿就跑，顺便抓起正在和"鬼"奋战的慕德兰，拖着他一路狂奔冲出出口。

"呼！"她喘了口气。

"喂喂，还没打完呢——"

凌桑连忙打断他的话："话说你舌头……怎么样了？"

"嗯？舌头？"注意力果然被瞬间转移。

"早上的时候……咬到舌头了吧？"

"啊，是的……不过已经基本好了。"慕德兰伸出半截舌头，舌头的一侧被咬破，还有一大块血痕。他将眼睛努力向下瞥，勉强看到舌头后再将舌头缩了回去，"还有点儿疼，不过没事的啦。"

"那么，整体来说应该没事吧？"

"整体来说？"慕德兰不解地眯眼。

"整体来说就是肉体与精神的完美融合……"凌桑双手平伸,然后将手掌相互绕几个圈,"达到本我、自我与超我的统一,表达灵魂深处最真实最朴素的愿望……"

关于你是不是真的有点儿喜欢我这件事。

"啊哈?"你在说什么啊?

"啊,那就不用懂了。"凌桑松口气,拍了拍他的肩。

"……"

"差不多到收摊儿的时间了,我们可以回高中部了,现在回去晚饭正好赶上。"凌桑笑道。

空泽与尼萨亚在晚上八点回到 Sritana 大学部行政部进行任务反馈。

"接下来你还有事做吗?"空泽问道。

"是你让我没事做的。"

"那就回我寝室,还是高中部熟悉一点儿吧?"

尼萨亚没说话,算作默认。

两个人在空泽房间里一起沉默地喝茶时,凌桑敲响了门。

"啊,尼萨亚也回来了啊。"凌桑笑道。

"嗯。"他应了一声,"你们看上去精神都很不错。"

"你的精神状态也不错啊。"凌桑坐下来,"在大学部还适应吗?"

"还好。上面并没有给我跳级,所以下学期我才正式升入大一,现在他们只是想看管住我而已。"

"那会不会……很无聊?"

"习惯了。"

喝茶的空泽补充了一句:"他一直这么无聊。"

"或许可以养成一些爱好……比如培养看书的习惯?"凌桑提议。空泽和源溯这些人都有抽空看书的习惯。

"看书的话,我这里有几本比较容易养成习惯……"空泽起身,走到书架旁取下一本递给尼萨亚,"要试试吗?"

凌桑瞥了一眼书的封面,立刻惨叫:"不能看这种书啊!"

再响起敲门声,埃斯利亚笑着进来:"好热闹的样子——竟然是尼萨亚回来了呢。"

凌桑猛地抢过书往上一扔,书被丢到书架的最上面。

"凌桑你扔了什么,嗯?"埃斯利亚侧头。

"啊,没什么,只是一本书而已。"她露出微笑。

"这样啊。"精灵没有追究,走到尼萨亚身前俯下身。

"虽然觉得没什么必要，但我还是想问一问尼萨亚……"精灵轻声开口，"不会——再做出令人担心的事了吧？"

尼萨亚沉默，金色的眼与埃斯利亚对视。

"其实我也不需要说这些，你都明白。"埃斯利亚笑着抚摸他的左脸，"大学部的思想会更加开放，一个人可能会逐渐接受一种全新的观念，所谓好的发展与不好的发展也只是出于别人的价值观设定的，所以自己的判断才是最重要的。"

尼萨亚继续用沉默来默认。

"话说——"精灵很快就转移掉话题，"大学部文体活动之后紧接着就是Sritana、Kinto和Maskiter学生会联合举办的联谊活动了，这是在期末考之前最大的活动，到时候还可以好好玩一把。"

"期末考……"凌桑瞬间就注意到了这个悲伤的词，并且无视了前面无关紧要的内容。

"只要好好学习就不会挂科的哦，另外，尼萨亚的话，最近可能要恶补一下高二一学年的知识了，到时候还是要把你拉回来和高三部统一进行毕业考的。"

"……有这回事吗？"尼萨亚脸上难得出现了"我怎么什么都不知道"的疑惑表情。

"所以我本来是要特地去大学部找你的，既然你在这里的话，也就免去一些麻烦了。"埃斯利亚拍了两下手，再将手掌上下拉开，尼萨亚的腿上蓦然出现了一摞半米厚的教材，"以你的资质看完一定没问题的。"

凌桑默默在心中呼喊一声"壮哉！"，然后转头看向空泽："你有好好复习吗？"

"还没开始预习。"

"……"

"至于空泽的话，"埃斯利亚一脸美好笑容地转头看向他，"每次都找人帮忙突击真是够了哦。"

"又不是你监考。"空泽无所谓地耸肩。

"也不要无视我啊，我这学期开始接手成绩录入的审核工作，我可以随时修改学生的不正常成绩。"精灵微笑，"所以这次再被我发现你的文化课考卷笔迹不同，还总是考第一的话，真的会被不及格处理的哦。"

空泽眯眼。

"所以请加油。"精灵对三个人行礼后转身离开。

"其实他的重点就是来交代期末考试的吧？"凌桑说道，"啊，不对，好像有什么关键词被我过滤掉了……"

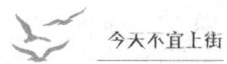

第三十章 今天不宜上街

"三个高中学院的学生会联谊。"空泽说道,"可有可无的活动而已……重点还是期末考吧。"

两个人的视线同时投向了始终看着半米高教材沉默的尼萨亚。

你……应该没问题的吧?

没准儿埃斯利亚只是为了给尼萨亚找事情做,让他别一天到晚光想着毁灭世界呢……

第二日凌桑依旧去了大学部,这次有所不同的是,空泽和尼萨亚一边走还一边捧着一本教科书。

迷途知返的学长啊,在期末上演与课本的旷世爱恨纠葛。

还能不能愉快地参加文体活动了?

"嗯?那里好像有招聘……"凌桑侧头看过去。

教学楼大厅内张贴了一张手绘大海报,大意是鬼屋招蓝服以上的武力成员,作为志愿者扮演"鬼",体验做"鬼"的乐趣之类的。

这是哪门子的乐趣啊?还有要招武力成员,这完全暴露了什么奇怪的本质吧?

"扮演鬼吗?"尼萨亚看着海报问道。

"有兴趣吗?我昨天还不小心进去了两次,恐怖程度还是比较高的……"凌桑解释。

空泽觉得尼萨亚似乎对这个有些兴趣,觉得让他参加些活动也是好事,于是也鼓励道:"试试吗?我也去玩,只要把进鬼屋的人打一顿就好了吧。"

"这完全是另一方面的恐怖了吧!"凌桑咆哮。

"真的会有人找打吗?"尼萨亚不解。

"一定有人会怀着'只要把鬼打一顿就好了'的心态来的。"凌桑捂头。

"那就试试好了。"尼萨亚点头。

鬼屋的负责人很高兴地带他们去办公室化装,给他们披上染了红颜料的白衣并戴上鬼面具。

其实如果是扮演"鬼"的话，自己就一点儿都不怕了……等等，为什么等到自己换好了衣服，才发现自己已经莫名其妙地加入其中了？

"镰刀和斧子是真的，所以请小心一点儿。"工作人员把巨大的镰刀和长柄的斧头分别交给空泽和尼萨亚，"至于这位小妹妹……为了避免被游客伤到，还是做一个童子好了。"

"童子是什么？"凌桑好奇。

"一种可爱的小妖怪。"对方笑道。

"血淋淋的可爱妖怪。"空泽一边把头绳解开散开头发，一边随口说道。

凌桑不必戴面具，工作人员直接用毛笔沾了红色颜料画在她眼睛下面，然后给她一支燃烧着的蜡烛让她捧着。

"好了，可以出发了，两个小时后请回来领取你们的奖励。"工作人员对他们挥手，"请务必与其他扮演鬼的成员保持友好的配合。"

尼萨亚、空泽、凌桑三个人钻入鬼屋，潜入漆黑的暗室中等待游客进来。

凌桑端着蜡烛，看着走过来的一对情侣。

大学部是对外开放的场所，而且文体活动期间行政部进行了很大力度的对外宣传，所以会有很多社会人士参与活动。凌桑看着这对明显就是大街上很普通的那种路人情侣，看他们的穿着就知道他们绝对不是什么战斗民族。如果游客不攻击"鬼"的话"鬼"也不能攻击游客，所以凌桑只是晃了晃手中的蜡烛，吸引了那个女人的注意力。

女人果然惊叫了一声，男人倒是笑了起来，这种场合最适合展现男子气概了。

"是扮演的啊。"男人伸手去摸凌桑的头，另一只手从口袋里掏出了什么递给她，"好可爱的小妹妹，这点儿零钱你拿去买糖吃。"

"……"凌桑接过这几枚超小面值的硬币。

与此同时，那女人的身后已经站了头发披散的空泽，他缓缓举起手中的长镰——

"啊——"女人尖叫着逃离，男人"喂"了一声后连忙转身去追她，凌桑在男人没完全转身时，默默地用蜡烛点了他的外套。

"……你才是最恐怖的那个吧？"空泽把二十多斤重的长镰扛在肩上。

"哪里哪里，想用只能买到一颗糖的硬币打发我可不行啊。"凌桑微笑。

像是为了响应凌桑的话，远处传来了男人"着火了"的惨叫。

空泽看向入口，再退回阴暗处隐蔽好。进来的三个男生一眼就看见看一个穿着血衣却异常萌的"鬼娃娃"站在过道口。

"嗯？好可爱……"一个男生要摸凌桑的头。

"摸头会被火烧的哦。""鬼娃娃"笑道。

"啊，更可爱了啊……啊啊啊！"男生闻到焦煳味后低头看向自己的衣摆，"你干什么？"

"再烧一个吗？"鬼娃娃端起蜡烛，同时一个白衣影子在他们身后挥起了长镰——

"不就是扮鬼吗？"热血沸腾的年轻人抽出长剑刺了过去，长镰劈下挡住剑锋，隔着巨大的镰刀，空泽一伸手就揪住他的衣领把他扔了出去。

鬼屋的墙面都附有特殊的符咒，设定只要受到撞击，撞上去的人就会被自动转移到室外，因此才会制造出被"扔出去"的特效。

在另一个学生吃惊的时候，凌桑默默地在他衣角点了火。

白衣的死神把镰刀再次举了起来，此时两个学生已经在地上打滚灭火了。空泽往他们身上踢了一脚，让他们向远处滚了过去，然后相当失望地感叹道："这都是什么实力……"

"好像是初中部的人吧。"凌桑眯眼。

"被初中部的人叫成小妹妹你是不是该有点儿觉悟？"

"这说明我很年轻啊。"

又有一个人走了进来，空泽和凌桑后退。经过的人竟然是一个黑服，而且一眼就看出这里左右两侧埋伏着两只"鬼"。

"在这里。"黑服将右手燃起的一团火焰扔向凌桑，凌桑指尖划出一道风刃将火焰劈开。当黑服看见她走出来时明显愣了一下："扮演卖蜡烛的小女孩吗？"

"要点火吗？"凌桑举起蜡烛，在黑服分神的一瞬间，他身后掠过的白影挥出长镰——好在黑服还算反应及时地抽出刀挡下。

凌桑把蜡烛向黑服的制服凑过去。嗯？竟然点不着……果然是制服的质量过硬吗？

正在抗衡的双方同时跳离原地，然后又重新冲上前，空泽的镰刀水平横扫，黑服用刀挡下，兵器摩擦迸溅出细碎的火花。

这把镰刀能够抗住如此猛烈的打斗也是蛮拼的。空泽扛起长镰向后退，隐入了黑暗中，黑服也很理智地收起刀继续往里走。

"不打了吗？"凌桑问道。

"毕竟是黑服，很难一下子分出胜负，后面还有尼萨亚他们等着呢。"

这时，地面忽然剧烈震颤起来，凌桑猝不及防之下向前扑了过去摔在地上，蜡烛也飞了出去直接熄灭。

"噢，好痛……"她捂着脸爬了起来。

一个身影直接穿过墙面冲到过道上，滑板一个侧旋后他停了下来："哟呵，是鬼屋啊鬼屋——"

闯进来的青年十七八岁，穿着自认为时尚的鲜艳运动衫与破洞牛仔裤，红色的头发有两分米长，并且都用发胶固定成形竖了起来，戴耳环挂项链，虽然凌桑在暗处看不清，但可以确定他还化了相当浓的眼影。

"杀……杀马特……"凌桑难得有如此目瞪口呆的时候，杀马特和非主流在这个世界也有吗？

"只是冒牌的鬼啊，哈哈……"杀马特青年在两个人无语时一阵狂笑，然后猛地用手扔过来什么东西，"既然是鬼，那就见鬼去吧！"

"桑！"空泽猛地拽住凌桑迅速后退，他们站过的原地忽然炸裂，保护鬼屋的符咒被破坏后，地面更加剧烈地震颤起来。

"混账。"空泽挥起长镰冲出鬼屋去追那个杀马特青年，凌桑也连忙跟了出去："啊啊啊！空泽，你就这样跑出去了啊！"

于是她也这样跑出去了。

滑板上的青年大笑着在情人街的人群中急速穿梭，戴着鬼面具穿血服的空泽拖着长镰追赶在他身后，引发了女生尖锐的惨叫。

"站住！"空泽纵身跃起，一个飞身踢在对方背上，把他揿了出去。青年在地上滚了几圈后迅速爬起来，往地上啐了一口唾液。

"外界的野狗还真敢来放肆！"空泽呵斥。

青年露出乖戾的笑容，一颗黑色的圆球已经滚到两个人中间。圆球瞬间爆裂，空泽被爆炸产生的气流冲出，烟尘散去后那家伙已经再度滑着滑板逃离了。

空泽追了上去，那家伙已经翻过围墙，踩着滑板在半空跃出一个弧度后，撞碎了玻璃，闯入了一家餐厅的二楼，一时间惊叫声不绝，空泽也跟着跳入了餐厅二楼，再度把众人惊吓到。

至于某个还在大街上奔跑的一身血的童子已经捂着肚子上气不接下气了。

空泽追出餐厅后在围墙上奔跑着，看到那些闯入大学部胡闹的年轻人足足有十几个，而被他们惹怒，追在他们身后的本校学生更是有几十个。

此时一个蓝服中阶的学生忽然靠向空泽，猛地一拳击在空泽的太阳穴上，把他打出了围墙。

空泽在半空稳住重心后平稳落地，蓝服学生也跳下来走向他。

"想死吗？"空泽向上揭开面具咆哮。

"啊，你不是……和他们一伙的吗？"蓝服惊讶。

"……"

"对对对对……对不起，我以为只有那群人会穿成你这样！"蓝服青年惊恐地看着对面散发着高压的空泽。

空泽一拳揍在他脸上："没关系。"

最终空泽冰冻了两个外校青年后再解冻,把瑟瑟发抖的两个人拎到了隔离教室。半个小时之后,全部的闹事青年都被扔到隔离区,行政部的人正在赶来处理这群作乱的年轻人。

"你们不是学生吗?你们不是很有素质吗?"一个青年一边咆哮一边大笑,"来打我啊!"

空泽一脚踹在对方脸上:"我这就打死你。"

终于赶过来的凌桑已经虚脱:"话说……这里……"

周围一群学生都靠过来围观她:"好可爱!是满脸血的童子吗?"

"啊不,我是从鬼屋里跑出来的童子。"凌桑笑着解释。

"给我摸一下。"一个男生捏住凌桑的脸。

凌桑忽然被提起,整个人悬空。

"……"她预感相当不妙地转头,就看见了黑着脸的空泽。

"啊呀,大鬼不让我们摸小鬼了。"一个蓝服的女生笑了起来。

大鬼拎着小鬼转身离开。重新走回街上的空泽依然是一句话都没说。

"对不起啦!"凌桑只能自己开口。

"对不起什么?"

"不能随便给别人摸。"

空泽把她放下。

"话说那些人是怎么回事……"

"像我们这样年纪没有上学的家伙,在外面混久了就会这样,"空泽耸肩,"价值观会逐渐地模糊,他们只是觉得这里热闹,就来搅一搅求欢乐而已。"

"可能是机遇的问题吧……"凌桑也感慨。

"你是管不了那么多的。"空泽直言。

"啊,是呢。"

两个人穿过情侣一条街,被默认成一对奇特的"鬼情侣",吸引了周遭人的目光。

"话说你最近什么时候回家?"空泽忽然问道。

"啊……有空的话就会回去。"

"哦。"

"……你要干什么?"

"去认真拜访一下你的父母,免得太生疏了。"空泽说道。

"其实我觉得你已经给他们留下了相当深刻的第一印象了……应该是永久不会磨灭的……"凌桑弱弱地解释。

"是吗?"空泽艰难地回忆了一下和凌桑父母第一次见面是什么情景,好像确实……不太美妙？后面几次碰面留下的形象也不太好，"试试把印象修正过来就好了。"

"其实不用修正的，本来就是你本色出演……"

空泽一巴掌拍在了凌桑的后脑勺儿上。

两个人回到鬼屋，和闯进来的游客乱斗了一会儿后，就结束了志愿者活动。他们回到教学楼上的化妆间把衣服换掉，然后每人给发了一盒牛奶与一包饼干，还有一小块漂亮的装饰性水晶石作为奖励。

"所以接下来？"凌桑转头看向正在啃书的空泽和尼萨亚。

好吧，不用接下来了，他们的学霸之魂已经觉醒。

三大学院高中部的学生会联谊活动项目已经通过商谈确定下来。在活动开始的前一天，Sritana学生会正在清点租来的道具，学生会人手不够时，他们就会满学校随手抓人当劳动力。

凌桑帮忙搬着道具，道具都装在巨大的纸箱中，虽然看上去很大，但是搬起来却相当轻，男生甚至可以一次性搬五六个摞在一起的纸箱，只不过纸箱摞得有三四米高时相当阻碍视线，两个人走着走着就会什么都没看见地撞在一起，纸箱滚在地上散开来露出里面的毛绒服装。

"嗯？原来是扮演毛绒玩具啊……"凌桑喃喃自语。虽然策划上写的是"角色"扮演，不过现在看来应该都会扮演萌物。

"啊，对了，明天早上的开幕式，阿桑，你来吗？"伊娜问道，"虽然这个并不是强迫必须参加的，但人越多越好。"

"啊，不用了。"凌桑笑道。

难以想象明早的开幕式就是三个学院的学生像一群脱缰的野狗一样从四面八方冲到商业街广场正中央进行快闪。

咳，像她这种被空泽殿打得越来越迟钝的人，冲进人群没准儿会酿成被踩踏致死的惨剧吧？

"如果不参加的话，可以参加拍摄吗？明天早上七点来活动室领摄像机。"伊娜不知道是什么时候加入了学生会。

"啊，这个应该可以，只要不是很难操作的话。"

"很好操作的呢，只要拍摄一下开幕式和上面汇报一下情况就行啦。"

第二日早上醒来，凌桑就去敲空泽的房门："起床了喂，活动开始前要签到的——"

"等下就好。"半天后房间里传来了空泽睡意昏沉的微弱声音。

"那我先去领摄像机了，你赶紧起来——"

"嗯……"

凌桑给源溯发了一条信息：虽然我叫过空泽一遍了，但还是麻烦你十五分钟后再叫他一次。

十分钟后源溯去敲门："喂喂！你果然又睡过去了吗？三号馆的人都走光了……"

"马上就来。"

"鬼才信啊，我会敲门敲到你爬起来为止的啊。"源溯持续敲门。

终于被敲门声吵得无法再入睡的空泽爬了起来打开门，再到卫生间洗漱完，然后依旧睡意沉沉地走了出来。

"嗯？等一下。"源溯一掌拍在他胸口，眯起眼，"今天你似乎……不宜上街。"

"嗯？"

"只是某种不精确的预言而已。"源溯笑道，"不用在意，我只是随便提醒一下。"

你的预言一向很准吧？

所有学生以班级为单位在教学楼下集合。因为准备起来很麻烦，怕时间拖延让学生等太久，所以班级都是先按照年级顺序，再按班级顺序依次集合的，轮到空泽的班级时，已经是最后一批了。

"请抽签。"

空泽把手伸到纸箱里，抽出一张纸打开，214号。

他走入活动室找到214号的服装———只巨大的白色毛绒兔子。

兔子……兔子……

不管是谁都会想到这是在大街上发传单，或是在游乐场逗小孩才会穿的臃肿服装吧……

他把巨大的兔子头罩戴在头上，脱下黑服再套上宽大的连体兔子服。拖起巨大的白色脚底板，整个人走起来都是摇摇晃晃的。他可以通过兔子咧开的嘴巴看到外面，但是视野相当狭窄，而走在他前面的一只肥胖的绿色西方龙拖着一大条粗壮的尾巴，也在摇摇晃晃地走着。

好在没人知道自己是谁，也不用知道别人是谁。

每个玩偶胸前都挂着号码牌，他胸前的是红色的圆形纸贴，上面标有号码"214"。

此次活动在学院后门通往的商业街举办。商业街是三个学院共同使用的公共区域，同时也是对社会人开放的场所，学生们在商业街流通人员中所占的比例反倒相当小。

所以这次相当于在繁华的闹市区举行活动。

一只毛绒棕熊站在十五层楼高的大厦天台上，端着一架小型摄像机，对着三岔路口中央的时代广场。

距开幕式还有一分钟，而此时广场上只有一个卖棒冰的大爷坐在板凳上守着冰箱。

一分钟之后真的会全部集合吗？

　　三，二，一。

　　瞬间从四面八方的建筑一楼里涌出来动物形象以及动画形象的笨重玩偶，密密麻麻的像是挤在蜂巢里的蜜蜂，其中不乏有因为相互碰撞而摔倒的人，一个人倒下去后往往会连累周围的一大片都倒下去，于是后面涌上来的人前赴后继地倒下去。

　　穿着棕熊服装的凌桑汗毛竖起。全场五百余人瞬间倒下了三百多人在地上滚来滚去，因为服装笨重而站不起来——

　　真是太有拍摄价值了啊！

　　结果预定的一分钟集合，在扑腾了五分钟后，倒下去的人才全部站了起来，在广场上排成不是很整齐的队形。

　　简直吓坏被包裹在中间的卖棒冰的老大爷，而被这壮观场面着实惊到的行人发出了尖叫。

　　一声哨响后所有玩偶原地转了一圈，随后站着一动不动，变成了雕塑。

　　有一个小朋友要扑过去摸玩偶，然后被妈妈抱走了。

　　在此情况下无法辨认出每个玩偶里面的人是谁，但是可以辨认出每个玩偶属于哪个学院。Sritana玩偶胸前贴着的牌子是红色的，Kinto学院是黄色的，Maskiter学院是蓝色的。

　　摄像机显示时间过了一分钟，再是一声哨响，所有玩偶举起双手集体咆哮：

　　"异能开发学院！您孩子成长最好的摇篮！现在报名享受学费最大优惠！"

　　这是要进行新一轮招生宣传了吗？

　　想到自己下学期就要成为高二学姐了，凌桑觉得时间过得真快。

　　玩偶们开始奔跑着散开，在各种跌倒滚动之后的一分钟内，整个广场恢复了安静。

　　恍然就是风卷残云的一场梦。

　　凌桑关闭摄像机。"还是很成功的呢。"她喃喃自语。

　　她觉得本来就很重的头套更加重了一点儿，想必是函数趴在了棕熊的头套上。

　　"咔！"

　　凌桑的头套在又重了一点儿后瞬间变轻，是函数在一蹬腿后扑了出去，跃过了阳台。

　　凌桑靠在阳台栏杆上，捂着可能会掉下去的头套向下看去。函数笔直地下坠，最后精准地掉在了一个刚刚从楼下路过的兔子玩偶的头上。

　　函数死死地趴在兔子玩偶的头顶。

　　凌桑眯眼。这是找到同类了啊，不过这个时候才来参加活动……是别人的可能性完全不高啊……

　　兔子玩偶里的人感觉自己的头顶忽然沉了一下，在抬手拍了一下头套后感觉没有了异样,就继续往前走去。在就要穿过马路走到对面时,忽而一辆车向他冲了过来。

"喂!"凌桑大叫一声,纵身从阳台上跳下。虽然穿着棕熊玩偶装整个人都笨手笨脚的,不过还是可以驭风减缓缓降落速度。

套在兔子服装里的人被极大地削弱了感知力,等到有什么异样感知的时候他将头向右旋转九十度,狭窄的视线中出现了已经近在咫尺的车。

话说这么大坨玩偶在摇摇晃晃地慢慢过马路时还能被车撞上,这司机简直是神人⋯⋯

还没感慨完,大兔子和小兔子都已经被扑了出去滚在地上。函数只是滚了两圈没有大碍,在凌桑落地后,函数立刻很受伤地扑到凌桑头上趴着。

被撞倒在地上的大兔子的头套已经滚到了一边,那头凌乱的蓝毛果然是属于空泽的,穿着宽大的兔子服装使他的头显得特别娇小。

司机连忙下车道歉:"对对对对⋯⋯对不起,我也不知道为什么就冲过来了!"

空泽闭上眼捂着头站了起来,凌桑摇摇摆摆地走过去,捡起兔子头套递给他:"没事⋯⋯吧?"

"只是这种程度而已吗?"空泽继续闭着眼,但是太阳穴已经暴起青筋。

"真是对不起!"面对这个可能不太正常的人,司机再度道歉,凌桑连忙挥挥手对他表示"你赶紧走"。

"这就是源溯说的不宜上街吗?"空泽吐出一口气,既然已经"不宜"过了,那么接下来就没事了吧?

他将棕熊的头套抬起,看见对方是凌桑,然后又把棕熊头套按了回去。凌桑也把兔子头套扣在空泽头上,函数又跳到兔子头套上趴着。

第三十一章 愿意负责到什么程度

"既然不宜上街那就离大街远一点儿啦。"凌桑拖着空泽离开马路中央,就在两个人要走上人行道时,凌桑忽然整个人向前扑在了地上。

为什么先前没看见地面凸出的横挡……

"你是故意的吗?"空泽眯眼。

"谁会这么无聊啊?"

凌桑捧着头套爬起来时,正在播放广告的广播忽然被掐断,五秒之后全新的播音响起,传遍了整个商业街:"Sritana、Kinto、Maskiter学生会联合举办的活动正式开始,在非休息期间请勿摘下头套。活动内容为夺取非本学院颜色的号码牌,活动期间可以自由游玩,傍晚五点活动结束时,请将所获得的号码牌上交至自己学院的学生会组织部进行统计,最终根据号码牌数量决定胜负。"

通知结束后,广播瞬间切换回原来的广告。

凌桑转过头去,看见远处本来在自顾自地逛着商店的玩偶们开始了笨拙的追逐和扭打。因为他们的号码牌颜色不一样。

这样的场面相当有喜感。跟着妈妈逛街的小孩子们在一边欢快地喊着加油。

一个挂了蓝色牌子的皮卡丘玩偶跌跌撞撞地向他们跑过来,然而没跑多久就绊在地上一个凹陷下去的裂缝里,整个人瞬间扑在地上。

"走了。"空泽转身,"现在这种空闲日子,再不刷教材就来不及了。"

空泽变身学霸之后竟然还能持久到根本停不下来?

其实照目前的情况来看,心平气和地慢慢走,绝对比一路狂奔再扑倒在地要快得多。

凌桑就这么想着扑倒在了地上。

脚下又绊住了什么啊!好烦。凌桑心想。

"感觉起来确实特别衰?"空泽问道。

"只是穿这种服装的意外啦!"凌桑爬起来耸肩。

两个人继续往前走的时候，忽然听到马路另一侧有个青年在惊恐地大叫着"让开让开"，空泽还没反应过来那个家伙究竟在哪里时，一辆自行车已经冲入了人行区，把他撞到了墙上。

"啊？"凌桑九十度扭头，发现空泽瞬间不见了，"空泽？"

"很痛的啊！"空泽咆哮。

"对不起！我也不知道为什么就拐到这里来了！真是对不起！"摔在地上的青年爬起来道歉。

"给我消失！"

"是！真是对不起！"青年推着自行车迅速逃离。

"那个……你好像比我总是绊倒还要严重得多……"凌桑拉他起来。

"我都要怀疑是源溯给我下咒了。"

"放心啦，他对谁下咒都不会对空泽殿下咒的啦。"凌桑安慰道。

"你想表达什么？"

"收回前言……"空泽在看了教科书之后，思维逻辑忽然正常了？

"果然还是要远离大街。"空泽用完全包裹在绒毛里的手抓起凌桑的手，走进了旁边的一家点心店。

他还没吃早饭，于是拖着凌桑径直走到点心店二楼，找了个靠窗的位子坐下，然后摘下头套呼出了一口气，叫来服务员开始点早餐："桑，你早饭吃了吗？"

"吃过了。"

"要再补一点儿吗？"

"不用了……"

"那就饮料好了。"空泽点了两杯果汁以及一份肉饼。

服务员稍后将早餐端了上来，空泽用左手扯住右手的毛绒手套，右手有些艰难地往里缩去，然后终于脱离了连体袖子，手伸入兔子套装里的裤袋去掏钱。

服务员一脸呆愣地看着他。空泽本来想把手伸回连体袖套里，但忽然想到这样也没法把钱取出来，因为袖套是全封闭的……

空泽忽然觉得自己的智商好让人着急。

他只能将手往上伸了伸，从领口处把钱塞了出来。

"……"服务员终于明白了他掏钱究竟有多困难，收下钱后转身离开。

空泽刚把手重新伸到袖口里抓起肉饼，那个服务员又走了回来，递上三枚硬币："这是找零，先生。"

"……"空泽脸黑了。

"要我塞到你领口里吗，先生？"服务员问道。

"小费。"

"谢谢先生。"服务员微笑着离开。

凌桑只能无视空泽的表情，然后捧起果汁。空泽拉出空间裂缝，从中拿出一本书，但是被包裹得异常粗大的手指简直不能翻页……

"呼！"空泽呼出一口气，认命地将书塞了回去继续啃肉饼。

"凌桑？"

有道轻柔的声音唤她的名字的时候，凌桑并没注意到。隔了几秒，那个声音又唤了一声："阿桑？"

"嗯？"埋头喝饮料的凌桑猛地抬头望向对面。

叫她的是一个有着银白色长发的青年，他的头发都扎在脑后，整个人相当有精神。

"大哥！"凌桑惊喜地叫道。

"因为感觉到你的气息，所以就过来看看。"瑜夜微笑着，"也没想到你竟然会出现在这种地方。"

"啊……因为我平时总在学校里，而学校四周有结界屏蔽着，所以你是找不到我的啦。"凌桑解释，"话说，你来看什么？"

"看看夫妻恩爱的程度啊。"瑜夜继续微笑。

凌桑和空泽对视一眼，随即她立刻甩头挥手，"别这样，还没——"

"这一位就是长王殿下了。"瑜夜从座椅上起身，走到空泽身前后单膝跪下行礼，"在下风之谷瑜夜，之前见过一次面。"

在这样一个正式不起来的场合，遇见这样一个完全把礼节当回事的人……空泽有些无奈地轻声说："在公共区域，把身份什么的都抛弃就好。"

"是。"瑜夜起身。这时候三个人已经成了室内所有人关注的焦点。瑜夜坐下来继续说道："长王殿下平日看上去还是相当平易近人的呢。"

空泽默默俯低头看了眼兔子连体装。

"如此可爱的情侣装看上去相当有趣。"瑜夜继续说道。

"满大街都是玩偶装啦。"凌桑解释。

"来的时候我看到了，应该是在搞什么活动……长王殿下也不拘泥地融入进来了啊。"瑜夜笑道。

"不必对我用什么尊敬，我叫空泽，另外我也不是什么继承人。"空泽说道。

"这个看得出来。那么你与阿桑……是同学关系吧？"瑜夜有些小心地问道。

"你介意吗？"空泽抬起眼瞥向他，眼神有些微妙。本来这一层关系是不应该被戳破的，如果瑜夜是一个政治上严肃的人的话。

"不会的，自然……我是会向着自己血亲的。"瑜夜温和地看着凌桑，"你们的关系我大概能明了。"

"我担心你会觉得自己受骗了。"空泽轻声回应。

"难道不是受骗吗?"瑜夜轻声笑起来,伸出右手掩住唇,"不过我可不是那么死板的人,朦月已经出嫁的事实也无法更改,我心安就好,还是很庆幸阿桑能遇见你。只不过……我就怕因为事情过去了……就没有后续了。"

"我会负责的。"空泽瞥了一眼凌桑。

"负责到什么程度呢?"

"为了表示极沄城没有任何欺骗之意,我会负责终身。"

"不,不需要任何与国家有关的承诺,只需发自真心即可。"瑜夜抬起右手搭上左胸口,闭眼说道,"很高兴能够感受到你的诚心。"

"有要帮忙的地方,可以来Sritana高中部找我,一些琐事的话我还是能帮忙的。"

"为自己的国家,我还是会努力做到只依靠自己的力量。"瑜夜笑道。

"只依靠自己,复兴还是很艰难的,内部的阻力会大得多。"

瑜夜逐渐失去笑意,应道:"是啊……"

"祝福你。"空泽心平气和地说道。

瑜夜点头,随后站起来对凌桑说道:"已经见到你,我也满足了。眼下你们应该还有别的事要做吧,我现在也还有事要处理……有空与我联系,我带你回风之谷玩。"

瑜夜将一枚穿在绳线上的白色水晶递给她:"用它联系我就好。"

"嗯,再见。"凌桑露出笑意。

"再见。"瑜夜点头后,转身走下楼梯离开。

空泽继续端起饮料慢慢喝着。

"你不去抢号码牌吗?"

"本来就没什么兴趣。"空泽看着茶几出神,又缓缓说道,"而且说不定还要和车搏斗吧。"

"那个确实凶残。"

"喂!"一道声音响起后,一只灰色袋鼠坐在了他们的对面,抬起"前爪"把头套摘了下来,然后呼出一口气道,"你们倒是潇洒。"

是横野。

"你不也来潇洒了吗?"空泽反问。

"因为我觉得在路边一连被车撞了两次不是什么好兆头。"横野无奈地双手环胸。

"彼此彼此。"空泽耸肩。

"哎,都容易被车撞吗,是因为穿成这样变迟钝了吗?"凌桑问道。

"谁知道……"横野叫来服务员,也点了一杯饮料来喝。要拿零钱的时候明显也有些进退两难，最后横野站了起来，用粗大的毛绒手指拉开玩偶右侧的拉链，把玩偶连体装脱下半截后，掏出了两张小额的纸钞。

在他脱连体装的时候，包括凌桑在内的餐厅内所有女性都痴迷地看着他。

空泽一巴掌拍在凌桑后脑勺，凌桑立刻埋头捂住后脑勺忏悔："对不起……不过真的好帅！"

空泽又补上了一掌。

找完零钱后，横野又重新把连体服穿好坐了下来。三个人在喝饮料期间都没说什么话，然而当横野喝了半杯后，忽然有七个挂着黄色牌子的玩偶走了上来。

"牌子交出来就好了，免去很多麻烦。"一只恐龙发出恐吓。

"桑，你去把窗户打开。"空泽吩咐。

"嗯，好。"凌桑爬到沙发上，拧开插销推开玻璃窗，然后横野和空泽把黄色牌子们一个个扔出窗外，像是自动传输机一样异常流畅。横野和空泽扔人的时候还没忘记顺便把他们的号码牌摘下来。两个黑服把十几张三种颜色的号码牌放在桌上，其中包括那几个家伙先前从别人那里夺走的。

"待会儿你去上交。"空泽把整理成一叠的卡片拿起来，塞到横野袋鼠套装的育儿袋里。

凌桑眯眼，育儿袋原来是这么用的吗？

抢牌子最基本的窍门是不要搭理那些看上去对活动完全没兴趣的玩偶……因为从玩偶服中剥出来的十有八九会是高贵冷艳的黑服……

"桑，你下午没事做吧？"空泽问道。

"嗯，没事。"凌桑答道。

"那我去拜访一下你家。"

"嗯？"凌桑愣了两秒，上下扫视了一遍空泽，"穿成这样？"

"这样是不是柔和一点儿？"空泽把兔子头罩抱在胸前。

凌桑瞬间被戳中心灵，心神荡漾："好……好萌……"

横野也点头承认："对于人类来说，或许这样更有接受力。"

"那好，我们下午回家！"凌桑也将棕熊头套抱起，然后戴在自己头上。

空泽跟横野挥手告辞后带着凌桑走下了楼。

带着玩偶头套走在街上时，空泽和凌桑完全成了孩子们关注的焦点。当小孩子冲上来抱住他们时，他们只能停下来，任由孩子的父母给他们拍合照。

空泽站在原地等着被拍照，忽而身边响起一道刺耳的刹车声。空泽反应过度地推开身边的孩子，紧接着跳离原地，然后捂着头套转过头去看——好在不是往自己身上撞。

马路对面一只考拉已经被车撞到了防护栏杆上。

"这已经不是巧合了吧？"凌桑叹气。

他们前面摇摇晃晃地走过来一只灰狼玩偶，就在灰狼玩偶和他们相距十余米时，旁边十六楼建筑天台上架着的广告牌忽然倒下，朝着灰狼砸了下来——

棕熊玩偶和兔子玩偶杵在原地。因为这时候提醒对方已经来不及了，所以他们很一致地选择了破罐子破摔的沉默。

一声巨响后，灰狼已经被巨大的平面广告牌压扁，只露出一个头。受到撞击的头套滚了出去，露出精灵莹白色的长发。

"目测诅咒程度和自身能力成正比。"空泽幽幽说道。这样才不至于让被诅咒的家伙轻易死掉……

"大概这也是活动内容之一吧。"凌桑回应。

"喂喂，帮我一下……"被压得不能动弹的埃斯利亚呻吟。高中部所有班级在今天是不上课的，因此全体教师也被要求穿成玩偶参加联谊。

"啊，等一下。"凌桑跑了过去，忽然脚下又绊住了什么，整个人扑在了地上。

今天她就是跌倒专业户吗？

空泽走上前去把凌桑拎了起来，然后掀开了埃斯利亚背上的广告牌。

"啊呀！今天都被高空坠物砸倒三次了，这次砸下来的杀伤力还真大啊……"埃斯利亚站了起来，揉着磕伤的下巴，"是……空泽？"

"啊。"大白兔双手环胸。

"似乎是集体都受到诅咒了呢，不知道你们是否还安好？"埃斯利亚捡起灰狼头套。

"感觉很不好，所以我先去一趟外面，看看能不能避难。"

"确实只有这样了……要是再这么被砸下去，我也得回Sritana避难了。"精灵微笑着挥手，"那么，祝愉快。"

达到转移点之后实现转换，空泽二人瞬间出现在了凌桑家附近的车站边。

"所以，你特地来拜访我家，是有什么重要的事吗？"凌桑问道。

"如果有一件重要的事，还是有必要通知他们的，是不是？"摘下头套露出脸的空泽表情微妙地看着凌桑，"虽说是养父母，不过他们的决定权还是相当大的吧？"

"哎？你是指——"凌桑感觉相当可怕地耸起肩。

"有问题吗？"空泽侧头。

"很有问题啊！千万不要提起定亲这种事啊！"凌桑惨叫。

"这不是事实吗，不也应该是他们梦寐以求的事吗？"

"啊！目前还不行，因为这是文化上的差异……"凌桑弱弱地解释，"就像是你忽然知道你的孩子要被外星人带离地球了一样——"

"外星人？"

"差不多。"凌桑捂头，在大人眼里也许比这个更糟。

"那就不提好了。"空泽还是很尊重文化差异的，"不过拜访还是必需的。"

"越来越觉得他们收养我真是一个错误的决定啊……"凌桑叹气。

"错误吗？"空泽微笑，"你可以独立生存，也有自己的收入，他们完全不必在你身上花任何心血就有了养父母的名义，是最幸运不过的事了。"

"可是情感上……是无法知道的吧。付出的情感，我们体会不到，但那确实是为人父母最珍贵的东西……"

"情感这种无法测量的东西……谁知道呢？"

凌桑侧过头看着出神的空泽，他正看着地面向前走着。

"不能因为不知道就轻易抛弃了吧？你有空的时候也还是要多回极沄城啊……我可以陪你的。"

"那真的得看我什么时候有兴致了。"空泽以漫不经心的语气说道。

"就是因为你出身高贵，一出生就拥有那么多的特权，所以才想要完全依靠自己的力量吧。"凌桑低声说道，"但也不能因此就与他们有隔阂了。"

"只要都安好就行了，其余的我并不会去想。"

汽车鸣笛声在两个人身后响起。

凌桑回过神时已经被空泽一掌推开，一辆大型黑色私家轿车失控地冲入人行区，撞到了空泽的侧腰上——空泽再度被掀出去滚在了地上。

车子急速刹车，发出尖锐刺耳的摩擦声，凌桑以为对方是要停下来了，结果却是轿车在刹车过程中重新转回方向，等到凌桑跑去扶空泽时，那辆车已经疾驰离开。

"幸好我不容易死。"空泽眯眼。

凌桑伸出右手，指向已经几乎消失不见的车。

"你诅咒他了？"空泽问道。

"只是开一些小玩笑而已，总不能只有我们这么倒霉吧。"

"如果在这里都会受到影响的话，那么应该是服装的问题了。"空泽右手扯住领口。

"到我家把衣服换下来吧……现在站得起来吗？"

"没问题。"

在两个人走出去几步后，凌桑再次扑倒在地上。

"……"

家里没有人。

凌桑这才想起今天不是双休日，父亲在中学教书，母亲在工厂上班。

"以后再来好了。"空泽倒是相当坦然，"并不是每次都要做成功一件事的。"

"……还是先回去换掉这身衣服好了。"

Sritana。

脱掉上衣的空泽疲惫地趴倒在床上，后背上有一大块被车撞出来的瘀青，腰部也红肿着，看上去相当严重。

"这样都没伤到脊椎，还真是厉害啊。"凌桑把冷毛巾敷在他的腰上，空泽急促地倒吸一口凉气后，再缓缓呼出。

"其他人应该不会出什么事吧？"凌桑问道。

"不会有事的，像你这样的实力等级也只是跌倒而已，比你更弱一些的学生们应该只有微不足道的小诅咒，像是喝水会被呛到，手指总是被扎到之类的吧。"

"不知道老师们的情况怎样啊，像是埃斯利亚那样的，好像很容易翘辫子的样子？"

"教师才不会这么容易翘辫子。"

"你确定你不用去医务室？"凌桑给他揉着后背的瘀血，"相当严重啊……"

"腰痛而已，去那边也就是扎几针缓解一下。"

"腰痛什么的最可怕了啊……"凌桑眯眼。

"没关系。"

拖到了傍晚，空泽腰痛加剧，不得不去医务室，小明给他扎了针后贴上一大块散瘀的药膏。

傍晚五点活动结束，大家将玩偶连体服全部上交后，终于结束了受诅咒的一天。

"晚上还有烟花会！烟花会！"凌桑高高举起右手欢呼。

"我已经被虐惨了，动不了了啊！"源溯伏在桌子上。

"我也是。"席勒吐出三个字。

被联谊活动玩坏的一群人在食堂碰面时，都是一边毫无胃口地吃着晚饭，一边发呆或者抱怨。

凌桑转头殷切地看着空泽。

"……我腰疼。"空泽捂腰，别过脸。

凌桑继续殷切地看着他。

炽热的眼神。

"好吧，我去。"空泽捂头。

"谢谢！"凌桑扑向空泽，搂住了他的腰。

"……腰真的很疼。"空泽眯眼。

源溯微笑着说："空泽殿你要多注意身体啊，不然以后年纪大了会出现很多关节疾病的。"

"你好烦啊。"十分疲惫的空泽有点儿不耐烦地眯起眼。

源溯继续自顾自地说话："啊，有了阿桑之后，我就变得很烦了吗……"

还残留着菜渣的餐盘被扣在了源溯头上,其他人都看向了无比淡定的源溯。
没有任何反应的源溯继续说道:"就知道你会这样……"
然后整张桌子都被扣在了源溯头上。
众人悄无声息地向后撤离。
"空泽殿你悠着点儿……"凌桑连忙搂住空泽的腰,把他往后拖。其余人赶紧把凌乱的桌子重新摆放整齐,以防食堂大妈把汤勺甩过来。
夜晚,商业街中心。
凌桑和空泽坐在一栋建筑的天台栏杆上。还没到放烟花的时刻,下面广场上播放着节奏强烈的音乐,年轻和年老的女人们,甚至男人都在广场上跳舞。
"真没想到晚上会这么热闹。"凌桑笑道。
"每天都这么热闹,只是你不知道而已。"
这个世界上一定有很多人,每天都在快乐地享受着平静的盛世吧……
这样,对于维护世界秩序的公局,以及作为个体的自己来说,就有付出的意义了吧。
凌桑看着下面学生会的人冲入广场,和广场舞大妈争执起来,最后广场上人群散去。
几分钟后,第一束烟花弹射至上空,亮光即将熄灭时又忽然爆开,弹射出更为绚烂的光彩。
颜色,在头顶绽放。
空泽搂住了她。
烟花幻灭在一片流光溢彩之中。
凌桑轻轻闭上眼,也搂住了他。
"哟——"身后传来七八个人的欢呼声。
空泽缓缓睁开眼,平静地望向身后。
那些原本因为各种懒散表示完全不想来的熟人都来了,大家在天台上散开成一排,都仰头看着天上绽放的烟火。
烟火见得多了,但是在不同的时候和不同的人一起看,依然能够体会到绚烂的美好。
祝福吧。
世间的生灵。
愿你们拥有平和与安详。

"意林幻青春"系列精品推荐

JINYU

一个皇者触底反击,
重回巅峰的热血故事

厚积薄发,
创玄幻小说全新修炼体系

阿里文学大热作品
辰东倾情推荐
作品网络总点击超两亿次

献给想象力天马行空、
渴望成长与成功的少年们

禁域 1 浮生 著
神墓婴地

随书附赠!
百日计划表大海报+
角色卡牌×2+人物贴纸

热血价
28.80元/本

符神传说
FUSHEN CHUANSHUO
习风 著

无敌战神"行"动乾坤
创造异底奇幻
流行狂潮

90°挑战与奇遇的旅程
开启热血与习风,
带你玩转布阵术法,
遍神玩就此开笔

热血价
28.80元

随书附赠
超值行货神礼
"旺为无,懒为地"月历+超大海报

意林精品图书推荐

《别来无恙,我的小初恋》
简介:销量超百万作家沈嘉柯暖心力作,陪你一起挥别青春,再出发。
定价:29.80元

《喜欢你这句话,我憋住了整个青春》
简介:数十篇青春伤感故事,带你领略成长、青春、爱恋的阴晴圆缺。
定价:29.80元

《遇见你,就是最对的时候》
简介:青罗扇子、周德东等名家用文字演绎纸上电影。时光远去,我们永远青春。
定价:29.80元

《我记得你说过的每句美好》
简介:独木舟、夏七夕、七微等名家用真挚的笔触探究青春的色彩。
定价:29.80元

多味之恋 系列

《这世间所有的纸短情长》
简介:织梦人张芸欣在深夜为你点一炉青蔫之香,寻找渐渐远去的青春与年少。
定价:29.80元

《世界那么大,命中注定遇见你》
简介:每个人都会接触形形色色的人,又会和一些人聚聚散散,马叛说:这些相遇都是命中注定。
定价:29.80元

《我不怀念你,我只怀念有你的往昔》
简介:继《左耳》之后深入骨髓的疼痛青春,每个人都可以在她的故事中找到最原始的自己。
定价:29.80元

《花与巡夜人》
简介:国内一本填色减压故事书,抚触你的心灵,治愈现代人的都市疲症。
定价:36.90元

深夜暖心 系列

《少年从不等风来》
简介:关于年轻人的追梦故事,他们用自己的特立独行,创造属于自己的天地。
定价:29.80元

《你的人生不需要别人点赞》
简介:大人物从这里起步,成就了丰盈的人生。数百篇故事告诉你成功者的秘密。
定价:29.80元

《逆光飞翔,微芒盛放》
简介:名人的磨难被晾晒成坚强,带给你十八而志的青春励志的正能量。
定价:29.80元

《像明星一样去战斗》
简介:数十位明星的奋斗史。逆袭背后,都是平凡生活中的伟大梦想。
定价:29.80元

十八而志 系列

《脑洞君,请收下我的膝盖》
简介:理科的严谨与文科的情怀,二者你都能拥有。
定价:28.90元

《我心有猛虎,而你只要一枝蔷薇》
简介:量身为中学生打造的心灵读本!
定价:28.90元

《一生心事只得一人来解》
简介:与名家碰触思想上的火花,快乐成为阅读的领跑学霸。
定价:28.90元

《好男孩上天堂 坏男孩走四方》
简介:毕业于剑桥大学的才女陈叠邀您围观世界名校男神!
定价:29.80元

大阅读 系列

《把你所有的不安都交给我来暖》
简介:讲给你听,117个如同心灵抱抱的故事。
定价:29.80元

《所有人的坚强,都是柔软生的苗》
简介:玻璃心的朋友们,看这里!讲给你听,125个含泪奔跑的人生故事。
定价:29.80元

《生命中除了爱,其他都是行李》
简介:讲给你听,召唤小确幸的111个故事。
定价:29.80元

《都道初心不可负,而初心是何物》
简介:133个初心故事,既有明星大家,又有平凡人物,从故事里闪耀初心的光芒。
定价:29.80元

初心讲义 系列